# Der Tod kommt wie gerufen

# KATHY REICHS

# Der Tod kommt wie gerufen

ROMAN

Aus dem Amerikanischen von
Klaus Berr

Weltbild

Die amerikanische Originalausgabe erschien 2008 unter dem Titel
*Devil Bones* bei Scribner, New York.

Besuchen Sie uns im Internet:
*www.weltbild.de*

Genehmigte Lizenzausgabe für Verlagsgruppe Weltbild GmbH,
Steinerne Furt, 86167 Augsburg

Published by arrangement with the original publisher,
Scribner, an imprint of Simon & Schuster, Inc.

Übersetzung: Klaus Berr
Umschlaggestaltung: Johannes Frick, Augsburg
Umschlagmotiv: Corbis, Düsseldorf (© Anthony Bannister);
Frank Fiedler via Thomas Schlück GmbH, Garbsen
Gesamtherstellung: GGP Media GmbH, Pößneck
Printed in the EU
ISBN 978-3-8289-9616-8

2012 2011 2010 2009
Die letzte Jahreszahl gibt die aktuelle Lizenzausgabe an.

# 1

*Mein Name ist Temperance Deasee Brennan. Ich bin eins fünfundsechzig, reizbar und über vierzig. Mehrfach diplomiert. Überarbeitet. Unterbezahlt.*

*Dem Tode nah.*

Ich strich dieses Fragment literarischer Inspiration durch und versuchte einen neuen Anfang.

*Ich bin forensische Anthropologin. Ich kenne den Tod. Jetzt lauert er auf mich. Dies ist meine Geschichte.*

O Mann. Die Wiedergeburt von Jack Webb und seinem *Polizeibericht Los Angeles.*

Wieder Striche durch die Zeilen.

Ich schaute auf die Uhr. 14 Uhr 45.

Ich ließ die autobiografischen Versuche sein und fing an zu kritzeln. Kreise in Kreisen. Das Ziffernblatt der Uhr. Das Konferenzzimmer. Der Campus der UNCC. Charlotte. North Carolina. Die Vereinigten Staaten von Amerika. Die Erde. Die Milchstraße.

Um mich herum diskutierten meine Kollegen winzigste Details mit dem Eifer religiöser Fundamentalisten. In der augenblicklichen Debatte ging es um Formulierungen in einem Unterkapitel einer Selbststudie des Fachbereichs. Das Zimmer war stickig, das Thema zum Lidflattern langweilig. Die Sitzung dauerte schon über zwei Stunden, und die Zeit flog nicht gerade dahin. Ich fügte den äußersten meiner konzentrischen Kreise Spiralarme hinzu. Füllte Leerräume mit Punkten. Vierhundert Milliarden Sterne in der Galaxie. Am liebsten hätte ich meinen Stuhl auf Hyperdrive geschaltet und wäre zu einem von ihnen geflogen. Anthropologie ist ein sehr weites Feld, das aus verschiedenen, miteinander verbundenen Subspezialgebieten besteht. Biologisch. Kulturell. Archäologisch. Linguistisch. Unsere Fakultät hat das komplette Quartett. Und Mitglieder jeder Gruppe hatten das Bedürfnis mitzureden.

George Petrella ist Linguist, der über Mythen als Erzählungen der individuellen und kollektiven Identität forscht. Hin und wieder sagt er etwas, das ich verstehe.

In diesem Augenblick hatte Petrella etwas gegen die Formulierung »reduzierbar auf« vier unterschiedliche Bereiche. Er schlug als Ersatz »unterteilbar in« vor.

Cheresa Bickham, eine Archäologin aus dem Südwesten, und Jennifer Roberts, Spezialistin für kulturübergreifende Glaubenssysteme, hielten eisern an »reduzierbar auf« fest.

Da mir mein galaktischer Pointillismus langsam langweilig wurde und ich nicht wusste, wie ich meine Langeweile reduzieren oder in weniger langweilige Momente unterteilen sollte, verlegte ich mich auf die Kalligrafie.

Temperance. Von lateinisch *temperantia,* Mäßigung. Das Charaktermerkmal der Vermeidung von Exzessen.

Davon bitte eine doppelte Portion. Mit extra Zurückhaltung. Und ohne Ego.

Noch ein Blick auf die Uhr.

14 Uhr 58.

Das Gequassel ging weiter.

Um 15 Uhr 10 wurde eine Entscheidung getroffen. »Unterteilbar in« war der Sieger.

Evander Doe, der Fakultätsvorstand seit über einem Jahrzehnt, leitete die Sitzung. Obwohl er ungefähr so alt ist wie ich, sieht Doe aus wie jemand aus einem Gemälde von Grant Wood. Kahlköpfig. Mit Drahtgestellbrille, die ihn aussehen lässt wie eine Eule. Elefantenohren.

Fast alle, die Doe kennen, betrachten ihn als mürrisch. Ich nicht. Ich habe den Mann schon mindestens drei Mal lächeln gesehen.

Nachdem er »unterteilbar in« nun abhaken durfte, wandte Doe sich dem nächsten brennenden Thema zu. Ich unterbrach meine Krakeleien, um ihm zuzuhören.

Sollte die Selbstbeschreibung des Fachbereichs eher die historischen Beziehungen zu den Geisteswissenschaften und der kritischen Theorie betonen oder eher die immer wichtiger werdende Rolle der Naturwissenschaften und der empirischen Beobachtung unterstreichen?

Meine unvollendete Autobiografie hatte genau den Punkt getroffen. Ich würde wirklich sterben, bevor diese Sitzung abgeschlossen war.

Ein plötzlicher Einfall. Die berüchtigten Versuche zur sensorischen Deprivation in den 1950ern. Ich stellte mir Freiwillige mit blickdichten Brillen und gepolsterten Handschuhen vor, die auf Pritschen in schalldichten Kammern lagen.

Ich ging ihre Symptome durch und verglich sie mit meinem augenblicklichen Zustand.

Beklemmung. Depression. Antisoziales Verhalten. Halluzinationen.

Den vierten Punkt strich ich wieder. Ich war zwar gestresst und reizbar, aber Halluzinationen hatte ich keine. Noch nicht. Wobei ich nichts dagegen hätte. Ein lebhaftes Wahnbild wäre wahrscheinlich eine Ablenkung gewesen.

Verstehen Sie mich nicht falsch. Ich bin noch keine Zynikerin, was die Lehre angeht. Ich bin sehr gern Professorin. Ich bedaure, dass der Austausch mit meinen Studenten von Jahr zu Jahr weniger wird.

Warum so wenig Zeit im Hörsaal? Zurück zu der Sache mit der Subspezialisierung.

Haben Sie mal versucht, einfach nur zum Arzt zu gehen? Vergessen Sie's. Man muss zum Kardiologen. Zum Dermatologen. Zum Endokrinologen. Zum Gastroenterologen. Wir leben in einer spezialisierten Welt. In meinem Bereich ist das nicht anders.

Anthropologie: das Studium des menschlichen Organismus.

Biologische Anthropologie: das Studium der Biologie, der Variabilität und der Evolution des menschlichen Organismus. Osteologie: das Studium der Knochen des menschlichen Organismus. Forensische Anthropologie: das Studium der Knochen des menschlichen Organismus zu juristischen Zwecken.

Folgen Sie einfach den Verzweigungen, und dort finden Sie mich. Obwohl ich von der Ausbildung her Bioarchäologin bin und meine Karriere mit der Ausgrabung und Untersuchung uralter Überreste begonnen habe, wechselte ich vor Jahren in die Forensik. Habe mich auf die dunkle Seite geschlagen, wie meine ehemaligen Kommilitonen mich noch immer aufziehen. Verlockt von Ruhm und Reichtum. Ja, genau. Eine gewisse Ruchbarkeit vielleicht. Aber Reichtum auf keinen Fall.

Forensische Anthropologen arbeiten mit den relativ frisch Verstorbenen. Wir werden engagiert von Ermittlungsbehörden, Leichenbeschauern, Staatsanwälten, Strafverteidigern, dem Militär, Menschenrechtsgruppen und Bergungsteams bei Massenkatastrophen. Ausgehend von unserem Wissen über Biomechanik, Genetik und Skelettanatomie beschäftigen wir uns mit Fragen der Identifikation, der Todesursache, des postmortalen Intervalls, auch Leichenliegezeit genannt, und der postmortalen Veränderung der Leiche. Wir untersuchen die Verbrannten, die Verwesten, die Mumifizierten, die Verstümmelten und Zerstückelten und die Skelettierten. Wenn wir diese Leichen zu Gesicht bekommen, sind sie oft bereits in einem viel zu schlechten Zustand, als dass eine Autopsie noch Ergebnisse liefern könnte.

Als Angestellte des Staates North Carolina stehe ich sowohl bei der UNC-Charlotte unter Vertrag wie beim Office of the Chief Medical Examiner, dem obersten Leichenbeschauer, der Einrichtungen in Charlotte und Chapel Hill hat. Zusätzlich bin ich als wissenschaftliche Beraterin für das Laboratoire de sciences judiciaires et de médicine légale in Montreal tätig.

North Carolina und Quebec? Außergewöhnlich. Aber davon später.

Wegen meines grenzüberschreitenden Engagements und meiner doppelten Verpflichtung in North Carolina unterrichte ich an der UNCC nur einen Kurs, ein Oberseminar in forensischer Anthropologie. So verbringe ich zweimal jährlich ein Semester im Klassenzimmer.

Und im Konferenzzimmer.

Auf das Unterrichten freue ich mich. Was ich nicht ausstehen kann, sind diese endlosen Sitzungen. Und die Fakultätspolitik.

Irgendjemand stellte den Antrag, dass die Fakultätsselbstbeschreibung an die Ausschüsse zurückverwiesen werden sollte. Was mich anging, hätte man das Ding auch nach Simbabwe schicken können, um es dort auf ewig zu verbuddeln.

Doe kam nun zum nächsten Tagesordnungspunkt. Einrichtung eines Ausschusses für Berufsethik.

Innerlich aufstöhnend, begann ich mit einer Liste meiner noch zu erledigenden Pflichten.

*1. Gewebeproben an Alex*

Alex ist meine Laborassistentin. Aus meiner Sammlung würde sie ein Knochenquiz für das nächste Seminar zusammenstellen.

*2. Bericht an LaManche*

Pierre LaManche ist Pathologe und Chef der gerichtsmedizinischen Abteilung des LSJML. Der letzte Fall, den ich vor meiner Abreise aus Montreal in der vergangenen Woche bearbeitete, war das Opfer eines Fahrzeugbrands. Nach meiner Beurteilung handelte es sich um einen gut dreißigjährigen weißen Mann.

Pech für LaManche war nur, dass der Fahrer des Autos eine neunundfünfzigjährige Asiatin hätte sein sollen. Pech für das Opfer war, dass jemand ihm zwei Kugeln in den linken Scheitellappen gejagt hatte. Pech für mich war, dass der Fall ein Mord war und ich wahrscheinlich vor Gericht erscheinen musste.

*3. Bericht an Larabee*

Tim Larabee ist der Medical Examiner, der Leichenbeschauer des Mecklenburg County und Direktor der aus drei Pathologen bestehenden Einrichtung in Charlotte. Sein Fall war der erste gewesen, den ich mir nach meiner Rückkehr nach North Carolina vorgenommen hatte, ein aufgeblähter und verwester Torso, der am Catawba River ans Ufer gespült worden war. Die Beckenstruktur hatte darauf hingedeutet, dass es sich um eine männliche Person handelte. Die Skelettentwicklung hatte das Alter auf eine Zeitspanne zwischen zwölf und vierzehn Jahren eingegrenzt. Verheilte Frakturen der vierten und fünften Mittelfußknochen der linken Extremität deuteten die Möglichkeit einer Identifikation anhand von antemortalen Krankenhausberichten und Röntgenaufnahmen an, soweit diese gefunden werden konnten.

*4. Larabee anrufen*

Als ich heute auf den Campus kam, hatte ich eine Zwei-Wort-Nachricht vom MCME auf meinem Anrufbeantworter gefunden: *Bitte zurückrufen.* Ich hatte eben gewählt, als Petrella kam, um mich in die Sitzungshölle zu schleifen.

Als ich das letzte Mal mit Larabee gesprochen hatte, lag ihm noch keine vermisste Person vor, die zum Profil des Opfers vom Catawba River passte. Vielleicht hatte er jetzt eine. Ich hoffte es, der Familie zuliebe. Und des Jungen.

Ich dachte an das Gespräch, das Larabee mit den Eltern würde führen müssen. Ich hatte sie auch schon geführt, hatte diese lebenszerstörenden Nachrichten überbracht. Das ist das Schlimmste an meinem Job. Es gibt keine einfache Art, einer Mutter und einem Vater mitzuteilen, dass ihr Kind tot ist. Dass seine Beine gefunden wurden, der Kopf aber fehlt.

*5. Empfehlungsschreiben für Sorenstein*

Rudy Sorenstein war ein Diplomand, der sich Hoffnungen machte, sein Studium in Harvard oder Berkeley fortzusetzen. Kein Brief von mir würde das bewirken können. Aber Rudy gab sich große Mühe. Arbeitete gut mit anderen zusammen. Ich würde seinen mittelmäßigen Notendurchschnitt im bestmöglichen Licht erscheinen lassen.

*6. Einkaufen mit Katy*

Kathleen Brennan Petersons ist meine Tochter, die seit diesem

Herbst in Charlotte lebt und als Rechercheurin im Büro des Pflichtverteidigers arbeitet. Nachdem sie die letzten sechs Jahre als Studentin an der Universität von Virginia verbracht hatte, brauchte Katy jetzt dringend irgendetwas in ihrer Garderobe, das nicht aus Jeansstoff bestand. Und Geld, um es zu kaufen. Ich hatte angeboten, ihr als Modeberaterin zu dienen. Und jetzt kommt die Ironie. Pete, mein von mir getrennter Ehemann, fungierte als Mittelbeschaffer.

*7. Katzenstreu für Birdie*

Birdie ist mein Kater. Er ist ziemlich pingelig, was seine Toilette angeht, und drückt sein Missfallen auf eine Art aus, die ich zu vermeiden versuche. Leider ist Birdies bevorzugte Streumarke nur bei Tierärzten erhältlich.

*8. Kontrolluntersuchung beim Zahnarzt*

Die Benachrichtigung hatte ich gestern in der Post. Klar. Das würde ich aber so was von sofort erledigen.

*9. Reinigung*

*10. Autoinspektion*

*11. Duschtürgriff*

Ich hörte, nein, spürte eher ein merkwürdiges Geräusch im Zimmer. Stille. Als ich den Kopf hob, sah ich, dass alle Augen auf mich gerichtet waren.

»Entschuldigung.« Ich schob so beiläufig wie möglich eine Hand über meinen Notizblock.

»Was bevorzugen Sie, Dr. Brennan?«

»Können Sie es bitte wiederholen?«

Doe las vor, was, wie ich annahm, drei heftigst debattierte Namen waren.

»Ausschuss zu professioneller Verantwortung und professionellem Verhalten. Ausschuss zur Evaluierung ethischer Verfahrensweisen. Ausschuss zu ethischen Standards und Praktiken.«

»Letzterer impliziert die Aufbürdung von Regeln durch ein externes Gremium oder eine externe Regulierungskommission.« Petrella gab sich bockig.

Bickham warf ihren Stift auf den Tisch. »Nein. Das tut er nicht. Das ist ganz einfach –«

»Die Fakultät setzt einen Ethikausschuss ein, oder?«

»Es ist wesentlich, dass der Name dieser Kommission ein präzises Abbild der philosophischen Grundlagen –«

»Ja.« Does Antwort auf meine Frage schnitt Petrella das Wort ab.

»Warum nennen wir ihn nicht Ethikausschuss?«

Zehn Augenpaare starrten in meine Richtung. Einige schauten verwirrt. Andere überrascht. Einige beleidigt.

Petrella sackte auf seinem Stuhl zusammen.

Bickham hüstelte.

Roberts senkte den Blick.

Doe räusperte sich. Bevor er etwas sagen konnte, unterbrach ein leises Klopfen die Stille.

»Ja?« Doe.

Die Tür ging auf, im Spalt erschien ein Gesicht. Rund. Sommersprossig. Besorgt. Zweiundzwanzig neugierige Augen drehten sich ihm zu.

»Entschuldigung, dass ich störe.« Naomi Gilder war die neueste der Fakultätssekretärinnen. Und die schüchternste. »Ich würde es natürlich nie tun, außer …«

Naomis Blick wanderte zu mir.

»Dr. Larabee meinte, er müsse dringend mit Dr. Brennan sprechen.«

Am liebsten hätte ich die Faust hochgerissen. *Ja!* Stattdessen hob ich entschuldigend Augenbrauen und Hände. *Die Pflicht ruft. Was kann man da machen?*

Ich raffte meine Papiere zusammen, verließ das Zimmer und tanzte fast durch den Empfangsbereich und den Gang mit den Fakultätsbüros entlang. Alle Türen waren geschlossen. Natürlich waren sie das. Die Benutzer waren eingepfercht in einem fensterlosen Zimmer, um administrative Trivialitäten zu besprechen.

Ich fühlte mich beschwingt. Frei!

Ich betrat mein Büro und wählte Larabees Nummer. Mein Blick wanderte zum Fenster. Vier Etagen unter mir strömten Studentengruppen zwischen Nachmittagsseminaren hin und her. Lange, schräge Strahlen bronzierten die Bäume und Farne im Van Landingham Glen. Als ich zu der Sitzung gegangen war, hatte die Sonne genau senkrecht gestanden.

»Larabee.« Seine Stimme war ein wenig hoch und hatte einen weichen, südlichen Akzent.

»Tempe hier.«

»Hab ich Sie aus irgendwas Wichtigem herausgerissen?«

»Prätentiöse Wichtigtuerei.«

»Wie bitte?«

»Egal. Geht's um die Wasserleiche aus dem Catawba River?«

»Ein Zwölfjähriger aus Mount Holly namens Anson Tyler. Die Eltern waren auf Zockertour in Las Vegas. Kamen vorgestern zurück und stellten fest, dass der Junge seit einer Woche nicht mehr zu Hause war.«

»Wie konnten sie das so genau feststellen?«

»Sie haben die verbliebenen Pop-Tarts gezählt.«

»Haben Sie sich medizinische Unterlagen beschaffen können?«

»Ich will natürlich Ihre Meinung hören, aber ich würde wetten, dass die gebrochenen Zehen auf Tylers Röntgenaufnahmen denen unseres Opfers entsprechen.«

Ich stellte mir den kleinen Anson allein zu Hause vor. Fernsehen. Erdnussbutter-Sandwiches schmieren und Pop-Tarts toasten. Bei eingeschaltetem Licht schlafen.

Meine Beschwingtheit verschwand.

»Welche Trottel verreisen und lassen einen zwölfjährigen Jungen allein zu Hause?«

»Die Tylers werden bestimmt nicht für die Eltern des Jahres nominiert.«

»Werden sie sich wegen Vernachlässigung verantworten müssen?«

»Minimal.«

»Ist Anson Tyler der Grund Ihres Anrufs?« Laut Naomi hatte Larabee gesagt, es sei dringend. Eine eindeutige Identifikation fällt normalerweise nicht in diese Kategorie.

»Zuerst. Aber jetzt nicht mehr. Hatte eben einen Anruf von den Jungs vom Morddezernat. Kann sein, dass die eine ziemlich üble Sache haben.«

Ich hörte zu.

Beklommenheit vertrieb auch noch den letzten Rest meines beschwingten Zwischenhochs.

## 2

»Kein Zweifel, dass die Knochen menschlich sind?«

»Zumindest ein Schädel.«

»Es gibt mehr als einen?«

»In der Meldung wurde diese Möglichkeit angedeutet, aber die Beamten wollten nichts anrühren, solange Sie nicht da sind.«

»Gut mitgedacht.«

Szenario: Bürger stolpert über Knochen, ruft die 911. Polizei kommt, denkt, es ist altes Zeug, fängt an, einzutüten und zu beschriften. Ende vom Lied: Der Kontext ist verloren, der Fundort versaut. Ich muss in einem Vakuum arbeiten.

Szenario: Hund buddelt heimliches Grab auf. Der örtliche Coroner macht sich mit Schaufeln und einem Leichensack daran. Ende vom Lied: Teile werden übersehen. Ich bekomme Überreste mit vielen Lücken.

Wenn ich mich mit solchen Situationen herumschlagen muss, sind meine Bemerkungen nicht immer freundlicher Natur. Im Lauf der Jahre ist meine Botschaft angekommen.

Dazu kommt, dass ich für den ME in Chapel Hill und die Polizei von Charlotte-Mecklenburg einen Leichenbergungs-Workshop gebe.

»Der Cop meinte, der Fundort stinkt.«

Das klang nicht gut.

Ich griff mir einen Stift. »Wo?«

»Greenleaf Avenue, drüben im First Ward. Haus wird gerade renoviert. Der Klempner hat eine Wand aufgeschlagen und eine Art unterirdische Kammer entdeckt. Moment mal.«

Papier raschelte, dann las Larabee die Adresse vor. Ich schrieb mit.

»Anscheinend war dieser Klempner völlig aus dem Häuschen.«

»Ich kann sofort hinfahren.«

»Das wäre gut.«

»Bis in dreißig Minuten dann.«

Ich hörte ein Stocken in Larabees Atmung.

»Probleme?«, fragte ich.

»Ich habe ein Mädchen offen auf dem Tisch liegen.«

»Was ist passiert?«

»Die Fünfjährige kam aus dem Kindergarten nach Hause, aß einen Donut, klagte über Bauchschmerzen und kippte um. Zwei Stunden später wurde sie im CMC für tot erklärt. Die Geschichte ist herzzerreißend. Das einzige Kind, keine Vorerkrankungen, bis zu dem Vorfall völlig symptomfrei.«

»O Gott. Was hat sie umgebracht?«

»Kardio-Rhabdomyom.«

»Das ist?«

»Ein verdammt großer Tumor in der Herzscheidewand. Kommt in dem Alter sehr selten vor. Die Kinder sterben normalerweise bereits als Säuglinge.«

Der arme Larabee hatte mehr als nur ein herzzerreißendes Gespräch vor sich.

»Beenden Sie Ihre Autopsie«, sagte ich. »Ich kümmere mich um die Kammer des Schreckens.«

Charlotte: Alles begann mit einem Fluss und einer Straße.

Der Fluss war zuerst da. Nicht der Mississippi oder der Orinoko, aber ein recht ansehnliches Flüsschen, an dessen Ufern sich Hirsch, Bison und Truthahn tummelten. Große Taubenschwärme flogen darüber hinweg.

Diejenigen, die zwischen den wilden Erbsenranken am Ostufer lebten, nannten ihren Flusslauf Eswa Taroa, »den großen Fluss«. Sie selbst nannte man deshalb die Catawba, »die Menschen des Flusses«.

Das Hauptdorf der Catawba, Nawvasa, lag im Quellgebiet des Sugar Creek, auch Soogaw oder Sugau genannt, und diese Siedlung, deren Name einfach nur »Ansammlung von Hütten« bedeutete, gründete sich nicht ausschließlich auf ihre Nähe zum Fluss. Nawvasa schmiegte sich außerdem an eine geschäftige indianische Handelsroute, den Großen Handelspfad. Waren und Nahrungsmittel strömten auf diesem Pfad von den Great Lakes zu den Carolinas und weiter zum Savannah River.

Nawvasa bezog seinen Lebenssaft sowohl vom Fluss wie von der Straße.

Die Ankunft fremder Männer auf großen Schiffen beendete das alles.

Als Dank für ihre Mithilfe bei seiner Wiedererlangung der Macht schenkte der englische König Charles II. acht Männern das Land südlich von Virginia und in westlicher Richtung bis zur »Südsee«. Charlies neue »Landeigentümer« schickten prompt Leute, die ihre Besitztümer vermessen und erkunden sollten.

Im Verlauf des nächsten Jahrhunderts kamen Siedler mit Planwagen, auf Pferden oder auch auf durchgelatschten Schuhsohlen. Deutsche, Hugenotten, Schweizer, Iren und Schotten. Langsam, aber unausweichlich gingen der Fluss und die Straße von den Catawba in europäische Hände über.

Blockhütten und Farmen ersetzten die indianischen Rindenhäuser. Tavernen, Gasthöfe und Läden entstanden. Kirchen. Ein Gericht. An einer Kreuzung mit einer weniger bedeutenden Straße saß nun ein neues Dorf mitten auf dem Großen Handelspfad.

1761 heiratete George III. die Herzogin Sophia Charlotte von Mecklenburg-Strelitz aus Deutschland. Anscheinend hatte seine siebzehnjährige Braut die Fantasie der Leute, die zwischen Fluss und Straße lebten, sehr angeregt. Vielleicht wollte sich die Bevölkerung bei dem verrückten britischen König aber auch nur einschmeicheln. Warum auch immer, sie nannten ihr kleines Dorf Charlotte Town und ihr County Mecklenburg.

Aber diese Freundschaft war wegen der Entfernung und der politischen Entwicklung zum Scheitern verurteilt. Die amerikanischen Kolonien wurden immer wütender, waren reif für die Revolte. Mecklenburg County machte da keine Ausnahme.

Im Mai 1775 versammelten sich die Führer von Charlotte Town. Sie waren verärgert über die Weigerung seiner Majestät, ihrem geliebten Queens College den Freibrief zu gewähren, und erzürnt darüber, dass Rotröcke in Lexington, Massachusetts, auf Amerikaner geschossen hatten. Ohne groß auf Diplomatie und taktvolle Formulierungen zu achten, verfassten sie die Mecklenburg Declaration of Independence, die Unabhängigkeitserklärung für ihr County, in der sie sich selbst zum »freien und unabhängigen Volk« erklärten.

Jessir. Die Männer, die diese Mec Dec schrieben, fackelten nicht lange. Ein Jahr, bevor der Continental Congress Feder und Papier zur Hand nahm, schickten sie Old George bereits in die Wüste.

Der Rest der Geschichte ist bekannt. Revolution. Emanzipation und Bürgerkrieg. Rekonstruktion und Jim Crow. Industrialisierung. Was in North Carolina Textilindustrie und Eisenbahn bedeutete. Weltkriege und Depression. Segregation und Bürgerrechte. Der Niedergang des Rostgürtels, der Schwerindustriestaaten im Nordosten, und der Wiederaufstieg des Sonnengürtels, der klimatisch begünstigten Südstaaten.

Bis 1970 war die Bevölkerung von Charlotte auf etwa vierhunderttausend angewachsen. 2005 hatte sich diese Zahl bereits verdoppelt. Warum? Etwas Neues reiste auf diesem Pfad. Geld. Und

Orte, an denen man es verwahren konnte. Während viele Staaten Gesetze hatten, die die Anzahl von Filialen, die eine Bank haben durfte, einschränkten, sagte die Legislative von North Carolina: »Seid fruchtbar und mehret euch.«

Und sie vermehrten sich. Die vielen Filialen führten zu vielen Konten, und die vielen Konten erwiesen sich als sehr fruchtbar. Kurz gesagt, die Queen City ist die Heimat von zwei Schwergewichten der Finanzindustrie, der Bank of America und der Wachovia. Wie die Bürger Charlottes häufig und mit großem Vergnügen bemerken, nimmt ihre Stadt gleich hinter New York City den zweiten Platz als amerikanisches Finanzzentrum ein.

Die Trade und die Tryon Street überdecken nun den alten Handelspfad und die Querroute. Diese Kreuzung wird beherrscht vom Bank of America Corporate Center, ein passendes Totem aus Glas, Stein und Stahl.

Von Trade und Tryon aus erstreckt sich der alte Kern Charlottes als Block von Quadranten, die, nicht sehr kreativ, First, Second, Third und Fourth Ward genannt werden, also erster, zweiter, dritter und vierter Bezirk. Geblendet von der Vision ihrer Stadt als Kind des Neuen Südens, hatten die Einwohner Charlottes wenig Interesse daran, das historische Erbe dieser Innenstadtviertel zu bewahren. Die einzige und relativ junge Ausnahme ist der vierte Bezirk.

Der nordwestliche Quadrant, Fourth Ward, wurde von der städtischen Elite des neunzehnten Jahrhunderts erbaut und glitt dann in vornehmen Verfall ab. Mitte der Siebziger wurde der Fourth Ward, dank des ehrenamtlichen Engagements zahlreicher Stahl-Magnolien und einiger freundlicher Finanzierungsmodelle der Banken, zum Ziel intensiver Renovierungs- und Restaurierungsbemühungen. Heutzutage teilen sich prächtige, alte Stadthäuser schmale Straßen mit traditionellen Pubs und mäßig modernen Wohnhäusern. Gaslaternen. Kopfsteinpflaster. Ein Park in der Mitte. Sie wissen, was ich meine.

Früher war der Second Ward die Kehrseite des lilienweißen

Fourth. Südöstlich des Stadtzentrums gelegen, bedeckte Log Town, später auch Brooklyn genannt, den größten Teil der Fläche des Ward. War Brooklyn ehemals Heimat von schwarzen Predigern, Ärzten, Zahnärzten und Lehrern, existiert dieses Viertel heute so gut wie nicht mehr, nachdem es für den Bau des Marshall Park, des Education Center, eines Verwaltungsgebäudes und eines Autobahnzubringers zur Interstate 77 planiert wurde.

First und Third Ward liegen im Nordwesten und im Südwesten. Drängten sich dort früher Lagerhallen, Fabriken, Gleise und Spinnereien, so reihen sich jetzt Wohnblöcke, Stadthäuser und Eigentumswohnanlagen aneinander. Courtside. Quarterside. The Renwick. Oak Park. Trotz der städtischen Strategie »Aus alt mach neu« existieren hier und da noch immer einige alte Wohnstraßen. Larabees Wegbeschreibung führte mich in den Third Ward.

Als ich von der I-77 auf die Morehead einbog, streifte mein Blick die Monolithen, die die Skyline der Stadt bildeten. One Wachovia Center. The Westin Hotel. Das Panthers-Stadion mit vierundsiebzigtausend Sitzplätzen. Was, so fragte ich mich, würden die Bewohner von Nawvasa von der Metropolis halten, die jetzt ihr Dorf überwucherte?

Am Ende der Ausfahrt bog ich links ab, dann noch einmal auf die Cedar und fuhr dann an einer Ansammlung erst kürzlich zu Wohnzwecken umgebauter Lagerhäuser vorbei. Einer gestutzten Eisenbahnlinie. Den Light Factory Fotostudios. Einem Obdachlosenasyl.

Rechts von mir erstreckte sich das Trainingszentrum der Panthers, das Grün der Sitze stumpf im Licht der frühen Dämmerung. Als ich nach links in die Greenleaf einbog, fuhr ich plötzlich durch einen Tunnel aus Weideneichen. Direkt vor mir lag eine offene Fläche, von der ich wusste, dass es der Frazier Park sein musste.

Die Häuser links und rechts der Straße unterteilten sich in zwei Gruppen. Viele waren von Yuppies gekauft worden, die die Nähe zum Stadtzentrum suchten und die ihren neuen Besitz mit Farben wie Queen Anne Lila oder Smythe Tavern Blau gestrichen hatten. Andere gehörten noch ihren ursprünglichen afroamerikanischen Besitzern, einige davon verwittert und heruntergekommen im Vergleich zu ihren herausgeputzten Nachbarn und mit Bewohnern, die ängstlich auf die neue Grundsteuereinschätzung warteten.

Trotz des Kontrastes zwischen den Wiedererstandenen und den noch zu Restaurierenden war die Arbeit fleißiger Hände überall in der Straße sichtbar. Wege waren gefegt. Rasen waren gemäht. Fensterkästen quollen über vor Ringelblumen und Chrysanthemen.

Larabees Adresse gehörte zu den wenigen Ausnahmen, eine schäbige Hütte mit geflickter Außenverkleidung, durchhängenden Zierleisten und abblätternder Farbe. Der Garten bestand vorwiegend aus Erde und Staub, und auf der vorderen Veranda stapelten sich Wagenladungen biologisch nicht abbaubaren Mülls. Ich parkte hinter einem Streifenwagen der Polizei von Charlotte-Mecklenburg und fragte mich, wie viele potentielle Käufer schon an die verwitterte grüne Haustür des Bungalows geklopft hatten.

Ich stieg aus, verschloss den Mazda und holte meine Ausrüstung aus dem Kofferraum. Zwei Häuser weiter unten warf ein etwa zwölfjähriger Junge einen Ball in einen am Garagentor befestigten Korb. Aus seinem Ghettoblaster hämmerte Rap, während der Ball mit sanftem *Plonk* auf die Kieseinfahrt fiel.

Der Bürgersteig war holperig, weil Baumwurzeln die Platten anhoben. Ich hielt den Blick gesenkt, als ich die verzogenen Stufen zur Veranda hochstieg.

»Sind Sie die, wo ich mit reden muss, damit ich nach Hause kann?«

Ich hob den Kopf.

Ein Mann saß in einer verrosteten und gefährlich schiefen Hollywoodschaukel. Er war groß und dünn, seine Haare hatten die Farbe von Aprikosenkonfitüre. Über seiner Brusttasche waren der Name *Arlo* und ein stilisierter Schraubenschlüssel eingestickt.

Arlo hatte mit gespreizten Knien, die Ellbogen auf den Oberschenkeln und das Gesicht in den Händen dagesessen, bis er meine Schritte gehört und den Kopf gehoben hatte.

Bevor ich antworten konnte, stellte er eine zweite Frage.

»Wie lange muss ich noch hierbleiben?«

»Sind Sie der Herr, der neun-eins-eins angerufen hat?«

Arlo verzog das Gesicht und zeigte dabei einen verfaulten Zahn unten rechts.

Ich betrat die Veranda. »Können Sie beschreiben, was Sie gesehen haben?«

»Hab ich schon.« Arlo verschränkte schmutzige Hände. Seine graue Hose war am linken Knie aufgerissen.

»Sie haben eine Aussage abgegeben?« Sanft. Die Körpersprache des Mannes deutete auf echtes Leid hin.

Arlo nickte, und der Kopf wippte gegenläufig zum Torso, der so schief hing wie die Schaukel.

»Können Sie zusammenfassen, was Sie gesehen haben?«

Jetzt wackelte der Kopf von links nach rechts. »Das Werk des Teufels.«

Okay.

»Sie sind Arlo …?«

»Welton.«

»Der Klempner.«

Arlo nickte noch einmal. »Verlege seit dreißig Jahren Rohre. So was ist mir noch nie untergekommen.«

»Erzählen Sie mir, was passiert ist.«

Arlo schluckte. Schluckte noch einmal.

»Ich wollte die Anschlüsse auswechseln. Die Frau des neuen Besitzers will irgend 'ne neumodische Waschmaschine reinstellen, irgendwas Grünes, was die Umwelt rettet. Das Ding braucht andere Rohranschlüsse. Gott weiß, warum sie damit anfangen will, wo in dem Haus noch so viel zu richten ist. Aber das geht mich nichts an. Wie auch immer, ich fange also an einer Wand an, und mir fällt ein Ziegel runter, der ein Loch in den Bodenbelag schlägt. Ich denke mir, Arlo, wenn du den Bodenbelag kaputt machst, dann ziehen sie dir die Reparatur von deinem Lohn ab. Also rolle ich den Bodenbelag zurück, und was finde ich drunter? Ein dickes, altes Holzbrett.«

Arlo hielt inne.

Ich wartete.

»Weiß auch nicht, warum, aber ich stupse das Ding mit meiner Schuhspitze an, und das andere Ende kippt nach oben.«

Wieder hielt Arlo inne, weil er sich, wie ich vermutete, an ein bisschen mehr als an einen Stups erinnerte.

»Das Brett gehörte zu einer Luke?«

»Das Ding hat so eine Art Schlupfloch abgedeckt. Ich muss zugeben, die Neugier war stärker als ich. Ich hab mir meine Taschenlampe geschnappt und reingeleuchtet.«

»In einen Unterkeller.«

Arlo zuckte die Achseln. Ich ließ ihm Zeit, damit er weiterredete. Er tat es nicht.

»Und?«, fragte ich noch einmal.

»Ich bin ein guter Kirchgänger. Immer Sonntag und Mittwoch. Gesehen habe ich den Teufel noch nie, aber ich glaube an ihn. Glaube, dass er in der Welt ist und unter uns sein böses Werk tut.«

Arlo fuhr sich mit dem Handrücken über den Mund.

»Was ich gesehen habe, war der Satan persönlich.«

Obwohl der Tag noch immer warm war, überlief mich ein Schauer.

»Sie haben berichtet, Sie hätten einen menschlichen Schädel gesehen.« Sehr sachlich.

»Ja, Ma'am.«

»Was sonst noch?«

»Will das Böse nicht in Worte fassen. Ist besser, Sie sehen es mit eigenen Augen.«

»Sind Sie in den Unterkeller gestiegen?«

»Auf gar keinen Fall.«

»Was haben Sie getan?«

»Bin so schnell nach oben, wie ich konnte. Hab dann die Polizei gerufen. Kann ich jetzt gehen?«

»Der Beamte ist unten?«

»Ja, Ma'am. Den Gang entlang, dann durch die Küche.«

Arlo hatte recht. Besser, ich sah es mit eigenen Augen.

»Danke, Mr. Welton. Das sollte nicht mehr lange dauern.«

Ich ging über die Veranda und betrat das Haus. Hinter mir quietschte die Schaukel, als Arlo das Gesicht wieder in die Hände stützte.

Die Haustür öffnete sich direkt in einen schmalen Korridor. Rechts lag ein gallegrünes Wohnzimmer. Ein kaputtes Fenster war mit Pappkarton und Isolierband repariert. Möbel gab es kaum. Einen mottenzerfressenen Lehnsessel. Ein übel von Katzenkrallen zugerichtetes Sofa.

Links lag ein Esszimmer, leer bis auf ein Sideboard aus Astkiefer, eine Matratze und einen Stapel Reifen.

Ich ging weiter den Gang entlang und betrat dann eine Küche, die 1956 bereits retro gewesen wäre. Philco-Kühlschrank mit Kuppeldach. Kelvinator-Herd. Essecke aus rotem Resopal und Chrom. Grau gesprenkelte Resopal-Arbeitsflächen.

Links des Kelvinators stand eine Tür offen. Dahinter konnte ich eine Holztreppe erkennen und hörte Stimmen, die von unten heraufdrangen.

Ich nahm meinen Koffer in die linke Hand, griff mit der rechten nach dem Geländer und stieg langsam nach unten. Schon nach zwei Stufen stellten sich mir die Nackenhaare auf.

Unbewusst schaltete ich auf Mundatmung um.

## 3

Der Geruch war zwar nur schwach, aber unverkennbar – süß und muffig-eklig. Er kündete von verfaulendem Fleisch.

Aber das war nicht der widerliche Gestank, bei dem es einem

den Magen umdreht und der mir so vertraut ist. Der Gestank aktiver Verwesung. Der Gestank von Eingeweiden, die von Maden und aasfressenden Insekten verwüstet werden. Von Fleisch, das im Wasser grün und aufgebläht wurde. Kein anderer Geruch kann da mithalten. Er sickert in die Poren, die Nase, die Lunge, die Kleidung, und er begleitet einen nach Hause wie Rauch aus einer Bar. Noch lange nach dem Duschen hängt er in den Haaren, klebt er im Mund und in den Gedanken.

Der Geruch hier war milder. Aber unbestreitbar.

Ich hoffte auf ein Eichhörnchen. Oder einen Waschbär, der sich durch eine Wand genagt hatte und dann in dem Keller gefangen war. Doch dann dachte ich an Larabees Worte und Arlos Aufregung, und beide Szenarien kamen mir sehr unwahrscheinlich vor.

Die Temperatur sank mit jedem Schritt nach unten. Die Feuchtigkeit stieg. Als ich den Kellerboden erreicht hatte, fühlte sich das Geländer kühl und feucht an.

Bernsteinfarbenes Licht strömte aus einer Birne, die an einem fransigen Kabel von der Decke hing. Ich trat auf das festgestampfte Erdreich und schaute mich um.

Der Keller war knapp zwei Meter hoch und unterteilt in eine Reihe kleiner Verschläge. Sperrholzwände und vorfabrizierte Türen deuteten darauf hin, dass die Unterteilung erst lange nach dem Bau des Hauses erfolgt war.

Jede Tür in meinem Sichtfeld war offen. Durch eine sah ich ein niedriges Regal, wie man es zur Lagerung selbst gemachter Marmelade und eingekochter Tomaten benutzt. Durch eine andere waren Waschzuber zu erkennen. Aufgestapelte Kisten durch eine dritte.

Ein Uniformierter der Polizei von Charlotte-Mecklenburg wartete am anderen Ende des Kellers, hinter einem Heizbrenner, der aussah wie eine Erfindung Jules Vernes. Im Gegensatz zu den anderen dreien sah die Tür hinter ihm alt aus. Sie war aus solider Eiche, der Lack dick und vom Alter vergilbt.

Der Beamte stand breitbeinig da, die Daumen in den Gürtel gehakt. Er war ein stämmiger Mann mit Brauen wie Beau Bridges und einem Gesicht wie Sean Penn, eine nicht gerade vorteilhafte Kombination. Beim Näherkommen konnte ich das Schild auf seiner Hemdbrust lesen: *D. Gleason.*

»Was haben wir?«, fragte ich, nachdem ich mich vorgestellt hatte.

»Sie haben schon mit dem Klempner gesprochen?«

Ich nickte.

»So gegen sechzehn Uhr rief Welton die neun-eins-eins an. Sagte, er hätte in einem Hohlraum Tote gefunden. Ich übernahm die Sache und entdeckte Überreste, die meiner Ansicht nach menschlich sind. Rief in der Zentrale an. Dort sagte man mir, ich solle vor Ort bleiben. Und ich sagte Welton, er solle dasselbe tun.«

Ich mochte Gleason. Er war knapp und präzise.

»Waren Sie schon unten?«

»Nein, Ma'am.« In dem Verschlag hinter Gleason hing eine zweite Glühbirne. Das schräg durch die Tür fallende Licht ließ seine Brauen Schatten werfen und seine ohnehin kantigen Gesichtszüge noch schärfer wirken.

»Der ME sagte mir, Sie hätten den Verdacht, dass es sich um mehr als eine Leiche handelt.«

Gleason wackelte mit der Hand. Vielleicht ja, vielleicht nein.

»Gibt's da unten was, das ich wissen sollte?«

Ich dachte an den Keller einer Pizzabude in Montreal. Detective Luc Claudel schoss Ratten ab, während ich Knochen ausbuddelte. Ich sah ihn vor mir, wie er in seinem Kaschmirmantel und den Gucci-Handschuhen in diesem unterirdischen Loch stand, und musste beinahe lächeln. Beinahe. Die Knochen waren die von heranwachsenden Mädchen gewesen.

Gleason verstand meine Frage falsch. »Scheint irgend so eine Voodoo-Sache zu sein. Aber das ist Ihr Job, Doc.«

Richtige Antwort. Auf Uneingeweihte wirken Skelette oft bedrohlich. Sogar glänzend weiße Anatomiemodelle. Bei dem Gedanken wurde mir ein bisschen leichter. Vielleicht war es ja genau so etwas. Eine Schädelnachbildung, die man vor langer Zeit in einem Keller vergessen hatte.

Ich dachte noch einmal an den Pizzabuden-Fall. Die erste Frage damals war die nach dem PMI gewesen. Nach dem postmortalen Intervall. Wann war der Tod eingetreten? Vor zehn Jahren? Fünfzig? Hundertundfünfzig?

Noch ein optimistischeres Szenario. Vielleicht erwies der Schädel sich als uralter Kopf, den jemand von einer archäologischen Grabungsstätte geklaut hatte.

*Labormodelle und archäologische Fundstücke riechen nicht nach Verwesung.*

»Stimmt natürlich«, sagte ich zu Gleason. »Aber ich dachte an Ratten, Schlangen?«

»Bis jetzt noch keine Gesellschaft. Aber ich halte Ausschau nach ungebetenen Gästen.«

»Das beruhigt mich sehr.«

Ich folgte Gleason durch die Tür in einen fensterlosen, etwa drei mal vier Meter großen Raum. Zwei Ziegelwände schienen die Außenmauern zu bilden, Teile des ursprünglichen Fundaments. Zwei waren Innenwände. An diesen beiden standen Werkbänke.

Mit schnellem Blick überflog ich das Durcheinander auf den Bänken. Rostige Werkzeuge. Schachteln mit Nägeln, Schrauben, Beilagscheiben. Drahtrollen. Maschendraht. Ein Schraubstock.

Große Rollen grauen Plastiks mit Strukturprägung lagen unter den Werkbänken. Die Unterseite jeder Rolle war mit Erde verkrustet.

»Was ist das für Plastikzeug?«

»Vinyl.«

Ich hob fragend eine Augenbraue.

»Bodenbelag aus Vinyl. Habe ich letztes Jahr in meiner Garage verlegt. Wird normalerweise verklebt. Hier wurde er einfach lose auf die Erde und die Luke gelegt.«

»Welton hat ihn aufgerollt und beiseitegelegt?«

»Das sagt er.«

Bis auf die Werkbänke und den Bodenbelag war der Raum leer.

»Die Öffnung ist da drüben.« Gleason führte mich in die Ecke, wo die beiden Außenwände zusammenstießen.

In der östlichen Wand war etwa auf Schulterhöhe eine dreißig mal sechzig Zentimeter große Öffnung zu sehen. Schartige Ränder und ein deutlicher Farbunterschied zeigten, dass das Loch sehr frisch war. Ziegel- und Verputzbrocken lagen auf dem Boden darunter. An dieser Stelle hatte Welton die Wand geöffnet, um an die Rohre zu kommen.

Durch die Öffnung war ein Rohrgewirr zu erkennen. Auf dem Boden klaffte neben dem Geröll ein schwarzes Rechteck, das von einer ramponierten Luke aus Holzbrettern nur zum Teil abgedeckt wurde.

Ich stellte meinen Koffer ab und spähte hinunter in die Schwärze. Von hier aus war nicht zu erkennen, was sich dort unten befand.

»Wie weit ist es bis zum Boden?«

»Vier, vielleicht fünf Meter. Wahrscheinlich ein alter Kartoffelkeller. Einige von diesen Häusern haben die noch.«

Ich spürte das vertraute Gruseln. Die Enge in der Brust.

*Ganz ruhig, Brennan.*

»Warum so tief?«, fragte ich mit bemüht gelassener Stimme.

Gleason zuckte die Achseln. »Warmes Klima, keine Kühlschränke.«

Ich öffnete meinen Koffer, faltete einen Overall auf und streifte ihn über. Dann legte ich mich mit dem Gesicht über der Öffnung auf den Bauch.

Gleason gab mir seine Taschenlampe. Der Lichtstrahl tanzte eine provisorische Treppe hinab, die so steil war, dass sie eher wie eine Leiter wirkte.

»Das Zeug ist drüben an der Ostwand.«

Ich richtete den Strahl in diese Richtung. Und erkannte rostiges Metall, Flecken von Rot und Gelb. Etwas gespenstisch Bleiches, wie Leichenfleisch. Dann sah ich es.

Der Schädel stand auf einer Art rundem, niedrigem Podest, der Unterkiefer fehlte, die Stirn wirkte in dem kleinen Lichtoval merkwürdig gesprenkelt. Ein Objekt ruhte genau auf der Mitte des Schädeldachs.

Ich starrte den Schädel an. Die leeren Augenhöhlen starrten zurück. Die Zähne grinsten, als wollten sie mich herausfordern.

Ich stemmte mich auf alle viere, kauerte mich auf die Hacken und wischte mir Staub von Brust und Armen. »Ich mache jetzt ein paar Fotos, dann entfernen wir die Luke und ich gehe hinunter.«

»Diese Stufen scheinen schon einige Jahre auf dem Buckel zu haben. Wie wär's, wenn ich erst mal schaue, ob sie überhaupt sicher sind?«

»Es wäre mir lieber, wenn Sie hier oben bleiben und mir herunterreichen, was ich brauche.«

»Mach ich.«

Das Klicken meines Kameraverschlusses. Das Rieseln von Erde, die von der Lukenunterseite in die Tiefe fiel. In der absoluten Stille des Kellers wirkte jedes Geräusch verstärkt. Es war irrational, aber ich konnte das Gefühl nicht abschütteln, dass diese Stille nichts Gutes bedeutete.

Nachdem ich mir Gummihandschuhe übergestreift hatte, steckte ich mein Mag-Lite in den Hosenbund. Dann testete ich die erste Stufe. Stabil genug. Ich drehte das Gesicht zur Treppe, umfasste mit der einen Hand das Geländer und mit der anderen im Hinuntersteigen eine Stufe nach der anderen.

Die Luft wurde feucht-muffig, der Todesgeruch intensiver. Und meine Nase schnappte auch andere Dinge auf, eher olfaktorische Hinweise als wirkliche Gerüche. Andeutungen von Urin, saurer Milch, zerfallendem Gewebe.

Nach sechs Stufen drang fast kein Licht mehr von oben herunter. Ich hielt inne, damit meine Pupillen sich an die Dunkelheit gewöhnen konnten. Und meine Nerven an die Umgebung. Der Tunnel, durch den ich hinunterstieg, war etwa sechzig Zentimeter im Quadrat, feucht und stinkend.

Mein Herz hämmerte. Die Kehle wurde mir eng.

Jetzt ist es raus. Brennan, die legendäre Tunnelratte, hat Klaustrophobie.

*Atmen.*

Das Geländer krampfhaft umklammert, stieg ich die nächsten vier Stufen hinunter und durch den Tunnel in einen größeren Raum. Auf der fünften durchstach ein Splitter das Latex, das meine linke Hand schützte. Ich riss sie instinktiv zurück.

Noch mehr Selbstbesänftigung.

*Ganz ruhig.*

*Atmen.*

Noch zwei Stufen.

*Atmen.*

Mit einem merkwürdigen, leichten Klacken berührte meine Schuhspitze festen Boden. Behutsam tastete ich mit dem Fuß die nächste Umgebung ab. Nichts.

Ich stieg ganz von der Treppe herunter. Schloss die Augen, ein Reflex, um das aufschäumende Adrenalin ein wenig zurückzudrängen. Sinnlos. Alles um mich herum war pechschwarz.

Ich ließ das Geländer los, schaltete meine Taschenlampe ein, drehte mich um und ließ den Strahl durch den Raum und zur Decke wandern.

Ich stand in einem Kubus von etwa zweieinhalb Metern Kantenlänge, dessen Wände und Decke mit roh behauenen Holzbalken verstärkt waren. Der Boden war mit derselben Vinyl-Rollware bedeckt wie oben.

Das Objekt des Interesses befand sich rechts von mir. Vorsichtig bewegte ich mich dorthin, der Strahl meiner Lampe stach durch die Schatten.

Kessel, ein großer, ein kleiner. Ein verrosteter Topf. Sperrholz.

Werkzeuge, Statuen. Kerzen. Perlenschnüre und Geweihe an der Wand.

Gleason hatte es korrekt bezeichnet. Die Kammer beherbergte eine Art rituelle Inszenierung.

Der große Kessel bildete den Mittelpunkt, die restlichen Utensilien breiteten sich sternförmig um ihn aus. Ich stieg über einen Halbkreis aus Kerzen und richtete meine Lampe aufs Zentrum.

Der Kessel bestand aus Eisen und war mit Erde gefüllt. In seiner Mitte erhob sich eine makabere Pyramide.

Ein Tierschädel bildete den Sockel. Nach der Form und dem zu urteilen, was ich von den Zähnen sehen konnte, schien er von einem kleinen Wiederkäuer zu stammen, vielleicht von einer Ziege oder einem Schaf. Überreste vertrockneten Gewebes säumten die Augenhöhlen und andere Öffnungen.

Auf dem Tierschädel ruhte der menschliche Schädel, der dem Klempner solche Angst eingejagt hatte. Der Knochen war glatt und fleischlos. Das Schädeldach und die Stirn wirkten merkwürdig lumineszierend und wurden verdunkelt von einem unregelmäßigen Fleck. Ein Fleck, der genauso rotbraun war wie getrocknetes Blut.

Ein kleiner Vogelschädel bildete die Spitze des Aufbaus. Auch an ihm hafteten noch vertrocknete Fragmente von Haut und Muskeln.

Ich richtete den Strahl auf den Boden.

Vor dem Kessel lag etwas, das wie ein Stück Eisenbahnschiene aussah. Und darauf lag ein enthauptetes und zum Teil verwestes Huhn.

Die Quelle des Gestanks.

Ich bewegte den Lichtstrahl nach links zu dem Topf. Drei halbkugelförmige Objekte nahmen Gestalt an. Ich bückte mich, um sie genauer anzuschauen.

Ein Schildkrötenpanzer. Zwei halbe Kokosnussschalen.

Ich richtete mich wieder auf und trat seitlich an dem großen Kessel vorbei zum kleineren. Auch der war mit Erde angefüllt.

Oben drauf lagen drei Eisenbahnnägel, ein Geweih und drei gelbe Perlenschnüre. Ein Messer steckte bis zum Heft in der Erde.

Eine Kette war um den Rand des Kessels gewickelt. Eine Machete lehnte links daran. Eine Sperrholzplatte rechts.

Ich ging zu dem Sperrholz und kauerte mich hin. Es war von Symbolen bedeckt, die, wie ich vermutete, mit schwarzem Magic Marker darauf gemalt waren.

Daneben stand eine billige Gipsstatue. Die Frau trug eine lange, weiße Kutte, ein rotes Cape und eine Krone. In der einen Hand hielt sie einen Kelch, in der anderen ein Schwert. Neben ihr war eine winzige Burg oder ein Turm zu sehen.

Ich versuchte, mich an die katholischen Heiligendarstellungen meiner Jugend zu erinnern. Irgendein Abbild der Heiligen Jungfrau? Eine Heilige? Obwohl mir die Darstellung irgendwie bekannt vorkam, konnte ich die Dame nicht identifizieren.

Schulter an Schulter mit der Dame stand eine geschnitzte Holzfigur mit zwei Gesichtern, die in entgegengesetzte Richtungen schauten. Sie war etwa dreißig Zentimeter hoch, hatte lange, schlanke Gliedmaßen und einen erigierten Penis.

Eindeutig nicht die Jungfrau, dachte ich.

Die letzten in dieser Reihe waren zwei Puppen in gerüschten Baumwollkleidern mit mehreren Unterröcken, eins gelb, das andere blau. Beide Puppen waren weiblich und schwarz. Beide trugen Armreifen, Kreolen-Ohrringe und Medaillons an Halsketten. Blau hatte eine Krone, Gelb ein Kopftuch.

Und ein winziges Schwert steckte in ihrer Brust.

Ich hatte genug gesehen.

Der Schädel war nicht aus Plastik. Es waren also menschliche Überreste vorhanden. Das Huhn war noch nicht lange tot.

Vielleicht waren die an diesem Altar vollzogenen Rituale harmlos. Vielleicht nicht. Um sicherzugehen, musste die Bergung präzise nach Vorschrift durchgeführt werden. Scheinwerfer. Kameras. Eine Dokumentation der Bergungssequenz, damit jeder Schritt der Inbesitznahme nachgewiesen werden konnte.

Ich ging zur Treppe. Nach zwei Stufen hörte ich ein Geräusch und hob den Kopf. Durch die Öffnung spähte ein Gesicht auf mich herab.

Es war ein Gesicht, das ich nicht gern sah.

## 4

Erskine »Skinny« Slidell ist ein Detective des Charlotte-Mecklenburg PD Felony Investigative Bureau/Homicide Unit. Also ein Beamter des Morddezernats der Kriminalpolizei von Charlotte-Mecklenburg.

Im Lauf der Jahre habe ich schon ein paar Mal mit Slidell gearbeitet. Meine Meinung? Der Kerl hat die Persönlichkeit einer verstopfen Nase. Aber gute Instinkte.

Slidells pomadisierter Kopf hing über der Tunnelöffnung.

»Doc.« Slidell begrüßte mich gefühlsarm wie gewohnt.

»Detective.«

»Sagen Sie mir, dass ich nach Hause gehen, mir ein Bier aufmachen und meine Mannschaft anfeuern kann.«

»Heute Abend nicht.«

Slidell seufzte verärgert und verschwand dann aus meinem Sichtfeld.

Während ich nach oben stieg, erinnerte ich mich an unsere letzte Zusammenarbeit.

August. Der Detective betrat eben das Gerichtsgebäude des Mecklenburg County. Ich hatte als Zeugin ausgesagt und war auf dem Weg nach draußen.

Slidell ist nicht gerade der Allerschnellste im Denken. Weder auf der Straße noch vor Gericht. Eigentlich ist das eine Untertreibung. Scharfe Verteidiger machen Hackfleisch aus ihm. An diesem Vormittag war seine Nervosität offensichtlich gewesen, die Augen waren dunkel umrandet, vermutlich hatte er die ganze Nacht kein Auge zugemacht.

Als ich aus dem Treppenschacht stieg, fiel mir auf, dass Slidell an diesem Tag ein wenig besser aussah. Von seinem Sakko konnte man das nicht sagen. Bestehend aus grünem Polyester mit orangefarbenen Steppnähten sah das Ding sogar in diesem düsteren Keller grell und grässlich aus.

»Der Beamte hier sagt, wir haben's mit einem Hexendoktor zu tun.« Slidell drehte das Kinn in Gleasons Richtung.

Ich beschrieb ihm, was ich in dem Unterkeller gesehen hatte.

Slidell schaute auf die Uhr. »Wie wär's, wenn wir uns die Sache morgen vornehmen?«

»Rendezvous heute Abend, Skinny?«

Hinter Slidell machte Gleason ein gedämpftes Geräusch in seiner Kehle.

»Wie gesagt. Bier und Spiel.«

»Sie hätten Ihren TiVo stellen sollen.«

Slidell schaute mich an, als hätte ich ihm vorgeschlagen, er solle die nächste Shuttle-Mission programmieren.

»Ist wie ein Videorekorder«, erklärte ich und zog einen Handschuh aus.

»Wundert mich, dass das noch keine Aufmerksamkeit auf sich gezogen hat.« Slidell schaute in die Öffnung zu meinen Füßen. Er meinte die Medien.

»Dabei sollten wir es auch belassen«, sagte ich. »Rufen Sie die Spurensicherung über Ihr Handy an.«

Ich streifte den zerrissenen Handschuh ab. Der Daumenballen war rot und geschwollen und juckte wie die Pest.

»Sagen Sie ihnen, wir brauchen einen Generator und tragbare Scheinwerfer.« Ich warf beide Handschuhe in meinen Koffer. »Und etwas, das einen Kessel voller Erde anheben kann.«

Kopfschüttelnd tippte Slidell die Nummer in sein Handy.

Vier Stunden später ließ ich mich in meinen Mazda fallen. Die Greenleaf badete im Mondschein. Ich badete in meinem eigenen Schweiß.

Beim Verlassen des Hauses hatte Slidell eine Frau entdeckt, die mit einer kleinen Digitalkamera durch ein Fenster fotografierte. Nachdem er sie verjagt hatte, hatte er zwei Camels geraucht, etwas von Grundbucheintragungen und Steuerdaten gemurmelt und war in seinem Taurus davongerauscht.

Die Spurensicherungstechniker waren in ihrem Transporter davongefahren. Sie würden die Puppen, Statuen, Werkzeuge und alle anderen Artefakte im Forensikinstitut abliefern.

Auch der Transporter des Leichenschauhauses war bereits wieder weg. Joe Hawkins, der diensthabende Todesermittler des MCME an diesem Abend, transportierte die Schädel und das Huhn ins ME-Labor. Die Kessel ebenfalls. Larabee würde über die Sauerei zwar alles andere als begeistert sein, aber mir war es lieber, die Kesselinhalte unter kontrollierten Bedingungen zu untersuchen.

Wie erwartet, hatte der große Kessel die größten Probleme gemacht. Da er ungefähr genauso viel wog wie die Freiheitsstatue, hatte die Bergung eine Winde, viel Muskelkraft und ein ganzes Lexikon farbenfroher Ausdrücke erfordert.

Ich fuhr von dem Grundstück und die Greenleaf hoch. Der Frazier Park vor mir war ein schwarzes Loch in der Stadtlandschaft. Ein Klettergerüst wuchs aus den Schatten, eine silbrige, kubistische Skulptur über dem Schlangengrinsen des Irwin-Creek-Kanals.

Über Westbrook und Cedar fuhr ich am Rand der Innenstadt entlang und dann in südöstlicher Richtung zu meinem eigenen Viertel, Myers Park. In den 1930ern als Charlottes erster Vorort mit Straßenbahnanschluss erbaut, ist das Viertel heute zu teuer, zu schnieke und zu republikanisch. Trotz seiner jungen Jahre erscheint es elegant und grün.

Zehn Minuten, nachdem ich den Third Ward verlassen hatte, stand mein Auto neben meiner Terrasse. Nachdem ich abgeschlossen hatte, ging ich in mein Stadthaus.

Das verlangt einige Erklärungen.

Ich wohne auf dem Anwesen von Sharon Hall, einem Herrenhaus aus dem neunzehnten Jahrhundert direkt neben dem Campus der Queens University, das in einen Komplex aus Eigentumswohnungen umgewandelt wurde. Mein kleines Nebengebäude trägt den Namen Annex, »der Anbau«. Anbau zu was? Das weiß kein Mensch. Das winzige, zweigeschossige Gebäude taucht auf keinem der Originalpläne des Anwesens auf. Das Haupthaus ist dort vorhanden. Die Remise. Der Kräutergarten und der Park. Kein Annex. Das Ding wurde offensichtlich aus einer Laune heraus erbaut.

Die Spekulationen von Freunden, Familienmitgliedern und Gästen reichen von Räucherhaus über Treibhaus bis hin zu Darre. Es interessiert mich nicht sonderlich, die ursprüngliche Absicht des Erbauers zu ergründen. Obwohl gerade einmal einhundertzehn Quadratmeter groß, genügt das Häuschen doch meinen Ansprüchen. Schlafzimmer und Bad oben. Küche, Esszimmer, Wohnzimmer und Arbeitszimmer unten. Ich zog in das Haus ein, als meine Ehe mit Pete in die Brüche ging. Ein Jahrzehnt später wohne ich immer noch dort.

»Hey, Bird«, rief ich in die leere Küche.

Kein Kater.

»Birdie, ich bin zu Hause.«

Das Summen des Kühlschranks. Eine Serie leiser Schläge von der Kaminuhr meiner Großmutter.

Ich zählte. Elf.

Mein Blick schlich zum Anzeigenlämpchen am Telefon. Keine einzige Nachricht.

Ich stellte meine Handtasche ab und ging sofort unter die Dusche.

Während ich den Kellerdreck mit Grüntee-Duschgel vertrieb, mit Rosmarin-Minze-Shampoo und so heißem Wasser, wie ich es gerade noch ertragen konnte, drifteten meine Gedanken zu dem so grausam dunklen Signallämpchen des Anrufbeantworters und zu der Stimme, die ich zu hören hoffte.

*Bonjour, Tempe. Du fehlst mir. Wir sollten reden.*

Ein Bild blitzte auf. Schlaksige Gestalt, sandfarbene Haare, Carolina-blaue Augen. Andrew Ryan, *lieutenant-détective,* Section des crimes contre la personne, Sûreté du Québec.

Hier also die Geschichte mit Quebec. Ich habe zwei Jobs, einen in Charlotte, North Carolina, USA, einen in Montreal, Quebec, Kanada, wo ich forensische Anthropologin für das Bureau du Coroner bin. Ryan ist Detective im Morddezernat der Provinzpolizei. Mit anderen Worten, bei Morden in *La Belle Province* kümmere ich mich um die Opfer und Ryan ermittelt.

Als ich vor Jahren in dem Institut in Montreal anfing, hatte Ryan den Ruf des Schwerenöters des Reviers. Und ich hatte es mir selbst zur Regel gemacht, keine Büro-Romanze anzufangen. Allerdings zeigte es sich, dass der *lieutenant-détective* kein großer Regelfreund war. Als jede Hoffnung, meine Ehe zu retten, schließlich den Bach hinuntergegangen war, fingen wir an, uns auch privat zu sehen. Eine Weile lief alles gut. Sehr gut.

In meinem Kopf lief ein nicht jugendfreier Film aus unvergesslichen Szenen ab. Beaufort, South Carolina, der erste abgewehrte Annäherungsversuch, ich in abgeschnittenen Jeans ohne Slip, an Bord eines Sieben-Meter-Chris-Craft im Yachthafen von Lady's Island. Charlotte, North Carolina, der erste Volltreffer, ich in einem männermordenden, schwarzen Kleid und einem von Victorias größten Geheimnissen.

Als ich mich an andere sportliche Leistungen erinnerte, bekam ich ein Kribbeln im Bauch. Ja, der Kerl war gut. Und gut aussehend.

Dann riss Ryan mir ein Loch ins Herz. Die Tochter, die er gerade getroffen, davor aber nie gekannt hatte, war rebellisch, wütend, heroinsüchtig. Gequält von Schuldgefühlen, hatte Daddy beschlossen, sich wieder mit Mommy zusammenzutun und gemeinsam zu versuchen, die Tochter zu retten.

Und ich war out wie die Lippenstiftfarbe vom letzten Jahr. Das war vor vier Monaten.

»Scheiß drauf.«

Das Gesicht unter dem Duschkopf, krähte ich eine verwässerte Version von Gloria Gaynor.

*»I will survive. Oh, no not I. I've got all my life to live –«*

Plötzlich wurde das Wasser kalt. Und ich war am Verhungern. Völlig versunken in die Bearbeitung des Kellers und nervlich höchst angespannt durch die unterirdischen Umstände, hatte ich an Essen überhaupt nicht gedacht. Bis jetzt.

Bird schlenderte herein, als ich mich eben abtrocknete.

»Tut mir leid«, sagte ich. »Nachteinsatz. Keine andere Wahl.«

Der Kater schaute skeptisch drein. Oder fragend. Oder gelangweilt.

»Wie wär's mit ein bisschen Katzenminze?«

Bird saß da und leckte sich eine Vorderpfote, was bedeutete, dass Verzeihung durch Bestechung nicht beschleunigt werden würde.

Ich zog ein Nachthemd und flauschige, pinkfarbene Socken an und kehrte in die Küche zurück.

Noch eine Charakterschwäche. Ich hasse Erledigungen. Reinigung. Autoinspektion. Supermarkt. Ich mache mir zwar Listen, aber die Abarbeitung wird hinausgezögert, bis ich wirklich mit dem Rücken zur Wand stehe. Weshalb ich folgende Delikatessen zur Auswahl hatte:

Vorspeise aus tiefgefrorenem Hackbraten. Vorspeise aus tiefgefrorenem Chow Mein. Dosen mit Tunfisch, Pfirsichen, Tomatenmark und grünen Bohnen. Champignon-, Gemüse- und Hühner-Nudel-Suppe. Tüten mit Makkaroni und Käse sowie Champignon-Risotto.

Bird tauchte wieder auf, als das Chow Mein eben aus der Mikrowelle kam. Ich stellte das Tablett auf die Anrichte, holte Katzenminze aus der Vorratskammer und stopfte sie in seine Maus.

Der Kater legte sich auf die Seite, kratzte mit allen vieren an dem Spielzeug und schnupperte. Seine Charakterschwäche? Er wird gern high.

Ich aß stehend am Spülbecken, während Bird auf dem Boden vor meinen Füßen seine Pheromon-Rezeptoren auf Touren brachte. Dann hauten Ozzy Osbourne und ich uns aufs Ohr.

Obwohl ich unbedingt mit der Untersuchung des Schädels und der Kessel beginnen wollte, gehörte ich am Dienstag der UNCC.

Was Slidell sehr ärgerte.

Zur Beschwichtigung versprach ich ihm, gleich zum allerersten Morgenlattentau – seine Wortwahl, nicht meine – beim MCME vorbeizuschauen.

Eine Stunde brachte ich damit zu, dem Huhn und dem Ziegenschädel Proben zu entnehmen und die Insekten noch einmal durchzugehen, die ich im Keller eingesammelt hatte. Zum Glück hatte ich mir vor Ort die Zeit genommen, sie einzeln einzupacken und zu beschriften.

Nachdem ich die Insekten verpackt und an einen Entomologen in Hawaii geschickt hatte, raste ich zum Campus, um mein Vormittagsseminar zu halten. Am Nachmittag hatte ich Studentenberatung. Unmengen warteten auf mich, die sich alle Sorgen wegen der Semesterzwischenprüfungen machten. Die Abenddämmerung war nur noch eine Erinnerung, als ich endlich davonkam.

Auch am Mittwoch war ich wieder mit der Sonne auf. Bei Tagesanbruch aufstehen ist sonst eigentlich nicht mein Stil. Ich genoss es absolut nicht.

Das Gebäude des Mecklenburg County Medical Examiner befindet sich an der Ecke Tenth und College, gerade noch am Rand der Innenstadt, in einem Gebäude, das ursprünglich ein Sears-Gartencenter war. Und genau so sieht es aus, nur ohne Stiefmütterchen und Philodendron. Es ist ein völlig gesichtsloser, bunkerartiger Flachbau, in dem auch mehrere Außenbüros der Polizei des Mecklenburg County untergebracht sind.

Seiner früheren kommerziellen Nutzung entsprechend, besteht die Landschaftsarchitektur aus einigen Tausend Quadratmetern

Beton. Schlecht, wenn man auf eine Fotoserie in *Southern Homes and Gardens* hofft. Gut, wenn man einen Parkplatz sucht.

Was ich, um 7 Uhr 35, auch tat.

Nachdem ich mit meiner Karte die Doppelglastür geöffnet hatte, betrat ich einen leeren Empfangsbereich. Eine schnurrende Stille verriet mir, dass ich die Erste im Haus war.

Unter der Woche begutachtet Eunice Flowers Besucher durch eine Glasscheibe über ihrem Schreibtisch, lässt manche ein und schickt andere wieder weg. Sie stellt Terminpläne auf, tippt und archiviert Berichte und bewahrt Dokumente und Unterlagen in grauen Metallschränken an den Wänden ihres Reichs auf.

Egal, wie das Wetter ist, Mrs. Flowers' Kleidung ist immer gebügelt, die Frisur makellos. Obwohl die Frau freundlich und großzügig ist, vermittelt sie mir immer das Gefühl, schlampig zu sein.

Und ihr Arbeitsbereich bringt mich völlig aus der Fassung. Wie groß das Chaos im Rest des Instituts auch sein mag, ihr Schreibtisch ist immer klinisch sauber und aufgeräumt. Alle Unterlagen ruhen in militärisch präzisen Stapeln, alle Zettel auf dem Anschlagbrett hängen in ordentlicher Reihe und mit identischem Abstand da. Ich bin nicht fähig zu solcher Ordentlichkeit, und wer es ist, macht mich argwöhnisch.

Ich wusste, dass die Torwächterin in fünfzehn Minuten eintreffen würde. Exakt. Seit mehr als zwei Jahrzehnten stempelt Mrs. Flowers jeden Tag um 7 Uhr 50 ein und wird es weiter tun, bis sie in Rente geht. Oder die Radieschen von unten betrachtet.

Ich wandte mich nach rechts und ging vorbei an einer Reihe Todesermittler-Kabinen zu einer großen, weißen Tafel an der Rückwand. Während ich das Datum dieses Tages in das Kästchen neben meinem Namen schrieb, las ich die neben den Namen der drei anderen Pathologen.

Dr. Germaine Hartigan hatte eine Woche Urlaub. Dr. Ken Siu hatte drei Tage für Zeugenaussagen vor Gericht eingetragen.

Pech für Larabee. Er war diese Woche ganz alleine.

Ich schaute auf die Liste der Neuzugänge. Über Nacht waren zwei Fälle mit schwarzem Magic Marker eingetragen worden.

In einem Müllcontainer hinter einem Winn-Dixie-Supermarkt hatte man eine verbrannte Leiche gefunden. MCME 522-08.

In einem Keller war ein menschlicher Schädel ohne Unterkiefer entdeckt worden. MCME-523-08.

Mein Büro ist ganz hinten, in der Nähe derjenigen der Pathologen. Bei der Größe sollte es eher begehbarer Schrank heißen.

Ich schloss die Tür auf, setzte mich hinter meinen Schreibtisch und schob meine Handtasche in eine Schublade. Dann zog ich ein Formular aus einem Mini-Plastikregal auf dem Aktenschrank hinter mir, trug die Fallnummer ein und beschrieb mit knappen Worten die Überreste und die Umstände ihrer Entdeckung. Danach eilte ich in den Umkleideraum.

Das MCME-Institut hat zwei Autopsiesäle, beide mit jeweils nur einem Tisch. Der kleinere hat eine spezielle Klimaanlage zur Geruchsbekämpfung.

Der Stinkersaal. Für Verweste und Wasserleichen. Meine Art von Fällen.

Nachdem ich Kameras, Greifzirkel, ein Sieb, Sonden und eine kleine Kelle zurechtgelegt hatte, ging ich zum Kühlraum. Die Edelstahltür öffnete sich mit einem Zischen und umfing mich mit dem Geruch gekühlten Fleisches. Ich schaltete das Licht an.

Und sprach ein Dankgebet für Joe Hawkins. Im übertragenen Sinne.

Am Dienstag war ich wegen der unchristlichen Stunde zu mürrisch gewesen, um etwas zu bemerken. An mein Dilemma dachte ich erst, als ich mich umzog. Was, wenn die Kessel auf dem Boden standen, wie sollte ich sie bewegen?

Kein Problem. Hawkins hatte sie beide auf dem Rollwagen stehen gelassen, mit dem er sie hierhergebracht hatte. Ich stellte den Karton mit den Schädeln und dem Huhn dazu, löste die Radbremse, drehte mich um und drückte mit dem Hintern gegen die Tür. Sie flog auf.

Hände fingen mich, bevor ich mich mit vollem Schwung aufs Hinterteil setzen konnte. Als ich mein Gleichgewicht wiederhatte, fuhr ich herum.

Tim Larabee erinnert an einen Cowboy, der viel zu viel Zeit in der Wüste verbringt. Er ist ein Marathon-Junkie, dem tägliches Training den Körper ausgezehrt, die Haut gegerbt und die ohnehin schmalen Wangen noch mehr ausgehöhlt hat.

Larabees Augen schauten entschuldigend. Augen, die viel zu tief in den Höhlen lagen. »Tut mir leid. Wusste ja nicht, dass sonst noch jemand da ist.«

»Meine Schuld. Arsch voraus ist immer schlecht.«

»Darf ich Ihnen helfen?«

Während wir den Rollwagen aus dem Kühlraum in den Autopsiesaal bugsierten, erzählte ich ihm von dem Keller.

»Voodoo?«

Ich zuckte die Achseln. Wer weiß?

»Schätze, Sie werden den Inhalt nicht röntgen.« Larabee klopfte auf einen der eisernen Kessel.

»Nein, Blindflug«, entgegnete ich und zog Gummihandschuhe über. »Aber ich lasse Joe die Schädel machen, sobald er da ist.«

Larabee deutete auf den Karton. »Kann ich mal schnell sehen?«

Ich öffnete die Laschen. Die Schädel waren noch so, wie ich sie eingepackt hatte, jeder einzeln in einer beschrifteten Ziploc-Tüte. Den vierten Beutel brauchte ich nicht zu kontrollieren, der Gestank sagte mir, dass er noch immer das Huhn enthielt.

Während der Medical Examiner Handschuhe überstreifte, holte ich den menschlichen Schädel heraus und stellte ihn auf einem Korkring auf den Autopsietisch.

»Unterkiefer?«

Ich schüttelte nur den Kopf.

Larabee fuhr mit der Fingerspitze über Stirn und Schädeldach. »Sieht aus wie Wachs«, sagte er.

Ich nickte zustimmend.

Larabee berührte den Fleck, der über den Rand der vermuteten Wachsschicht hinausreichte. »Blut?«

»Nehme ich an.«

»Menschlich?«

»Ich werde eine Probe für eine Untersuchung nehmen.«

Larabee drehte fragend die Handflächen nach oben. Ich wusste, was er wollte.

»Das ist alles nur vorläufig.«

»Verstanden.«

Ich nahm den Schädel so in die Hände, dass Gaumen und Hinterhauptsloch nach oben zeigten.

»Ich werde natürlich die Röntgenaufnahmen noch abwarten, aber es sieht so aus, als wären die dritten Backenzähne eben erst durchgebrochen, und die anderen zeigen nur minimale Abnutzung. Die Basilarnaht ist frisch verschmolzen.« Ich meinte die Verbindung zwischen dem Keilbein und dem Hinterhauptsbein der Schädelbasis. »Diese Konstellation deutet auf mittleres bis späteres Teenageralter hin.«

Ich drehte den Schädel.

»Der Hinterkopf ist glatt, ohne Wulst für die Befestigung der Halsmuskeln.« Ich deutete auf einen dreieckigen Höcker, der unterhalb der rechten Ohröffnung nach unten zeigte. »Die Warzenfortsätze sind klein. Und sehen Sie, wie dieser erhöhte Grat am Ende des Wangenknochens ausläuft?«

»Führt nicht über den Gehörgang weiter nach hinten.«

Ich nickte. »Diese Merkmale deuten alle auf weiblich hin.«

»Die Brauenwülste sind nicht gerade bemerkenswert.«

»Nein. Aber in diesem Alter ist das noch kein eindeutiges Merkmal.«

»Was ist mit der Rasse?«

»Schwierig. Die Nasenöffnung ist nicht sonderlich breit, aber die Nasenknochen treffen sich in stumpfem Winkel. Der untere Nasenrand und der Dorn sind beschädigt, man kann über die Form deshalb kaum etwas aussagen.« Ich drehte den Schädel zur

Seite. »Die untere Gesichtshälfte steht vor.« Ich schaute auf das Schädeldach hinunter. »Der Schädel ist lang, aber nicht ausgesprochen schmal.«

Ich stellte den Schädel wieder auf den Ring.

»Ich lasse die Maße durch Fordisc 3.0 laufen, aber vom Gefühl her würde ich sagen, negroid.«

»Afroamerikanisch?«

»Oder afrikanisch. Karibisch. Südamerikanisch. Zentral-«

»Ein schwarzes Teenagermädchen.«

»Das ist nur vorläufig.«

»Ja, ja. PMI?«

»Das wird noch einige Zeit dauern.«

»Hundert Jahre? Fünfzig? Zehn? Eins?«

»Ja«, sagte ich. »Ich habe die Insekten gestern mit FedEx weggeschickt.«

»Ich wusste gar nicht, dass Sie hier waren.«

»Je eher dabei, desto eher davon.«

»Und jetzt?«, fragte Larabee.

»Jetzt nehme ich mir zwei Kessel mit Erde vor.«

Die Tür ging auf, und Joe Hawkins streckte den Kopf durch den Spalt.

»Haben Sie gesehen, was ich gestern in den Pausenraum gelegt habe?«

Larabee und ich schüttelten den Kopf.

»Ich war den ganzen Tag an der Uni«, sagte ich.

»Ich war in Chapel Hill.«

»Wie auch immer. Wird Ihnen nicht gefallen.«

## 5

Wir folgten Hawkins einen Korridor entlang zu einem kleinen Personalaufenthaltsraum. Links befand sich eine Mini-Küchenzeile mit Schränken, Spülbecken, Herd und Kühlschrank. Ein Telefon und ein kleiner Fernseher standen an einem Ende der Anrichte, eine Kaffeemaschine und ein Körbchen mit Zucker- und Milchpulvertüten am anderen. Ein runder Tisch und vier Stühle nahmen den Großteil der rechten Seite des Raums ein.

Joe Hawkins transportiert Leichen seit den Eisenhower-Jahren und ist der lebende Beweis dafür, dass wir von dem geformt werden, was wir tun. Dürr wie ein Knochengestell, die Augen schwarz umrandet, die Brauen buschig und die schwarz gefärbten Haare nach hinten pomadisiert: der Prototyp eines Todesermittlers in einem B-Movie.

Mit ernster Miene ging Hawkins zum Tisch und deutete mit dem Finger auf ein aufgeschlagenes Exemplar des *Charlotte Observer* vom Dienstag.

»Die Zeitung von gestern.«

Larabee und ich beugten uns darüber und lasen.

Lokalteil. Seite fünf. Kurzer Artikel. Ein Foto.

***Teufelszeug oder Rumpelkammer?***

*Die Polizei staunte am Montag nicht schlecht, als ein 911-Anruf sie zu einem Haus an der Greenleaf führte. Bei Renovierungsarbeiten war ein Klempner auf mehr gestoßen als nur verrostete Rohre. In stundenlanger Arbeit wurden Schädel, Kessel und eine Reihe merkwürdiger Gegenstände in dem Haus sichergestellt und ins MCME-Leichenschauhaus und das CMPD-Forensikinstitut gebracht.*

*Die Bergung wurde von der forensischen Anthropologin Dr. Temperance Brennan und einem Detective des Morddezernats, Erskine Slidell, geleitet. Auf Anfrage verweigerte die Polizei jeden Kommentar darüber, ob es sich bei den Knochenüberresten um menschliche handelt.*

*Der Klempner, Arlo Welton, berichtete, er habe eine Wand aufgeschlagen und sei dabei auf einen mysteriösen unterirdischen Keller gestoßen. Welton beschrieb einen Altar und satanistische Utensilien, die seiner Meinung nach eindeutig auf ein dämonisches Ritual hindeuteten.*

*Teufelsanbetung? Oder eine unterirdische Rumpelkammer? Es wird ermittelt.*

Das Foto war grobkörnig, aufgenommen aus zu großer Entfernung mit zu wenig Licht. Es zeigte Slidell und mich neben der schiefen Verandaschaukel. Aus meinem gelockerten Haarknoten auf dem Kopf fielen mir wirre Strähnen ins Gesicht. Slidell hatte den Finger im Ohr. Wir sahen beide nicht aus wie fürs Hochglanz-Titelblatt gemacht. Das Copyright für das Foto hatte eine gewisse Allison Stallings.

»Spitze«, sagte Larabee.

»Scheiße«, sagte ich.

»Klasse Frisur.«

Mein Finger bedeutete Larabee, was ich von seinem Humor hielt.

Wie aufs Stichwort klingelte das Telefon. Während Hawkins abhob, las ich den Artikel noch einmal und spürte die gewohnte Verärgerung. Ich bin zwar ein eifriger Nachrichtenkonsument, sowohl was Zeitungen wie elektronische Medien angeht, aber ich hasse es, Journalisten in meinem Labor oder bei einer Bergung vor Ort zu haben. Meiner Ansicht nach sind Leichen nichts für Kameras und Mikrofone. Ihrer Meinung nach gehören weder das Labor noch der Tatort mir, und die Öffentlichkeit hat das Recht auf Information. Wir koexistieren in einem Zustand erzwungener Anpassung, und jeder gibt nur heraus, was unbedingt nötig ist.

Allison Stallings. Ich kannte den Namen nicht. Vielleicht eine Neue bei der Zeitung? Ich dachte, ich würde jeden Polizeireporter in der Stadt kennen.

»Mrs. Flowers wird mit Anfragen von der Presse uberschwemmt.« Hawkins drückte sich den Hörer an die Brust. »Bis jetzt hat sie nur ›Kein Kommentar‹ gesagt. Aber da Sie jetzt hier sind, will sie wissen, wie sie weiter vorgehen soll.«

»Sie soll ihnen sagen, dass sie tot umfallen sollen«, sagte ich.

»›Kein Kommentar‹ ist gut«, verbesserte mich Larabee.

Hawkins gab das weiter. Hörte zu. Und drückte sich den Hörer wieder ans Hemd.

»Sie sagt, sie geben aber keine Ruhe.«

»Mysteriös? Satanistisch?« Meine Stimme triefte vor Verachtung. »Die hoffen wahrscheinlich auf ein gekochtes Baby für die Fünf-Uhr-Nachrichten.«

»Kein Kommentar«, wiederholte Larabee.

Den Rest des Tages verbrachte ich mit dem Greenleaf-Material.

Nachdem ich den Schädel fotografiert hatte, machte ich mich an eine detaillierte Untersuchung und fing mit den Zähnen an.

Leider waren nur noch zehn der ursprünglich sechzehn oberen vorhanden. Das muss nichts Böses bedeuten. Die Vorderzähne haben nur eine Wurzel. Wenn das Zahnfleisch sich verabschiedet, lassen Scheide- und Eckzähne nicht lange auf sich warten.

Die Beißerchen kommen nicht schon fix und fertig auf die Welt. Das ist keine Sensation. Jeder weiß, dass die Zähne von Säugern in zwei Varianten auftreten, als Milch- und als Erwachsenenzähne. Und dass jede Variante als Spezialtruppe auftritt. Schneidezähne, vordere Backenzähne, Eckzähne, hintere Backenzähne. Aber die Zahnentwicklung ist mehr als nur ein Stück in zwei Akten. Und ein Großteil der Handlung spielt hinter den Kulissen.

Hier das Manuskript. Zuerst erscheint tief im Kiefer eine Krone. Darüber legt sich der Zahnschmelz, und eine Wurzel beginnt nach oben oder nach unten in die Höhle zu wachsen. Die Krone stößt durch das Fleisch. Die Wurzel verlängert sich und bildet schließlich eine Spitze aus. Mit anderen Worten, nach dem Durchbruch geht die Zahnbildung weiter, bis die Wurzel vollständig ist. Gleichzeitig spielen andere Zähne ihre Rollen entsprechend ihren jeweiligen Stichworten durch.

Die Röntgenaufnahmen des Schädels zeigten einen partiellen Durchbruch der dritten Backenzähne im Oberkiefer und eine partielle Vervollständigung der zweiten Backenzahnwurzel. Diese Kombination deutete zusammen mit der frisch verschmolzenen Basilarnaht auf ein Alter zwischen vierzehn und siebzehn Jahren hin. Mein Instinkt sagte mir, dass ich es eher mit dem oberen Ende der Skala zu tun hatte.

Eine nochmalige Bewertung der Schädelmerkmale änderte nichts an meinem ersten Eindruck in Bezug auf Geschlecht und Abstammung. Dennoch nahm ich, als Gegenprobe, die Maße ab und tippte sie in meinen Laptop.

Fordisc 3.0 ist ein anthropometrisches Programm, das eine statistische Prozedur namens Differenzierende Funktionsanalyse oder DFA benutzt. DFAs fußen auf dem Vergleich mit Referenzgruppen, die aus bekannten Mitgliedern bestehen, in diesem Fall Schädel von Individuen, deren Rasse und Geschlecht dokumentiert sind und deren Maße in die Datenbank eingegeben wurden. »Unbekannte« wie etwa der Greenleaf-Schädel werden mit den »Bekannten« in der Referenzgruppe verglichen und in Bezug auf Ähnlichkeit und Unterschiede bewertet.

Für die Geschlechtsbestimmung gibt es eine Reihe von Referenzgruppen, alle bestehend aus bekannten männlichen und weiblichen Individuen spezifischer rassischer oder ethnischer Herkunft. Da schmale Wangenknochen und ein relativ langer Schädel eine asiatische oder indigen amerikanische Abstammung ausschlossen, ließ ich Vergleiche mit kaukasoiden und negroiden Referenzgruppen laufen.

Keine Überraschung. Ob schwarz oder weiß, der Greenleaf-Schädel hatte auf jeden Fall einem Mädchen gehört.

Die Bestimmung der Rasse ist ein bisschen komplizierter. Wie die Referenzgruppen zur Geschlechtsbestimmung bestehen die potentiellen Gruppen für diesen Aspekt aus bekannten Schwarzen, Weißen, Indianern und Japanern beiderlei Geschlechts sowie aus guatemaltekischen, hispanischen, chinesischen und vietnamesischen Männern. Das ist der Umfang der Fordisc-Datenbank.

Ich ließ einen Doppelvergleich zwischen weiblichen Schwarzen und Weißen laufen.

Meine Unbekannte wurde als Erstere klassifiziert. Gerade noch so.

Ich besah mir die interpretativen Statistiken.

Eine folgerbare Wahrscheinlichkeit, im Fachchinesisch Posterior Probability oder PP genannt, benennt die Wahrscheinlichkeit der Gruppenzugehörigkeit eines Unbekannten ausgehend von seiner relativen Nähe zu allen Gruppen. Grundannahmen sind, dass Variationen *innerhalb* einer Gruppe in etwa identisch sind; dass Mittel und Werte *zwischen* Gruppen differieren; und dass die Unbekannte tatsächlich zu einer der Referenzgruppen gehört, die man benutzt. Letzteres muss nicht notwendigerweise zutreffen. Eine DFA klassifiziert jeden Satz von Maßen, auch wenn der Unbekannte ein Schimpanse oder eine Hyäne ist.

Eine typische Wahrscheinlichkeit, Typical Probability oder TP, ist ein besserer Indikator für die tatsächliche Gruppenzugehörigkeit. TP ermittelt die Wahrscheinlichkeit, dass ein Unbekannter zu einer bestimmten Gruppe gehört, ausgehend von der durchschnittlichen Variabilität aller Gruppen in der Untersuchung. TPs bestimmen absolute Entfernungen, nicht relative Entfernungen, wie PPs es tun.

Sehen Sie es so: Wenn Sie einen Unbekannten einer der Referenzgruppen des Programms zuordnen müssen, sagt Ihnen eine PP, was die beste Wahl ist. Eine TP sagt Ihnen, ob diese Wahl eine realistische ist.

Die PP auf meinem Monitor sagte in Bezug auf meine Unbekannte, dass schwarze Abstammung wahrscheinlicher war als weiße. Die TP sagte mir, dass ihr Kopf nicht so zusammengefügt war die Köpfe der schwarzen Damen in der Datenbank.

Ich maß und rechnete noch einmal nach.

Mit demselben Ergebnis.

Die Zahlen zeigen in eine Richtung, die deduktive Gesamtbewertung in eine andere. Das ist nicht ungewöhnlich. Es entspricht der Erfahrung. Und da Gene sich nicht an Statistiken halten, wusste ich, dass es die Möglichkeit gemischter Abstammung gab.

Ich blätterte zum Deckblatt und füllte die Kästchen meines Fallformulars aus.

Geschlecht: weiblich.

Abstammung: negroid (mit möglicher kaukasoider Beimischung).

Alter: vierzehn bis siebzehn Jahre.

Mein Gott. Noch ein Kind.

Ich starrte in die leeren Augenhöhlen und versuchte, mir vorzustellen, wer diese junge Frau gewesen war. Empfand Trauer über den Verlust. Ausgehend von den schwarzen Mädchen, die ich aus meiner Umgebung kannte, konnte ich mir eine ungefähre Vorstellung ihres Aussehens machen. Freundinnen von Katy zum Beispiel. Meine Studentinnen. Die Mädchen, die im Park auf der anderen Seite der College Street herumhingen. Ich konnte mir dunkle Haare und Augen vorstellen, schokoladenfarbene Haut. Aber was hatte sie empfunden? Gedacht? Was für ein Ausdruck hatte ihre Gesichtszüge geformt, wenn sie am Abend einschlief und am Morgen aufwachte?

Vierzehn bis siebzehn. Halb Frau, halb Mädchen. Hatte sie gern gelesen? War sie gern Rad gefahren? Oder auf einer Harley? Hatte sie sich in Einkaufszentren herumgetrieben? Hatte sie einen festen Freund? Wer vermisste sie?

Hatte es in ihrer Welt Einkaufszentren gegeben? Wann starb sie? Wo?

*Tu, was du immer tust, Brennan. Finde heraus, wer sie war. Was mit ihr passierte.*

Ich schob die gefühlsbetonten Gedanken beiseite und konzentrierte mich wieder auf die Wissenschaft.

Die nächsten Kästchen auf dem Formular fragten nach PMI und TA.

Postmortales Intervall und Todesart.

Bei trockenen Knochen, ohne jede Anhaftung von Fleisch oder anderen organischen Komponenten, kann die Bestimmung der Zeit seit Eintritt des Todes noch schwerer zu bestimmen sein als die Rasse.

Sanft hob ich den Schädel mit einer Hand, um sein Gewicht zu schätzen. Der Knochen sah solide aus und fühlte sich auch so an, nicht porös oder degradiert wie Überreste aus alten Friedhöfen oder archäologisches Material. Alle sichtbaren Oberflächen waren einheitlich teebraun verfärbt.

Ich suchte nach kulturellen Veränderung, etwa Zahnfüllungen, Schädelabbindung, Hinterkopfabflachung oder chirurgische Bohrlöcher. Nichts dergleichen.

Ich suchte nach Hinweisen auf eine Sargbestattung. Der Schädel wies keine Spuren von Bestattungsartefakten wie etwa Modellierwachs, Trepanation oder Augendeckel auf. Keine Fäden oder Gewebefetzen. Kein einbalsamiertes Gewebe, kein Abblättern der Knochenrinde, keine Kopf- oder Gesichtshaare.

Ich leuchtete mit einer kleinen Stablampe in das Foramen magnum, das große Loch am Hinterkopf, das die Verbindung zwischen Rückenmark und Gehirn ermöglicht. Bis auf anhaftende Erde war das Innere der Öffnung leer.

Mit einem Zahnstocher kratzte ich die Krumen im Schädelinneren weg. Auf dem Rollwagen bildete sich ein kleiner Kegel. Die Erde glänzte zwar etwas mehr, sah aber ansonsten der in dem Kessel sehr ähnlich. Ich fand eine Rollassel, ein Puppengehäuse, aber keine Pflanzeneinschlüsse.

Weiter mit dem Zahnstocher arbeitend, kippte ich den Schädel und säuberte die Nasen- und Ohröffnungen. Noch mehr Erde rieselte auf den Kegel.

Schließlich füllte ich die Schädelerde, die Assel und das Puppengehäuse in einen Ziploc-Beutel und schrieb die MCME-Fallnummer, das Datum und meinen Namen außen auf das Plastik. Es konnte gut sein, dass die Probe nie untersucht wurde, aber sicher war sicher.

Mit einem Skalpell hob ich nun Fragmente des Schädelwachses oben auf dem Schädel ab und steckte sie einen zweiten Beutel. Abgeschabte Fragmente des »Blut«-Flecks kamen in einen dritten.

Dann wandte ich mich wieder den Röntgenaufnahmen zu. Langsam arbeitete ich mich durch die Aufnahmen von vorne, von der Seite, von hinten, von oben und von unten, die Hawkins mir geliefert hatte.

Der Schädel zeigte keine Spuren von Verletzungen oder Krankheit. Keine Metallspuren, die auf eine Schussverletzung hinweisen würden. Keine Brüche, Kugeleintritts- oder -austrittslöcher, keine von einem scharfen Gegenstand verursachten Schnitte. Keine Läsionen, Defekte oder angeborenen Anomalien. Keine Implantate, keine Hinweise auf kosmetische oder korrigierende Operationen. Kein Indikator, was die medizinische oder zahnmedizinische Geschichte des Mädchens betraf. Kein Hinweis auf die Ursache ihres Todes.

Frustriert untersuchte ich sowohl den Schädel wie die Röntgenaufnahmen unter Vergrößerung.

Nichts. Der Schädel war auffällig unauffällig.

Entmutigt ging ich im Geiste die Methoden für eine PMI-Schätzung bei trockenen Knochen durch. Ultraviolette Fluoreszenz, Färbung auf Indophenol oder Nilblau, Überschall-Leitfähigkeit, histologische oder radiografische Strukturanalyse, Bewertung des Stickstoff- oder Aminosäurengehalts, Bomben-C14-Analyse, Berechnung der Fetttransgression, des Karbonat- oder des serologischen Proteingehalts, Reaktion auf Benzidin oder antimenschliches Serum.

Ich würde die Rollassel und das Puppengehäuse zwar an den Entomologen schicken, bezweifelte aber, dass dessen Untersuchung viel bringen würde. Sie könnten ja aus der Kesselfüllung stammen und erst lange nach dem Tod des Madchens in den Schädel gewandert sein.

Der Bomben-C14-Test war eine Möglichkeit. Diese Untersuchung könnte zeigen, ob der Tod, ungefähr, vor oder nach 1963 eingetreten war, dem Jahr des Teststopps für atmosphärische Atombombenversuche. Aber ausgehend von der Knochenqualität bezweifelte ich, dass das PMI länger als fünfzig Jahre sein konnte. Außerdem würde Larabee bei den gegenwärtigen Budgetbeschneidungen kaum Geld für einen solchen Test herausrücken.

Ich schaltete eine Stryker-Säge ein, entfernte ein kleines Knochenquadrat aus dem rechten Scheitelbein und steckte es in einen Ziploc-Beutel. Dann zog ich einen zweiten rechten Backenknochen und steckte ihn ebenfalls dazu. Auch wenn wir kein Geld für einen C14-Test hatten, brauchten wir die Proben vielleicht für eine DNS-Sequenzierung.

Danach füllte ich den Rest der Kästchen meines Fallformulars aus.

PMI: fünf bis fünfzig Jahre.

TA: unbekannt.

Sehr gut vorstellen konnte ich mir Slidells Gesichtsausdruck, wenn ich ihm das berichtete. Ich freute mich nicht sonderlich auf dieses Gespräch.

Entmutigt wandte ich mich den Nichtmenschlichen zu.

Nun denn. Ziege und Huhn.

Beide Schädel wiesen noch Reste vertrockneten Fleisches auf. Ich fand einige Larven und Puppengehäuse im Schädelgewölbe und in den Gehörgängen der Ziege.

Bereits am Dienstag hatte ich Proben von dem Huhn entnommen und wusste deshalb, dass ich dort auf die Hauptader gestoßen war. Ausgewachsene Fliegen. Larven. Der Kadaver hatte sogar einige Käfer und ein paar sehr große Schaben enthalten. Ich musste erst noch die Antwort des Entomologen abwarten, aber ich hatte keinen Zweifel, dass dieses Huhn in den letzten paar Monaten vor seinen Schöpfer getreten war.

Nun wandte ich meine Aufmerksamkeit dem großen Kessel zu.

Zuerst schoss ich Fotos. Dann stellte ich eine Edelstahlwanne ins Waschbecken, platzierte ein Sieb darüber, legte eine Gesichtsmaske an und fing mit einer Kelle an zu schaufeln. Die Erde rieselte mit leisem Zischen durch die Maschen. Bald hüllte mich ein erdiger Geruch ein.

Eine Kelle voll. Drei. Vier. Ein paar Kieselsteine, Schneckenschalen und Insektenteile sammelten sich auf dem Sieb.

Nach zwölf Kellen spürte ich im Kessel Widerstand. Ich legte die Kelle weg und grub mit der Hand weiter. Nach wenigen Sekunden hatte ich eine verschrumpelte Masse von etwa fünf Zentimetern Durchmesser freigelegt.

Ich legte das Fundstück auf den Rollwagen und ertastete es behutsam mit den Fingern.

Die Masse war eingeschrumpft und doch schwammig.

Eine dunkle Vorahnung klopfte an mein Hirn. Was ich unter meinen Fingern spürte, war organisch.

Während ich Erdkrumen ablöste, erschienen Details. Furchen. Wirbel.

Erkenntnis.

Ich fummelte an einem Stück mumifizierter grauer Substanz herum.

Meine Neuronen schossen mir unwillkürlich einen Namen ins Bewusstsein.

*Mark Kilroy.*

Ich schob ihn beiseite.

Das menschliche Gehirn ist etwa 1400 Kubikzentimeter groß. Das Ding konnte mit nur einem Bruchteil davon aufwarten.

Ziege? Huhn?

Plötzlich ein grausiger Gedanke. Ein Lappen eines menschlichen Gehirns?

Das war eine Frage für Larabee.

Nachdem ich meinen Fund in eine Tüte gepackt und beschriftet hatte, wandte ich mich wieder dem Kesselinhalt zu.

Und machte die nächste beunruhigende Entdeckung.

## 6

Zuerst dachte ich, es wäre ein Heiligenbild, ein erbauliches Massenprodukt, wie es von katholischen Gläubigen verwendet wird. Meine Schwester Harry und ich sammelten diese Bildchen als

Kinder. Die Kärtchen, etwas größer als eine Kreditkarte, zeigen Heilige oder biblische Szenen und liefern dazu ein passendes Gebet. Die Guten versprechen Verzeihung, eine Verkürzung der Sühnezeit im Fegefeuer für den Mist, den man auf Erden angestellt hat.

Aber es war kein Heiligenbild. Als ich es aus seiner Plastikhülle zog, erwies es sich als ein Porträt, wie man es aus Schuljahrbüchern kennt.

Es zeigte ein Mädchen von der Taille aufwärts, das an einem Baum lehnte und das Gesicht der Kamera zuwandte. Sie trug einen braunen, langärmeligen Pullover, der ein Stückchen Bauch frei ließ. Eine Hand hatte sie an den Baum gedrückt, die andere hing mit dem Daumen in einer Gürtelschlaufe ihrer ausgewaschenen Jeans.

Die Haare des Mädchens waren in der Mitte gescheitelt, nach hinten gekämmt und hinter den Ohren zu Schwänzchen zusammengefasst. Sie waren schwarz. Die Augen hatten die Farbe dunkler Schokolade, die Haut die einer Muskatnuss. Das Mädchen sah aus wie siebzehn.

Ich spürte, wie mir die Brust eng wurde.

Ein schwarzes Teenagermädchen.

Mein Blick sprang zum Rollwagen. O Gott, konnte das ihr Schädel sein? Falls ja, wie kam er dann in diesen Keller? War dieses Mädchen ermordet worden?

Ich schaute das Porträt noch einmal an.

Der Kopf des Mädchens war leicht gesenkt, die Schultern kaum merklich gehoben. Ihre Mundwinkel bogen sich zu einem neckischen Grinsen nach oben. Sie wirkte glücklich, voller Selbstvertrauen und Zukunftsfreude. Warum lag ihr Foto vergraben in einem Kessel?

Konnte Arlo Welton recht haben? Hatte er einen Altar entdeckt, der für satanistische Rituale benutzt wurde? Für Menschenopfer? Ich hatte Artikel darüber gelesen, wusste, dass solche Abscheulichkeiten, wenn auch sehr selten, tatsächlich vorkamen.

Das Telefon klingelte und ersparte mir weiteres Nachdenken über die grässlichen Möglichkeiten.

»Na, waren wir heute das frühe Vögelchen?« Mrs. Flowers Stimme war, wie gewohnt, nicht die allervergnügteste.

»Ich habe eine Menge zu erledigen.«

»Die Medien drehen durch wegen dieser Kellergeschichte.«

»Ja.«

»Das Telefon klingelt ununterbrochen. Und mir klingen schon die Ohren.«

Ich schaute auf die Wanduhr. 12 Uhr 40.

»Die beruhigen sich schon wieder, sobald sie was Neues in die Finger kriegen. Ich wollte Sie nur vorwarnen. Sie kriegen Besuch von einem Detective.«

»Slidell?«

»Ja, Ma'am. Er hat einen Partner dabei.«

»Warnung angekommen.«

Ich legte eben auf, als die Tür des Autopsiesaals aufschwang. Slidell trat ein, gefolgt von einem klapprigen Skelett mit einer italienischen Lederaktentasche unter dem Arm.

Skinny Slidell und Eddie Rinaldi sind Partner seit den Achtzigern, was alle wundert, da die beiden die absoluten Gegensätze sind.

Rinaldi ist eins neunzig groß und bringt weniger als achtzig Kilo auf die Waage. Slidell ist eins fünfundsiebzig und wiegt beträchtlich mehr, das meiste davon in der Gegend, wo seine Taille sein sollte. Rinaldi hat ein scharf geschnittenes Gesicht. Slidells ist fleischig und schwammig, mit Tränensäcken unter den Augen so groß wie Tortillas.

Warum dann der Spitzname Skinny, der Dürre? Polizistenhumor.

Aber die Unterschiede sind nicht nur äußerlich. Slidell ist der Schlamper. Rinaldi der Penible. Slidell stopft pausenlos Junk-Food in sich hinein. Rinaldi isst Tofu. Slidell ist Elvis, Sam Cooke und die Coasters. Rinaldi ist Mozart, Vivaldi und Wagner. Slidells

Kleidung kommt vom Wühltisch. Rinaldi trägt Designeranzüge oder maßgeschneiderte.

Aber irgendwie kommen die beiden gut miteinander aus. Sachen gibt's!

Slidell nahm seine nachgemachten Ray-Bans ab und hängte sie an einem Bügel in die Brusttasche seines Sakkos. Heute war es aus Polyester und zeigte ein Karomuster, das wahrscheinlich nach einem Golfkurs irgendwo in Schottland benannt war.

»Wie läuft's, Doc?« Slidell sah sich selbst als Charlottes Dirty Harry. Hollywood-Bullenslang gehörte dazu.

»Interessanter Vormittag.« Ich nickte Rinaldi zu. »Detective.« Rinaldi winkte nur knapp, seine ganze Aufmerksamkeit gehörte den Kesseln und den Schädeln.

So war Rinaldi. Immer sehr konzentriert. Keine Witze, keine saloppen Sprüche. Kein Jammern und kein Prahlen. Kein Mitteilungsbedürfnis, was persönliche Probleme oder Triumphe anging. Im Dienst war er immer nur höflich, reserviert und unerschütterlich.

Außer Dienst? Darüber wusste man kaum etwas. Geboren in Virginia, hatte Rinaldi kurz das College besucht und war irgendwann in den Siebzigern nach Charlotte gekommen. Er hatte geheiratet, seine Frau war aber schon kurz danach an Krebs gestorben. Ich hatte von einem Kind gehört, aber den Mann selbst hatte ich noch nie von einem Sohn oder einer Tochter reden hören. Rinaldi lebte allein in einem kleinen Backsteinhaus in einem ruhigen, gepflegten Viertel mit dem Namen Beverly Woods.

Abgesehen von seiner Größe, seinem erlesenen Musikgeschmack und seiner Neigung zu teuren Klamotten, hatte Rinaldi keine körperlichen Merkmale oder persönlichen Schrullen, über die andere Polizisten sich hätten lustig machen können. Soweit ich weiß, war er nie Zielscheibe des Spotts wegen grober Patzer oder peinlicher Situationen gewesen. Vielleicht ist das der Grund, warum man ihm auch nie einen Spitznamen verliehen hatte.

Was ich damit sagen will: Rinaldi war nicht der Typ, den ich zu meiner Margarita-Party einladen würde, aber wenn ich in Gefahr wäre, hätte ich gern ihn als denjenigen, der mir den Rücken deckt.

Slidell hob die Hand und wackelte mit dem Finger. »Sieht aus, als hätte sich irgendein Kretin eine Halloween-Monstershow gebastelt, was?«

»Vielleicht auch nicht.«

Das Wackeln hörte auf.

Ich fasste kurz das biologische Profil zusammen, das ich für den Schädel erstellt hatte.

»Aber das Zeug ist doch steinalt, oder?«

»Ich schätze, dass das Mädchen nicht weniger als fünf und nicht mehr als fünfzig Jahre tot ist. Mein Instinkt tendiert eher zu ersterem.«

Slidell blies Luft durch die Lippen. Sie roch nach Rauch.

»Todesursache?«

»Der Schädel zeigt keine Spuren von Krankheit oder Verletzungen.«

»Soll heißen?«

»Ich weiß es nicht.«

»Wo ist der Unterkiefer?«

»Ich weiß es nicht.«

»Dann wissen wir ja schon einiges.«

*Ruhig bleiben, Brennan.*

»Das da habe ich in dem großen Kessel gefunden. Ungefähr vier Zentimeter tief in der Erde.«

Ich legte das Foto auf den Rollwagen. Die Männer beugten sich darüber.

»Sonst noch was?« Slidells Blick blieb auf das Foto gerichtet.

»Ein Stück Gehirn.«

Rinaldi zog die Augenbrauen in die Höhe. »Menschlich?«

»Ich hoffe nicht.«

Rinaldi und Slidell schauten mehrmals zwischen Foto und Schädel hin und her.

Rinaldi sagte als Erster etwas. »Glauben Sie, dass es sich um dieselbe junge Dame handelt?«

»Schädel- und Gesichtsarchitektur zufolge gibt es nichts, was diese Möglichkeit ausschließt. Alter, Geschlecht und Rasse passen.«

»Können Sie eine Fotoüberlagerung machen?«

»Ohne Unterkiefer hat das wenig Sinn.«

»Ich nehme an, das trifft auch auf eine Gesichtsrekonstruktion zu.«

Ich nickte. »Das Ergebnis wäre zu spekulativ, würde bei der Identifikation eher ablenken als helfen.«

»Scheiße.« Slidell schüttelte den Kopf.

»Wir gehen die VPs durch.« Rinaldi meinte die Dateien der vermissten Personen.

»Gehen Sie zehn Jahre zurück. Wenn sich nichts ergibt, können wir den Zeitrahmen auch ausdehnen.«

»Bringt wohl nicht viel, sie durchs NCIC zu jagen.«

NCIC, das National Crime Information Center, das Nationale Verbrechensinformationszentrum des FBI, ist ein computergestütztes Verzeichnis von Verbrecherkarteien, Flüchtigen, gestohlenem Eigentum und vermissten und nicht identifizierten Personen. Durch den Abgleich von Details, die von Strafverfolgungsbehörden eingegeben wurden, ist das System in der Lage, Leichen, die an einem Ort gefunden wurden, mit Individuen in Verbindung zu bringen, die an einem anderen als vermisst gemeldet wurden.

Aber die Datenbank ist riesig. Wenn man nur Alter, Geschlecht und Rasse als Identifikationsmerkmale hat und dazu einen Zeitrahmen von bis zu fünfzig Jahren, würde die so erzeugte Liste aussehen wie ein Telefonbuch.

»Nein«, stimmte ich zu. »Nicht ohne mehr Informationen.«

Ich erzählte den Detectives von den Insekten und dem Huhn.

Rinaldi begriff sofort, was das bedeutete. »Der Keller wird noch immer benutzt.«

»Ausgehend vom Zustand des Huhns würde ich sagen, innerhalb der letzten paar Monate. Vielleicht sogar jüngeren Datums.«

»Wollen Sie damit sagen, dass irgendein Zauberdoktor das Mädchen da runtergeschleppt und ihr den Kopf abgeschnitten hat?«

»Nein, das will ich nicht.« Cool. »Allerdings nehme ich an, dass genau das mit dem Huhn passiert ist.«

»Also hat dieser durchgeknallte Klempner recht?«

»Ich möchte nur andeuten, dass die Möglichkeit besteht –«

»Zauberdoktor? Menschenopfer?« Slidell verdrehte die Augen und trällerte die Titelmelodie von *Twilight Zone*.

Auch wenn es nur wenige sind, so gibt es doch Leute auf diesem Planeten, die es schaffen, mich zu ärgern, mich so zu provozieren, dass ich Dinge sage, die ich normalerweise für mich behalten würde. Unter anderen hat Slidell dieses spezielle Talent. Ich hasse es, die Kontrolle zu verlieren, und schwöre mir jedes Mal, dass es nicht wieder vorkommen wird. Doch bei Slidell breche ich diesen Schwur immer wieder.

Das passierte auch jetzt.

»Sagen Sie das Mark Kilroy.« Diese Bemerkung platzte aus mir heraus, bevor ich Zeit hatte, darüber nachzudenken.

Einen Augenblick lang herrschte Schweigen. Dann hob Rinaldi einen langen, knochigen Finger.

»Junge aus Brownville, Texas. Verschwand neunundachtzig in Matamoros, Mexiko.«

»Kilroy wurde anal vergewaltigt, gequält und dann getötet von Adolfo de Jesus Constanzo und seinen Anhängern. Ermittler fanden sein Gehirn in einem Kessel.«

Slidell senkte die Augen. »Was zum …?«

»Kilroy wurden die Organe für rituelle Zwecke entnommen.«

»Und Sie wollen sagen, dass wir es hier mit so was zu tun haben?«

Schon jetzt bedauerte ich, dass ich Slidells Fantasie mit dem Kilroy-Fall angeregt hatte.

»Ich muss erst mit den Kesseln weitermachen. Und dann hören, was das Forensiklabor zu sagen hat.«

Slidell nahm das Foto zur Hand und gab es seinem Partner.

»Nach Kleidung und Frisur zu urteilen sieht das Foto nicht sehr alt aus«, sagte Rinaldi. »Wir könnten das durch die Medien jagen, mal sehen, ob irgendjemand das Mädchen kennt.«

»Damit sollten wir noch warten«, sagte Slidell. »Wenn wir das Foto von jedem Kind, das wir nicht finden können, im Fernsehen bringen, dann schaltet das Publikum irgendwann ab.«

»Stimmt. Und wir wissen ja nicht einmal, ob sie vermisst ist.«

»Dürfte in dieser Stadt nicht allzu viele Studios geben, die Teenagerfotos machen.« Slidell steckte das Foto ein. »Fangen wir doch mit denen an.«

Ich nickte. »Kommt aber vielleicht gar nicht aus dieser Stadt. Was haben Sie über das Greenleaf-Anwesen herausbekommen?«

Rinaldi zog einen kleinen, ledergebundenen Notizblock aus der Innentasche seines Sakkos, das einen deutlichen Kontrast zu dem seines Partners bildete. Marineblauer Zweireiher, sehr elegant.

Ein manikürter Finger blätterte einige Seiten um.

»Das Anwesen wechselte kaum den Besitzer, nachdem es in den Nachkriegsjahren von einer Familie namens Horne erworben wurde, und wenn, dann nur unter Verwandten. Wir reden hier übrigens vom Zweiten Weltkrieg.« Rinaldi schaute von seinen Notizen hoch. »Wir können auch noch ältere Unterlagen einsehen, falls die Umstände das erfordern.«

Ich nickte.

»Roscoe Washington Horne besaß das Haus von 1947 bis 1972; Lydia Louise Tillman Horne bis 1994; Wanda Belle Sarasota Horne bis zu ihrem Tod vor achtzehn Monaten.«

»Der altehrwürdige Familiensitz«, schnaubte Slidell.

Rinaldi las weiter aus seinen Notizen vor.

»Nach Wandas Tod ging das Anwesen an einen Neffen, Kenneth Alois Roseboro.«

»Wohnte Roseboro in dem Haus?«

»Das muss ich erst noch herausfinden. Roseboro verkaufte das Haus an Polly und Ross Whitner. Beide kommen ursprünglich aus New York. Sie ist Lehrerin. Er ist Kundenberater bei der Bank of America. Die Überschreibung fand am zwanzigsten September dieses Jahres statt. Die Whitners wohnen augenblicklich in einer Mietwohnung an der Scaleybark. Offensichtlich sind umfangreiche Renovierungen des Greenleaf-Hauses geplant.« Rinaldi klappte den Block zu und steckte ihn weg.

Einen Augenblick herrschte Schweigen. Slidell durchbrach es.

»Wir haben es in die Zeitungen geschafft.«

»Ich habe den Artikel gesehen. Ist Stallings eine Festangestellte beim *Observer?«*

»Keine, die wir kennen«, sagte Rinaldi.

Slidells falsche Ray-Bans kamen wieder auf die Nase.

»Hätte diese Tussi gleich erschießen sollen.«

Mittagessen bestand aus einem Müsliriegel, den ich mit einem Diet Coke hinunter spülte. Nach dem Essen fand ich Larabee im Hauptautopsiesaal, wo er eben die Leiche aus dem Müllcontainer aufschnitt.

Ich berichtete ihm von den Fortschritten bei meiner Arbeit und von meinem Gespräch mit Slidell und Rinaldi. Die Ellbogen angewinkelt, die blutigen Hände vom Körper abgestreckt, hörte er zu.

Ich beschrieb das Gehirn. Er versprach, es sich später einmal anzuschauen. Um zwei war ich wieder bei meinen Kesseln.

Ich siebte bereits zwanzig Minuten, als mein Handy klingelte. Die Anruferkennung zeigte Katys Nummer.

Ich zog einen Handschuh aus und schaltete ein.

»Hi, meine Süße.«

»Wo bist du?«

»Im Institut des ME.«

»Was?«

Ich zog die Maske herunter und wiederholte, was ich gesagt hatte.

»Geht's da wirklich um Satanisten?«

»Du hast die Zeitung gelesen.«

»Nettes Foto.«

»Habe ich schon mal gehört.«

»Ich würde sagen, das ist ein Studentenscherz. Die Stadt ist doch viel zu spießig für Teufelsanbetung. Satanismus heißt Exzentrik. Exotik. Nonkonformität. Klingt das für dich wie das langweilige, alte Charlotte?«

»Was ist los?«, fragte ich, weil ich in ihrer Stimme Unzufriedenheit hörte.

Katy hatte dieses Jahr ihren Bachelor in Psychologie gemacht, eine Leistung, die sechs lange Jahre gedauert hatte. Letztendlich war die Abschlussprüfung keine Frucht akademischer Leidenschaft, sondern des angedrohten Abdrehens des elterlichen Geldhahns. Es war eins der wenigen Themen, bei denen Pete und ich einer Meinung waren. Sechs Jahre sind genug, Kindchen.

Der Grund, warum Katy für ihr Studium so lange gebraucht hatte? Bestimmt nicht mangelnde Intelligenz. Trotz ihrer fünf Hauptfächer hatte sie einen durchaus vorzeigbaren Notendurchschnitt.

Nein. An einem Mangel an Hirnschmalz lag es nicht. Meine Tochter ist klug und fantasiebegabt. Das Problem ist, sie hat Ameisen im Hintern.

»Ich denke daran, aufzuhören«, sagte Katy.

»Aha.«

»Der Job ist so langweilig.«

»Es war doch deine Entscheidung, für das Büro des Pflichtverteidigers zu arbeiten.«

»Ich dachte, ich kann da –« Luft wurde ausgestoßen. »Ich weiß auch nicht. Interessante Sachen machen. So wie du.«

»Ich siebe gerade Erde.«

»Du weißt, was ich meine.«

»Erde sieben ist langweilig.«

»Was für Erde?«

»Aus den Kesseln.«

»Immer noch besser als in Papieren zu wühlen.«

»Kommt auf die Papiere an.«

»Was gefunden?«

»Ein paar Sachen.« Das Foto oder das Gehirn würde ich auf keinen Fall erwähnen.

»Wie viele Kessel?«

»Zwei.«

»Wie weit bist du schon?«

»Immer noch beim ersten.«

»Wenn du keinen Bock mehr hast, nimm dir den nächsten vor.«

Typisch Katy. Wenn Langeweile aufkommt, such dir was Neues.

»Das bringt nichts.«

»Mein Gott, bist du streng. Warum denn nicht?«

»Vorgehensweise.«

»Hin und her zu wechseln verändert doch nicht, was drinnen ist.«

Da konnte ich nicht widersprechen.

»Wie geht's Billy?«, fragte ich.

»Er ist ein Trottel.«

Okay.

»Soll ich dich zum Abendessen einladen?«, fragte ich.

»Wo?«

»Volare um sieben.«

»Kann ich die Seezunge bestellen?«

»Ja.«

»Ich werde dort sein. Vorausgesetzt, ich bin vorher nicht vor Langeweile gestorben.«

Ich machte weiter mit dem Sieben.

Schnecken. Steine. Puppengehäuse. Schaben. Ein oder zwei Speckkäfer. Ein Tausendfüßler. Das war aufregend.

Um drei gähnte ich, und meine Gedanken wanderten umher.

Mein Blick fiel auf den zweiten Kessel.

Ich hatte bereits Fotos gemacht und Beweismitteltüten beschriftet. Eine Abwechslung würde mir gut tun, dachte ich. Meine Beobachtungsgabe schärfen.

Schwache Ausrede.

Zum Teufel, warum eigentlich nicht?

Schon besser.

Nachdem ich die Kelle und das Sieb gereinigt hatte, steckte ich das Kellenblatt in die Erde.

Und stieß gleich auf die erste Nadel im Dreckhaufen.

## 7

Neunzig Minuten später war der kleine Kessel geleert. Auf der Arbeitsfläche lag eine makabere Ansammlung von Objekten.

Einundzwanzig Stöckchen.

Vier Perlenketten, eine weiße, zwei abwechselnd rot-schwarze, eine abwechselnd schwarz-weiße.

Sieben Eisenbahnnägel, vier schwarz, drei rot lackiert.

Vogelknochen, einige Huhn, andere wahrscheinlich Taube.

Blutbefleckte Federn.

Zwei angesägte Knochen, beide von nichtmenschlichen Gliedmaßen. Ich schlug in Gilberts *Säugetierosteologie* nach und identifizierte den einen als Ziege, den anderen als Haushund.

Zwei Vierteldollars, vier Fünfcentstücke und ein Zehncentstück. Die jüngste Münze trug den Stempel 1987.

Ich spürte eine leichte Befriedigung. Die Lage der Münze tief unten in der Erde deutete auf das Jahr 1987 als Datum für die Füllung des Kessels hin. Das Datum fiel in meine geschätzte PMI-Spanne für den Schädel.

*Erst denken, Brennan. Der Schädel könnte lange nach Füllung des Kessels zu der Inszenierung dazugekommen sein, oder er könnte schon lange davor zum Schädel geworden sein.*

Dennoch kehrte ich mit frischer Energie zum großen Kessel zurück.

Waren Sie schon mal mit dem Auto unterwegs und hatten plötzlich Lust auf McDonald's? Zuvor sind Sie an unzähligen vorbeigekommen, aber jetzt bietet keine einzige Raststätte mehr Burger an. Schließlich fährt man runter, isst ein Würstchen. Und nach knapp einer Meile grinst einen dann das gelbe M von einer Reklametafel an.

Genau das war mir passiert. Ich hatte zu früh aufgegeben.

Schon beim zweiten Kellenstich fing der Kessel an zu liefern. Stöckchen, Perlen, Halsketten, Federn. Eiserne Objekte, darunter Eisenbahnnägel, Hufeisen und den Kopf einer Hacke. Centstücke, wobei die lesbaren Daten von den Sechzigern bis zu den Achtzigern reichten.

Ich schaute auf die Uhr. 17 Uhr 55. Ich musste eine Entscheidung treffen. Nach Hause fahren, um zu duschen und zu fönen? Weitersieben, Toilette hier erledigen und Katy mit nassen Haaren treffen?

Ich machte weiter mit Graben und Sieben.

18 Uhr 10. Meine Kelle stieß auf etwas Hartes. Wie schon bei der Gehirnsubstanz machte ich nun mit den Fingern weiter.

Ein brauner Knopf tauchte auf. Ich grub darum herum. Aus dem Knopf wurde ein Pilz, oben eine Kappe, unten ein dicker Stiel. Die Kappe hatte eine kleine Vertiefung.

Oh-oh.

Ich folgte dem Stiel.

Larabee öffnete die Tür, sagte etwas. Ich antwortete, ohne wirklich zugehört zu haben. Er stellte sich neben mich. Der Stiel ragte in einem Winkel aus einem röhrenförmigen Sockel heraus, der horizontal im Kessel lag. Ich grub, schätzte die Länge und, als der Umriss erkennbar wurde, auch den Durchmesser.

Nach wenigen Minuten konnte ich erkennen, dass die Röhre in zwei runden Vorsprüngen endete, Gelenkköpfe für eine Verbindung mit einem Zweifüßerknie.

»Das ist ein Oberschenkelknochen«, sagte Larabee.

»Ja.« Meine Nervenenden summten vor Aufregung.

»Menschlich?«

»Ja.« Unter meinen Fingern spritzte Erde hoch wie bei einer Katze, die ein Mauseloch aufgräbt.

Ein zweiter Knopf tauchte auf.

»Da liegt noch einer darunter.« Larabee spielte weiter den Kommentator. »Liegt ebenfalls horizontal, Kopf nach oben, aber in die entgegengesetzte Richtung orientiert.«

Ich schaute auf die Uhr.

18 Uhr 42.

»Scheiße.«

»Was?«

»Ich muss mich in zwanzig Minuten mit meiner Tochter treffen.«

Ich griff zu meinem Handy und wählte Katys Nummer.

Keine Antwort. Ich versuchte ihr Handy. Nur die Voice Mail.

»Lassen Sie das bis morgen früh liegen«, sagte Larabee. »Ich sichere das alles hier.«

»Echt?«

»Klar doch.«

Ich rannte zur Umkleidekabine.

Zum Glück hatte ich es nicht sehr weit.

Seit der Highschool ist das Volare Katys Lieblingsrestaurant. Damals befand es sich noch in einer Einkaufspassage an der Providence Road, in Räumlichkeiten, die nicht mehr als ein Dutzend Tische zuließen. Vor einigen Jahren zogen die Besitzer in ein größeres, freistehendes Gebäude in Elizabeth um, dem einzigen Viertel der Queen City, das nach einer Frau benannt ist. Ironie?

Hier ist die Erklärung: 1897 suchte sich Charles B. King Charlotte als Sitz für ein kleines, lutherisches College aus und benannte die Schule nach seiner Schwiegermutter, Anne Elizabeth Woods. Cooler Schachzug, Charlie.

1915 zog das Elizabeth College nach Virginia. 1917 erwarb ein aufstrebendes Krankenhaus das Anwesen. Fast ein Jahrhundert später ist das ursprüngliche Gebäude verschwunden, aber die Anlage des Presbyterian Hospital, das jetzt auf dem Grundstück steht, ist gigantisch.

Worauf es ankommt: Das College zog weg, aber der Name blieb. Heute ist Elizabeth, zusätzlich zum Presbyterian, dem Independence Park und dem Central Piedmont Community College, Heimat einer bunten Mischung aus Arztpraxen, Cafés, Galerien, Secondhand-Läden und natürlich Kirchen und von Bäumen beschatteten alten Wohnhäusern.

Um 19 Uhr 10 parkte ich am Bordstein der Elizabeth Avenue. Ja. Die alte Schachtel hat auch noch einen Straßennamen abbekommen.

Während ich zur Tür eilte, spürte ich einen Stich des Bedauerns. Natürlich ist es jetzt einfacher, im Volare einen Tisch zu reservieren, aber die Intimität des kleineren Ladens ist verschwunden. Und trotzdem, das Essen haut einen immer noch um.

Katy saß an einem der hinteren Tische, trank Rotwein und redete mit einem Kellner. Der Kerl sah verzaubert aus. Ist nichts Neues. Meine Tochter hat diese Wirkung auf diejenigen, welche im Stehen pinkeln.

Ich dachte an Pete, wie ich es oft tue, wenn ich sie sehe. Mit weizenblonden Haaren und jadegrünen Augen ist Katy ein genetisches Spiegelbild ihres Vaters. Sooft ich einen der beiden sehe, denke ich an diese Ähnlichkeit.

Katy winkte. Der Kellner plapperte weiter.

»Tut mir leid, dass ich zu spät komme«, sagte ich und setzte mich an ihren Tisch. »Keine Entschuldigung.«

Katy hob eine sorgfältig gepflegte Augenbraue. »Klasse Frisur.«

Das hörte ich in letzter Zeit ziemlich häufig.

»Wusste gar nicht, dass der Wetlook wieder in ist.«

Der Kellner fragte, was ich zu trinken wolle.

»Perrier mit Limone. Und viel Eis.«

Er schaute Katy an.

»Sie ist ein Alki.« Meine Tochter hat viele liebenswürdige Eigenschaften. Takt gehört nicht dazu. »Aber ich nehme noch einen Pinot.«

Der Kellner machte sich auf den Weg, den päpstlichen Befehl auszuführen.

»Sollen wir uns einen Caesar's Salad teilen?«, fragte ich.

»Klar.«

»Seezunge in Kräuterkruste?«

Katy nickte.

»Ich glaube, ich nehme das Piccata milanese.«

»Du nimmst immer Piccata milanese.«

»Das stimmt nicht.« Aber fast.

Katy beugte sich mit großen Augen vor. »Also. Voodoo, Vampire oder vegane Teufelsanbeter?«

»Nette Alliteration. Wann gehen wir einkaufen?«

»Samstag. Ignoriere meine Frage nicht. Der Keller?«

»Er wurde für etwas« – was? – »Zeremonielles benutzt.«

Zwei Jadeaugen drehten sich himmelwärts.

»Du weißt, dass ich über laufende Ermittlungen nicht sprechen darf.«

»Meinst du, ich rufe sofort beim Fernsehen an?«

»Du weißt, warum.«

»Mein Gott, Mom. Dieses Verlies liegt doch fast in Coops Hinterhof.«

Katy lebte nur zwei Blocks von der Greenleaf entfernt, im Stadthaus eines mysteriöserweise abwesenden Herrn namens Coop.

»Ein Verlies ist das kaum. Sag's mir noch einmal. Wer ist Coop?«

»Ein Kerl, mit dem ich im College gegangen bin.«

»Und wo ist Coop?«

»Auf Haiti. Mit dem Friedenscorps. Ist eine Win-Win-Situation. Ich muss keine Miete zahlen. Er hat jemand, der auf sein Haus aufpasst.«

Der Kellner brachte die Getränke, war dann bereit, sich Notizen und große Hoffnungen zu machen, und lächelte Katy an.

Wir nannten ihm unsere Bestellung. Der Kellner ging wieder.

»Was ist mit Billy?«

Billy Eugene Ringer. Der augenblickliche Freund. Der Letzte einer langen Reihe, die bis weit in Katys Schulzeit zurückreichte.

»Er ist ein Idiot.«

War das jetzt besser oder schlechter als Trottel? Ich war mir nicht so sicher.

»Willst du ins Detail gehen?«

Ein theatralisches Seufzen. »Wir sind inkompatibel.«

»Wirklich.«

»Oder genauer, er ist *zu* kompatibel.« Katy trank einen Schluck Pinot. »Mit Sam Adams und Budweiser. Billy trinkt gern Bier und schaut sich Sport im Fernsehen an. Mehr ist da nicht. Es ist, als würde man mit einem Flaschenkürbis ausgehen. Weißt du, was ich meine?«

Ich machte ein unverbindliches Geräusch.

»Wir haben nichts gemeinsam.«

»Du hast ein ganzes Jahr gebraucht, um das herauszufinden?«

»Ich kann mir gar nicht mehr vorstellen, worüber wir am Anfang geredet haben.« Noch ein Schluck Pinot. »Ich glaube, er ist zu alt für mich.«

Billy war achtundzwanzig.

Katy schlug mit der Handfläche auf den Tisch. »Und das bringt uns zu Dad. Kannst du diese Scheiße mit Summer glauben? Ich verstehe nicht, warum du so kooperativ bist.«

Mein mir entfremdeter Gatte ist beinahe fünfzig. Wir leben seit

Jahren getrennt, sind aber nicht geschieden. Vor einiger Zeit bat Pete mich um die Scheidung. Er wollte wieder heiraten. Summer, seine Geliebte, war neunundzwanzig.

»Diese Frau verdient Kohle, indem sie jungen Hündchen die Drüsen ausdrückt.« Katys Tonfall definierte den Begriff »verächtlich« völlig neu.

»Unser ehelicher Status geht nur deinen Vater und mich etwas an.«

»Wahrscheinlich hat sie ihm das Hirn rausgesagt, durch seinen –«

»Neues Thema.«

Katy lehnte sich zurück. »Okay. Wie steht's mit Ryan?«

Zum Glück kam unser Salat. Während der Kellner Pfeffer aus einer Mühle von der Größe meines Staubsaugers darübermahlte, dachte ich an meinen mal ja, mal nein, tja, was eigentlich – Freund?

Was trieb Ryan jetzt? War er glücklich wiedervereint mit seiner längst verflossenen Geliebten? Kochten sie miteinander? Gingen sie händchenhaltend und schaufensterbummelnd die Rue Ste-Catherine entlang? Hörten sie Musik in Hurley's Irish Pub?

Ich spürte einen Druck auf meiner Brust. Ryan war aus meinem Leben verschwunden. Für den Augenblick. Für immer? Wer konnte das schon sagen?

»Hall-o?« Katys Stimme holte mich zurück. »Ryan?«

»Er und Lutetia versuchen es wieder als Paar. Um Lily Halt bieten zu können.«

»Lutetia ist seine alte Freundin. Lily ist seine Tochter.«

»Ja.«

»Der Junkie.«

»Sie macht sich ziemlich gut im Entzug.«

»Und du wurdest einfach abserviert.«

»Lily macht gerade 'ne schwere Zeit durch. Sie braucht ihren Vater.«

Katy zog es vor, nicht zu antworten.

Der Kellner brachte unser Essen. Als er wieder gegangen war, wechselte ich das Thema.

»Erzähl mir von deiner Arbeit.«

»Zum Abnippeln langweilig.«

»Hast du bereits gesagt.«

»Ich bin nur eine bessere Sekretärin. Streich das. Für das, was ich tue, gibt es den Begriff besser nicht.«

»Und was tust du?«

»Akten aktualisieren. Daten in einen Computer eingeben. Vorstrafenregister erstellen. Mein interessantester Auftrag bis jetzt war eine Kreditwürdigkeitsprüfung. Atemberaubend.«

»Hast du geglaubt, du würdest Plädoyers vor dem Obersten Gerichtshof halten?«

»Nein.« Empfindlich. »Aber stumpfsinnige Plackerei habe ich nicht erwartet.«

Ich ließ sie weiter ihrem Ärger Luft machen.

»Ich verdiene so gut wie nichts. Und die Leute, mit denen ich arbeite, ersticken in ihren Fällen und wollen einfach nur Verfahrensabsprachen erreichen und dann die nächste Akte aufschlagen. Für Interaktion mit dem Personal haben sie so gut wie keine Zeit. Das zur Langeweile. Es gibt nur einen Kerl mit Mumm, und der dürfte schon an die fünfzig sein.« Katys Tonfall veränderte sich leicht. »Ist übrigens ziemlich sexy. Wenn er nicht so alt wäre, hätte ich nichts dagegen, ihm an die Wäsche zu gehen.«

»Zu viel Information.«

Katy redete einfach weiter.

»Du würdest den Kerl mögen. Und er ist Single. Wirklich traurig. Seine Frau wurde am elften September getötet. Ich glaube, sie war Investment-Bankerin oder so was.«

»Ich suche mir meine eigenen Männer, vielen Dank.«

»Schon gut, schon gut. Wie auch immer, die eine Hälfte der Leute dort sind Fossilien, und die anderen sind zu gestresst, um zu merken, dass es auch noch eine Welt außerhalb des Büros gibt.«

Allmählich begriff ich, worauf das hinauslief. Billy war nicht mehr aktuell, und im Augenblick stand kein gut aussehender Anwalt Mitte zwanzig auf Abruf bereit.

Einige Augenblicke lang aßen wir schweigend. Als Katy dann wieder etwas sagte, waren ihre Gedanken zu etwas anderem zurückgekehrt.

»Und was unternehmen wir jetzt wegen Summer?«

»Was mich angeht, nichts.«

»Mein Gott, Mom. Diese Frau hat noch nicht mal alle Backenzähne.«

»Dein Vater hat sein eigenes Leben.«

Katy murmelte etwas, das wie »tscha« klang, und stach dann mit der Gabel nach ihrem Fisch. Ich aß noch einen Bissen Kalbsschnitzel.

Sekunden später hörte ich ein geflüstertes »Omeingott.«

Ich hob den Kopf.

Katy starrte über meine Schulter hinweg.

»Omeingott.«

## 8

»Was ist?«

»Ich glaub's nicht.«

*»Was?«*

Katy knüllte ihre Serviette zusammen, schob den Stuhl zurück und marschierte durchs Restaurant.

Verwirrt und ein wenig ängstlich drehte ich mich um.

Katy unterhielt sich mit einem sehr großen Mann in einem sehr langen Trenchcoat. Sie lächelte beschwingt.

Ich entspannte mich.

Katy deutet auf mich und winkte. Der Mann winkte. Er kam mir bekannt vor.

Ich wackelte mit den Fingern.

Die beiden kamen auf mich zu.

Die Statur eines Basketball-Profis. Der lässige Gang. Die schwarzen Haare wie von Hugh Grant persönlich gescheitelt.

Pling.

Charles Anthony Hunt. Der Vater Spielmacher bei den Celtics und den Bulls. Die Mutter eine italienische Skirennfahrerin.

Charlie Hunt war mein Klassenkamerad an der Myers-Park-Highschool gewesen. Auszeichnungen in drei Sportarten, Vorsitzender der Jungen Demokraten. Das Jahrbuch unserer Abschlussklasse schrieb ihm die höchste Wahrscheinlichkeit zu, dass er mit dreißig berühmt sein werde. Mir schrieb es die höchste Wahrscheinlichkeit zu, Komikerin zu werden.

Nach dem Schulabschluss hatte ich Charlotte verlassen, um zuerst an der University of Illinois zu studieren und dann an der Northwestern zu promovieren, und anschließend hatte ich Pete geheiratet. Charlie war mit einem Sportstipendium an die Duke gegangen, dann ans juristische Seminar der UNC-Chapel Hill. Im Lauf der Jahre hatte ich gehört, dass er geheiratet hatte und oben im Norden praktizierte.

Charlie und ich spielten beide Universitätstennis. Er war zu staatsübergreifenden Turnieren zugelassen. Ich gewann die meisten meiner Spiele. Ich fand ihn attraktiv. Jeder tat das. Damals in den Siebzigern blies der Wind der Veränderung durch den Süden, aber alte Moralvorstellungen halten sich hartnäckig. Wir hatten nie etwas miteinander.

Am Labor-Day-Wochenende, bevor wir wieder in unsere jeweiligen Colleges mussten, schwangen Charlie und ich allerdings ein bisschen mehr als nur unsere Schläger. Zu dem Match gehörten Tequila und der Rücksitz eines Skylark.

Ich zuckte innerlich zusammen und konzentrierte mich wieder auf mein Kalbfleisch.

»Mom.«

Ich hob den Kopf.

Charlie und Katy standen neben mir, beide zeigten ausgiebig Zähne.

»Mom, das ist Charles Hunt.«

»Charlie.« Ich lächelte und streckte die Hand aus.

Charlie nahm sie in Finger, die so lang waren, dass er den Toronto Skydome damit hätte umfassen können. »Schön, dich zu sehen, Tempe.«

»Ihr kennt euch?«

»Deine Mom und ich waren zusammen auf der Highschool.« Charlies Akzent war flacher und abgehackter, als ich ihn in Erinnerung hatte, vielleicht das Resultat seiner Zeit im Norden, vielleicht das Produkt einer bewussten Veränderung.

»Das haben Sie mir nie erzählt.« Katy boxte Charlie auf den Bizeps. »Einspruch, Herr Anwalt. Zurückhalten von Beweismitteln.«

»Katy hat mir alles von deinen Errungenschaften erzählt.« Charlie hielt noch immer meine Finger umfasst, und er schaute mich mit diesem Blick an, der besagte: »Außer dir gibt es im ganzen Universum niemanden.«

»Hat sie das.« Ich zog meine Hand zurück und starrte meine Tochter mit zusammengekniffenen Augen an.

»Sie ist eine sehr stolze, junge Dame.«

Die stolze, junge Dame ließ ein unglaublich gekünsteltes Lachen hören. »Mom und ich haben eben über Sie geredet, und in dem Augenblick marschieren Sie herein. Was für ein Zufall.«

Wie Knoblauch und schlechter Atem Zufall sind, dachte ich.

»Sollte ich rote Ohren kriegen?« Jungenhaftes Grinsen. Er war gut.

»Nur Gutes«, sagte Katy.

Charlie schaute angemessen überrascht und bescheiden drein.

»Ich muss jetzt weiter«, sagte er. »Ich kam zufällig vorbei, sah Katy durchs Fenster und dachte mir, ich schau mal schnell rein und sag dir, was für einen hervorragenden Job sie für uns macht.«

»Sie genießt die Herausforderung sehr«, sagte ich. »Vor allem die Dateneingabe. Katy liebt es, Informationen in den Computer zu tippen. Das hat sie schon immer.«

Diesmal war es Katy, die mich anfunkelte.

»Na ja, und wir genießen es sehr, sie im Büro zu haben.«

Ich musste zugeben, mit seinen smaragdgrünen Augen und den überirdischen Wimpern war Charlie Hunt noch immer ein sehr attraktiver Mann. Seine Haare waren schwarz, seine Haut ein angenehmer Kompromiss zwischen Afrika und Italien. Auch wenn der Mantel seinen Bauch verdeckte, schien er dort heute kaum mehr Pfunde zu haben als damals im Skylark.

Charlie wandte sich zum Gehen. Katy zeigte mir eine Grimasse, die wohl »Sag doch was« bedeuten sollte, und wedelte mit den Fingern.

Ich legte den Kopf schief und grinste sie an. Stumm.

»Mom arbeitet gerade an dieser Sache mit den Kesseln im Keller«, sagte Katy viel zu fröhlich. »Das ist der Grund, warum ihre Haare« – sie deutete mit der Hand in meine Richtung – »nass sind.«

»Sieht doch toll aus.« Charlie strahlte mich an.

»Mit Mascara und Rouge sieht sie besser aus.«

Meine rougelosen Wangen brannten.

»Wäre doch eine Sünde, dieses Gesicht anzumalen. Als würde man einen Renoir nachkolorieren. Aber jetzt, macht es gut.«

Charlie drehte sich um, zögerte, drehte sich wieder zurück. Wie Columbo.

Jetzt kommt's, dachte ich.

»Sieht so aus, als würden wir in gegnerischen Mannschaften spielen.«

Anscheinend hatte ich verwirrt dreingeschaut.

»Du wirfst sie ins Gefängnis, ich haue sie wieder raus.«

Ich hob eine Augenbraue.

»Wäre ein interessantes Gesprächsthema bei einem Kaffee.«

»Du weißt doch, ich darf nicht über –«

»Natürlich nicht. Aber es gibt kein Gesetz gegen das Schwelgen in Erinnerungen.«

Der Mann zwinkerte mir tatsächlich zu.

Als ich nach Hause kam, war es fast zehn. Katy hatte mir bereits eine Nachricht auf meinem Anrufbeantworter hinterlassen, eine Wiederholung des Wortwechsels, den wir nach Charlies Abgang gehabt hatten. Sei doch nicht blöd. Gib ihm eine Chance. Er ist cool.

Charlie Hunt mochte ein Prinz sein, aber ich hatte nicht vor, mich mit ihm zu verabreden. Eine Beziehungsanbahnung durch meine Tochter war eine Demütigung, die ich nicht nötig hatte.

Da waren noch zwei andere Nachrichten. Pete. Ruf mich an. Eine Landschaftsgärtnerei. Wir kümmern uns um Ihren Garten.

Enttäuschung. Dann der übliche Disput in meinem Kopf.

*Hast du wirklich gedacht, dass Ryan anrufen würde?*

*Nein.*

*Natürlich nicht.*

*Wenn schon.*

*Er lebt mit einer anderen Frau zusammen.*

*Sie sind nicht verheiratet.*

*Er hätte von seinem Handy aus anrufen können.*

Handy.

Ich schnappte mir meine Handtasche, zog das Handy heraus und kontrollierte die Mailbox.

*Lass ihn ziehen.*

*Ich vermisse es, mit ihm zu reden.*

*Rede mit der Katze.*

*Wir sind immer noch Freunde.*

*Zieh einen Schlussstrich.*

Ich machte es mir im Bett gemütlich und schaltete die Fernsehnachrichten ein.

Eine siebenundfünfzigjährige Lehrerin verklagte den Schulbezirk wegen angeblicher Altersdiskriminierung, die zu ihrer Entlassung geführt habe. Ein arbeitsloser Lastwagenfahrer hatte in der Powerball-Lotterie fünfzehn Millionen Dollar gewonnen.

Bird hüpfte aufs Bett und rollte sich an meinem Knie zusammen.

»Gut für den Lastwagenfahrer«, sagte ich und streichelte dem Kater den Kopf.

Der Kater schaute mich an.

»Der Mann hat fünf Kinder und keine Arbeit.«

Noch immer keine Katzenmeinung.

Ein Ehepaar war verhaftet worden, weil es Kupferdraht von einem Fabrikgelände an der Tuckaseegee Road gestohlen hatte. Zusätzlich zu dem Diebstahl warf man dem einfallsreichen Paar auch noch Anstiftung Minderjähriger zu einem Verbrechen vor. Mom und Dad hatten die Kinder auf ihre Raubzüge mitgenommen.

Die Behörden untersuchten den Tod eines vierundsechzigjährigen Mannes durch Schusswaffengebrauch in seinem Haus in Pineville. Obwohl die Polizei keine Hinweise auf ein Verbrechen gefunden hatte, war der Tod als verdächtig klassifiziert worden. Der Medical Examiner würde eine Autopsie durchführen.

Ich döste langsam ein.

»– Anbetung Satans direkt hier in den Kellern und Hinterzimmern unserer Stadt. Heidnische Götzenverehrung. Opfer. Blutvergießen.«

Die Stimme war ein Bariton, die Vokale dick wie Sirup.

Meine Augen sprangen auf.

Der Bericht kam eben zum Ende. Übergewichtig und rotgesichtig ließ Boyce Lingo eine seiner medienwirksamen Tiraden vom Stapel.

»Diejenigen, die Luzifer folgen, müssen schnell und unbarmherzig ausgemerzt werden. Ihr böses Tun muss gestoppt werden, bevor es auf unsere Spielplätze und unsere Schulhöfe sickert. Bevor es den innersten Zusammenhalt unserer Gesellschaft bedroht.«

Als Prediger, der zum County Commissioner, also zum Bezirkspolizeichef, gewählt geworden war, stellte Lingo ein Paradebeispiel für extremistische Ideologie, Pseudo-Christlichkeit, Pseudo-Patriotismus und kaum verhüllten weiß-männlichen Chauvinismus dar. Sein Wahlkreis war einer, der die Wirtschaft dereguliert, den Sozialstaat klein und die Bürgerschaft weiß, in Amerika geboren und strikt christlich haben wollte.

»Du Schwachkopf!« Hätte ich die Fernbedienung in der Hand gehabt, hätte ich sie nach ihm geworfen.

Birdie sprang vom Bett.

»Du vernagelter Idiot!« Ich schlug mit der Hand auf die Matratze.

Ich hörte leises Tapsen und nahm an, dass Birdie den Abstand vergrößerte. Diese Suada war typisch für Lingo. Der Mann hatte eine Art, sich an jedes medienwirksame Thema dranzuhängen, nur um eine Minute Sendezeit oder eine Schlagzeile zu bekommen.

Ich schaltete Fernseher und Lampe aus und lag dann angespannt und wütend im Dunkeln. Ich warf mich herum, trat die Decke nach unten, schüttelte das Kissen auf, doch die Gedanken und Bilder wirbelten wie in einem Kaleidoskop durch mein Hirn. Die Kessel. Das verweste Huhn. Der menschliche Schädel und der Oberschenkelknochen.

Das Schulfoto.

Wer war das Mädchen? War Skinnys Entscheidung richtig gewesen? Oder sollten wir das Foto doch im Fernsehen bringen?

War das Foto schon irgendwo weit weg über die Bildschirme geflimmert, in einem Sendegebiet, der mit Charlotte nichts zu tun hatte? Hatte irgendein Nachrichtensprecher von einem vermissten Mädchen berichtet, das auf dem Nachhauseweg von einem Ballspiel oder einem Pizzaabend mit Freunden verschwunden war? Wann? War das vor der Einrichtung der Zentren für vermisste Kinder und des Amber Alert gewesen, der freiwilligen Kooperation zwischen Behörden, Medien und Transportunternehmen in solchen Fällen?

Waren ihre Eltern vor die Kameras getreten, die Mutter weinend, der Vater mit versteinerter Stimme? Hatten Nachbarn und Anwohner sie getröstet und insgeheim gehofft, dass ihre eigenen Kinder in Sicherheit waren? Dass die Tragödie sie, dieses Mal zumindest, verschont hatte?

Wie war das Bild in diesen Kessel gelangt? Der Schädel? War es der Schädel dieses Mädchens?

Und was war mit den Beinknochen? Stammten beide von einer einzigen Person?

Stammten der Schädel, die Oberschenkelknochen und das Foto von einer einzigen Person? Von zwei? Drei? Mehr?

Mein Radiowecker zeigte 23 Uhr 40. Zwanzig nach zwölf. Zehn nach eins. Draußen im Garten quakten eine Million Frösche. Windböen trieben Blätter vor sich her, die an meinem Schlafzimmerfenster kratzten.

Warum war es so spät im Herbst noch so warm? In Quebec wäre es inzwischen schon kalt. Vielleicht trug Montreal sogar schon eine Schneehaube.

Ich dachte an Andrew Ryan. Ich vermisste ihn wirklich. Aber die pragmatischen Hirnzellen hatten eindeutig recht. Ich musste einen Schlussstrich ziehen.

Ich musste lächeln, als ich an Katys »Zufall« zum Dessert dachte. Ihre Kuppelbemühungen hatten schon vor einigen Jahren angefangen und sich nach Summers Auftreten noch intensiviert. Judd der Apotheker. Donald der Tierarzt. Barry der Unternehmer. Sam der was? Keine Ahnung. Ich lehnte alle Angebote ab.

Meine Tochter, die Emma Woodhouse von Dixie.

Jetzt also Charlie, der Strafverteidiger.

In einem hatte Katy allerdings recht. Charlie Hunt war intelligent, gut aussehend, zu haben und interessiert. Warum also keinen Versuch wagen?

Charlie war Witwer seit dem 11. September. Das hieß, er hatte eine Last zu tragen. War er bereit für eine Beziehung? War ich es? Auch ich hatte mein Vergangenheitsgepäck.

*Herr-je. Der Mann hatte einen Kaffee vorgeschlagen.*

Songzeilen kamen mir in den Sinn. England Dan und John Ford Coley.

*I'm not talking 'bout moving in.*

*And I don't want to change your life …*

Da haben wir's.

Moving in. Einziehen. Oder einen Schlussstrich ziehen.

Der gute, alte Pete zog einen Schlussstrich.

Pete und Summer.

Wie lautete eigentlich Summers Familienname? Glotsky? Grumsky? Ich musste nachfragen.

Wieder und wieder kehrten meine Gedanken zu dem Keller zurück.

Ich dachte an die Puppe mit dem winzigen Schwert in ihrer Brust. An das Messer.

Das Huhn war geköpft worden. War die Ziege auf ähnliche Art geschlachtet worden?

Hatte es wirklich ein Menschenopfer gegeben? Wie bei Mark Kilroy, dem College-Studenten, der in Matamoros umgebracht worden war? Lingo unterstellte das, aber der quasselte ja nur. Er hatte keine Informationen. Ich leider auch nicht.

Ich beschloss, welche zu finden.

## 9

Obwohl ich nur wenig geschlafen hatte, stand ich wieder bei Tagesanbruch auf. Kaffee und ein Muffin, und ich war unterwegs ins Institut des MCME.

Um 8 Uhr 30 lagen beide Oberschenkelknochen auf der Arbeitsfläche. Wie auch drei andere Abschnitte aus langen Röhrenknochen. Letztere waren zersägt und stammten von einem kleinen Säugetier. Oder Säugetieren. Da keine anatomischen Merkmale vorhanden waren, brachte mir das Osteologie-Buch nichts. Ich brauchte eine histologische Untersuchung zur Bestimmung von Spezies und Anzahl.

Um zehn war der große Kessel geleert. Die restliche Erde hatte noch drei weitere rote Perlen, ein Geweihstück, vermutlich Hirsch, und ein kleines Plastikskelett enthalten.

Nachdem ich die Sammlung fotografiert hatte, wandte ich mich den menschlichen Beinknochen zu.

Die beiden Knochen waren ähnlich in Größe und Robustheit. Beide waren schlank und zeigten keine ausgeprägten Muskelansätze. Der eine war ein linker, der andere ein rechter. Beide waren gerade, mit nur wenig Schaftkrümmung, was eher ein afroamerikanisches als ein europäisches Merkmal war.

Wie schon beim Schädel nahm ich auch hier die Maße ab. Maximale Länge. Breite des Doppelgelenkkopfes. Umfang des Mittelschafts. Nachdem ich zwei Sätze mit neun Angaben fertig hatte, gab ich die Daten in Fordisc 3.0 ein.

Die Knochen wurden als weiblich klassifiziert. Und als schwarz.

Ich richtete meine Aufmerksamkeit auf das Alter.

Wie der Schädel sind auch die Röhrenknochen nicht ab Werk montiert. So läuft das Ganze ab.

Während der röhrenförmige Teil, der Schaft, sich während der Kindheit verlängert, bilden sich um ihn herum Gelenkkappen, -köpfe, Grate und Höcker. Erst das Zusammenwachsen dieser Teilchen zu einem kompletten Ganzen, irgendwann Mitte bis Ende der Pubertät, gibt jedem Knochen seine charakteristische Form.

Die Verschmelzung geschieht in fester Abfolge, in grob vorhersagbaren Altersstadien. Ellbogen. Hüfte. Fußgelenk. Knie. Handgelenk. Schulter.

Beide Oberschenkelknochen zeigten identische Muster. Die Hüftenden waren voll ausgewachsen, was eine komplette Verschmelzung der Köpfe mit den Hälsen und der größeren und kleineren Rollhügel mit den Schäften bedeutet. Am anderen Ende deuteten krakelige Linien an der Gelenkoberfläche darauf hin, dass die Gelenkköpfe am Knie mit ihrer Arbeit noch nicht ganz fertig waren. Das alles deutete auf einen Tod irgendwann im späten Teenageralter hin.

Die Beinknochen kamen von einer jungen Schwarzen. Der Schädel ebenfalls.

Ich fühlte mich, was? Erleichtert? Resigniert? Ich war nicht sicher.

Ich dachte an das Mädchen auf dem Foto. Diesem sehr modernen Foto.

Ich betrachtete noch einmal die Kessel und die Artefakte, die sie enthalten hatten. Dachte an das Huhn, die Ziege, die Puppen, die geschnitzte Holzstatue.

Die menschlichen Überreste.

Tief drinnen hatte ich ein starkes Gefühl, was das alles bedeutete.

Zeit für eine Recherche.

Neunzig Minuten später hatte ich Folgendes erfahren:

Ein Glaubenssystem, das zwei oder mehr kulturelle oder spirituelle Ideologien zu einer neuen Religion kombiniert, wird synkretische Religion genannt.

In Amerika sind die meisten synkretischen Religionen afrokaribischen Ursprungs, sie haben sich im achtzehnten und neunzehnten Jahrhundert als Folge des Sklavenhandels entwickelt. Da ihnen das Recht versagt wurde, ihren traditionellen Glauben zu leben, verdeckten die afrikanischen Sklaven ihre Praktiken, indem sie ihren Göttern die Bilder christlicher Heiliger zuwiesen.

In den Vereinigten Staaten sind die bekanntesten synkretischen Religionen Santería, Voodoo und Brujería. Die meisten Anhänger leben in Florida, New Jersey, New York und Kalifornien.

Santería, ursprüngliche Lucumi genannt, tauchte in Kuba auf und entwickelte sich aus der Kultur der Yoruba im südwestlichen Nigeria. In Brasilien ist sie als Candomble bekannt, in Trinidad als Shango.

Santería kennt eine Vielzahl von Göttern, sogenannte *orishas.* Die sieben Wichtigen sind Eleggua, Obatalla, Chango, Oshun, Yemaya, Babalu Aye und Oggun. Jeder hat seine eigene Funktion oder Macht, seine eigene Waffe und sein eigenes Symbol sowie Farbe, Zahl, Festtag und Lieblingsopfer.

Jede Gottheit hat eine katholische Entsprechung. Eleggua: hl. Antonius von Padua, der Erzengel Michael, das Christuskind; Obatalla: hl. Jungfrau von Las Mercedes, die eucharistische Gabe, der wiederauferstandene Christus; Chango: hl. Barbara; Oshun: hl. Jungfrau von El Cobre; Yemaya: hl. Jungfrau von Regla; Babalu Aye: hl. Lazarus; Oggun: hl. Petrus.

In der Santería reihen sich die Verstorbenen bei den *orishas* ein, deshalb ist der Ahnenkult ein wesentlicher Bestandteil. Sowohl die Götter wie die Ahnen müssen verehrt und besänftigt werden. Die Prinzipien von *ashe* und *ebbo* sind fundamental.

*Ashe* ist die Energie, die das Universum durchzieht. Sie ist in allem – in Menschen, Tieren, Pflanzen, Steinen. Die *orishas* sind quasi Mega-Gefäße. Zaubersprüche, Zeremonien und Anrufungen werden alle durchgeführt, um *ashe* zu erreichen. *Ashe* vermittelt die Macht, Dinge zu verändern – Probleme zu lösen, Feinde zu besiegen, Liebe oder Geld zu gewinnen.

*Ebbo* ist das Prinzip des Opfers. Das muss man tun, um *ashe* zu erhalten. *Ebbo* kann die Opferung von Früchten, Blumen, Kerzen oder Essen sein, allerdings auch von Tieren.

Priester und Priesterinnen nennt man *santeros* oder *santeras.* Die priesterliche Hierarchie ist komplex, der höchste Rang ist der *babalawo.* Wie auch beim Papsttum, brauchen Mädchen sich gar nicht erst zu bewerben. Sie können mächtige Priesterinnen werden, aber der Spitzenjob ist ihnen verwehrt.

Bis auf die zusätzlichen Götter und die Hoftiere klang die ganze Sache für mich ziemlich katholisch.

Voodoo hat seinen Ursprung in der heutigen Republik Benin, unter den Nagos, Ibos, Aradas und anderen kulturellen Gruppen und entwickelte sich in Haiti zurzeit der Sklaverei.

Voodoo hat viele Gottheiten, kollektiv *loa* genannt, und auch hier entspricht jede Gottheit einem katholischen Heiligen. Dambala ist Patrick, Legba ist Petrus oder Antonius, Azaka ist Isidor und so weiter. Wie auch die *orishas* hat jede Gottheit ihr Symbol, ihren Wirkungsbereich und ihr Lieblingsopfer.

Voodoo-Altäre stehen in kleinen Räumen, die man *badji* nennt. Die Rituale sind ähnlich denen in der Santería. Die Priesterschaft ist nur lose organisiert, mit Männern, die *houngan*, und Frauen, die *mambo* heißen. Wie bei der Santería liegt das Hauptaugenmerk auf der weißen, guten Magie.

Aber Voodoo hat auch seine dunkle Kehrseite, die *bokors.* Dank Hollywood stehen diese Spezialisten der linkshändigen oder schwarzen Magie als böse Zauberer da, die jemanden mit einem Fluch belegen, um ihn ins Unglück zu stürzen, oder Zombie-Sklaven aus Gräbern wiederauferstehen lassen. Genau dieses Klischee ist es, das die öffentliche Wahrnehmung von Voodoo verzerrt.

Brujería, das aztekische Mythologie, europäische Zauberkunst und die kubanische Santería kombiniert, hat mexikanische kulturelle und religiöse Wurzeln. Als im sechzehnten Jahrhundert spanische Priester die heidnische Göttin Toantzin zu einer Katholikin erklärten, gingen die Priesterinnen Toantzins in den Untergrund und wurden *brujas.* Es entwickelte sich eine Theologie mit der Heiligen Jungfrau von Guadalupe im Zentrum, einer allwissenden und allmächtigen Göttin, die den Menschen ihre Wünsche gewährt, wenn man sie angemessen gnädig gestimmt hat.

Jede *bruja* bewahrt ihre Zaubersprüche in einer *libreta* auf, ähnlich dem Buch der Schatten in der traditionellen Zauberkunst. Die meisten praktizieren allein, aber gelegentlich kommen auch einige zu Gruppen zusammen, ähnlich wie bei einem Coven oder Hexensabbat.

Ich exzerpierte eben aus einem Artikel im *Journal of Forensic Sciences,* als Mrs. Flowers anrief. Slidell und Rinaldi seien im Haus.

Der Wind war lebhaft gewesen, als ich an diesem Morgen das Haus verlassen hatte, er hatte Blätter von den Bäumen gerissen und sie über Gehwege und Gärten geweht. Slidell sah aus, als wäre er durch einen Windkanal marschiert. Die Krawatte lag ihm auf der Schulter, und die eine Seite seiner Frisur sah aus wie die von Grace Jones.

»Was gibt's Neues, Doc?« Slidell richtete seine Krawatte gerade und strich sich mit der Hand über die Haare. Ein bisschen besser wurde es.

»Zwei menschliche Beinknochen, beide von einem schwarzen Mädchen im Teenageralter.«

»Dieselbe Person wie der Schädel?« Rinaldi war makellos, die schütteren, grauen Haare perfekt auf seinem Schädel arrangiert.

»Wahrscheinlich. Hatten Sie Glück mit den Fotostudios?«

Rinaldi schüttelte den Kopf.

»Ich habe Proben für einen DNS-Test entnommen.« Ich gab ihm mein Artefakte-Blatt. »Das ist die Liste des Inhalts beider Kessel.«

Rinaldi öffnete seine Aktentasche und gab mir einen braunen Umschlag mit der Aufschrift *CMPD Crime Lab,* er kam also von der Forensikabteilung der Polizei. Während er und Slidell meine Liste überflogen, schaute ich mir die Fotos an.

Die Objekte waren zwar besser ausgeleuchtet und detaillierter dargestellt, doch ansonsten genau so, wie ich sie aus dem Keller in Erinnerung hatte. Nach meiner Recherche konnte ich nun die Statue als die heilige Barbara identifizieren.

»Haben Sie gestern Abend Lingo gesehen?« Slidells Frage war an mich gerichtet.

»O ja«, sagte ich.

»Stimmt irgendwas von dem, was er sagt?«

»Schauen Sie sich das an.«

Ich zog eine Nahaufnahme der Sperrholzplatte mit den Magic-Marker-Zeichen heraus. Slidell nahm sie in die Hand. Rinaldi stellte sich neben ihn.

»Sehen Sie irgendwelche Pentagramme oder umgedrehte Kreuze?«

»Nein.«

»Ich bezweifle, dass es sich hier um Satanismus handelt.«

»Klasse. Jetzt wissen wir, was es nicht ist.« Slidell hob theatralisch die Hände. »Aber was zum Teufel ist es? Voodoo?«

»Eher Santería.«

»Irgend so 'ne okkulte Kräuterdoktor-Sache?«

»Ja und nein.«

Ich erklärte die Grundbegriffe. Synkretismus. *Orishas. Ashe* und *ebbo.*

Rinaldi machte sich mit einem Montblanc Notizen.

Danach zog ich ein zweites Foto aus dem Stapel und deutete auf die Statue. »Die heilige Barbara ist die Tarnung für Chango.« Ich zog noch ein Foto heraus und deutete auf die Halsketten. »Abwechselnd rote und schwarze Perlen, Eleggua. Abwechselnd rot und weiß, Chango. Gelb und weiß, Oshun. Nur weiß, Obatalla.«

Ich wandte mich dem Foto der doppelgesichtigen Figur zu. »Eleggua, der unberechenbare Gott.«

»Beschreiben Sie diese Gottheiten.« Rinaldi hielt den Stift über seinen Block.

Ich überlegte kurz, wie ich es am besten darstellen sollte.

»Sie sind katholischen Heiligen nicht unähnlich. Oder griechischen Göttern. Jeder hat eine bestimmte Funktion oder Macht. Chango kontrolliert Donner, Blitz und Feuer. Babalu Aye ist der Schutzpatron der Kranken, vor allem bei Hautkrankheiten. Jeder kann bei gewissen Dingen helfen und gewisse Strafen verhängen. Obatalla zum Beispiel kann Blindheit, Lähmungen oder Missbildungen bei der Geburt verursachen.«

»Geh Babalu auf den Sack und du bekommst Pusteln?«

»Lepra oder Gangrän.« Knapp. Slidells Sarkasmus passte mir nicht.

»*Ashe* entspricht in etwa dem christlichen Konzept der Gnade«, sagte Rinaldi.

»In gewisser Weise«, pflichtete ich ihm bei. »Oder Mana. Gläubige streben nach *ashe,* weil es ihnen die Macht gibt, Dinge zu verändern. *Ebbo* ist wie Buße oder das Knien auf Asche.«

»Wie Verzicht in der Fastenzeit.«

Ich lächelte, als ich Rinaldis Vergleich hörte. »Katholisch?«

»Mit einem Namen wie Rinaldi?«

»Bei mir war es jedes Jahr die Schokolade.«

»Bei mir Comics.«

»Diese synthetischen Religionen, haben die auch mit Tierschlachten zu tun?«, fragte Slidell.

»Synkretischen. Ja. Da verschiedene Arten von Opfern gegen verschiedene Probleme helfen sollen, kann eine ernsthafte Schwierigkeit oder eine sehr große Bitte ein Blutopfer erfordern.«

Slidell warf die Hände in die Luft. »Santería, Voodoo, ist doch alles dasselbe. Sind einfach alles Verrückte.«

»Unser Doc hier sagt, dass es wichtige Unterschiede gibt.« Rinaldi, die Stimme der Vernunft. »Santería entwickelte sich in Kuba, das ist spanisch. Voodoo entwickelte sich in Haiti, das ist französisch.«

»*Ex-cuse-ay-moi*. Wie viele von diesen Spinnern gibt es denn? Eine Handvoll?«

»Bei der Santería wahrscheinlich einige Millionen. Bei Voodoo möglicherweise mehr als sechzig Millionen weltweit.«

»Echt?« Slidell überlegte kurz und sagte dann: »Aber wir reden doch von Sachen wie: Lass mich in der Lotterie gewinnen, heile das Bauchweh meines Jungen, stell meinen Schwanz wieder auf, oder?«

»Die meisten Anhänger von Voodoo und Santería führen nichts Böses im Schilde, aber es gibt auch die Kehrseite. Schon mal was von Palo Mayombe gehört?«

Beide schüttelten den Kopf.

»Palo Mayombe kombiniert die Glaubenssysteme des Kongo mit denen der Yoruba und des Katholizismus. Die Gläubigen nennt man *paleros* oder *mayomberos.* Rituale beziehen sich nicht auf *orishas*, sondern auf die Toten. *Paleros* benutzen Magie, um zu manipulieren, gefangenzunehmen und zu kontrollieren, oft für ihre eigenen böswilligen Zwecke.«

»Reden Sie weiter.« Slidells Stimme war nun völlig humorfrei.

»Die Quelle der Macht eines *palero* ist der Kessel oder *nganga.* In ihm wohnen die Geister der Toten. Oft werden menschliche Schädel oder Röhrenknochen in den *nganga* gelegt.«

»Wie kommen die Leute an so was?«

»Meistens über den biologischen Fachhandel. Gelegentlich werden auch Überreste von Friedhöfen gestohlen.«

»Und wie passt dieses Mädchen da rein?« Slidell schaute den Schädel an.

»Ich weiß es nicht.«

»Wie passt die Metzgerei rein?«

»Ein *palero* stellt eine Bitte. Verursache eine Krankheit, einen Unfall, den Tod. Wenn der Geist der *nganga* spurt, wird Blut als Zeichen der Dankbarkeit geopfert.«

»Menschliches Blut?«, fragte Rinaldi.

»Normalerweise von einer Ziege oder einem Vogel.«

»Aber Menschenopfer sind nicht völlig ausgeschlossen?«

»Nein.«

Slidell stach mit dem Zeigefinger in die Luft. »Der Junge in Matamoros.«

Ich nickte. »Mark Kilroy.«

Rinaldi unterstrich etwas in seinem Notizblock. Dann noch einmal.

Slidell öffnete den Mund, doch sein Handy klingelte. Er klappte ihn wieder zu und schaltete ein.

»Ja.«

Slidell ging eben durch die Tür, als Larabee hereinkam, das Gesicht so angespannt wie eine Maske.

»Was ist passiert?«, fragte ich Larabee.

»Wann?« Slidells Stimme wehte aus dem Gang herein.

»Habe eben einen Anruf wegen einer Leiche am Lake Wylie bekommen«, sagte Larabee zu mir. »Kann sein, dass ich Ihre Hilfe brauche.«

»Verflucht.« Slidell klang aufgeregt.

»Warum?«, fragte ich.

»Wir sind dran.« Slidell klappte sein Handy zu.

»Dem Opfer fehlt der Kopf«, sagte Larebee.

## 10

Larabee fuhr mit Hawkins in dessen Transporter. Slidell bot mir eine Mitfahrgelegenheit an, aber ich kannte seine Autohygiene. Und da ich weniger tolerant war als Rinaldi, nahm ich mein eigenes Auto.

Zwanzig Minuten nach Verlassen des MCME fuhr ich von der I-485 auf die Steel Creek Road. Hawkins' Wegbeschreibung folgend, bog ich nach Südwesten auf die Shopton Road ein, überquerte den Amohr Creek und fuhr dann auf einer kurvenreichen Straße durch ein Waldstück, das der Axt der Immobilienspekulanten zumindest vorerst entkommen war. Ich wusste zwar nicht genau, wo ich mich befand, hatte aber das Gefühl, dass das McDowell-Naturreservat ungefähr im Süden lag und die Grenze zum Gaston County etwa im Westen.

Noch eine Linkskurve, dann entdeckte ich einen Streifenwagen des CMPD vor einer Fläche kabbeligen, blauen Wassers. Ein Uniformierter lehnte an einem hinteren Kotflügel. Ich parkte auf dem Bankett, stieg aus und ging auf ihn zu.

Lake Wylie, der sich vom Mountain Island Dam im Norden bis zum Wylie Dam im Süden erstreckt, ist einer von elf Seen in der Catawba-River-Kette des Stromerzeugers Duke Power. Auf Karten erinnert das Ding an eine haarige Ader, die sich vom Tar Heel in den Palmetto State schlängelt.

Trotz des Atomkraftwerks, das am südwestlichen Ufer brummt, ist der Lake Wylie umringt von einer Reihe Luxuswohnanlagen – River Hills, The Palisades, The Sanctuary.

Palisades – Palisaden gegen wen? Das fragte ich mich oft. Sanctuary – eine Zuflucht wovor? Vor neonfarbenen Barschen und achtbeinigen Kröten?

Wie die Bedrohungen auch aussehen mochten, auf diesem Uferstreifen gab es keine befestigten Landsitze. Die wenigen Behausungen, an denen ich vorbeigefahren war, kamen mit Außenverkleidungen aus Vinyl, Vordächern aus Aluminium und rostenden Carports aus. Einige waren kaum mehr als Hütten, Überbleibsel aus einer Zeit, als die Leute aus Charlotte an »den Fluss« gingen, um der Hektik des Großstadtlebens zu entgehen. Wenn die gewusst hätten.

Als der Polizist mich sah, stieß er sich vom Auto ab und nahm eine wachsame Haltung ein. Gesicht und Körper waren schlank, die Sonnenbrille direkt aus *Matrix*. Schon aus fünf Metern Entfernung konnte ich den Namen *Radke* auf einer kleinen Messingplakette auf seiner rechten Brust lesen.

Ich winkte kurz. Er reagierte nicht.

Hinter Radke lag am Ufer eine in Plastik gewickelte Masse.

Ich erklärte ihm, wer ich war. Radke entspannte sich ein wenig und deutete mit dem Kinn auf die Masse.

»Die Leiche ist da drüben. Die kleine Bucht hier ist ein Magnet für Müll.«

Anscheinend hatte mein Gesicht eine Reaktion gezeigt. Überraschung? Ein Vorwurf?

Radke wurde rot und verschränkte die Arme vor der Brust. »Ich meine nicht das Opfer. Ich meine, so wie's aussieht, wird hier eine Menge Zeug angespült. Das Kielwasser der Boote drückt hier ziemlich rein.«

Ich schaute an Radke vorbei. An sonnigen Wochenenden wimmelte es auf dem Wylie von Booten. An diesem Tag dümpelte in der Nähe nur etwa ein halbes Dutzend.

»Haben Sie die Umgebung abgesucht?«

»Ich bin das Ufer ungefähr zwanzig Meter in jeder Richtung abgegangen. Hab ein bisschen zwischen die Bäume geschaut. Aber nichts Systematisches.«

Ich wollte eben die nächste Frage stellen, als ich zuerst ein Motorengeräusch und dann Kies knirschen hörte. Als ich mich umdrehte, sah ich einen Ford Taurus, der an der Stoßstange meines Mazdas einparkte.

Zwei Türen gingen auf. Rinaldi entfaltete sich aus der einen und stakste auf uns zu. Slidell wuchtete sich aus der anderen und trottete hinter ihm her. Seine Ray-Bans blitzten auf, als der Kopf von links nach rechts fuhr.

»Officer.« Slidell nickte in Radkes Richtung.

Radke erwiderte das Nicken.

Noch mehr Nicken. Rinaldi-Brennan. Brennan-Rinaldi.

»Was haben wir?« Slidell musterte den See, das Ufer, den Wald.

»Kopflose Leiche.«

»Habe ich bereits gehört.«

»Ein Kerl fand sie, als er seinen Hund ausführte.«

»Was für ein Glückspilz.«

»Ich würde eher auf den Hund wetten.«

»Steht das auch in Ihrem Bericht, Radke?«

»Dem Hund schien eine lobende Erwähnung nicht so wichtig zu sein.«

Slidell ignorierte diesen Witzversuch. »Was erzählt er?«

»Wollte nur sein Häufchen machen.«

Die Ray-Ban-Gläser drehten sich langsam den *Matrix*-Gläsern zu.

»Das war lustig, Radke. Der Spruch mit dem Hund. Ich habe nur ein Problem mit Ihrem Timing. Planen Sie Ihre Witze so, dass ich keine Zeit damit vergeuden muss.«

Mit einem Achselzucken zog Radke einen Notizblock hervor.

»Der Kerl heißt Funderburke. Wohnt oben an der Straße, geht jeden Tag um sieben, mittags und abends gegen sechs spazieren. Behauptet, die Leiche sei irgendwann zwischen ihrem Morgen- und dem Mittagsgang am Dienstag da gewesen.«

»Hat er genauer nachgeschaut?«

»Erst heute. Behauptet, er hätte es zuerst einfach nur für Müll gehalten. Und der Hund wollte sein Schläfchen.« Pause. »Heißt übrigens Digger.«

»Ich schreib's mir gleich auf.«

»Mit zwei g.« Todernste Miene.

Ich mochte Radke.

»Hat er das Paket aufgemacht?«

Radke schüttelte den Kopf. »Hat nur einen Fuß gesehen. Und sofort neun-eins-eins angerufen.«

Ich ließ die Männer allein, ging zu der Leiche und prägte mir dabei meine Eindrücke ein.

Festgetretener Boden. Dichter Mischwald bis knapp drei Meter vor das Ufer. Uferböschung schlammig, abfallend und mit Müll übersät.

Ich machte mir in Gedanken eine Liste. Bier- und Limodosen, Essenstüten. Plastikringe von Sechserpacks, ein triefnasser Turnschuh, ein Stück Styropor, eine wirres Knäuel Angelschnur.

Die Leiche lag auf, nicht unter dem Abfall, und wirkte vor dem See und dem Horizont erbärmlich winzig. Fliegen tanzten über dem blauen Plastik ein wuselndes Ballett.

Ich zog Gummihandschuhe an, ging dicht an den Sack und kauerte mich hin. Das Summen wurde zu einem hektischen Brummen, als die Fliegen davonstoben, deren Körper im Sonnenlicht irisierend glitzerten.

Die meisten Leute ekeln sich vor Fliegen. Und das aus gutem Grund. Wie diejenigen, die mir jetzt um Gesicht und Haare schwirrten, ernähren sich viele Arten von organischem Material. Sie sind allerdings nicht sehr wählerisch. Ob Fäkalien oder Cheeseburger, es ist alles nur Fressen. Wie jedes Fleisch, ob menschlichen oder anderen Ursprungs.

Wenn auch widerwärtig, so sind aasfressende Insekten doch nützliche Zeitgenossen. Da sie ausschließlich an Fressen und Vermehrung interessiert sind, beschleunigen sie den unausweichlichen Verlauf der Verwesung. Als Schüsselfiguren im Recycling-

Plan der Natur arbeiten sie eifrig daran, die Toten der Erde zurückzugeben. Vom forensischen Gesichtspunkt her sind Käfer einfach Klasse.

Aber im Augenblick ignorierte ich sie.

Ich ignorierte auch den Gegenstand ihres Interesses, stellte nur fest, dass er lose in eine blaue Plastikplane eingewickelt war, wobei ich nicht erkennen konnte, ob das absichtlich passiert war oder die Leiche sich zufällig darin verheddert hatte, als sie im See trieb.

Was mir allerdings auffiel, war das Fehlen von Geruch. Das war merkwürdig bei den warmen Temperaturen der letzten Zeit. Wenn die Leiche wirklich schon seit Dienstagvormittag hier lag, dann sollte es unter diesem Plastik eigentlich brodeln.

Ich stand auf und untersuchte die unmittelbare Umgebung. Keine Schuhabdrücke. Keine Reifenspuren. Keine Schleifspuren.

Keine weggeworfenen Schuhe oder Kleidungsstücke. Keine frisch umgedrehten Steine.

Kein Kopf.

In weniger als einer Minute übertönten Motor- und Reifengeräusche das Summen der *Caliphoridae.*

Ich schaute zur Straße.

Larabee kam, Kamera in einer Hand, Ausrüstungskoffer in der anderen, auf mich zu. Hawkins öffnete eben die Hecktüren des Transporters. Beide trugen Tyveck-Overalls.

Die Fliegen drehten durch, als Larabee zu mir kam.

»Schmeißfliegen. Ich hasse Schmeißfliegen.«

»Warum Schmeißfliegen?«

»Das Geräusch. Dieses Brummen ist mir unheimlich.«

Ich berichtete Larabee, was Radke gesagt hatte.

Der ME schaute auf die Uhr. »Wenn Funderburke recht hat, dann haben wir einen Zeitrahmen von ungefähr achtundvierzig Stunden.«

»Achtundvierzig Stunden hier«, sagte ich und deutete auf den Boden.

Leute neigen dazu, Leichen zu bewegen. Wasser ebenfalls. Das PMI konnte achtundvierzig Stunden oder achtundvierzig Tage betragen.

So oder so, stinken müsste es hier auf jeden Fall.

»Stimmt.« Larabee wischte sich eine Fliege von der Stirn.

Während Hawkins fotografierte und Videoaufnahmen machte, gingen Larabee und ich am Ufer entlang. Neben uns leckten die Wellen gleichgültig am Schlamm.

Danach machten wir uns an eine systematische Durchsuchung des Waldstücks, gingen nebeneinander her und suchten mit Augen und Füßen. Wir entdeckten nichts Verdächtiges. Keinen Kopf.

Als wir zur Leiche zurückkehrten, fotografierte Hawkins noch immer. Slidell und Rinaldi waren bei ihm. Obwohl es unnötig war, drückte sich jeder Detective ein Taschentuch auf die Nase. Das eine war aus Leinen und trug ein Monogramm. Das andere war aus rotem Polyester. Was einem nicht alles auffällt.

»Das sollte reichen.« Hawkins ließ die Kamera auf die Brust sinken. »Sollen wir den Korken knallen lassen?«

»Markieren Sie das Plastik, wo Sie es aufschneiden.« Larabees Stimme klang flach. Ich vermutete, dass er so wenig begeistert war wie ich.

Mit einem Scripto-Stift malte der Todesermittler eine Linie auf das Plastik und schnitt dann an ihr entlang. Sollte man je diese Plane mit einer Rolle abgleichen müssen, von der sie eventuell stammte, würden die Schnittspurenspezialisten Hawkins' Klingenspuren sehr leicht von denen unterscheiden können, die der Täter verursacht hatte, als er die Plane abschnitt.

Die Leiche lag auf dem Bauch, die Beine angezogen, Brust und Gesicht auf der Erde. Hätte sie ein Gesicht gehabt. Der Torso endete in einem Stumpf zwischen den Schultern, der von Fliegeneiern gesprenkelt war. Auch der Anus zeigte moderate Insektenaktivität.

»Nackt wie Gott ihn schuf.« Durch rotes Polyester gesprochen.

Während Hawkins noch einmal zu fotografieren anfing, zogen Larabee und ich uns Gesichtsmasken über und traten an die Leiche.

»Sieht jung aus«, sagte Rinaldi.

Ich stimmte ihm zu. Die Gliedmaßen waren schlank, der Körper kaum behaart, und die Füße zeigten keine vergrößerten Zehenballen, Schwielen, verdickte Nägel oder sonstige Indikatoren für fortgeschrittenes Alter.

Slidell bückte sich seitlich und spähte unter die Hinterbacken. »Maschinerie komplett.«

Die Beobachtung war zwar nicht gerade elegant formuliert, aber korrekt. Die Genitalien waren männlich und voll ausgebildet.

»Kein Zweifel, das ist ein weißer Junge«, sagte Rinaldi. Die Haut war gespenstisch bleich, die feine Körperbehaarung hellblond.

Ich kniete mich hin. Die Fliegen drehten wieder durch. Larabee wedelte sie weg und kniete sich neben mich.

Aus der Nähe sah ich einen hellgelben Knochen im Fleisch des durchtrennten Halses glitzern. In leuchtend rosigem Fleisch. Irgendwas war da merkwürdig.

»Die Wunde ist so rot wie ein Porterhouse-Steak.« Larabee sprach aus, was ich dachte.

»Ja«, pflichtete ich ihm bei. »Der Kopf ist nicht abgefallen, er wurde abgetrennt. Geht man von einem PMI von zwei Tagen aus, ist die ganze Leiche erstaunlich gut erhalten.«

Larabee tastete einen Defekt auf der Höhe der zehnten Rippe ab, in der rechtsseitigen Muskelmasse, die parallel zum Rückgrat verlief.

»Irgendwelche Ideen dazu?«

Die Vertiefung sah aus wie eine Reihe sechs kurzer, paralleler Linien mit einer siebten, die sie im rechten Winkel überlagerte.

»Kontakt mit irgendwelchem Unrat?« Ich glaubte es eher nicht.

»Vielleicht.« Larabee untersuchte die eine nach oben gedrehte Handfläche, dann die andere. »Keine Verteidigungswunden. Sieht aus, als würden wir verwertbare Fingerabdrücke bekommen.« Zu Hawkins: »Die Hände auf jeden Fall in Tüten stecken.«

»Kommt der Kerl aus dem Wasser?«, fragte Slidell.

»Sieht nicht so aus wie die meisten Wasserleichen, die ich gesehen habe«, sagte ich.

»Keine Hinweise auf Fraß durch Wasserbewohner«, sagte Larabee.

»Vielleicht war er ja nur kurz drin.«

Larabee zuckte die Achseln. »Auf jeden Fall brauchen wir nicht nach Wasser in der Lunge suchen. Wenn er wirklich aus dem See angeschwemmt wurde, dann atmete er bestimmt nicht mehr, als er hineinkam.«

»Und, wie sieht das Ganze jetzt zeitmäßig aus?«

»Die Leiche liegt so lange hier, dass Schmeißfliegen sie besiedeln und Eier ablegen konnten und einige Nachkommen bereits geschlüpft sind.« Mir war aufgefallen, dass die wenigen vorhanden Larven noch sehr jung und keine Puppen oder leeren Puppenhüllen vorhanden waren.

»Können Sie das für uns Normalsterbliche übersetzen?«

»Die Fliegen dürften die Leiche innerhalb von Minuten gefunden haben, vor allem bei einer so massiven, offenen Wunde. Die Eiablage war eine Sache von Stunden. Zum Schlüpfen kam es nach zwölf bis achtundvierzig Stunden, abhängig von den Temperaturen.«

»Es war warm«, sagte Rinaldi.

»Das würde alles beschleunigen.«

»Und, was denken Sie?« Slidell wiederholte seine Frage, diesmal mit leicht verärgertem Unterton.

Glaubt man Funderburkes Geschichte, dann stimmt hier irgendwas nicht, dachte ich mir, behielt es aber für mich.

»Ich bin keine Entomologin«, sagte ich. »Aber ich sammle Proben für eine Untersuchung.«

Zusätzlich zum fehlenden Geruch und der nur bescheidenen Insektenaktivität störte mich noch etwas anderes. Wenn die Leiche dort abgelegt worden war, wo sie jetzt lag, oder wenn sie nur kurz im Wasser gelegen hatte, dann würde das erklären, warum keine Fraßspuren von Wassertieren zu sehen waren. Aber laut Funderburkes Angaben lag sie seit vergangenem Dienstag am Ufer. In der Zeit hätte die örtliche Fauna hier eine Imbissbude aufmachen sollen. Warum also keine Hinweise auf Beschädigungen durch Tiere?

Slidell wollte eben etwas sagen, als zwei Spurensicherungstechniker zwischen den Bäumen hervortraten. Die Frau war groß, hatte dralle Wangen und Zöpfe, die sie sich um den Kopf gesteckt hatte. Der Mann war sonnengebräunt und trug eine Maui-Jim-Sonnenbrille.

Larabee informierte sie. Beide schienen kein sonderliches Interesse an langatmigen Erklärungen zu haben. Verständlich. Sie hatten einen langen Nachmittag des Dokumentierens und des Einsammelns von Beweismitteln und der Leiche vor sich. Wir warteten, während Marker platziert, Fotos geschossen und Maße genommen wurden. Nachdem die vorläufigen Untersuchungen abgeschlossen waren, schauten beide Techniker den ME an.

Larabee wandte sich mir zu und lud mich mit einer Geste zur Mitarbeit ein.

Wir traten an die Leiche, ich an der Hüfte, Larabee an den Schultern.

Hinter uns auf dem Wasser jaulte ein vorbeifahrendes Boot. Einige Wellen klatschten ans Ufer.

»Fertig?« Die Stirn des ME über der Maske war kräftig gerunzelt. Der Augenblick der Wahrheit. Das Umdrehen der Leiche.

Ich nickte.

Gemeinsam drehten wir den Torso auf den Rücken.

Alle Anwesenden waren alte Hasen, gewohnt an Mord, Verstümmelungen und all die Grässlichkeiten, die ein Mensch einem anderen antun kann. Aber ich bezweifle, dass einer der Anwesenden so etwas schon einmal gesehen hatte.

Rinaldi sprach aus, was wir alle dachten.

»Verdammte Scheiße.«

## 11

Auch wenn der Kontakt mit dem Boden die meisten Fliegen abgehalten hatte, war es einigen unverdrossenen Damen doch gelungen, unter die Leiche zu kriechen. Ein weißer Kreis brodelte auf der bleichen, unbehaarten Brust, ein kleineres Oval auf dem Bauch.

»Was zum Teufel?« Gedämpft durch rotes Polyester.

Als ich mich über die Leiche beugte, konnte ich sehen, dass die Eimassen nicht gleichmäßig verteilt waren, sondern sich offenbar zu Mustern zusammendrängten. Mit behandschuhtem Finger schob ich verstreute Eier zu den dickeren Streifen, die den Kreis zu begrenzen und zu kreuzen schienen.

Und spürte eine Kälte in meiner Brust.

Die Eier bildeten einen auf dem Kopf stehenden fünfzackigen Stern.

»Das ist ein Pentagramm«, sagte ich.

Die anderen blieben stumm.

Mit demselben Finger »säuberte« ich nun das Oval, bis das Muster erkennbar war: 666.

»Sieht nicht eben aus wie vom Heiligen Geist inspiriert.« Slidells Stimme klang belegt vor Abscheu.

»Wie …?« Rinaldi beendete die Frage nicht.

»Fliegen sind wie wir«, sagte ich. »Wenn sie die Wahl haben, nehmen sie den einfachsten Weg. Körperöffnungen. Offene Wunden.«

Slidell wusste, was ich meinte. »An dem Jungen wurde rumgeschnitzt.«

»Ja.«

»Bevor oder nachdem ihm der Kopf abgeschlagen wurde?« Wütend.

»Ich weiß es nicht.«

»Dann hat Lingo also recht?«

»Wir sollten keine voreiligen –«

»Haben Sie eine andere Theorie?«

Hatte ich nicht.

»Gehen wir.« Mit versteinertem Gesicht marschierte Slidell davon.

»Er meint das nicht respektlos.« Rinaldi klang entschuldigend. »Seine Nichte hatte Probleme in der Highschool.« Er hielt inne, schien sich zu überlegen, ob er mehr sagen sollte. Entschied sich dagegen. »Wie auch immer, er will diese Greenleaf-Sache unbedingt zum Abschluss bringen. Wir haben Kenneth Roseboro im Visier, den Jungen, der das Haus geerbt hatte.«

»Wanda Hornes Neffe«, sagte ich.

»Ja.« Wieder ging Rinaldi nicht ins Detail. »Sollen wir die Gegend mit einem Leichenhund absuchen lassen, damit der vielleicht den Kopf findet?«

Ich nickte.

»Ich rufe gleich mal an.«

Als ich mit meinem Ausrüstungskoffer vom Auto zurückkehrte, machte Hawkins Videoaufnahmen und das Spurensicherungsteam ging die Umgebung ab. Das Ufer war bereits gesprenkelt mit orangefarbenen Markern, die potentielle Indizien kennzeichneten. Zigarettenkippen. Schokoriegeltüten. Papiertaschentücher. Das Meiste würde sich als nutzlos erweisen, aber in diesem Stadium wusste noch niemand, was relevant und was nur zufällig hier war.

Ich öffnete den Koffer und breitete meine Utensilien aus. Neben mir zog der ME eben ein Thermometer aus dem Futteral, um es in den Anus der Leiche zu schieben. Oder in die Eiermasse. Ich wusste es nicht. Zwei Stunden lang sammelten und beschrifteten wir Indizien, Larabee an der Leiche, Brennan an den Insekten.

Zuerst machte ich Detailaufnahmen, für den Fall, dass etwas auf dem Weg zum Entomologen zu etwas anderem reifte. Diesen Fehler hatte ich einmal gemacht.

Mit einem befeuchteten Kinder-Malpinsel kehrte ich dann Eier zusammen. Eine Hälfte konservierte ich in Alkohol. Mögen sie in Frieden ruhen. Den Rest brauchte ich lebendig, damit der Entomologe sie zur Speziesbestimmung ausreifen lassen konnte. Diese glückliche Hälfte steckte ich zu Rinderleber und feuchtem Zellpapier in Glasröhrchen.

Dann nahm ich mir die Maden vor. Da die wenigen vorhandenen Larven alle von derselben Spezies und frisch geschlüpft zu sein schienen, machte ich mir nicht die Mühe, sie nach Größe zu trennen, sondern nur nach Fundort: Halswunde, Anus, umgebende Erde. Wie schon bei den Eiern kam eine Hälfte zusammen mit Luft, Nahrung und Zellstoff in Glasröhrchen. Die andere kam zuerst in heißes Wasser, dann in eine Alkohollösung.

Nachdem ich einige der ausgewachsenen Fliegen mit einem Netz eingefangen und verpackt hatte, sammelte ich Exemplare jeder im Umkreis von einem Meter um die Leiche vorhandenen Spezies. Zu meiner Sammlung gehörten zwei schwarze Käfer, ein langes, braunes Krabbelding und eine Hand voll Ameisen. Nur die Wespen ließ ich in Frieden.

Anschließend sammelte ich Erdproben und machte mir Notizen über das Habitat: Süßwassersee, Mischwald, halb saure Erde, Höhe zwischen einhundertsechzig und zweihundert Metern, Temperatur zwischen zwanzig und dreißig Grad Celsius, geringe Luftfeuchtigkeit, volle Sonneneinstrahlung.

Schließlich notierte ich mir noch einige Bemerkungen über die Leiche. Nackt. Auf dem Boden liegend, Hintern erhoben, Arme an den Seiten. Enthauptung, kein Blut, keine Körperflüssigkeiten an der Fundstelle. Kopf fehlt. Schnittwunden auf Brust und

Bauch. Minimale Verwesung. Keine Fraßspuren von Wasser- oder Landtieren. Eiermassen an Halswunde und Anus mit Innentemperaturen von 36 beziehungsweise 37 Grad. Unbekannte Todesursache.

Es war halb fünf, als ich fertig war. Larabee und Hawkins lehnten an der Hecktür des Transporters und tranken Wasser aus Flaschen.

»Durstig?«, fragte Hawkins.

Ich nickte.

Hawkins zog eine Flasche aus einer Kühlbox und warf sie mir zu.

»Danke.«

Wir tranken und starrten auf den See hinaus. Larabee sagte als Erster etwas.

»Slidell ist überzeugt, dass wir Teufelsanbeter in unserer Mitte haben.«

»Commissioner Lingo wird sich freuen.« Ich konnte die Verachtung in meiner Stimme nicht unterdrücken.

Hawkins schüttelte den Kopf. »Der alte Boyce hat die Klappe kaum vierundzwanzig Stunden, nachdem Sie und Slidell in diesem Keller fertig waren, aufgerissen.«

»Haben Sie das nicht gewusst? Lingo hat eine Standleitung zu Gott.«

Larabee schnaubte.

»Können Sie sich noch an diesen Messermord an der Archdale erinnern?« Hawkins zeigte mit seiner Flasche auf Larabee. »Eine lesbische Dame nahm Anstoß daran, dass ihre Partnerin fremdging? Der Leichensack war noch kaum zu, da predigte Lingo schon über die Sünde der Homosexualität.«

»Aber kein Mucks letzte Woche, als dieser Trucker den Freund seiner Exfrau abknallte«, sagte Larabee. »Biblisches Motiv. Wenn ich sie nicht haben kann, kriegt sie keiner.«

»Wenn Lingo von der Sache da Wind bekommt, dann baut er das in seine aktuelle Seifenoper ein.« Hawkins warf seine leere

Flasche auf eine Winn-Dixie-Tasche neben der Kühlbox. *»The Devil Goes Down to Georgia.«*

»Da dürfte er aber ziemlich auf dem Holzweg sein«, sagte ich.

»Hat das da für Sie nichts mit Satanismus zu tun?«

»Das hier schon. Der Keller nicht.«

Ich berichtete, was ich gefunden hatte.

»Klingt für mich aber auch nicht gerade nach Baptisten«, sagte Hawkins.

Ich skizzierte kurz, was ich Slidell und Rinaldi über synkretische Religionen erzählt hatte. Santería. Voodoo. Palo Mayombe.

»Welche davon bringen Tieropfer dar?«

»Alle.«

»Satanisten?«

»Ja.«

»Worauf tippen Sie?« Larabees Flasche gesellte sich zu der von Hawkins.

»Die farbigen Perlen, die Münzen und die katholische Heilige weisen auf Santería hin. Die Holzstöckchen und der *nganga* mit Kette und Schloss eher auf Palo Mayombe.«

»Die menschlichen Überreste?«

Ich hob frustriert die Hände. »Das können Sie sich aussuchen. Voodoo. Santería. Palo Mayombe. Satanismus. Aber im Keller gab es keine umgedrehten Pentagramme oder Kreuze, keine Sechs-sechs-sechs-Symbole, keine schwarzen Kerzen, keinen Weihrauch. Nichts, was typisch ist für Satanismus.«

»Nichts wie diesen Jungen hier.« Larabee deutete mit dem Kopf zum See.

»Nein.«

»Meinen Sie, dass es eine Verbindung gibt?«

Ich führte mir die verstümmelte Leiche am Ufer noch einmal vor Augen.

Der Schädel und die Beinknochen aus dem Kessel.

Ich hatte keine Antwort.

Auf der Rückfahrt zum Highway kamen mir zwei Autos entgegen. Über das eine freute ich mich. Über das andere nicht.

Der SUV brachte den Suchhund, den Rinaldi versprochen hatte. Ich wünschte dem Tier mehr Glück bei der Suche nach dem Kopf, als ich es hatte.

Der Honda Accord wurde von der Frau gefahren, die ich am Dienstagabend vor dem Haus an der Greenleaf gesehen hatte. Wie war der Name unter dem *Oberserver*-Foto gewesen? Allison Stallings.

»Na, Klasse.« Ich schlug mit der flachen Hand aufs Lenkrad. »Wer zum Teufel bist du, Allison Stallings?«

Ich notierte mir ihre Autonummer und wünschte Radke Glück, dass er Stallings von der Leiche fernhalten konnte.

Mein Handy klingelte, als ich eben auf die I-77 fuhr. Der Verkehr war dicht, aber noch nicht die Stoßstangenküsserei, die noch kommen würde.

Die Anruferkennung zeigte eine unbekannte Nummer mit einer 704-Vorwahl.

Ich war neugierig und schaltete ein.

»*Go Mustangs*«, sagte eine Männerstimme.

Ich war müde, abgelenkt und, um ehrlich zu sein, enttäuscht, weil der Anruf aus der Gegend und deshalb nicht von Ryan kam. Meine Antwort war deshalb nicht allzu höflich.

»Wer dran?«

Seine Erwiderung war die erste Zeile des Schlachtgesangs der Myers Park Highschool.

»Hallo, Charlie.«

»Bereit für diesen Kaffee?«

»Ist gerade ein schlechter Zeitpunkt.«

»Um sechs? Sieben? Acht? Du musst es nur sagen.«

»Ich habe den ganzen Tag in Dreck gewühlt. Ich bin müde und schmutzig.«

»Wenn ich mich recht erinnere, bist du im Saubermachen richtig gut.« So etwas hörte man im Süden öfters.

Ich bin leistungsfähig. Ich spiele hart. Ich arbeite hart. Manche Leute schaffen das alles und sehen trotzdem immer aus wie aus dem Ei gepellt. Ich gehöre nicht dazu. Nach unseren Tennismatches sah Charlie immer noch aus wie ein GQ-Model. Ich meistens wie eine getaufte Maus.

»Danke. Glaube ich.«

»Von Katy weiß ich, dass du Lammkoteletts magst.«

Der plötzliche Schwenk traf mich unvorbereitet.

»Ich –«

»Meine Spezialität. Wie wär's damit? Du duscht, während ich auf den Markt gehe. Wir treffen uns um sieben bei mir. Du entspannst dich, während ich den Salat mache und die Koteletts auf den Grill werfe?«

Holla, mein Bester!

»Katy ist natürlich auch eingeladen. Ich fange sie ab, bevor sie hier weggeht.«

Ich nahm an, dass seine Mitverschwörerin direkt neben ihm stand.

»Es war ein langer Tag«, sagte ich.

»Eine Dusche macht eine neue Frau aus dir.«

»Aber die alte hat morgen früh immer noch einiges an Arbeit zu erledigen.« Das klang sogar in meinen Ohren lahm.

»Hör zu. Du magst Lammkoteletts, ich mag Lammkoteletts. Du hast keine Lust auf Kochen. Ich schon.«

Ertappt.

»Ich muss noch ins ME-Gebäude und ein paar Insekten verschicken.«

»Schneckenpost?«

»Vorwiegend Fliegen.« Ich musste einfach grinsen. »Schnecken sind Weichtiere.«

»Also Luftpost«, sagte Charlie.

»Ich kann aber nicht lange bleiben.«

»Lass ich dich auch gar nicht.«

Ein Auto scherte vor mir in meine Spur und zwang mich zum

Bremsen. Das Handy fiel mir auf den Schoß. Mit einer Hand lenkend, tastete ich danach und hielt es mir wieder ans Ohr.

»Bist du noch dran?«

»Dachte schon, du hättest aufgelegt«, sagte Charlie.

Rückblickend betrachtet, hätte ich es wahrscheinlich tun sollen.

Meine Kleidung kam direkt in die Wäsche. Und mein Körper direkt unter die Dusche.

Als ich aus der Wanne stieg, jagte Birdie eine Schmeißfliege über den Badezimmerboden. Bevor ich reagieren konnte, hatte er sie gefressen.

»Igitt, Bird.«

Der Kater sah stolz aus. Oder gerissen. Oder in sich versunken, weil er über die Geschmacksnuancen von Fliegen nachdachte.

Lächelnd verteilte ich Orangenblütencreme auf meiner Haut.

Charlie hatte recht. Ich fühlte mich wirklich erfrischt. Sogar fröhlich. Ausgehen war eine gute Idee. Und neue Freunde kennenlernen konnte durchaus bekömmlich sein.

Einige Gedächtniszellen präsentierten eine Collage von Bildern, die meisten verschwommen wie Schnappschüsse, die man im Regen vergessen hatte.

Der Skylark.

Charlie in abgeschnittenen Jeans. Und nichts anderem.

Ich in Shorts und einem Tank-Top mit Pailletten vorne drauf. Ein glitzernder Schmetterling. Oder war es ein Vogel? Haare, wie man sie in den Siebzigern eben hatte.

Die Polsterung, die mir in den sonnenverbrannten Rücken stach.

Vielleicht war das doch keine so gute Idee.

Alten Freund neu kennenlernen, verbesserte ich mich. Freunde. Nur Freunde.

Aha, sagten die Gedächtniszellen.

Im Schlafzimmer schaltete ich die Nachrichten ein und ging zur Kommode.

»– die Zauberer und die Unzüchtigen und die Mörder und die Götzendiener und alle, die die Lüge lieben und üben. Diese Worte der Offenbarung waren noch nie wahrer. Luzifer ist hier, vor der Toren unserer Stadt.«

Ich erstarrte, den Slip halb aus der Schublade gezogen.

## 12

Boyce Lingo stand auf den Stufen des neuen Gerichtsgebäudes, und Kameras und Mikrofone reckten sich ihm entgegen. Hinter ihm stand ein Mann mittleren Alters mit kurz geschorenen Haaren, Brad-Pitt-Wangen und einem markanten Kinn. Dem konservativen Anzug nach zu urteilen, war er sein Assistent. Marineblaues Sakko, weißes Hemd, graue Hose. Er und Lingo sahen aus wie Modeklone.

Der Commissioner schaute genau ins Objektiv.

»Heute wurde eine weitere Leiche entdeckt. Noch ein Unschuldiger ermordet, der Kopf abgeschlagen, das Fleisch geschändet. Warum diese Brutalität? Um Satan zu dienen. Und was sagen die Behörden dazu? Kein Kommentar.«

Meine Finger krampften sich um den Slip.

»Kein Kommentar zu einer kopflosen Leiche, die vor drei Tagen identifiziert wurde, ein zwölfjähriges Kind, das aus dem Catawba River gezogen wurde. Kein Kommentar auch zu einem menschlichen Schädel, der am letzten Montag in einem Keller im Third Ward gefunden wurde.«

Ich stand stocksteif da.

»Kein Kommentar, also wirklich.« Lingo schüttelte in theatralischer Verzweiflung den Kopf. »Warum die Öffentlichkeit informieren über die gottlose Verderbtheit, die unsere Stadt überfällt?«

Lingo machte eine Pause, um den Satz wirken zu lassen.

»Bürger von Charlotte-Mecklenburg, ›kein Kommentar‹ dürfen wir nicht hinnehmen. Wir müssen Antworten verlangen. Schnelle und entschlossene Aktionen. Wir müssen verlangen, dass diese mörderischen Teufelsanbeter nicht ungestraft davonkommen.

Ich will Ihnen eine Geschichte erzählen. Eine traurige Geschichte. Eine entsetzliche Geschichte. In London wurde 2001 in einem Fluss eine winzige, kopflose Leiche gefunden. Dieses Kind wurde Adam genannt, weil bis zum heutigen Tag sein Name nicht bekannt ist. Bekannt ist allerdings, dass dieser kleine Adam von Menschenhändlern nach England geschmuggelt wurde, um dort als Menschenopfer zu dienen.«

Lingo streckte den erhobenen Zeigefinger in die Kamera.

»Wir müssen unsere Kinder beschützen. Diese Missetäter müssen ausgemerzt werden. Die Schuldigen müssen verhaftet und mit der ganzen Härte des Gesetzes verfolgt werden. Satans Vasallen müssen aus unserer Mitte vertrieben werden. In unserer Stadt ist kein Platz für einen Night Stalker. Eine Andrea Yates. Ein Columbine. Einen armen kleinen Adam.«

Birdie leckte mir Orangenblütenduft vom Bein. Ich konnte den Blick nicht von Lingo nehmen. Richard Ramirez? Andrea Yates? Eric Harris und Dylan Klebold?

»Jeder Einzelne von uns muss verlangen, dass diese Morde oberste Priorität erhalten. Wir müssen wachsam sein. Wir müssen unsere Brüder und Schwestern in Regierung und Polizei dazu drängen, die Rüstung Gottes anzulegen und den Herrn der Finsternis zu bekämpfen. Wir müssen uns die Hände reichen und unsere Herzen vereinigen, um unsere großartige Stadt und unser County von diesem Krebs zu befreien.«

Ein Schnitt zum Nachrichtensprecher. Er redete von Anton LaVey, dem Gründer und, bis zu seinem Tod 1997, Hohepriester der Church of Satan, und dem Autor der *Satanic Bible*. Hinter ihm lief eine Liste mit Websites durch.

Kids and Teens for Satan
Synagogue of Satan
Church of Satan
Superhighway to Hell
Satanic Network
Letters to the Devil

Birdie stupste mein Bein an.

Ich ließ den Slip fallen, hob den Kater hoch und drückte ihn mir an die Brust, während mich eine dunkle Vorahnung überkam.

Der Bericht endete mit Ausschnitten aus LaVeys Dokumentation von 1993, *Speak of the Devil,* Vom Teufel sprechen.

Sofort klingelte mein Handy.

»Haben Sie mit Lingo geredet?«

»Natürlich habe ich nicht mit Lingo geredet.« Meine Stimme klang ebenso empört wie die Slidells.

»Die eitle, alte Kröte hat eben eine Pressekonferenz abgehalten.«

»Ich habe das meiste davon mitbekommen.«

»Wirft der Polizei Vertuschung vor. Sagt dem braven Bürger, er soll die Schlinge bereithalten, damit er im Namen des Herrn lynchen kann. Wenn das kein Stich ins Wespennest ist.«

Auch wenn Slidell übertrieb, war ich doch größtenteils seiner Meinung.

»Wie kommt dieses Arschloch an seine Informationen?«

»Als ich heute vom Fundort wegfuhr, kam mir Allison Stallings entgegen.«

»Die Madame, die auf der Greenleaf Avenue herumgeschlichen ist?«

Seit den Fünfzigern benutzte niemand außer Slidell mehr den Ausdruck Madame. Wenigstens kannte er noch ein französisches Wort außer *ex-cuse-ay-moi.*

»Ja«, sagte ich.

»Ich habe beim *Observer* angerufen. Stallings arbeitet da nicht.«

»Warum taucht sie dann an meinen Fundorten auf?«

»Ich habe verdammt noch mal vor, das herauszufinden.«

Einen Augenblick lang schwiegen wir beide. Im Hintergrund hörte ich Slidells Fernseher den meinen nachäffen.

»Glauben Sie, dass Stallings Lingo die Infos steckt?«

»Möglich ist es.«

»Was hat sie davon?«

»Der Kerl ist eine Rampensau. Vielleicht ist sie eine Möchtegernreporterin, eine Freischaffende, die ab und zu mal Fotos an die Presse verkauft. Vielleicht glaubt sie, dass Lingo die Sache zu was Größerem aufbläst, als sie tatsächlich ist, und dass für sie dann Geld und Ruhm abfällt.«

Ich wartete, während Slidell darüber nachdachte.

»Aber woher bekommt Stallings ihre Infos?«

»Vielleicht hat sie einen Polizeifunk-Scanner.«

»Wo kriegt so ein kleines Mädchen denn einen Polizeifunk-Scanner her?«, fragte Slidell mit hohntriefender Stimme.

»In jedem Elektronikladen.«

»Was Sie nicht sagen. Und woher weiß sie, wie sie mit so einem Ding umgehen muss?«

Slidells Ignoranz, was moderne Technik angeht, hatte mich schon immer verblüfft. Ich hatte Gerüchte gehört, dass er zu Hause noch immer ein Telefon mit Wählscheibe hatte.

»Das ist ja nicht gerade Astrophysik. Das Gerät tastet eine Reihe von Frequenzen ab, sucht sich die, die gerade in Betrieb ist, und bleibt drauf, damit man mithören kann. Ähnlich wie der Sendersuchlauf in Ihrem Radio.« Ich konnte nicht glauben, dass Slidell das zum ersten Mal hörte. »Vielleicht hat Stallings Rinaldis Anforderung eines Leichenhunds mitbekommen. Oder vielleicht hat Lingo selbst einen Scanner.«

Wieder wartete ich, bis Slidell das verdaut hatte. Dann: »Wer ist eigentlich dieser Antoine LeVay?« Sein Ton war ein wenig sachlicher geworden.

»Anton LaVey. Er gründete die Kirche Satans.«

»Gibt's die wirklich?«

»Ja.«

»Wie viele Mitglieder?«

»Das weiß niemand so genau.«

»Wer ist dieses andere Kind, von dem Lingo redete?«

»Anson Tyler. Lingo ist da völlig auf dem Holzweg. Tylers ganzer Oberkörper fehlte, nicht nur sein Kopf.«

»Wohin verschwand der?«

»Wenn eine Leiche im Wasser treibt, hängen die schweren Teile nach unten. Ein menschlicher Kopf wiegt ungefähr vier bis fünf Kilo.« Ich hielt inne. Kannte Slidell das metrische System überhaupt? »Ungefähr so viel wie ein Truthahn. Das heißt, der Kopf löst sich relativ früh.«

»Das beantwortet meine Frage nicht.«

»Die fehlenden Teile sind dort, wohin die Strömung sie trug.«

»Sie wollen damit also sagen, dass es keine Verbindung gibt zwischen diesem Kind vom Catawba River und dem Jungen, den wir heute gefunden haben?«

»Ich sage, dass Anson Tyler seinen Kopf aufgrund natürlicher Prozesse verlor, nicht durch eine Enthauptung. An seinem Skelett war nirgendwo eine Schnittspur zu entdecken.«

»Was ist mit dem Schädel in dem Kessel?«

»Das ist eine schwierigere Frage.«

»Haben Sie an dem Schnittspuren gefunden?«

»Nein.«

»An den Beinknochen?«

»Nein.«

»Diese Geschichte mit dem Jungen in London, stimmt die?«

»Ja.«

»Erzählen Sie mir davon.«

»Zweitausendeins wurde unter der Tower Bridge der Torso eines vier- bis sechsjährigen Jungen ohne Kopf und Gliedmaßen aus der Themse gezogen. Die Polizei nannte ihn Adam. Die Obduktion ergab, dass er sich nur sehr kurz in diesem Teil der Welt aufgehalten hatte.«

»Ausgehend von was?«

»Der Nahrung in seinem Magen und den Pollen in seiner Lunge. Es zeigte sich außerdem, dass er in den achtundvierzig Stunden vor seinem Tod ein Gebräu zu sich genommen hatte, das die giftigen Calabar-Bohnen enthielt.«

»Und?«

»Calabar verursacht eine Lähmung, hält das Opfer aber bei Bewusstsein. Es wird sehr häufig bei Zauberritualen in Westafrika verwendet.«

»Fahren Sie fort.«

»Es wurden auch Adams Knochen untersucht, um die geografische Herkunft zu bestimmen.«

»Wie funktioniert das?«

»Nahrungsmittel enthalten Spuren der Erde, in der sie wuchsen, beziehungsweise auf der die Tiere weideten.« Ich hielt es so einfach wie möglich. »Durch einen Vergleich von Adams Proben mit diversen Orten auf dieser Welt fand man heraus, dass er wahrscheinlich aus der Nähe von Benin City in Nigeria stammte. Ermittler flogen nach Afrika, fanden aber nur wenig heraus.«

»Irgendwelche Verhaftungen?«

»Nein. Aber es gibt Personen, die im Fokus des Interesses stehen. Vorwiegend Nigerianer, von denen einige in Menschenhandel verwickelt sind.«

»Aber es gab nie genügend Beweise für eine Anklage.« Skinny war noch nie ein großer Freund bürgerlicher Grundrechte gewesen. Seine Verachtung war nicht zu überhören.

»Genau.«

Während eine doppelte Stimme in meinem Schlafzimmer und irgendwo in der Stadt in einer Wohnung, die ich mir lieber nicht vorstellen wollte, Sportergebnisse meldete, musste ich eine Entscheidung fällen. Sollte ich Slidell von dem beunruhigendsten Element erzählen und damit riskieren, dass ich ihn auf eine ganz falsche Fährte setzte? Oder sollte ich es für mich behalten und damit den Vorwurf der Behinderung einer Ermittlung riskieren?

»Da ist noch mehr«, sagte ich. »Die Behörden in London behaupten, dass in den letzten Jahren einige Hundert schwarze Jungen aus dem System verschwunden und weder in der Schule noch sonst wo wieder aufgetaucht sind. Nur zwei konnten je aufgespürt werden.«

»Wo zum Teufel sind die Familien?«

»Bei Verhören gaben Sorgeberechtigte oder Verwandte an, die Jungen hätten Großbritannien verlassen, um nach Afrika zurückzukehren.«

»Und kein Mensch kann das bestätigen.«

»Genau.«

»Die Polizei glaubt, dass diese Jungs ermordet wurden?«

»Einige tun es.«

Mein Blick wanderte zum Radiowecker. Halb sieben. Ich war nackt, ohne Make-up und mit wirren, nassen Haaren, die aussahen wie Seegras.

Und ich sollte in dreißig Minuten bei Charlie sein.

Ich musste mich beeilen. Aber ich wollte noch wissen, was Slidell und Rinaldi über das Anwesen an der Greenleaf herausgefunden hatten.

»Was haben Sie über Kenneth Roseboro in Erfahrung gebracht?«

»Der gute Kenny ist so 'ne Art Musiker, der in Wilmington lebt. Behauptet, dass er, kaum dass Tante Wanda das Zeitliche gesegnet hatte und er als Erbe eingesetzt war, den Schuppen vermietet hat.«

Während Slidell redete, versuchte ich, mir mit einer Hand den Slip anzuziehen.

»Roseboro wohnte also nie in diesem Haus?«

»Nein.«

»Wie viele Mieter gab es?«

»Einen. Einen aufrechten Bürger namens Thomas Cuervo. T-Bird für seine Freunde und Geschäftspartner.«

»Was für ein Geschäft?«

»Beschissener, kleiner Laden draußen am South Boulevard.« Slidell schnaubte. »La Botánica Buena Salud. Naturheilmittel, Vitamine, Kräutermedizin. Ich kann einfach nicht glauben, dass die Leute für so einen Schafscheiß Geld ausgeben.«

Auch wenn ich Slidell da nicht unbedingt widersprechen konnte, war ich nicht in der Stimmung für seine Ansichten über ganzheitliche Medizin.

»Hat Cuervo eine Akte?«

»Außer mit Gehirnstimulanzien und Blähungspulvern handelt T-Bird hin und wieder auch mit stärkeren Pharmazeutika.«

»Er ist ein Drogendealer?«

»Nur Kleinkram. Und ein paar Verwarnungen wegen Alkohol und ungebührlichem Verhalten.«

Als ich ein Kickbox-Manöver versuchte, verfing mein Slip sich in meinem erhobenen Fuß. Ich kippte um und knallte mit dem Ellbogen gegen die Wand.

»Scheiße!«

Birdie schoss unters Bett.

»Was treiben Sie denn?«

»Warum beschloss Roseboro zu verkaufen?« Ich ließ mein Höschen sein und rieb mir den Ellbogen.

»T-Bird machte sich aus dem Staub und hinterließ einiges an Mietschulden.«

»Wohin?«

»Roseboro meint, das würde er wirklich gern wissen.«

»Haben Sie ihn nach dem Keller gefragt?«

»Das hebe ich mir für unseren Plausch morgen früh auf.«

»Was dagegen, wenn ich dazukomme?«

Eine Pause.

»Was soll's.«

# 13

Ich parkte an der Grenze zwischen Fourth und First Ward. Als ich die Church Street entlangging, konnte ich mir den Gedanken nicht verkneifen, dass dieses Viertel das Aushängeschild für die Wiederbelebung der Innenstadt Charlottes war.

Charlies Haus war das mittlere in einer Reihe von neun funkelnagelneuen Stadthäusern. Gleich um die Ecke lag das McColl Center for Visual Art, ein Komplex aus Ateliers und Galerien, der erst vor Kurzem in eine renovierte Kirche eingezogen war.

Ein leeres Grundstück vom ehemaligen Gotteshaus entfernt wies ein Geröllhaufen auf eine weitere Implosion hin. Das alte Renaissance-Place-Apartmentgebäude hatte sich überlebt und war abgerissen worden, um Platz zu machen für einen schicken, neuen Turm.

Zwei Blocks weiter im Südosten standen andere Gebäude, denen ebenfalls die Abrissbirne drohte, darunter das Mecklenburg County Government Services Center, unser umgebautes Sears Gartencenter. Jedem im MCME graute vor dem Umzug.

*C'est la vie à la Charlotte.* Eine neue Landschaft, die aus der alten erwächst.

Um 19 Uhr 23 drückte ich auf Charlies Klingel, die feuchten Haare nur zu einem Pferdeschwanz zusammengefasst. Bezaubernd. Immerhin hatte ich Rouge und Mascara geschafft.

Die Tür wurde geöffnet von einem Gastgeber, der außerordentlich gut aussah. Stonewashed Jeans. Slipper ohne Socken. Sweatshirt mit Reißverschluss, das die Brust darunter erahnen ließ.

»Tut mir leid, dass ich zu spät komme.«

»Kein Problem.« Charlie drückte mir ein Küsschen auf die Wange. Er roch auch gut. Burberry?

Wieder blitzte der Skylark auf.

Charlie musterte meine Leggings und das neue Max-Mara-

Shirt und nickte anerkennend. »O ja. Im Saubermachen ist sie richtig gut.« Das »richtig« war doppelt so lang wie es hätte sein sollen.

»Den Spruch hast du heute schon mal benutzt.«

»Die Erfahrung hat mich den Wert der Bescheidung gelehrt.«

»Bescheidung.«

»Wenn ich ungezügelt meinen Witz sprühen lasse, überrennt mich die Weiblichkeit dieser Stadt. An einem Abend gelangen mir mal drei flotte Sprüche. Die Polizei musste Barrikaden aufstellen.«

»Wie lästig für die Nachbarn.«

»Ich bekam einen Beschwerdebrief vom Hausbesitzerverband.«

»Gehen oder fahren?«

Ich schaute ihn fragend an.

»Das Haus hat vier Etagen.«

»Es gibt einen Aufzug«, vermutete ich.

Charlie lächelte bescheiden.

»Müssen wir bis ganz nach oben?«

»Die Küche ist im ersten Stock.«

»Das schaff ich per pedes.«

Charlie ging voran und erklärte mir die Anlage des Hauses. Büro und Garage im Erdgeschoss, Wohn- und Esszimmer, Küche und privates Arbeitszimmer im ersten, Schlafzimmer im zweiten, Partyraum und Dachterrasse im dritten Stock.

Die Innenausstattung war rustikal modern, gehalten in Braun- und Creme-Tönen. Wahrscheinlich Umbra und Ecru im Designer-Sprech.

Aber die Einrichtung zeigte auch eine persönliche Note. Gemälde, die meisten modern, aber auch ein paar traditionelle und wahrscheinlich alte. Skulpturen in Holz und Metall. Eine afrikanische Schnitzerei. Ein Maske, die ich für indonesisch hielt.

Während wir die Treppen hochstiegen, schaute ich mir die

Fotos an. Familienzusammenkünfte, manche Gesichter wie verschiedene Kaffeearten, andere eher in Richtung Mokka-Olive.

Gestellte Aufnahmen eines großen, schwarzen Mannes im Trikot der Celtics. Charlie »CC« Hunt in seiner NBA-Zeit.

Gerahmte Schnappschüsse. Ein Skiausflug. Ein Nachmittag am Strand. Eine Segeltour. Auf den meisten stand Charlie neben einer gertenschlanken Frau mit schwarzen Haaren und zimtfarbener Haut. Die Frau, die am 11. September ums Leben gekommen war? Die Antwort fand ich auf einem Hochzeitsfoto auf dem Kaminsims im Wohnzimmer.

Ich schaute weg, weil mich der Anblick traurig machte. Oder verlegen? Sein Blick verschleierte sich, aber er sagte nichts.

Die Küche bestand aus Edelstahl und Massivholz. Charlies kulinarische Bemühungen lagen auf einer Arbeitsplatte aus Granit.

Er deutete auf die Platten. »In Rosmarin eingelegte Lammkoteletts. Marinierte Zucchini. Gemischter Salat à la Hunt.«

»Beeindruckend.« Mein Blick wanderte zum Tisch. Er war für zwei gedeckt.

Charlie sah, dass ich es sah.

»Leider hatte Katy schon etwas vor.«

»Aha.« Wahrscheinlich die Haare waschen.

»Wein? Martini?«

Offensichtlich hatte meine Tochter nichts von meiner lebhaften Vergangenheit erzählt.

»Perrier, bitte.«

»Zitrone?«

»Super.«

»Kein Alkohol?« Aus dem geöffneten Kühlschrank heraus gesprochen.

»Hm.«

Obwohl Charlie wusste, dass ich mir in der Highschool einige Biere hinter die Binde gegossen hatte, fragte er mich nicht nach meinem veränderten Verhältnis zum Alkohol. Das gefiel mir.

»Kommst du mit auf die Terrasse? Der Ausblick ist nicht schlecht.«

Ich war noch nie ein Herbst-Mensch. Ich finde die Jahreszeit bittersüß, die letzten Atemzüge der Natur, bevor die Uhren zurückgestellt werden und das Leben sich für den langen, dunklen Winter einmummelt.

Vergessen Sie Johnny Mercers *Autumn Leaves.* Meiner Ansicht nach ist das französische Original viel präziser. *Les Feuilles Mortes.* Die toten Blätter.

Vielleicht liegt es an meiner Arbeit, der täglichen Beschäftigung mit dem Tod. Wer weiß? Mir sind Krokusse und Narzissen und Küken lieber.

Dennoch war Charlies »nicht schlecht« ein Understatement. Der Abend war so funkelnd, dass er fast lebendig wirkte, so wie man Abende nur erlebt, wenn die sommerlichen Pollen zur Ruhe gekommen sind und das Herbstlaub seinen Farbenrausch erst noch vorbereitet. Unzählige Sterne sprenkelten den Himmel. Die erleuchteten Türme und Wolkenkratzer machten die Innenstadt zu einer Disney-Kreation. Der Vergnügungspark des großen Geldes.

Während Charlie grillte, unterhielten wir uns und probierten dabei mehrere Routen aus. Natürlich führte die erste in Richtung Erinnerungen.

Partys im »The Rock«. Springbreak in Myrtle Beach. Wir lachten am meisten über unseren selbst gebastelten Umzugswagen fürs Schülerfest damals, ein Wal aus Draht und Zellstoff, dem ein Kleeblatt samt Stiel aus dem Maul ragte. *College-Wal isst Glückssache.* Damals hielten wir das für Groucho-Marx-witzig.

Wir krümmten uns vor Lachen bei der Erinnerung an unsere Modemonstrositäten. Cordsamt-Jacken. Häkelmützen mit Bier-Logos. Macramé-Umhängetaschen. Pumps in Bonbonfarben.

Der Skylark wurde nicht erwähnt.

Nachdem Koteletts und Gemüse gegrillt waren, gingen wir wieder ins Esszimmer hinunter. Wir wurden unbefangener, und das Gespräch wandte sich ernsteren Themen zu.

Charlie erzählte von einem Teenager, den er verteidigte. Obwohl geistig behindert, war der Junge des Mordes an seinen Großeltern angeklagt.

Ich berichtete von den Knochen im Kessel, Anson Tyler und Boyce Lingos jüngsten Fernsehauftritten. Warum auch nicht. Miteinander hatten Lingo und Stallings so gut wie alles an die Öffentlichkeit gezerrt.

»Lingo will darauf hinaus, dass es zwischen den Fällen eine Verbindung gibt?«

»Er deutet es an. Aber er irrt sich. Erstens wurde Anson Tyler nicht enthauptet. Und ich gebe zwar zu, dass die verstümmelte Leiche am Lake Wylie an Satanismus denken lässt, aber im Greenleaf-Keller gibt es keinen Hinweis auf Teufelsanbetung. Die Nutztiere, die Statue der heiligen Barbara, die Schnitzfigur von Eleggua, die Kessel. Das alles riecht nach Santería.«

»Ignorier ihn einfach. Lingo will sich um einen Sitz im Staatssenat bewerben und braucht Publicity.«

»Wer wählt denn diesen Trottel?«

Charlie betrachtete meine Frage als rhetorisch. »Dessert?«

»Gern.«

Er verschwand und kehrte kurz darauf mit Tortenstücken von der Größe von Schlachtschiffen zurück.

»Bitte sag mir, dass die nicht auch noch selbst gemacht ist.«

»Bananencreme von Edible Art. Ich bin zwar unschlagbar, doch leider haben sogar meine Fähigkeiten Grenzen.« Charlie setzte sich.

»Gott sei Dank.«

Zwei Bissen, und ich war schon wieder bei Lingo. Diesmal zog ich wirklich vom Leder.

»Lingos hysterische Tiraden über Satanismus und Kindsmorde jagen den Leuten nur Angst ein. Aber was noch schlimmer ist: Er könnte die Spinner vom rechten Rand dazu bringen, wieder Kreuze auf den Rasen von Aschkenasim und Athabascans zu verbrennen. Ich habe das alles schon gesehen. Irgendein scheinheiliger Hirnamputierter bramarbasiert in Fernsehen und Radio, und schon schießen die Bürgerwehren wie Pilze aus dem Boden.« Ich stieß mit der Gabel in die Luft, um meinen Worten Nachdruck zu verleihen. »Statuen? Perlen? Kokosnussschalen? Vergiss es. Mit Satan hat dieser Keller absolut nichts zu tun.«

Charlie streckte mir die geöffneten Handflächen entgegen. »Leg deine Waffe nieder, und wir gehen in Frieden auseinander.«

Ich legte die Gabel auf den Teller. Überlegte es mir dann anders, nahm sie wieder zur Hand und stach sie in die Torte. Später würde ich mich dafür hassen. Was soll's.

»Lingo hat dich wirklich sauer gemacht«, sagte Charlie.

»Ist eine seiner Spezialitäten.« Mit einem Mund voller Tortenboden und Bananencreme.

»Hast du jetzt genug Dampf abgelassen?«

Ich wollte protestierten. Ließ es dann aber peinlich berührt sein.

Wir aßen beide schweigend. Dann: »Athabascans?«

Ich hob den Kopf. Charlie lächelte.

»Aschkenasim?«

»Du weißt, was ich meine. Minderheiten, die nicht verstanden werden.«

»Aleuten?«, schlug Charlie vor.

»Gutes Beispiel.«

Wir lachten beide. Charlie streckte die Hand aus und hielt dann inne, als hätte ihn die Bewegung selbst überrascht. Etwas verlegen deutete er mit dem Zeigefinger.

»Du hast Schlagsahne auf der Lippe.«

Ich wischte sie mit der Serviette weg.

»So«, sagte ich.

»So«, sagte er.

»Das war schön«, sagte ich.

»Das war es wirklich.« Charlies Gesicht hatte einen Ausdruck, den ich nicht deuten konnte.

Kurze Verlegenheit.

Ich stand auf und fing an, das Geschirr einzusammeln.

»Keine Chance.« Charlie sprang auf und nahm mir die Teller aus der Hand. »Mein Haus. Meine Regeln.«

»Diktator«, sagte ich.

»Ja«, entgegnete er.

Eine Stunde später lag ich in meinem Bett. Allein. Vielleicht war es die Sache mit dem Slip. Was auch immer. Birdie blieb auf jeden Fall auf Distanz.

Es war sehr still im Zimmer. Mondlichtsplitter fielen auf den Schrank.

Bei der Stille im Zimmer und den Anstrengungen des Tages hätte ich eigentlich schnell einschlafen sollen. Stattdessen drehten sich meine Gedanken wie ein Karussell.

Ich hatte Charlies Gesellschaft genossen. Die Unterhaltung war entspannt gewesen, nicht verkrampft, wie ich erwartet hatte.

Eine plötzliche Erkenntnis. Geredet hatte fast ausschließlich ich. War das gut? War Charlie Hunt der stille, nachdenkliche Typ? Ein stilles, aber tiefes Wasser? Oder nur ein plätscherndes Flachwasser?

Charlie schien meine Verärgerung über Lingo verstanden zu haben. Obwohl ich tatsächlich heftig Dampf abgelassen hatte, hatte er mich nicht behandelt wie ein Kleinkind mit Schlafmangel.

Unser Dialog hatte sich ausschließlich auf die Gegenwart bezogen. Keine Erwähnung früherer Ehen, verlorener Liebschaften, ermordeter Ehefrauen. Keine Aufarbeitung der Jahre zwischen dem Skylark und heute.

Ich erinnerte mich an das Hochzeitsfoto. An Charlies Gesichtsausdruck. Was hatte ich da in seinen Augen gesehen? Groll? Schuldbewusstsein? Trauer um eine Frau, die von Fanatikern in die Luft gejagt worden war?

Nicht, dass ich mit Charlie Hunt Geheimnisse teilen wollte. Pete und seine nicht einmal dreißigjährige Verlobte Summer hatte ich nicht erwähnt. Oder Ryan und seine längst verflossene

Geliebte und seine gefährdete Tochter. Es hatte eine unausgesprochene Komplizenschaft zwischen uns geherrscht, beide waren wir an den Rändern unserer jeweiligen Vergangenheit entlanggesegelt. Das war auch besser so.

Ryan.

Ich hatte nicht erwartet, dass Ryan anrief. Und doch hatte ich beim Nachhausekommen Hoffnung gespürt, als das rote Licht blinkte.

Drei Nachrichten. Katy. Pete. Ein Aufleger.

Meine Tochter wollte über unseren samstäglichen Einkaufsbummel reden. Natürlich wollte sie das.

Mein mir entfremdeter Ehemann wollte mit mir ein Abendessen vereinbaren, damit ich Summer kennenlernte. Das war so wahrscheinlich wie Schweinekoteletts am Sabbat.

Das Karussell drehte sich immer schneller.

Ryan.

War er glücklich mit Lutetia wiedervereint? War es wirklich vorbei zwischen uns? Machte mir das etwas aus?

Einfach Frage.

*Sollte* es mir etwas ausmachen?

Pete.

Fang gar nicht erst an.

Charlie.

Es reichte.

Die Leiche vom Lake Wylie.

Was hatte mich an dieser Leiche gestört? Dass, wenn man Funderburkes Aussage glaubte, viel zu wenig Maden vorhanden waren? Dass es keinen Geruch und keine Fraßspuren gab? Der fehlende Kopf? Die in das Fleisch geschnittenen Symbole?

O Mann.

Gab es eine Verbindung zwischen dem Lake-Wylie-Fall und dem Greenleaf-Keller? Wenn ja, wie sah die aus? Ersterer deutete auf Satanismus hin. Letzterer sah aus wie Santería oder eine Variante davon wie etwa Palo Mayombe.

Was war mit dem Kopf des Jungen vom Lake Wylie passiert?

Ein plötzliches Bild. Das Stück Hirn, das in dem Kessel vergraben gewesen war.

War es menschlich? Ich prägte mir ein: Larabee fragen.

Meine pessimistischen Hirnzellen warfen einen neuen Gedanken auf.

*Mark Kilroys Gehirn war in einem Kessel gefunden worden.*

Adolfo de Jesus Constanzo und seine Jünger waren eine Perversion von Palo Mayombe. Sie waren keine Satanisten.

Kenneth Roseboro.

Sagte Roseboro die Wahrheit über das Haus an der Greenleaf? Über seinen Mieter? Wo war T-Bird Cuervo?

Cuervo. War das nicht Spanisch für »Krähe«? Thomas Crow. T-Bird. Putzig.

Was für eine Geschichte würde Roseboro morgen früh erzählen?

Der verstümmelte Junge vom Lake Wylie.

Die Knochen aus dem Kessel.

Das Schulfoto.

Boyce Lingo.

Charlie Hunt.

Petes Hochzeit.

Ryans Versöhnung mit Lutetia.

Und so weiter.

Und so weiter.

Verschmelzende Bilder. Verwirrte Gedanken.

Aber nicht so verwirrt, wie sie noch werden würden.

## 14

Das CMPD, die Polizei von Charlotte-Mecklenburg, hat seine Zentrale im Law Enforcement Center, einem geometrischen Klotz aus Beton, der sich drohend an der Ecke Fourth und Mc-

Dowell erhebt. Direkt gegenüber ist das Mecklenburg County Courthouse, das Gerichtsgebäude, vor dem Boyce Lingo seinen jüngsten Auftritt hatte.

Die Detectives sind im ersten Stock des Law Enforcement Center untergebracht. Um acht Uhr zeigte ich meinen Ausweis, passierte die Sicherheitskontrollen und fuhr mit dem Aufzug Ellbogen an Ellbogen und Hintern an Hintern mit Polizisten und Zivilisten, die Becher von Starbucks und Caribou Coffee in den Händen hielten. Die Gespräche drehten sich um das bevorstehende lange Wochenende.

Columbus Day. Ich hatte ganz vergessen, dass Montag ein Feiertag war.

Kein Picknick, kein Grillabend für dich. Du Loser.

Kenneth Roseboro erschien neunzig Minuten später, als Slidell befohlen hatte. Seine Verspätung sorgte bei Skinny nicht gerade für allerbeste Laune.

Ebenso wenig wie die Brühe, die im Morddezernat als Kaffee durchging. Während wir warteten, kippten Slidell und ich eine ganze Kanne hinunter. Rinaldi war unterwegs, um Schulfotografen das Porträt aus dem Kessel zu zeigen, und ich war deshalb allein mit der schlechten Laune seines Partners.

Und das sorgte bei *mir* nicht gerade für allerbeste Stimmung.

Slidells Tischtelefon klingelte um 9 Uhr 37. Roseboro sitze in Verhörraum drei. Audio- und Videoüberwachung seien bereit.

Vor dem Eintreten blieben Slidell und ich vor dem Spionglasspiegel stehen und schauten uns Wanda Hornes Neffen an.

Roseboro saß, ließ die Füße in Sandalen baumeln und hatte die dürren, langen Finger auf der Tischplatte verschränkt. Er war knapp eins sechzig groß, ungefähr sechzig Kilo schwer und hatte einen merkwürdig ovalen Kopf, der auf seinem Hals balancierte wie ein Wellensittich auf seiner Stange.

»Nette Frisur«, schnaubte Slidell.

Konzentrische Kreise aus Graten und Furchen schlangen sich um Roseboros Schädel.

»Er hat eine dreisechziger Welle«, sagte ich. »Wie Nelly.«

Slidell schaute mich verständnislos an.

»Der Rapper.«

Der Blick veränderte sich nicht.

»Schickes Hemd«, bemerkte ich, um das Thema zu wechseln. Es war limonengrün und groß genug für ein Rennpferd.

»Aloha.« Slidell zog die Hose hoch. Der Gürtel spannte nun über der Rolle, die seine Taille darstellte. »Bringen wir den Wichser mal zum Schwitzen.«

Roseboro stand auf, als wir das Zimmer betraten.

»Hinsetzen«, bellte Slidell.

Roseboro gehorchte.

»Freut mich, dass Sie es einrichten konnten, Kenny.«

»Der Verkehr war ziemlich heftig.«

»Sie hätten früher losfahren sollen.« Slidell betrachtete Roseboro wie Dreck in der Gosse.

»Ich hätte überhaupt nicht kommen müssen.« Roseboros Ton war irgendwo zwischen verstimmt und gelangweilt.

»Da haben Sie allerdings recht.« Slidell knallte einen Ordner auf den Tisch und setzte sich auf den Stuhl gegenüber seinem Gesprächspartner. »Aber für einen aufrechten Bürger wie Sie, was ist da schon eine kleine Unannehmlichkeit, nicht?«

Roseboro hob eine knochige Schulter.

Ich setzte mich neben Slidell.

Roseboros Blick wanderte zu mir. »Wer ist die Tussi?«

»Frau Doktor hat mir geholfen, Ihren Keller auszuräumen, Kenny. Haben Sie dazu was zu sagen?«

»Was bin ich Ihnen schuldig?« Mit einem Grinsen.

»Halten Sie das für witzig?«

Wieder hob sich die Schulter.

Slidell wandte sich an mich. »Haben Sie was Witziges gehört?«

»Noch nicht«, sagte ich.

»Ich habe nichts Witziges gehört.« Slidell wandte sich nun wieder Roseboro zu. »Sie haben Probleme, Kenny.«

»Jeder hat Probleme.« Nonchalant.

»Aber nicht jeder hat einen kleinen Palast an der Greenleaf.«

»Ich hab's Ihnen doch schon gesagt. Ich war nicht mehr in dem Haus, seit ich neun war. War völlig perplex, als die alte Dame es mir vererbt hat.«

»Tantes Lieblingsneffe.«

»Tantes einziger Neffe.« Noch immer völlig sorglos.

»Keine eigenen Kinder?«

»Nur eins. Archie.«

»Und wo ist Archie zur Zeit?« Slidell ließ seine Stimme weiterhin höhnisch klingen.

»Friedhof.«

»Erstaunlich. Ich frage, wo ist Archie, und Sie bringen Friedhof. Ein Knaller, direkt aus dem Bauch heraus.« Wieder wandte Slidell sich an mich. »Ist er nicht eine Marke? Wirft mit Witzen einfach nur so um sich.«

»Sehr lustig«, pflichtete ich ihm bei.

»Archie starb mit sechzehn bei einem Autounfall.«

»Mein Beileid für Ihren Verlust. Aber jetzt reden wir über den Keller.«

»Soweit ich mich erinnern kann, gab's da Spinnen, Ratten, verrostete Werkzeuge und einen Haufen Moder.« Roseboro schnippte mit den Fingern, als wäre ihm plötzlich etwas klar geworden. »Darum geht's. Sie wollen mich drankriegen, weil ich meinen Haustieren keine sichere Umgebung geboten habe. Gefährdung von Tieren, richtig?«

»Sie sind wirklich zum Schreien, Kenny. Ich wette, Sie versuchen, in den Comedy-Kanal zu kommen.« Wieder warf Slidell mir den Ball zu. »Was meinen Sie? Wir zappen uns eines Abends durchs Programm, und da sehen wir Kenny mit einem Mikro in der Hand?«

»Seinfeld hat auch als Stand-up-Comedian angefangen.«

»Da ist nur ein Problem.« Slidell durchbohrte Roseboro mit einem Blick, der sagte, dass er alles andere als amüsiert war. »Sie werden hier nicht aufstehen oder rausgehen oder irgendwohin gehen, wenn Sie sich nicht bald ein bisschen mehr Mühe geben, Arschloch.«

Roseboros Gesicht zeigte nur Gleichgültigkeit.

»Château Greenleaf?« Slidell knipste die Mine aus seinem Kugelschreiber und hielt ihn über seinen Notizblock.

»Soweit ich weiß, wurde der Keller als Waschküche und Vorratsraum benutzt. Und ich glaube, da unten war auch eine Werkstatt.«

»Falsche Antwort.«

»Ich habe keine Ahnung, wovon Sie reden, Mann.«

»Ich rede von Mord, Hohlbirne.«

Roseboros Apathie zeigte erste Risse.

»Was?«

»Geben Sie's auf, Kenny. Vielleicht wollen Sie sich ja auf Religionsfreiheit berufen.«

»Was soll ich aufgeben?«

»John Gacy. Jeffrey Dahmer. Regel Nummer eins, Trottel: Verstecke nie Leichenteile im eigenen Haus.«

»Leichenteile?« Jetzt zeigte Roseboro deutliches Interesse.

Slidell starrte ihn nur an.

Mit weit aufgerissenen Augen richtete Roseboro eine Frage an mich. »Wovon redet er?«

Slidell öffnete den Ordner und klatschte die Tatortfotos eins nach dem anderen auf die Tischplatte. Der Kessel. Die Statuen der heiligen Barbara und von Eleggua. Das tote Huhn. Der Ziegenschädel. Die menschlichen Überreste.

Roseboro betrachtete die Fotos, rührte sie aber nicht an. Nach vollen zehn Sekunden wischte er sich mit der Hand über den Mund.

»Das ist doch Unsinn. Woher soll ich denn wissen, was ein Mieter in meinen Keller schleppt? Ich hab's Ihnen doch gesagt. Ich war nie in dem Haus drin.«

Slidell reagierte mit Schweigen. Wie üblich fühlte Roseboro sich gezwungen, die Stille zu füllen.

»Hören Sie. Ich hab einen Brief von einem Nadelstreifen-Typ bekommen, in dem stand, das Haus gehört jetzt mir. Ich hab die Papiere unterschrieben und eine Anzeige geschaltet. Ein Kerl namens Cuervo hat angerufen und es für ein Jahr gemietet.«

»Haben Sie ihn überprüft?«

»Ich hatte ja keine Etage im Trump-Tower anzubieten. Wir haben uns auf einen Preis geeinigt. Cuervo hat gleich bar bezahlt.«

»Wann war das?«

Roseboro starrte zur Decke und kratzte sich mit den Fingern der einen Hand einen Schorf auf der anderen. Schließlich sagte er: »März vor einem Jahr.«

»Haben Sie eine Kopie des Mietvertrags?«

»Hab's nie geschafft, einen zu schreiben. Cuervo hat mir jeden Monat das Geld rübergeschoben und hatte nie irgendwelche Wünsche. Nach einer Weile hatte ich den Papierkram ganz vergessen. Was blöd war, wie sich jetzt zeigt.«

»Wie zahlte Cuervo?«

»Wie schon gesagt. Bar.«

Slidell wedelte mit den Fingern, wollte mehr hören.

»Er hat's mit der Post geschickt. War mir doch völlig egal, ob der Kerl ein Konto hatte, und ich hatte keine Lust, jeden Monat nach Charlotte zu fahren.«

»Dieses kleine Arrangement hatte nichts mit dem Finanzamt zu tun, oder?«

Roseboros Finger legten einen Gang zu. »Ich bezahle meine Steuern.«

»Aha.«

Hautschuppen rieselten auf die Tischplatte.

»Können Sie damit bitte aufhören«, sagte Slidell. »Mir dreht sich der Magen um.«

Roseboro legte beide Hände in den Schoß.

»Erzählen Sie mir von Cuervo.«

»Latino. Hat einen recht netten Eindruck auf mich gemacht.«

»Frau? Familie?«

Wieder hoben sich die Schultern. »Wir waren ja nicht gerade Brieffreunde.«

»War er legal?«

»Bin ich vielleicht die Einwanderungsbehörde?«

Slidell zog einen Ausdruck aus seinem Ordner. Von meiner Position aus wirkte das Foto dunkel und unscharf.

»Ist er das?«

Roseboro schaute sich das Gesicht kurz an und nickte.

»Erzählen Sie weiter.« Slidell nahm seinen Kuli wieder zur Hand. Ich vermutete, dass das Notizenmachen nur Show war.

Wieder zuckte Roseboro die Achseln. Diese Geste beherrschte er wirklich.

»Juni hat der Kerl aufgehört zu zahlen und ist auch nicht mehr an sein Handy gegangen. Anfang September war ich dann so sauer, dass ich hingefahren bin, um ihn persönlich rauszuschmeißen.« Roseboro schüttelte den Köpf vor Enttäuschung über seinen unmoralischen Mitmenschen. »Der Scheißkerl war verschwunden. Hat mich echt über den Tisch gezogen.«

»Das treibt mir ja die Tränen in die Augen, Kenny, wo Sie doch so ein ehrbarer Mensch sind und alles. Hat Cuervo seine Sachen mitgenommen?«

Roseboro schüttelte den Kopf. »Hat alles dortgelassen. War nur Schrott.«

»Haben Sie seine Nummer?«

Roseboro zog sein Handy vom Gürtel, schaltete es an und ging das Telefonverzeichnis durch.

Slidell notierte sich die Ziffern. »Weiter.«

»Sonst gibt's nichts mehr zu sagen. Ich hab mir einen Makler genommen und das Haus verkauft. Ende der Geschichte.«

»Noch nicht ganz.« Slidell wühlte in dem Fotostapel und zog die Aufnahme des menschlichen Schädels heraus. »Wer ist das?«

Roseboro schaute kurz auf das Foto und dann wieder hoch. »Mein Gott! Woher soll ich denn das wissen?«

Slidell zog eine Kopie des Schulfotos aus dem Ordner und hielt es in die Höhe. »Und wer ist das Mädchen?«

Roseboro sah aus wie ein Mann, dessen Hirn heftig arbeitete. Rang er um Fassung? Um Verständnis? Suchte er nach einer Erklärung? Einem Ausweg?

»Dieses Mädchen habe ich noch nie in meinem Leben gesehen. Hören Sie, kann ja sein, dass ich versucht habe, bei der Steuer ein wenig zu tricksen, aber mit diesen ganzen Sachen habe ich nun wirklich nichts zu tun. Ich schwör's.« Roseboros Blick sprang von Slidell zu mir und wieder zurück. »Ich wohne in Wilmington. Seit fünf Jahren schon. Das können Sie nachprüfen.«

»Darauf können Sie sich verlassen.«

»Wenn Sie wollen, mache ich sogar einen Lügendetektortest. Sofort. Ich mach ihn sofort.«

Slidell sammelte wortlos die Fotos ein, legte den Ordner auf sein Klemmbrett und stand auf.

Ich ebenfalls.

Gemeinsam gingen wir zur Tür.

»Und was ist mit mir?«, jammerte Roseboro hinter unseren Rücken. »Was passiert jetzt mit mir?«

»Machen Sie lieber keine Vorsprechtermine aus.«

»Was ist Ihr Eindruck?«, fragte ich, als wir wieder in Slidells Büro waren.

»Er ist ein wehleidiges, kleines Würstchen. Aber mein Bauch sagt mir, dass er die Wahrheit sagt.«

»Denken Sie an Cuervo?«

»Oder an die Tante.«

Ich schüttelte den Kopf. »Wanda starb vor eineinhalb Jahren. Ich bin mir ziemlich sicher, dass das Huhn innerhalb der letzten Monate getötet wurde. Ich rufe meinen Entomologen an und frage ihn, ob er sich schon ein vorläufiges Urteil zutraut.«

»Wenn Wanda sauber ist, dann tippe ich auf Cuervo. Unter der Voraussetzung, dass Roseboro uns nicht auf den Arm nimmt.«

»Kann ich das Polizeifoto mal sehen?«

Slidell holte den Ausdruck aus der Akte.

Die Qualität war wirklich sehr schlecht. Der Mann bestand nur aus Falten und Zähnen, die dichten, grauen Haare waren nach hinten gekämmt.

»Wenn Cuervo Latino ist, dann würde Santería passen«, sagte Slidell. »Oder dieses andere.«

»Palo Mayombe.« Ich hoffte, dass es sich nicht darum handelte. Und falls doch, dann hoffte ich, dass es nicht die Spielart von Alfonso de Jesus Constanzo war. »Was ist mit Roseboro?«

»Ich lasse ihn erst mal sein Mütchen kühlen, dann nehme ich ihn mir noch einmal vor. Angst ist gut, um den grauen Zellen Beine zu machen.«

»Dann?«

»Dann lasse ich ihn laufen und mache mich auf die Suche nach Cuervo. Fange mit seinem Handy an.«

»Und der Einwanderungsbehörde. Könnte sein, dass Cuervo keine Papiere hat.«

Slidell verdrehte die Augen über meine Wortwahl. »Dass er illegal hier ist, könnte erklären, warum Roseboro nur Barzahlung wollte.«

»Hat Rinaldi schon angerufen?«

Slidell kontrollierte seinen Anrufbeantworter und sein Handy und schüttelte den Kopf.

»Ich gehe jetzt ins Institut«, sagte ich. »Sagen Sie mir Bescheid, wenn Rinaldi was herausgefunden hat. Wenn nicht, dann ist es vielleicht Zeit, mit dem Gesicht des Mädchens an die Öffentlichkeit zu gehen. Ich rufe an, wenn Larabee und ich mit dem Torso vom Lake Wylie fertig sind.«

»Klingt nach einem Plan«, sagte Slidell.

Wir wussten nicht, dass ein anderer Plan bereits Gestalt annahm, einer, der sich auf einem tödlichen Kollisionskurs mit dem unseren befand.

Wochenenden bedeuten Lohnauszahlungen und Gelegenheiten zum Saufen. Als Folge davon steigt die Zahl der Streits, Misshandlungen, Missgeschicke und Unglücke von Feierabendbeginn am Freitag bis zur Messe am Sonntag an. Am Wochenanfang kann im Leichenschauhaus Chaos herrschen. Der letzte Arbeitstag der Woche ist dagegen oft sehr ruhig.

An diesem Freitagvormittag war das nicht der Fall.

Schon zwei Blocks vor dem Institut wusste ich, dass etwas nicht stimmte. Auf allen Parkplätzen vor dem MCME und an den Bordsteinen der College und der Phifer standen Fahrzeuge.

Im Vorbeifahren las ich die Logos. WBTV. WSOC. WCCB. *News 14 Carolina.*

Ich fuhr auf den Parkplatz, schaltete in den Parkmodus, sprang aus dem Auto und rannte auf das Gebäude zu. Fernsehteams, Zeitungsreporter und Fotografen blockierten den Vordereingang. Mit gesenktem Kopf und abgestreckten Ellbogen zwängte ich mich durch die Horde.

»Dr. Brennan«, sagte eine Stimme.

Ich ignorierte sie und pflügte weiter, jeder Muskel in meinem Körper angespannt vor Wut. Nach heftigem Schubsen und Stoßen von mir und heftigen Flüchen von anderen war ich schließlich durch.

Boyce Lingo hielt am Treppenabsatz Hof. Wie schon zuvor deckte der Bürstenschnitt mit den Eichhörnchenwangen seine Flanke.

»Wir sind eine tolerante Gesellschaft.« Aus Lingos freundlichem Lächeln wurde eine ernste Miene. »Aber jetzt ist nicht die Zeit für Nachsichtigkeit. Eine öffentliche Meinung, die Teufelsanbetung erlaubt, erlaubt auch jede andere Art des Bösen. Trunkenheit, Ehebruch, Götzenanbetung, Homosexualität. Jede Art gegen die Familie gerichteter, moralischer Perversion.«

Ich trat vor, die Arme erhoben wie ein Schülerlotse. »Diese Pressekonferenz ist beendet.«

Objektive schwenkten in meine Richtung. Mikrofone schossen mir vors Gesicht.

Ich hörte Murmeln. Meinen Namen. *Anthropologin. UNCC.*

»Ihre Anwesenheit hier beeinträchtigt unsere Berufsausübung.«

Lingo erstarrte, die Arme nach unten gestreckt, die Hände vor den Genitalien gefaltet.

»Sie gehen jetzt alle.«

»Stimmt es, dass Anson Tyler der Kopf abgeschnitten wurde?«, rief ein Reporter.

»Nein, das stimmt nicht«, blaffte ich und bedauerte sofort, dass ich mich zu der Reaktion hatte verleiten lassen.

»Was können Sie uns über den Tyler-Fall sagen?«, fragte eine Frauenstimme.

»Kein Kommentar.« Eisig.

»Was ist mit der Leiche, die am Lake Wylie gefunden wurde?« Ein Ruf von weit hinten aus der Meute.

»Kein Kommentar.«

»Der Commissioner sagt, satanistische Symbole seien ins Fleisch geritzt worden.«

»Kein. Kommentar.«

Ich starrte Lingo an, Wut sprang von einem Nervenende zum nächsten.

»Warum sagen Sie nicht die Wahrheit, Dr. Brennan?« Lingo, der besorgte Aktivist.

»Sie würden die Wahrheit nicht erkennen, wenn sie Sie in den Arsch beißt.«

Ein kurzes, kollektives Aufstöhnen. Ein paar nervöse Kicherer.

»Die Menschen von Charlotte haben Antworten verdient.«

»Die Menschen von Charlotte haben es nicht verdient, dass Sie unbegründete Ängste schüren.« Verglichen mit Lingos zuckrigem Bariton klang meine Stimme schrill.

Lingo lächelte wohlwollend, ein liebender Vater, der seinem ungezogenen Kind sein schlechtes Betragen nachsieht. Am liebsten hätte ich den scheinheiligen Mistkerl die Treppe hinuntergetreten.

»Ist es LaVey? Church of Satan?« Gerufen.

»Stimmt es, dass diese Leute Tiere quälen und töten?«

»Wie groß ist diese Teufelsanbetergemeinde in Charlotte?«

»Entfernen Sie sich augenblicklich, sonst wird die Polizei den Platz räumen.«

Meine Drohung wurde ignoriert.

»Hat die Polizei einen Verdächtigen?«

»Warum diese Vertuschung?«

Ein Mikro kam mir zu nahe. Ich schlug es weg. Der Galgen schwang zurück und traf mich an der Wange.

Das brachte das Fass zum Überlaufen.

»Es! Gibt! Keine! Vertuschung! Es gibt keine verdammte Verschwörung!«

Kameraverschlüsse klickten hektisch.

»Sie werden manipuliert!« Ich trat einen Schritt vor, packte eine TV-Kamera und richtete sie auf die Menge. »Schauen Sie sich selbst an. Das ist eine Kopfjagd!«

Hinter mir hörte ich, wie die Glastür aufging.

»Verschwindet!«

Finger umklammerten mein Handgelenk.

Ich riss mich los und machte heimlich Scheuchbewegungen mit den Händen.

»Schnell! Vielleicht finden Sie ja eine Nonne, die vergewaltigt wurde. Oder eine erschlagene Oma, die von ihrem Pudel aufgefressen wird.«

»Jetzt mal langsam.« Geflüstert. Larabee drehte mich an den Schultern um und schob mich auf den Eingang zu.

Bevor die Tür sich schloss, konnte ich noch einen letzten Vorschlag anbringen.

Zehn Minuten später hatte ich meine Fassung wiedergefunden.

»Wie schlimm war es?«

Larabee rekapitulierte die Höhepunkte.

»Rudelfick?«

Larabee nickte.

»Die Mikros haben es mitbekommen?«

»O ja.«

»O Gott.«

»Er auch. Wollen hoffen, dass der Chef davon nichts erfährt.«

North Carolina betreibt ein gesamtstaatliches Leichenbeschauer-System, und der oberste Medical Examiner hat sein Büro in Chapel Hill.

»Er wird stinksauer sein.«

»Das wird er«, pflichtete Larabee mir bei.

»Und jetzt?«

»Jetzt machen Sie und ich die Autopsie an dem Jungen vom Lake Wylie.«

Und genau das taten wir auch.

Um drei leuchteten Röntgenaufnahmen an den Lichtkästen, bedeckten Fingerabdruckformulare eine Arbeitsfläche, Organscheiben schwebten in Gläsern und Knochenproben lagen in Edelstahlschalen. Leber, Bauchspeicheldrüse, Lunge, Magen, Niere und Hirn für den Pathologen. Schlüsselbeine, Schambeinfuge, Halswirbel und ein fünf Zentimeter langes Stück aus dem Schaft des Oberschenkelknochens für mich.

Das Pentagramm und das 666-Symbol hingen gespenstisch blass in ihrem Formalinbad. Rosig-graue Krater in Brust und Bauch zeigten, wo wir die Stücke entfernt hatten.

Wenn das Schneiden, Wiegen und Sichten abgeschlossen ist, macht sich normalerweise ein Assistent daran, die Leiche wieder zu schließen, die Proben zu ordnen und alles zu putzen und aufzuräumen, damit der Pathologe sich anderen Aspekten der Autopsie widmen kann.

An diesem Tag zögerten Larabee und ich, weil wir verwirrt und frustriert waren.

»Das stimmt hinten und vorne nicht.« Während Larabee redete, legte Hawkins die Organe wieder in die Brusthöhle. »Es gibt mehr aerobe Zersetzung als anaerobe Fäulnis.«

»Als hätte sich die Leiche von außen nach innen zersetzt, nicht von innen nach außen«, sagte ich.

»Genau. Und geht man von einem minimalen PMI von achtundvierzig Stunden aus, ist von beiden zu wenig vorhanden.«

»Die Temperatur lag die ganze Woche lang deutlich über fünfundzwanzig Grad«, sagte ich. »Dieser Strandabschnitt hat mehr als zehn Stunden pro Tag volle Sonneneinstrahlung. Die Leiche war nur locker eingewickelt. Bei diesen Voraussetzungen hätte alles viel schneller gehen müssen.«

»Sehr viel schneller«, ergänzte Larabee.

»Und es sollte auch Spuren von Tierfraß geben.«

»Ja.«

Hawkins legte die Leber zurück. Mit einem leisen, feuchten Platschen sank sie in die Bauchhöhle.

»Und es gibt keinen Hinweis darauf, dass die Leiche im Wasser gelegen hat.«

»Keinen einzigen.«

»Was ist da los?«

»Keine Ahnung.«

Hawkins stach eine kurze, gebogene Nadel in die Brust des Jungen. Die Haut kräuselte sich, als er die beiden Enden des Y-Schnitts zusammenzog.

»Der Mageninhalt deutet darauf hin, dass der Junge einige Stunden vor seinem Tod noch etwas gegessen hat. Bohnen. Paprika. Irgendeine Zitrusfrucht, vielleicht Zitrone, vielleicht Limone.«

»Wollen nur hoffen, dass die Fingerabdrücke uns weiterbringen«, sagte ich.

»Sie schätzen das Alter zwischen sechzehn und achtzehn?«

Ich nickte. Meine vorläufige Bestimmung basierte auf den Schlüsselbeinen, der Schambeinfuge und den Röntgenaufnahmen.

»Könnte ein Problem werden. Teenager verschwinden jeden Tag.« Larabee nickte in Richtung Innenstadt. »Die meisten sind gleich da draußen, leben einfach auf der Straße. Die Eltern fangen an zu suchen, der Teenager taucht ab. Und wenn er sich dann nicht mehr zeigt, denkt die Gang einfach, er wäre weitergezogen.«

Hawkins schaute Larabee an. Der ME nickte.

Hawkins wuchtete die Leiche auf eine bereitstehende Rollbahre, bedeckte sie mit einer Plastikplane, löste die Fußbremse und schob die Bahre auf den Gang. Die Tür schloss sich hinter ihm mit einem Klicken.

»Ich untersuche die Halswirbel«, sagte ich. »Falls es zu einer Verhaftung kommt, könnten Schnittspuren sich als hilfreich erweisen.«

»Vorausgesetzt, der Täter hat sein Werkzeug behalten und die Polizei findet es. Denken Sie in Richtung Säge?«

»Die Kerben deuten auf eine gezahnte oder gezackte Klinge hin. Ich werde alles unter Vergrößerung untersuchen.«

Larabee zog die Handschuhe aus. »Ich rufe Slidell an, damit der die Fingerabdrücke ins System eingibt.«

Mir fiel etwas ein. »Haben Sie sich das Gehirn schon angesehen?«

Larabee nickte. »Ich bin zwar kein Neuroanatom, aber die Organisation sieht für mich menschlich aus.«

»Wir könnten einen Präzipitin-Test versuchen.«

Ich meinte damit eine Prozedur, bei der antimenschliche Antikörper, die durch Injektion menschlichen Bluts in einen Hasen produziert werden, neben einer unbekannten Probe auf einen Gel-Diffusionsträger aufgebracht werden. Wenn sich an der Stelle, wo die beiden Proben sich berühren, eine Präzipitin-Linie bildet, stammt die unbekannte Probe nicht von einem menschlichen

Wesen. Der Test kann mit Antihund, Antiwild oder Antikörpern gegen jede beliebige Spezies, um die es geht, durchgeführt werden. Obwohl der Test normalerweise nur mit Blut gemacht wird, nahm ich an, dass er auch mit Hirngewebe funktionieren dürfte.

»Einen Versuch ist es wert«, sagte Larabee.

»Ich kümmere mich darum.«

Ich ging um den leeren Tisch herum, nahm meine Schalen und machte mich auf den Weg in den Stinkersaal.

Ich hatte recht, was die Schnittspuren betraf.

Obwohl Halsknochen nicht gerade ideal sind, wenn es um die Bewahrung von Klingenmerkmalen geht, war zu erkennen, dass der vierte Halswirbel quer durchtrennt worden war, wobei sich eine Reihe von Vertiefungen mit konkaver Krümmung und identischem Radius zeigten, die von der Bruchstelle weg und nicht um sie herum verliefen. Der fünfte Halswirbel zeigte einen einzelnen Fehlstart von 2,3 Millimetern Breite. Die Schnittoberflächen wirkten einheitlich und fast poliert. An Eintritts- und Austrittsstellen waren kaum Absplitterungen festzustellen.

Alles deutete auf eine Motorkreissäge hin.

Nachdem ich die gesägten Wirbel fotografiert hatte, rief ich den Entomologen an, dem ich am Dienstagvormittag die Proben aus dem Greenleaf-Keller geschickt hatte. Er hatte sie bekommen. Und er hatte sie sich angeschaut.

Er redete von Sargfliegen beim Huhn und leeren Puppenhüllen beim Ziegenschädel. Dann ließ er sich aus über *Collembola, Dermestidae* und Kakerlaken im Erdreich. Er nannte mir Zahlen und statistische Wahrscheinlichkeiten.

Ich fragte ihn nach dem Wesentlichen.

Vorbehaltlich abschließender Bewertungen war das Huhn seiner Meinung nach seit ungefähr sechs Wochen tot.

Ich skizzierte ihm kurz die Fakten des Lake-Wylie-Falls und sagte ihm, dass eine weitere Probenreihe auf dem Weg in sein Institut sei.

Er sagte potz Blitz.

Ich sagte ihm, wir vermuteten eine Leichenablage, wollten aber ausschließen, dass die Leiche aus dem See gekommen war. Er sagte, schicken Sie mir die Plastikplane, in die sie eingewickelt war. Ich versprach es.

Nachdem ich schnell ein Sandwich verdrückt hatte, machte ich mich daran, Dünnschnitte aus dem Knochenstück zu sägen, das ich der Leiche vom Lake Wylie entnommen hatte. Falls Slidell kein Glück hatte mit den Fingerabdrücken, hoffte ich, dass die Histologie mir helfen würde, die Altersschätzung zu präzisieren.

Normalerweise ist diese Prozedur extrem mühselig. Mit einem sehr scharfen Diamantblatt sägt man Querschnitte aus dem Knochen, die nur ein Mikron dick sind. Zumindest waren sie das früher. Das Mikron wurde offiziell 1967 von der CGPM abgeschafft, das ist die französische Abkürzung für die Generalkonferenz für Maße und Gewichte, der intergalaktische Rat für diese Einheiten. Das Mikron ist jetzt der Mikrometer. Egal. Der Winzling ist noch immer der tausendste Teil eines Millimeters. Deshalb werden diese Scheibchen Dünnschnitte genannt.

Die Dünnschnitte werden zwischen Objektträger gelegt und unter einem Lichtmikroskop mit hundertfacher Vergrößerung betrachtet. Und dann fängt man an, Sachen zu zählen.

Die theoretische Grundlage ist folgende: Knochen ist ein dynamisches Gewebe, das sich beständig repariert und ersetzt. Im Verlauf eines Lebens erhöht sich die Anzahl mikroskopischer Teilchen. Deshalb kann eine Zählung von Osteonen, Osteonfragmenten, Lamellen und Kanalsystemen ein Mittel zur Altersschätzung sein.

Meine Ergebnisse stützten meine ursprüngliche Schätzung von sechzehn bis achtzehn Jahren.

Keine Überraschung.

Aber etwas anderes war eine.

Beim Zählen fiel mir eine merkwürdige Verfärbung der Havers-Kanäle auf, den winzigen Röhren, in denen Nerven und Gefäße durch das Knocheninnere laufen.

Irgendein invasiver Mikroorganismus? Verfärbung durch Erde? Mineralische Ablagerungen? Mikrofrakturen?

Obwohl ich die Vergrößerung verdoppelte, konnte ich die Irregularitäten nicht zuordnen. Die Defekte konnten Bedeutung haben oder auch nicht. Um sicherzugehen, brauchte ich ein Vielfaches an Vergrößerung. Das bedeutete eine Untersuchung mit dem Abtast-Elektronenmikroskop.

Ich griff zu meinem Handy und rief einen Kollegen im Optoelektronischen Zentrum am UNCC an. Eine fröhliche Stimme sagte mir, ihr Besitzer sei erst am Dienstag wieder da und wünschte mir ein angenehmes, langes Wochenende.

Jetzt fühlte ich mich nicht nur müde und frustriert, sondern wieder einmal wie der größte Loser der Welt.

Ich hinterließ eben eine deutlich weniger fröhliche Nachricht, als ein eingehender Anruf angezeigt wurde. Ich beendete die Nachricht und schaltete um.

Slidell war an der Vordertür. Und wartete. Ungeduldig.

Ich schaute auf die Uhr. Mrs. Flowers war schon seit Stunden weg.

Ich ging in die Lobby und ließ Slidell ein.

»Dachte, ich sterbe da draußen noch an Altersschwäche.«

»Ich arbeite an zwei Fällen gleichzeitig.« Auf Slidells Spitze ging ich nicht ein.

»Haben Sie schon ein Alter für den Jungen vom Lake Wylie?«

»Sechzehn bis achtzehn.«

»Schneidewerkzeug?«

»Motorsäge. Mit kreisförmigem Blatt.«

»Ja?«

»Ja.«

Slidell spitzte die Lippen und zog dann ein Blatt Papier aus seiner Tasche.

»Habe da was, das Ihnen gefallen wird.«

Ich streckte die Hand aus.

Er hatte recht.

Es gefiel mir wirklich.

## 16

Slidell hatte sich einen Durchsuchungsbeschluss für Cuervos Laden beschafft.

»Ich bin beeindruckt.« Das war ich wirklich.

»Erskine B. Slidell lässt nichts anbrennen. Und übrigens, Thomas Cuervos besitzt einen Ausweis und ist Bürger der Vereinigten Staaten.«

»Wirklich?«

»Wie's aussieht, schaffte es Mama, ins Land zu kommen, hier zu gebären, Tommy seine Papiere zu besorgen und dann wieder nach Ekuador zu verschwinden. Ich den Achtzigern fing Cuervo an, regelmäßig das Land zu verlassen und wieder einzureisen. Seit siebenundneunzig ist er beständig hier. Die Einwanderungsbehörde hat keine permanente Adresse von ihm, weder hier noch südlich der Grenze.«

»Das ist keine Überraschung.«

»Nach einer zweiten, ziemlich fruchtlosen Sitzung mit Roseboro bin ich an Cuervos kleiner Apotheke vorbeigefahren. Der Laden war zu, aber ich hab sein Foto herumgezeigt. O Mann, bin mir vorgekommen wie in Tijuana.«

Slidell machte eine Geste, deren Bedeutung ich nicht verstand.

»Hab schließlich zwei *hombres* in die Finger bekommen« – er sprach es *houmbrais* aus – »die zugaben, ihn flüchtig zu kennen. Die Jungs hatten ein bisschen Schwierigkeiten mit dem Englischen, aber als ich ihnen ein paar Zwanziger gezeigt habe, wurden ihre kommunikativen Fähigkeiten plötzlich drastisch besser. Anscheinend beschränken sich Cuervos Talente nicht nur auf den

Verkauf von Tonika und Kräutern. Der Kerl ist ein ziemlich bekannter Wunderheiler.«

»Ein *santero?«*

»Oder vielleicht das andere.«

*»Palero?«*

Slidell nickte.

Palo Mayombe.

*Mark Kilroy.*

Ich verdrängte den Gedanken sofort wieder.

»Wo ist Cuervo jetzt?«

»Sancho und Pancho blieben da ein bisschen vage. Sagten, der Laden sei schon seit ein paar Monaten zu. Und meinten, Cuervo sei vielleicht nach Ekuador zurückgegangen.«

»Hat er Familie hier in Charlotte?«

»Laut den beiden *amigos* nicht.«

»Wie haben Sie einen Richter dazu gebracht, den Wisch auszustellen?«

»Anscheinend hatte der alte T-Bird noch andere Gründe, sich rar zu machen. Da war noch die Kleinigkeit einer nicht befolgten Vorladung.«

»Cuervo ist zu einer gerichtlichen Anhörung nicht erschienen?«, vermutete ich.

»Drogengeschichte. Neunundzwanzigster August.«

»Hatten Sie Glück mit seinem Handy?«

»Die Daten zeigen seit dem fünfundzwanzigsten August weder ein- noch ausgehende Anrufe. Die gespeicherten Nummern zurückzuverfolgen, wird einige Zeit dauern.«

»Durchsuchen Sie den Laden jetzt gleich?«

Slidell schüttelte den Kopf. »Morgen. Heute Abend muss ich Larabees Fingerabdrücke durchlaufen lassen.«

Das erschien mir sinnvoll. Beim Lake-Wylie-Fall handelte es sich eindeutig um Mord. Wohingegen wir überhaupt nicht sicher waren, ob es bei dem Greenleaf-Keller überhaupt um ein Verbrechen ging.

Ich holte die Fingerabdrücke aus dem Hauptautopsiesaal und gab sie Slidell.

»Ich will dabei sein«, sagte ich.

»Ah«, sagte er.

Ich fasste das als Zustimmung auf.

Nachdem Slidell gegangen war, schaute ich auf meine Uhr. 20 Uhr 40. Anscheinend war Skinnys Privatleben genauso armselig wie meins.

Ich verpackte eben den Schädel wieder, als es in meinem Hirn *pling* machte. Sie kennen das. Sie haben es auch schon erlebt. In Comics wird es als strahlende Glühbirnen über dem Kopf dargestellt.

Fingerabdrücke.

Wachs.

*Wie stehen die Chancen?*

*Kommt vor.*

Mit einem Skalpell schnitt ich sich kreuzende Linien in die Wachsschicht oben auf dem Schädel, die ein Quadrat mit etwa fünf Zentimetern Kantenlänge ergaben. Nach behutsamem Anheben konnte ich eine Schuppe lösen.

Ich wiederholte den Vorgang, bis der gesamte Wachsüberzug in Fragmenten in einer Edelstahlschale lag. Eins nach dem anderen untersuchte ich die Stücke unter dem Mikroskop.

Ich war bereits zu drei Vierteln durch, als ich auf der konkaven Seite eines Segments, das am rechten Scheitelbein gehaftet hatte, etwas entdeckte. Einen perfekten Daumenabdruck.

Warum an der Innenfläche? Hatte das Wachs den Abdruck vom Schädel darunter abgehoben? War der Finger des Täters mit dem heißen Wachs in Berührung gekommen, als es ausgegossen wurde oder von einer Kerze getropft war?

Unwichtig. Der Abdruck war vorhanden und konnte zu einem Verdächtigen führen.

Voller Enthusiasmus wählte ich Slidells Nummer. Seine Voice Mail antwortete. Ich hinterließ eine Nachricht.

Nachdem ich den Abdruck zuerst mit frontalem, dann mit seitlichem Lichteinfall fotografiert hatte, untersuchte ich jede Schuppe ein zweites Mal von unten und von oben. Ich fand nichts mehr.

Die Uhr zeigte 22 Uhr 22.

Zeit zum Gehen.

Ich fuhr eben in meine Auffahrt, als Slidell anrief.

Seine Neuigkeiten übertrumpften meine.

»James Edward Klapec. Nannte sich Jimmy. Siebzehn. Sieht mit Kopf besser aus. Aber nicht viel.«

Slidells Bemerkung ärgerte mich noch mehr als gewöhnlich. Er redete über ein totes Kind. Ich sagte nichts.

»Die Eltern leben im Osten, in der Nähe von Jacksonville«, fuhr Slidell fort. »Vater war früher bei der Navy, ist jetzt Tankwart, die Mutter arbeitet im Laden des Camp Lejeune. Mein kurzer Anruf hat ergeben, dass der kleine Jimmy sich letzten Juni aus dem Staub machte.«

»Wussten die Eltern, dass er in Charlotte lebte?«

»Ja. Der Junge rief alle paar Monate mal an. Der letzte Anruf kam irgendwann Anfang September. Das genaue Datum wussten sie nicht mehr. Sie dürfen allerdings nicht vergessen, dass diese Leute nicht gerade auf eine Einladung von MENSA warten.«

Ich fragte mich, woher Slidell den Hochintelligenzlerverein MENSA kannte, aber ich ließ es dabei bewenden.

»Die Klapecs kamen also nicht nach Charlotte, um ihren Sohn nach Hause zu holen?«

»Laut Dad war der Junge sechzehn und konnte tun, was er wollte.« Slidell hielt kurz inne. »Das sagte er zwar, aber dieser Scheißkerl war für mich wie ein offenes Buch. Der Junge war schwul, und Klapec wollte nichts mit ihm zu tun haben.«

»Warum sagen Sie das?«

»Hat ihn eine Schwuchtel genannt.«

Das war eindeutig.

»Warum war Klapec im System?«

»Der Junge war ein Hühnerhabicht.«

Das ergab keinen Sinn. Im Jargon meiner schwulen Freunde war ein Hühnerhabicht ein älterer Schwuler, der nach jungem Blut suchte.

»Ich weiß, dass Sie mir das erklären werden«, sagte ich.

»Punks, die in Schwulenbars herumhängen und nach Beute Ausschau halten. Klasse Leben. Mach's einem Stecher, kassier die Kohle, dröhn dich zu.«

Da ich annahm, dass es sich um Polizistenslang handelte, ließ ich auch diesen Satz unkommentiert.

So hatte der Junge vom Lake Wylie also einen Pfad beschritten, den viele Ausreißer einschlagen. Ein Teenager läuft von zu Hause weg, weil er woanders die große Sause erwartet, endet aber schließlich bei Essensresten aus der Mülltonne und krummen Touren. Es ist herzzerreißend, aber vorhersehbar.

»Haben Sie mit seiner Mutter gesprochen?«

»Nein.«

»Haben Sie den Zustand der Leiche erwähnt?«

Ein kurzes Schweigen. Dann: »Wenn wir den Kopf finden, dann brauchen sie es vielleicht gar nicht zu erfahren.«

Also hatte Holzklotz Slidell doch ein Herz.

Ich berichtete ihm von dem Wachsabdruck.

»Ist einen Versuch wert«, sagte Slidell. »Klapec hatte sein Revier in NoDa, bei der Thirty-sixth und der North Davidson.« NoDa. North Davidson, Charlottes Version von SoHo. »Rinaldi wird sein Foto herumzeigen, mal sehen, was die Jungs dort zu sagen haben. Bevor er dorthin fährt, schick ich ihn zu Ihnen, damit er das Wachs abholt und ins Labor bringt.«

»Wann nehmen Sie sich Cuervos Laden vor?«

»Schlag acht. Und, Doc?«

Ich wartete.

»Halten Sie sich vom Rampenlicht fern.«

Über Nacht hatte sich eine Front von den Bergen heruntergewälzt und die angenehme Wärme vertrieben, die über dem Piedmont gelegen hatte. Als ich aufwachte, roch es nach feuchtem Laub, Regen prasselte gegen mein Fenster. Hinter der Scheibe bogen sich Magnolienzweige im Wind.

Cuervos Laden lag am äußeren Rand des Zentrums, in einer Gegend, die nicht gerade ein Schaufenster der Queen City war. Manche Geschäfte waren typisch Dixie der Fünfziger und Sechziger, Hühnchen- und Burger-Filialen, Autowerkstätten und Grilllokale. Andere versorgten Kunden, die erst später gekommen waren. Tienda Los Amigos. Panadería y Pastelería Miguel. Supermercado Mexicano. Alle befanden sich in Einkaufsstraßen, die schon bessere Zeiten gesehen hatten.

La Botaníca Buena Salud war da keine Ausnahme. Das Backsteingebäude mit dunklen, braun getönten Fenstern präsentierte sich zwischen einem Tätowier- und einem Sonnenstudio. Eine Eisdiele, eine Versicherungsagentur, ein Laden für Sanitärbedarf und eine Pizzeria vervollständigten die Zeile.

Ein völlig verbeulter Mustang und ein uralter Corolla standen auf dem schmalen Asphaltstreifen vor dem Laden. Beide glänzten wie von einem stolzen, neuen Besitzer frisch poliert. Doch bei den Karren hätte auch ein kräftiger Regenguss gereicht.

Ich parkte und drehte das Radio auf einen Oldie-Sender. Während ich Kaffee aus einem Thermosbecher trank, lauschte ich der Weekend Edition.

Zehn Minuten vergingen, ohne dass Slidell oder die Spurensicherung sich zeigten. So viel zu Schlag acht.

Der Regen verwischte die Neonreklame über dem Tätowierstudio zu orangenen und blauen Schlieren. Durch den Schleier auf meiner Windschutzscheibe sah ich zu, wie ein Obdachloser, dem ein triefnasses Sweatshirt bis auf die Knie hing, in Mülltonnen wühlte.

Scott Simon berichtete eben von mutierten Fröschen, als mein Blick zum Außenspiegel wanderte. Slidell tauchte in dem Glas auf. Darunter verkündete ein Schriftzug: *Gegenstände im Spiegel sind näher, als sie erscheinen.*

Ein ernüchternder Gedanke.

Ich stellte den Motor ab und stieg aus.

Slidell frühstückte ebenfalls unterwegs, Hot Dog und Orangenlimonade.

»Gießt ganz schön, was?« Mit vollem Mund.

»Mhm.« Wasser durchtränkte meine Haare und lief mir übers Gesicht. Ich zog mir die Kapuze meines Sweatshirts über den Kopf. »Kommt die Spurensicherung?«

»Ich dachte, wir sehen uns erst mal selbst um und rufen sie, falls wir sie brauchen.«

Da Slidell es vorzog, seine Tatorte und Schauplätze jungfräulich zu untersuchen, ließ er sich normalerweise Zeit, bis er die Techniker dazuholte.

Nach einem letzten Bissen und einem letzten Schluck zerknüllte Slidell das Einwickelpapier und stopfte es in die Dose, zog dann einen Schlüsselbund aus der Tasche und schwenkte ihn. »Das Arschloch von der Hausverwaltung hat's nicht gerade mit der Pünktlichkeit.«

Ein Stückchen weiter oben war ein Gully verstopft, was die Straße in einen flachen Tümpel verwandelte. Gemeinsam platschten Slidell und ich zu dem Laden.

Ich wartete, während er verschiedene Schlüssel durchprobierte. Ein Bus rauschte vorbei, von seinen Rädern spritzte Wasser auf.

»Soll ich's mal versuchen?«

»Hab's gleich.«

Die Schlüssel klimperten weiter.

Regen prasselte auf Slidells Windjacke und tropfte vom Schirm seiner Kappe. Mein Sweatshirt wurde schwer und fast so lang wie das des Penners.

Irgendwo in der Ferne jaulte eine Autoalarmanlage auf.

Schließlich klickte etwas. Slidell drückte gegen die Tür. Sie öffnete sich mit leisem Glockengebimmel.

Der Laden war muffig und dämmrig und überladen mit so vielen Gerüchen, dass einzelne kaum zu identifizieren waren. Tee. Minze. Staub. Schweiß. Andere kitzelten die Nase nur leicht. Pilze? Nelken? Ingwer?

Meine Augen gewöhnten sich noch an die Dunkelheit, als Slidell den Lichtschalter fand.

Die Grundfläche betrug knapp sieben mal sieben Meter. Aluminiumregale säumten die Wände und bildeten Reihen quer durch den Raum. Slidell ging einen der Zwischengänge entlang.

Ich nahm mir einen anderen vor und las wahllos Etiketten zu meiner rechten Seite. Stärkungsmittel. Hirnkräftiger. Mittel für Zähne und Zahnfleisch.

Ich drehte mich um und überflog die Produkte auf der anderen Seite. Hautumschläge. Aloe-Balsame. Tinkturen von Ulme, Berberitze, Fenchel und Wacholder.

»Das klingt gut.« Slidells Stimme klang laut in der muffigen Stille. »Parkinson-Set. Kein Zittern mehr. Wer's glaubt, wird selig.« Ich hörte das Klicken von Glas auf Metall, dann Schritte. »Was haben wir denn da? Leidenschaftsöl. Ein uraltes Hindu-Rezept. Klasse. Da steht dein Johannes und strahlt.«

Ich verkniff mir einen Kommentar.

Hinter den Regalreihen stand parallel zur Rückwand des Ladens eine hölzerne Ladentheke und darauf eine alte, aber ganz normal aussehende Registerkasse. Dahinter sah ich einen Durchgang mit Vorhang.

Slidell stellte sich mit verzogener Miene neben mich.

»Sieht alles ziemlich normal aus«, sagte ich.

»Mhm.« Slidell hob eine hölzerne Klappe an, die das eine Ende der Ladentheke mit der Wand verband. »Mal sehen, was der Fürst der Leidenschaft im Hinterzimmer versteckt.«

Die Schwelle zu überqueren war, als würde man in eine andere Welt treten. Sogar die Gerüche machten eine Verwandlung durch. Was uns hinter dem Vorhang empfing, roch nach Flora und Fauna und Dingen, die lange tot waren.

Der Raum hatte kein Fenster, und von vorne drang nur wenig Licht herein. Wieder suchte Slidell nach einem Schalter.

Im Licht einer einzelnen Birne, die von der Decke hing, sah ich, dass der Raum etwa drei mal fünf Meter groß war. Wie vorne waren auch hier die Wände von Regalen gesäumt. Aus Holz, nicht aus Aluminium. Die auf der rechten Seite waren in Fächer von etwa zwanzig Zentimeter Kantenlänge unterteilt. In jedem dieser Fächer lag in der Mitte ein kleines Bündel.

Die Regale auf der rechten Seite hatten herausziehbare Schütten, wie sie für die Aufbewahrung von Mehl oder Samen verwendet werden.

Ein Tisch nahm die gesamte Länge der Rückwand ein. Darauf standen eine altmodische Balkenwaage und etwa zwanzig Gläser. Einige enthielten Dinge, die ich kannte. Ingwerwurzeln. Baumrinde. Disteln. In anderen befanden sich dunkle, knorrige Objekte, deren Herkunft ich nur vermuten konnte.

Vor dem Tisch standen zwei Klappstühle. Und genau in der Mitte zwischen den beiden ein großer eiserner Kessel.

»Na so was«, sagte Slidell.

Rechts des Tisches war eine halb geöffnete Tür.

Slidell ging darauf zu, griff hindurch und taste die Innenwand mit den Fingern ab. Nach wenigen Sekunden erhellte bernsteinfarbenes Licht eine rostfleckige Toilettenschüssel samt Waschbecken.

Ich ging eben auf das Winzklo zu, als ein Glöckchen bimmelte.

Ich erstarrte. Wechselte einen Blick mit Slidell. Er deutete mit einer knappen Handbewegung hinter uns.

Leise bewegten wir uns zur linken Seite der Tür. Slidell hob eine Hand an die Hüfte. Die Rücken an die Wand gedrückt, warteten wir.

Schritte durchquerten den Laden.

Der Vorhang schwang zur Seite.

# 17

Ich hätte nicht überraschter sein können, wäre Hatschepsuts Mumie aufgetaucht.

Das Mädchen war jung, mit muskatbrauner Haut und in der Mitte gescheitelten Haaren, die sie hinter die Ohren gesteckt hatte. Nur die Form ihrer Taille war anders als auf dem Schulfoto. Von ihrem Bauchumfang her vermutete ich, dass sie im neunten Monat war.

Mit wachsamen, argwöhnischen Blicken schaute das Mädchen sich um.

»*¿Está aquí, señor?*« Geflüstert.

Ich hielt den Atem an.

Ohne den Vorhang loszulassen, machte das Mädchen einen Schritt nach vorne. Das Licht aus dem vorderen Raum ließ die Feuchtigkeit in ihren Haaren glitzern.

»*¿Señor?*«

Slidell ließ die Hand sinken. Nylon raschelte.

Das Gesicht des Mädchens schnellte in unsere Richtung, die Augen weit aufgerissen. Dann stieß die Kleine den Vorhang beiseite und stürzte davon.

Ohne nachzudenken, stürmte ich an Slidell vorbei und rannte durch den Laden. Als ich die Regale hinter mir hatte, war das Mädchen bereits zur Tür hinaus.

Noch immer prasselte der Regen herab und lief über den Bürgersteig. Mit gesenktem Kopf raste ich hinter meinem Ziel her, bei jedem Schritt spritzte Wasser von meinen Turnschuhen hoch.

Ich hatte einen Vorteil. Ich war nicht schwanger. Bei der Pizzeria war ich bereits so dicht hinter ihr, dass ich mit einem Satz das Sweatshirt der jungen Frau zu fassen bekam. Die griff hinter sich und schlug mit ihren Knöcheln auf mein Handgelenk.

Es tat verdammt weh. Ich ließ nicht los.

»Wir wollen nur reden«, rief ich durch den Wolkenbruch.

Sie ließ von meiner Hand ab und zerrte an ihrem Reißverschluss.

»Bitte.«

»Lassen Sie mich in Ruhe!« Sie versuchte, ihr Sweatshirt abzuschütteln.

Hinter mir hörte ich Platschen.

»Jetzt mal ganz ruhig, junge Dame.« Slidell klang wie ein Walross.

Sie schlug immer verzweifelter um sich. Das Wasser aus ihren Haaren spritzte mir ins Gesicht.

»Lassen Sie mich los. Sie haben kein –«

Slidell drehte die junge Frau um und drückte ihr die Arme an die Flanken.

Sie trat nach hinten aus. Ihr Absatz traf sein Schienbein.

»Du blö-«

»Sie ist schwanger«, schrie ich.

»Sagen Sie das meinem Schienbein.«

»Alles okay«, sagte ich in besänftigendem Tonfall, wie ich hoffte. »Sie sind nicht in Schwierigkeiten.«

Sie starrte mich mit Wut in den Augen an.

Ich lächelte und hielt ihrem Blick stand.

Sie wand sich und trat aus.

»Deine Entscheidung«, keuchte Slidell. »Entweder wir machen das hier zivilisiert, oder ich leg dir Handschellen an und bring dich aufs Revier.«

Nun beruhigte sich die junge Frau, dachte offensichtlich über ihre Möglichkeiten nach. Dann ließ sie die Schultern sinken und ballte die Fäuste.

»Gut. Ich lasse dich jetzt los, und du machst keine Dummheiten.«

Einen Augenblick standen wir nur da und atmeten keuchend. Dann ließ Slidell sie los und trat einen Schritt zurück.

»So. Jetzt gehen wir ganz ruhig und gefasst zu meinem Auto.«

Die junge Frau richtete sich auf und streckte verächtlich das

Kinn vor. In der Höhlung ihrer Kehle sah ich ein kleines, goldenes Kreuz. Darunter pochte eine Ader.

»Sind wir alle auf derselben Wellenlänge?«, fragte Slidell.

»Wenn's dich anmacht«, sagte sie.

Slidell fasste sie wieder am Arm und bedeutete mir, ihnen zu folgen. Ich tat es und sah zu, wie Tropfen den Teich zu meinen Füßen kräuselten.

Slidell schob die junge Frau auf den Beifahrersitz. Während er vorne herumging, schob ich eine alte Pizzaschachtel, eine Tüte von einem chinesischen Straßenverkauf und ein Paar alte Turnschuhe beiseite und setzte mich auf die Rückbank. Der Innenraum des Taurus roch wie uralte Unterwäsche.

»O Gott.« Das Mädchen hielt sich die linke Hand vor die Nase. »Ist hier drinnen was gestorben?«

Slidell setzte sich hinters Steuer, knallte die Tür zu, lehnte sich dagegen und deutete mit dem Schlüssel auf die Schwangere.

»Wie heißt du?«

»Und du?«

Slidell zeigte ihr seine Marke.

Sie blies nur Luft durch die Lippen.

»Wie heißt du?«, wiederholte Slidell.

»Warum wollen Sie das wissen?«

»Falls wir uns aus den Augen verlieren.«

Sie verdrehte die Augen.

»Name?«

»Patti LaBelle.«

»Anschnallen.« Slidell zog seinen Gurt herunter, ließ ihn einrasten und steckte dann den Schlüssel in die Zündung.

Die junge Frau hob die linke Hand, um ihn zu bremsen, und legte sich dann beide Hände auf den Bauch. »Okay.«

Slidell entspannte sich und ließ sich in den Sitz zurücksinken. »Name?«

»Takeela.«

»Ist schon mal ein guter Anfang.«

Wieder verdrehte sie die Augen. »Freeman. Takeela Freeman. Soll ich Ihnen das buchstabieren?«

Slidell zog Notizblock und Stift heraus und hielt ihr beides hin. »Telefonnummer, Adresse, Namen der Eltern oder eines Erziehungsberechtigen.«

Takeela schrieb und warf dann den Block aufs Armaturenbrett. Slidell nahm ihn und las.

»Isabella Cortez?«

»Meine Großmutter.«

»Hispanisch.« Eher eine Feststellung als eine Frage. »Wohnst du bei ihr?«

Ein knappes Nicken.

»Wie alt bist du, Takeela?«

»Siebzehn.« Trotzig.

»In der Schule?«

Takeela schüttelte den Kopf. »Ist doch alles Blödsinn.«

»Aha. Verheiratet?«

»Noch mehr Blödsinn.«

Slidell deutete auf Takeelas Bauch. »Haben wir einen Daddy?«

»Nee. Ich bin die Heilige Jungfrau persönlich.«

»Was?« Scharf.

»Warum nehmen Sie mich in die Mangel?«

»Name des Vaters?«

Ein schweres Seufzen. »Clifton Lowder. Er lebt in Atlanta. Wir sind nicht wütend aufeinander oder getrennt oder sonst was. Cliff hat dort Kinder.«

»Und wie alt ist Cliff Lowder?«

»Sechsundzwanzig.«

Slidell machte ein Geräusch wie ein Terrier, der sich an einem Stück Leber verschluckt hat.

»Gibt es in Atlanta auch eine Mrs. Lowder?«, fragte ich.

Takeela deutete mit dem Daumen in meine Richtung. »Wer ist die?«

»Beantworte ihre Frage. Hat Mr. Wunderbar eine Ehefrau?«

Takeela hob eine Schulter. Na und?

Widerstreitende Gefühle wallten in mir auf. Wut. Traurigkeit. Abscheu. Vorwiegend Abscheu. Slidell traf den Nagel auf den Kopf.

»Was für ein Wichser sucht sich sein Frischfleisch auf dem Schulhof?«

»Hab's doch schon gesagt. Ich bin nicht in der Schule.«

»Super Karriereplanung. Hat Big Cliff damit was zu tun?«

»Er behandelt mich gut.«

»Klar. Und ich wette, er ist ein klasse Tänzer. Das Arschloch hat dich geschwängert, Kleine. Und dann sitzengelassen.«

»Hab's Ihnen doch schon gesagt. Ich wurde nicht sitzengelassen.«

»Wird dir Mr. Lowder mit dem Baby helfen?« Ich versuchte, einfühlsam zu klingen.

Wieder nur ein Achselzucken.

»Wann hast du Geburtstag?« Slidells Tonfall war das genaue Gegenteil von einfühlsam.

»Was? Wollen Sie mich in Ihr Adressbuch schreiben? Und mir jedes Jahr eine Karte schicken?«

»Habe mich nur gefragt, wie alt du warst, als du mit deinem Prinzen in die Kiste gehüpft bist. Wenn du noch nicht sechzehn warst, könnte er wegen Missbrauchs Minderjähriger dran sein.«

Takeela kniff den Mund zu einer harten Linie zusammen.

Ich schlug eine andere Richtung ein. »Erzähl uns von Thomas Cuervo.«

»Kenne keinen Thomas Cuervo.«

»Du bist eben aus seinem Laden gerannt«, blaffte Slidell.

»Sie meinen T-Bird?«

»Ja.«

Noch ein Achselzucken. »Ich war spazieren und hab gesehen, dass T-Birds Tür offen war.«

»Spazieren. In einem Wolkenbruch.«

»Ich wollte Nachtkerzenöl für meinen Bauch.«

»Damit nur ja keine Schwangerschaftsstreifen den Modeltraum zerstören.«

»Warum sind Sie so gemein?«

»Muss eine Gabe sein. Wo ist T-Bird?«

»Woher zum Teufel soll ich das wissen?«

Eine ganze Minute lang sagte keiner etwas. Regen prasselte aufs Dach und rann in Bächen die Fenster hinunter.

Nachdem ich zugesehen hatte, wie eine Plastiktüte über die Straße wehte und an die Windschutzscheibe klatschte, brach ich das Schweigen.

»Wohnst du bei deiner Großmutter, Takeela?«

»Und?«

»Ich habe gehört, dass T-Bird ein wunderbarer Heiler ist.«

»Soweit ich weiß, ist das nicht illegal.«

»Warum hatte T-Bird dein Foto?«, warf Slidell dazwischen.

»Was für ein Foto?«

»Das Foto, das auf meinem Schreibtisch liegt. Das Foto, das wir gemeinsam anschauen können, wenn ich dich aufs Revier bringe.«

Takeela spreizte die Finger und riss die Augen auf. »Ooh! Sehen Sie, was für eine Angst ich habe?«

Slidells Kiefermuskeln zuckten. Sein Blick wanderte zu mir. Mit meinem gab ich ihm zu verstehen, dass er sich entspannen solle.

»T-Bird wird seit einigen Monaten vermisst«, sagte ich. »Die Polizei macht sich Sorgen, dass ihm vielleicht etwas zugestoßen ist.«

Zum ersten Mal drehte sie sich nun zu mir um. Ich sah Bestürzung in ihren Augen.

»Wer sollte T-Bird etwas tun wollen? Er hilft den Leuten doch nur.«

»Wie hilft er ihnen?«

»Wenn jemand was Besonderes braucht.«

Ich deutete auf das Kreuz an ihrem Hals. »Bist du Christin?«

»Was für eine blöde Frage. Warum wollen Sie das wissen?«

»T-Bird ist ein *santero?«*

»Das eine hat mit dem anderen nichts zu tun. Wenn man beten will, geht man in die Kirche. Wenn man was braucht, geht man zu T-Bird.«

»Wenn man *was* braucht?«

»Was gegen Husten. Oder einen Job. Was auch immer.«

Plötzlich kapierte ich.

»Du wolltest zu T-Bird, weil du schwanger bist?«

Takeela zuckte schnell und vieldeutig die Achseln.

Abtreibung? Gesundes Baby? Junge oder Mädchen? Was wollte diese junge Frau von einem *santero?*

Ich beugte mich zwischen den Sitzen nach vorne und legte ihr die Hand auf den Arm.

»Du hast T-Bird dein Schulfoto gegeben, damit er es in einem Ritual benutzt.«

Plötzlich war der ganze Trotz verschwunden. Jetzt sah sie nur noch müde und nass aus. Und schwanger. Und sehr, sehr jung.

»Ich wollte, dass Cliff sich um mich und das Baby kümmert.«

»Aber er will seine Frau nicht verlassen«, vermutete ich.

»Er wird seine Meinung ändern.« Unbewusst strich sie sich mit einer Hand über den Bauch.

»Hast du eine Ahnung, wo T-Bird sein könnte?« Mit sanfter Stimme.

»Nein.«

»Hat er Familie?«

»Ich weiß nichts von einer Familie.«

»Wann hast du ihn das letzte Mal gesehen?«

»Im Sommer vielleicht.«

»Gibt es irgendwas, das du uns sagen *kannst?«*

»Ich weiß nur, dass Oma gesagt hat, wenn du was brauchst, wird T-Bird sich drum kümmern.«

Takeela faltete die Hände über ihrem ungeborenen Kind und schaute Slidell an.

»Wollen Sie mir jetzt irgendein Verbrechen anhängen?«

»Verlass die Stadt nicht«, sagte Slidell. »Kann sein, dass wir das sehr bald noch einmal machen müssen.«

»Bringen Sie beim nächsten Mal Partyhütchen mit.« Takeela zog am Griff, wuchtete sich hinaus und setzte sich auf dem Bürgersteig in Bewegung.

Ein plötzlicher Gedanke. Würde sie beleidigt sein? Was soll's. Ich wusste, wie ihre Zukunft aussehen würde, sollte sie weitermachen wie bisher. Alleinerziehende Mutter. Unterbezahlte Jobs. Ein Leben lang vergebliche Hoffnungen und leere Geldbeutel.

Ich stieg aus.

»Takeela.«

Die Hände auf ihrem geschwollenen Bauch, drehte sie sich halb um.

»Wenn du willst, kann ich ein paar Anrufe machen und sehen, ob man dir irgendwie helfen kann.«

Ihr Blick wanderte zu meinem Gesicht.

»Ich kann allerdings nichts versprechen«, fügte ich hinzu.

Sie zögerte kurz. Dann: »Ich auch nicht, Lady.«

Ich schrieb eine Nummer auf meine Visitenkarte und gab sie ihr.

»Das ist meine Privatnummer, Takeela. Du kannst anrufen, wann du willst.«

Sie ging davon. Während ich ihr nachschaute, stieg Slidell aus dem Auto. Zusammen gingen wir zu der *botánica* zurück.

»Dann ist die Kleine in dem Kessel nicht die Kleine auf dem Foto.«

»Nein«, entgegnete ich.

»Aber wer zum Teufel ist sie dann?«

Da ich die Frage als rhetorisch betrachtete, antwortete ich nicht.

»Egal. Aber Tatsache ist, dass dieser Widerling den Schädel und die Beinknochen irgendeines Mädchens im Keller hatte. Cuervo treibt noch andere Spielchen, als nur Mittel gegen Tripper zu verkaufen.«

Ich wollte etwas erwidern. Slidell schnitt mir das Wort ab.

»Und was ist mit Jimmy Klapec? Keine Frage, dass das Mord war. Aber Sie sagen, das waren Satanisten, und Cuervo ist keiner, richtig?«

Ich hob frustriert die Hände.

»Und wo zum Teufel ist Rinaldi?« Slidell zog sein Handy aus der Tasche.

Während wir durch den Regen liefen, schwirrten mir Namen und Begriffe durch den Kopf.

Takeela Freeman.

Jimmy Klapec.

T-Bird Cuervo.

Santería.

Palo Mayombe.

Satanismus.

Ich hatte keine Ahnung, dass wir am Ende dieses Tages zwei weitere Identifikationen haben, einen alten Fall abschließen und eine weitere verwirrende Religion kennenlernen würden.

## 18

Eine Stunde lang durchsuchten wir Cuervos Laden, fanden aber nichts Ominöses. In der *botánica* gab es keine Schädel, keine geschlachteten Tiere, keine durchbohrten Puppen.

»Dann hat T-Bird seine Knochensammleraktivitäten also auf seine Hütte an der Greenleaf beschränkt.«

Ich stellte das Glas ab, das ich eben untersucht hatte, und schaute Slidell an. Mit seinen vom Regen an den Schädel geklatschten Haaren und den triefenden Klamotten sah er aus wie ein übergewichtiger Al Bundy nach einem schlechten Tag. Aber ich war auch nicht gerade in bester Verfassung.

»Ist einleuchtend«, sagte ich. »Der Keller war geheim, einfach sicherer.«

»Kessel sind typisch für dieses Palo-Zeugs.« Ich war mir nicht sicher, ob Slidell mir eine Frage stellte oder einfach laut dachte.

»Palo Mayombe. Aber wie Takeela ihn beschreibt, ist Cuervo eher ein ganz normaler, harmloser *santero.*«

»Wenn er harmlos ist, warum hat er dann Kessel?«

»Santería ist nicht sehr dogmatisch.«

»Soll heißen?«

»Vielleicht steht T-Bird einfach auf Töpfe.«

»Und Tierkadaver.« Slidell stieß den Kessel mit der Schuhspitze an. Er klang hohl. »Warum ist der da leer?«

»Ich weiß es nicht.«

»Und wo zum Teufel ist dieser Kerl?«

»Ekuador?«, schlug ich vor.

»Von mir aus kann er auch ruhig dort bleiben. Ich sollte eigentlich Klapec bearbeiten.«

Und damit verschwand Slidell durch den Vorhang.

Ich folgte ihm.

Draußen war der Regen schwächer geworden, es nieselte nur noch. Slidells Handy bimmelte, als er den Laden abschloss.

»Ja.«

Ich konnte am anderen Ende eine Stimme hören.

»Ist der Junge glaubwürdig?«

Wieder Murmeln.

»Ist 'ne Schuhsohle wert.«

Schuhsohle? Ich verdrehte die Augen.

Slidell berichtete von unserem Gespräch mit Takeela Freeman und unserer Durchsuchung der *botánica.* Dann kam wieder Murmeln, diesmal länger.

»Im Ernst.« Slidell streifte mich mit einem Blick. »Ja. Ab und zu kann sie richtig genial sein.«

Slidell hörte sehr lange zu.

»Ist die Adresse aktuell?«

Wieder schaute Slidell mich kurz an. Ich konnte mir nicht vorstellen, was am anderen Ende gesagt wurde.

»Du bleibst bei Rick. Ich fahre nach Pineville. Wir treffen uns dann am späten Nachmittag.«

Murmeln.

»Okay.«

Slidell schaltete ab.

»Rinaldi?«, fragte ich.

Slidell nickte. »Einer der Stricher sah Klapec an dem Abend, als er verschwand, zusammen mit einem Stecher. Älterer Kerl mit einer Baseballkappe. Kein Stammkunde. Der Junge erzählte Rinaldi, der Typ sei ihm unheimlich gewesen.«

»Soll heißen?«

»Woher soll ich denn das wissen? Erinnern Sie sich an Rick Nelson? Rock-'n'-Roller, der in den Achtzigern bei einem Flugzeugabsturz ums Leben kam?«

»Ozzie und Harriet.«

»Ja. Erinnern Sie sich an *Travelin' Man?* Der Kerl hatte Tussis auf der ganzen Welt. Ein Fräulein in Berlin, eine *señorita* in Mexiko. Klasse Song.«

»Was hat Rick Nelson mit Rinaldis Zeuge zu tun?«, fragte ich, um zu verhindern, dass Slidell zu singen anfing.

»Das Genie meinte, Klapecs Stecher hätte ausgesehen wie Rick Nelson mit einer Baseballkappe. Echte Glanzleistung, was?«

»Was ist in Pineville?«

Slidell grinste und legte den Kopf schief.

Da ich nicht in Stimmung für Ratespiele war, legte ich meinen ebenfalls schief.

»Rinaldi sagt, Sie sind gut.«

»Bin ich«, sagte ich. »Was ist in Pineville?«

»Asa Finney.« Slidells Grinsen wurde breiter, zwischen den Backenzähnen rechts unten war etwas Grünes zu sehen. »Tauchte auf, als Rinaldi Ihren Fingerabdruck durchs System laufen ließ.«

»Der im Wachs?«

»Genau der.«

»Warum ist Finney im System?« Ich war ganz aufgedreht.

»Kleinkram. Erregung öffentlichen Ärgernisses unter Alkoholeinfluss. Der Trottel dachte, auf einen Grabstein pinkeln sei eine Performance.«

»Wer ist er?«

»Computerfreak. Vierundzwanzig Jahre alt. Wohnt in Pineville, arbeitet von Zuhause aus. Wollen Sie noch mehr hören?«

Ich wackelte ungeduldig mit den Fingern.

»Finney hat eine Website.«

»Millionen von Leuten haben Websites.«

»Aber keine Millionen von Leuten behaupten, Hexer zu sein.«

»Sie meinen *santero?* Wie Cuervo?«

»Rinaldi sagte Hexer.«

Das ergab keinen Sinn. Santería hatten mit Hexerei nichts zu tun.

»Fahren wir jetzt dorthin?«

Slidell schwieg so lange, dass ich schon glaubte, er würde mich abweisen. Seine Antwort überraschte mich.

»Wir fahren mit einem Auto. Meinem.«

Pineville ist eine verschlafene, kleine Gemeinde zwischen Charlotte und der Staatsgrenze zu South Carolina. Wie die Queen City verdankt auch sie ihre Existenz Pfaden und Flüssen. Vor Kolumbus verlief eine Route nach Westen zum Stamm der Catawba, die andere war der gute alte Handelspfad. Die Flüsse waren der Sugar Creek und der Little Sugar Creek.

Farmen. Kirchen. Die Eisenbahn kam und ging. Fabriken wurden gegründet und wieder geschlossen. Der einzige Stolz des Städtchens ist die Tatsache, dass hier James K. Polk geboren wurde, der elfte Präsident der Vereinigten Staaten. Das war 1795. Seitdem ist nicht mehr viel passiert. In den Neunzigern machte der Bau einer Umgehungsstraße Pineville zu einem reinen Pendlervorort.

Finneys Haus war ein erst nach der Umgehungsstraße entstandener Neubau mit gelber Außenverkleidung und nachgemachten, schwarzen Fensterläden. Eine nette, ordentliche, belanglose Ranch.

Ein dunkelblauer Ford Focus stand in der Auffahrt. Slidell und ich stiegen aus und gingen den Gartenpfad hoch.

Das Türtreppchen war aus Beton, die Tür aus Metall und schwarz lackiert wie die Läden. Auf der Tür prangte eine kleine Skulptur, ein Schmetterling mit Spitzenbesatz an den Flügeln.

Slidell drückte auf den Klingelknopf. Von drinnen waren gedämpfte Harfenklänge zu hören. Sekunden vergingen.

Slidell klingelte noch einmal und ließ den Finger auf dem Knopf.

Ein Harfenkonzert.

Wir hörten Klappern, dann ging die Tür auf.

Haare wallten auf Finneys Stirn wie eine Welle, die an einen Strand rollt. Kammspuren liefen an den Schläfen nach hinten. Seine Wimpern waren lang, sein Lächeln schief wie das eines frechen Jungen. Ohne die tiefen Aknekrater in seinem Gesicht hätte der Mann so blendend ausgesehen wie ein Rockstar.

»Sind Sie Asa Finney?«, fragte Slidell.

»Ich kaufe nichts, egal, was Sie verkaufen.«

Ohne den Anflug eines Lächelns zeigte Slidell ihm seine Marke. Finney betrachtete sie.

»Was wollen Sie?«

»Reden.«

»Ist gerade ungüns-«

»Auf der Stelle.«

Finney trat argwöhnisch einen Schritt zurück.

Slidell und ich betraten eine winzige Diele mit glänzendem Fliesenboden.

»Kommen Sie mit.«

Wir folgten Finney vorbei an einer billig eingerichteten Wohn- und Esszimmerkombination in eine kleine Küche im hinteren Teil des Hauses. Ein Tisch und Stühle aus Kiefernholzimitat nahmen die Mitte des Raums ein. Ein halb geleerter Joghurtbecher und eine Schüssel Müsli standen auf einem Platzdeckchen, aus beiden ragten Löffel.

»Ich war gerade beim Mittagsessen.«

»Lassen Sie sich von uns nicht aufhalten«, sagte Slidell.

Finney setzte sich wieder auf seinen Stuhl. Ich setzte mich ihm gegenüber. Slidell blieb stehen. Verhörtaktik: Größenvorteil.

Finney trommelte mit den Fingern auf den Tisch. Nervös? Verärgert, weil Slidell ihn ausgetrickst hatte, indem er stehen geblieben war?

Slidell verschränkte die Arme und sagte nichts. Verhörtaktik: Schweigen.

Finney legte sich seine Serviette über ein Knie. Nahm einen Löffel zur Hand. Legte ihn wieder weg.

Ich schaute mich um. Die Küche war makellos. Ein Mörser samt Stößel aus Stein stand auf einer Anrichte neben einer Kräuterschale, die von langen Neonröhren mit Licht versorgt wurde.

Über dem Spülbecken hing eine fein geschnitzte Darstellung einer nackten, gehörnten Gestalt mit einem Hirsch auf der einen und einem Stier auf der anderen Seite. Eine Schlange mit Widderkopf wand sich um einen Arm.

Finney folgte meinem Blick.

»Das ist Cernunnos, der keltische Vater der Tiere.«

»Erzählen Sie uns mehr davon.« Slidells Stimme war eisig.

»Cernunnos ist der Begleiter der Mutter Erde.«

»Aha.«

»Er ist das Wesen des männlichen Aspekts des Gleichgewichts der Natur. In dieser Darstellung ist der Gott umgeben von einem Hirschen, einem Stier und einer Schlange, die Symbole der Fruchtbarkeit, der Macht und der Männlichkeit.«

»Machen solche Sachen Sie an?«

Finney drehte den Blick zu Slidell. »Wie bitte?«

»Sex. Macht.«

Finney fing an, sich die Wange zu kratzen. »Was soll das heißen?«

»Sie leben alleine, Asa?« Verhörtaktik: Themenwechsel.

»Ja.«

»Hübsches Haus.«

Finney sagte nichts.

»Muss einiges gekostet haben, so eine Hütte.«

»Ich habe mein eigenes Geschäft.« Finneys Fingernägel hinterließen tiefrote Spuren zwischen den Kratern. »Ich entwerfe Videospiele. Manage Websites.«

»Ich habe gehört, Sie haben selbst so ein Klasseding.«

»Sind Sie deswegen hier?«

»Das müssen Sie mir sagen.«

Finneys Nasenlöcher verengten und weiteten sich wieder. »Diese ewige ignorante Engstirnigkeit.«

Slidell neigte den Kopf.

»Hören Sie, das ist kein Geheimnis. Ich bin Wiccaner.«

»Wiccaner?« Voller Geringschätzung. »Wie Hexer und Teufelsanbeter?«

»Wir betrachten uns als Hexer, ja. Aber wir sind keine Satanisten.«

»Was für eine Erleichterung.«

»Wicca ist eine neuheidnische Religion, deren Wurzeln Jahrhunderte hinter das Christentum zurückreichen. Wir beten einen Gott und eine Göttin an. Wir feiern die acht Sabbate des Jahres und die Vollmond-Esbats. Wir leben nach einem strikten Moralkodex.«

»Gehört zu diesem Kodex auch Mord?«

Finney zog die Brauen zusammen. »Wicca beinhaltet spezifische rituelle Formen, die Verwendung von Zaubersprüchen, Herbalismus und Wahrsagerei. Wiccaner benutzen die Hexerei ausschließlich, um Gutes zu bewirken.«

Slidell machte eines seiner nicht interpretierbaren Geräusche.

»Wie viele Anhänger von Minderheitsglaubenssystemen werden wir Wiccaner beständig drangsaliert. Beleidigungen und körperliche Misshandlungen, Anschläge mit Schusswaffen, sogar

Lynchmorde. Geht es Ihnen darum, Detective? Noch mehr Schikanen?«

»Ich stelle hier die Fragen.« Slidell Stimme war reinstes Eis. »Was wissen Sie über einen Keller an der Greenleaf Avenue?«

»Absolut nichts.«

Ich suchte bei Finney nach Hinweisen auf ausweichendes Verhalten. Sah aber nur Verärgerung.

»Mit Kesseln und toten Hühnern.«

»Wiccaner opfern keine Tiere.«

»Und menschlichen Schädeln.«

»Niemals.«

»Was ist mit einem Kerl namens T-Bird Cuervo?«

Finney kniff fast unmerklich die Augen zusammen.

»Er gehört nicht zu uns.«

»Das habe ich nicht gefragt.«

»Den Namen habe ich vielleicht schon mal gehört.«

»In welchem Zusammenhang?«

»Cuervo ist ein *santero.* Ein Heiler.«

»Tanzen Sie beide zusammen im Mondlicht?«

Finneys Kinn ging leicht nach oben. »Santería und Wicca sind zwei völlig verschiedene Dinge.«

»Beantworten Sie die Frage.«

»Ich kenne den Mann nicht.«

War da wieder ein leichtes Kräuseln der unteren Lider zu sehen?

»Sie würden mich doch nicht anlügen, oder, Asa?«

»Ich muss mir Ihre Unverschämtheiten nicht gefallen lassen. Ich kenne meine Rechte. *Dettner versus Landon.* Ein Bezirksgericht in Virginia entschied, dass Wicca eine offiziell anerkannte Religion ist, der alle gesetzlichen Wohltaten zustehen. Bestätigt neunzehnsechsundachtzig vom Bundesberufungsgericht. Daran müssen Sie sich gewöhnen, Detective. Wir sind legal und wir bestehen auf unseren Rechten.«

In diesem Augenblick klingelte mein Handy. Die Anruferkennung zeigte Katys Nummer. Ich stand auf, ging ins Wohnzimmer und schloss die Tür hinter mir.

»Hey, Katy.«

»Mom. Ich weiß, was du jetzt sagen wirst. Dass ich dich immer versetze. Und ja, wahrscheinlich bin ich schon viel zu oft abgesprungen. Aber ich wurde zu diesem wahnsinnigen Picknick eingeladen, und wenn du nichts dagegen hast, würde ich sehr gerne hingehen.«

Ich hatte keine Ahnung, wovon sie sprach. Dann fiel es mir wieder ein. Samstag. Einkaufsbummel.

»Kein Problem.« Ich redete leise, damit die beiden anderen nicht mithören konnten.

»Wo bist du?«

»Geh nur und amüsier dich.«

Durch die Tür hörte ich den Tonfall zweier Stimmen, Slidells klang barsch, Finneys beleidigt.

»Bist du sicher?«

O ja.

»Absolut.«

Während wir redeten, überflog ich die Titel der Bücher in einem Wandregal: *An den Rand des Kreises: Ein wiccanisches Initiationsritual; Lebendiges Wicca; Der virtuelle Heide; Heidnische Pfade; Irdische Körper, magische Seelen: Zeitgenössische Heiden und die Suche nach Gemeinschaft; Lebendige Hexenkunst: Ein zeitgenössischer amerikanischer Coven; Das Buch der magischen Talismane; Ein Alphabet der Zauberspruche.*

Zwei Bücher auf einem unteren Regalbrett erregten meine Aufmerksamkeit: *Die satanische Bibel* und *Die satanische Hexe,* beide von Anton LaVey. Wie passten diese beiden zum Rest?

»Charlie meinte, du wärst an diesem Abend ganz klasse gewesen.«

»Mhm.«

Mein Blick wanderte über die Statue einer Göttin mit erhobenen Armen, eine steinerne Schüssel mit Kristallen, eine Maishülsenpuppe. Als ich ein leises Klimpern hörte, schaute ich nach oben.

Ein winziges Windspiel baumelte an einem Haken, der in das oberste Brett des Regals geschraubt war. Die Muschelschalen hingen an Fäden, die an einem rosafarbenen Keramikvogel befestigt waren.

Katy sagte etwas, das mein Hirn nicht registrierte. Ich starrte gebannt einen Gegenstand an, der hinter den klimpernden Schalen kaum zu sehen war.

»Tschüss, meine Süße. Und viel Spaß.«

Ich steckte das Handy in die Tasche, zog einen Stuhl zum Regal, stieg hinauf und griff in das oberste Regalfach.

## 19

Kaum atmend, ging ich in Gedanken eine Checkliste durch.

Der Unterkiefer hatte weder Schneide- noch Eckzähne. Die Weisheitszähne waren nur zum Teil durchgebrochen. Sämtliche Zähne zeigten nur minimale Abnutzung. Der Knochen war solide und teebraun verfärbt.

Jedes Detail passte zu dem unterkieferlosen Schädel aus der Greenleaf.

In der Küche erklärte Finney eben die Entstehung eines Scripts für ein Videospiel. Slidell sah aus, als hätte er ungeklärtes Abwasser verschluckt.

Beide drehten sich um, als sie die Tür hörten.

Wortlos legte ich den Unterkiefer auf den Tisch und klatschte LaVeys Bücher daneben.

Finney schaute mich an, und Röte stieg ihm vom Kragen hoch.

»Haben Sie einen Durchsuchungsbeschluss für mein Haus?«

»Das alles war auf Ihrem Bücherregal deutlich einsehbar«, sagte ich.

»Sie haben uns hereingebeten«, blaffte Slidell. »Wir brauchen keinen Durchsuchungsbeschluss.«

»Sind das Ihre Bücher?«, fragte Slidell.

»Ich bemühe mich, auch andere Blickwinkel zu verstehen.«

»Sicher doch.«

»Ich werde noch eine vollständige Untersuchung anstellen«, sagte ich. »Aber ich bin mir sicher, dass dieser Unterkiefer zu dem Schädel aus T-Bird Cuervos Keller gehört.«

Finney senkte den Blick, doch ich sah das Unterlid zittern.

»Also, Arschloch, wollen Sie mir jetzt erklären, warum dieser Unterkiefer in Ihrer Hütte ist, obwohl Sie doch Cuervo oder sein kleines Gruselkabinett an der Greenleaf nicht kennen?«

Finney schaute hoch und kreuzte Slidells Blick.

»Wissen Sie, was ich glaube?« Slidell wartete die Antwort auf seine Frage gar nicht erst ab. »Ich glaube, dass Sie und Ihre Kumpels bei einem Ihrer Spinnerrituale ein Mädchen umgebracht haben und seinen Schädel und seine Beinknochen aufgehoben haben, um eure kranken Spielchen damit zu treiben.«

»Was? Nein!«

Slidell ging zum Tisch und beugte sich zu Finneys Ohr hinunter, als wollte er ihm etwas Vertrauliches mitteilen. »Du bist dran, Arschloch.«

»Nein!« Hoch und quengelnd, eher der Schrei eines Teenagermädchens als der eines erwachsenen Mannes. »Ich will einen Anwalt.«

Slidell riss Finney in die Höhe, drehte ihn um und legte ihm Handschellen an. »Keine Sorge. In dieser Stadt gibt's mehr Anwälte als Alligatoren in den Everglades.«

»Das ist Nötigung.«

Slidell las Finney seine Rechte vor.

Auf der Fahrt in die Stadt saß Finney mit gesenktem Kopf, hängenden Schultern und hinter dem Rücken gefesselten Händen da.

Slidell rief Rinaldi an, berichtete ihm von dem Unterkiefer und Finneys Verhaftung. Rinaldi berichtete, dass seine Ermittlungen gute Ergebnisse brachten.

Ich bat Slidell, mich auf dem Weg zur Zentrale bei meinem Auto abzusetzen. Vor Cuervos Laden bot sich uns ein unerfreulicher Anblick. Allison Stallings stand davor und drückte das Gesicht an die Scheibe, ihre digitale Nikon in einer Hand.

»Na, wenn die nicht grade noch gefehlt hat.«

Slidell drückte die Tür mit der Schulter auf, wuchtete sich aus dem Auto und ging über die Straße. Ich ließ mein Fenster herunter. Finney hob den Kopf und schaute interessiert zu.

»Was glauben Sie eigentlich, was Sie hier tun?«

»Recherchieren.« Grinsend hielt Stallings ihre Kamera auf Slidell und drückte auf den Auslöser.

Slidell versuchte, ihr die Kamera wegzureißen. Stallings hob sie, schoss ein Foto des Taurus und steckte sie dann in ihren Rucksack.

»Bleiben Sie bloß von meinem Auto und meinem Gefangenen weg«, brüllte Slidell.

»Fahren wir«, rief ich, obwohl ich wusste, dass es bereits zu spät war.

Stallings lief schnurstracks auf den Taurus zu, bückte sich und spähte in den Fond. Slidell stürmte, das Gesicht kirschrot, hinter ihr her.

Bevor ich reagieren konnte, beugte sich Finney zu meinem offenen Fenster und rief: »Ich bin Asa Finney. Ich habe nichts Unrechtes getan. Lassen Sie die Öffentlichkeit das wissen. Das ist religiöse Verfolgung.«

Ich drückte auf den Knopf. Finney rief weiter, während das Fenster sich schloss.

»Ich bin ein Opfer von Polizeibrutalität.«

Schwer atmend warf Slidell sein Gewicht auf den Fahrersitz und knallte die Tür zu.

»Schnauze.«

Finney verstummte.

Slidell riss den Ganghebel zurück. Wir schossen nach hinten. Er riss ihn nach vorne und raste mit Regenwasser aufspritzenden Reifen vom Parkplatz.

Während Slidell Finney offiziell in Untersuchungshaft nahm, ging ich ins MCME, um festzustellen, ob der Unterkiefer tatsächlich zum Schädel aus dem Kessel gehörte. Röntgenaufnahmen. Biologisches Profil. Erhaltungszustand. Gelenkverbindungen. Maße. Fordisc-3.0-Bewertung. Alles passte.

Danach zog ich den zweiten linken Backenzahn aus dem Unterkiefer und steckte ihn in eine Tüte. Falls erforderlich, konnte zwischen Schädel und Unterkiefer auch noch ein DNS-Vergleich angestellt werden. Doch das war unnötig, außer um die Anwälte zufriedenzustellen. Ich hatte keinen Zweifel, dass der Schädel und der Unterkiefer von derselben jungen Schwarzen stammten.

Zwei Fragen blieben allerdings. Wer war sie? Wie konnte ein Teil von ihr in diesem Kessel und ein anderer in Finneys Haus landen?

Als ich in die Polizeizentrale kam, saß Finney in dem Verhörzimmer, das Kenneth Roseboro am Tag davor so genossen hatte. Der Beschuldigte hatte seinen ihm gesetzlich zustehenden Anruf getätigt.

Slidell und ich aßen Sandwiches von Subway, während wir auf den Rechtsbeistand warteten.

Der Anwalt erschien, als ich eben den letzten Bissen Truthahn und Cheddar verdrückte.

Und mich beinahe daran verschluckt hätte.

Charlie Hunt sah noch besser aus als am Donnerstagabend. Ein Zweireiher aus Merinowolle und glänzende Oxford-Schuhe hatten nun die Stelle von Jeans und Slippers eingenommen. Heute trug er eine Aktentasche. Und Socken.

Charlie stellte sich zuerst Slidell vor, dann mir.

Wir gaben uns schnell die Hand.

Slidell las die Anklage vor, illegaler Besitz von menschlichen Überresten. Er beschrieb die Beweislage und erklärte die Verbindung zwischen Finney und Cuervos Keller. Obendrein erwähnte er noch die Möglichkeit einer Verbindung mit Jimmy Klapec.

»Ausgehend wovon?«, fragte Charlie.

»Einer Vorliebe für die Schriften von Anton LaVey.«

»Ich wäre gern zehn Minuten mit meinem Mandanten allein.«

»Der Kerl ist ein Spinner«, gab Slidell zu bedenken.

»Das ist SpongeBob auch«, antwortete Charlie. »Das macht ihn noch nicht zum Mörder.«

Gemeinsam gingen wir zu Verhörraum drei.

»Ich habe nichts dagegen, wenn Sie zusehen.« Charlie schaute uns beiden in die Augen. »Aber keine Mikros.«

Slidell zuckte die Achseln.

Charlie betrat den Raum. Slidell und ich stellten uns vor den Spionglasspiegel. Finney sprang auf. Die Männer gaben sich die Hand und setzten sich. Finney redete und gestikulierte heftig. Charlie nickte viel und machte sich Notizen.

Acht Minuten, nachdem Charlie den Raum betreten hatte, kam er wieder zu uns.

»Mein Mandant hat Informationen, die er Ihnen mitteilen will.« Wie schon zuvor schaute Charlie uns beide an. Mir gefiel das.

»Dann kommt er also zur Vernunft?«

»Als Gegenleistung verlangt er Immunität für alle Aussagen, die er macht.«

»Dieses Arschloch hat vielleicht ein Mädchen umgebracht.«

»Er schwört, dass er keinem Menschen etwas getan hat.«

»Das tun sie doch alle.«

»Glauben Sie ihm?«, fragte ich.

Charlie schaute mich lange an. »Ja«, sagte er. »Ich glaube ihm.«

»Wie kam er an den Unterkiefer dieses Mädchens?«, fragte Slidell.

»Er ist bereit, das zu erklären.«

»Wie sieht seine Beziehung zu Cuervo aus?«

»Er behauptet, sie hätten sich nie getroffen.«

»Aha. Und ich werde zum König des guten Geschmacks gewählt.«

»Den Titel kann man nur erben«, sagte ich.

Slidell warf mir einen fragenden Blick zu.

»In einer Monarchie gibt es keine Wahlen.«

Charlie strich sich mit der Hand über den Mund.

»Ha-ha. Sehr witzig.« Slidell wandte sich wieder Charlie zu. »Wenn Ihr Knabe den Mund aufmacht, lassen wir ihm den Unterkiefer durchgehen, aber nur den Unterkiefer. Wenn er wahrheitsgemäß aussagt, kriegt er Immunität in Bezug auf den Besitz menschlicher Überreste. Wenn ich den Verdacht habe, dass er lügt, wenn ich herausfinde, dass er irgendjemandem auch nur ein Härchen gekrümmt hat, dann ist der Deal geplatzt.«

»Einverstanden.«

»Wir machen es mit Audio und Video.«

»Gut«, sagte Charlie.

Zu dritt marschierten wir ins Verhörzimmer. Charlie setzte sich neben Finney. Slidell und ich setzten uns ihnen gegenüber.

Slidell sagte Finney, dass das Verhör aufgenommen werde.

Finney schaute seinen Anwalt an. Charlie nickte und sagte ihm, er solle beginnen.

»Die Highschool war die reinste Hölle für mich. Mein einziger Freund war ein Mädchen namens Donna Scott. Eine Einzelgängerin, wie ich. Eine Außenseiterin. Donna und ich kamen zusammen, weil uns nichts anderes übrig blieb, weil wir von den anderen ausgegrenzt wurden und wegen unseres gemeinsamen Interesses an Videospielen. Wir verbrachten beide sehr viel Zeit online.«

»Lebt diese Donna Scott in Charlotte?«

»Ihre Familie zog im Sommer vor unserem Abschlussjahr nach L.A. Zu der Zeit kam sie mit dem Plan daher.« Finney schaute auf seine Hände hinunter. »Donna hatte die Idee von dem Videospiel *GraveGrab.* Ist ein ziemlich miserables Spiel, aber sie mochte es, und deshalb spielten wir es. Im Grunde genommen geht's darum, dass man auf einem Friedhof herumläuft und in Gräbern buddelt und dabei versucht, nicht von Zombies getötet zu werden.«

»Wie sah Donnas Plan aus?«, fragte ich.

»Dass wir etwas aus einem Grab stehlen. Ich dachte nicht, dass wir es tatsächlich durchziehen würden, aber ich konnte mir gut vorstellen, dass ein Ausflug auf einen Friedhof eine Sause sein würde.« Finney atmete tief ein und stieß die Luft durch die Nase wieder aus. »Donna stand auf die Gothic-Szene. Ich nicht, aber ich war gern mit ihr zusammen.«

»Haben Sie den Plan ausgeführt?«

Finney nickte. »Donna war ganz aufregt wegen des Umzugs, wusste aber, dass ich deswegen deprimiert war. Sie meinte, wir sollten aufteilen, was immer wir stehlen würden; sie würde die eine Hälfte behalten und ich die andere. Sie wissen schon, der alte Trick, wenn Leute eine Nachricht schreiben oder eine Karte zeichnen und dann in zwei Hälften reißen. Wenn man sich später wiedertrifft, fügt man die zwei Hälften zusammen. Donna meinte, so würden wir spirituell in Verbindung bleiben.«

»Was für ein Friedhof?«, fragte Slidell.

»Elmwood Cemetery.«

»Wann?«

»Vor sieben Jahren. Im August.«

»Erzählen Sie.«

»Donna hatte Elmwood ausgesucht, weil da angeblich irgendein alter Westernstar begraben liegen soll.«

»Randolph Scott?«, vermutete ich.

»Ja. Da sie auch Scott hieß, fand sie es cool, sich was von ihm zu besorgen.«

Randolph Scott war männlich, weiß und zum Zeitpunkt seines Todes neunundachtzig Jahre alt. Das passte nicht zu meinem Profil einer jungen Schwarzen.

»Hatten Sie Erfolg?«, fragte ich.

»Nein. Wir trafen uns für eine Mitternachtsvorstellung der *Rocky Horror Picture Show* und gingen dann zum Elmwood. Das Tor war offen. Donna hatte eine Taschenlampe dabei, ich eine Brechstange.«

Finneys Blick wanderte zu seinem Anwalt. Charlie nickte.

»Wir suchten nach Scotts Grab, konnten es aber nicht finden. Schließlich stolperten wir über eine oberirdische Gruft, in einer ganz anderen Abteilung, wo es nicht so viele große, prächtige Grabsteine gab. Sah aus wie ein Ding, wo man uns nicht entdecken würde. Die Angeln waren verrostet. Ich musste mit der Brechstange nur ein paar Mal kräftig drücken.«

»War irgendwo ein Name eingraviert?«, fragte ich.

»Ich kann mich nicht erinnern. Es war dunkel. Auf jeden Fall gingen wir hinein, stemmten einen Sarg auf, schnappten uns einen Schädel und einen Unterkiefer und ein paar andere Knochen und machten uns aus dem Staub. Um ehrlich zu sein, mir war die ganze Sache inzwischen ziemlich unheimlich, ich wollte einfach nur weg. Donna meinte, ich sei ein Weichei. Sie war total begeistert.«

»Nur damit ich das richtig verstehe. Sie behaupten, Sie hätten den Unterkiefer behalten und Donna den Rest?«

Finney nickte als Antwort auf Slidells Frage.

»Wie kam Cuervo an die Knochen?«

»Das weiß ich nicht.«

»Haben Sie Adresse und Telefonnummer dieser Donna?«

»Nein. Ihre Familie zog bald danach um. Sie sagte, sie würde mal schreiben oder anrufen, hat es aber nie getan.«

»Sie haben Sie nie wiedergesehen oder mit ihr geredet?«

Finney schüttelte betrübt den Kopf.

»Wer ist ihr Vater?«

»Birch. Birch Alexander Scott.«

Slidell notierte sich den Namen. Unterstrich ihn zweimal.

»Sonst noch was?«

»Nein.«

Schweigen füllte den winzigen Raum. Finney durchbrach es.

»Sehen Sie. Ich war ein verwirrter Junge. Vor vier Jahren entdeckte ich dann Wicca. Zum ersten Mal werde ich akzeptiert. Die Leute mögen mich, so wie ich bin. Ich bin jetzt ein anderer.«

»Klar doch«, sagte Slidell. »Sie sind der verdammte Erzbischof von Canterbury.«

»Wicca ist eine erdorientierte Religion, die einer Göttin und einem Gott huldigt.«

»Spielt Luzifer auch mit?«

»Weil wir einem Glaubenssystem anhängen, das sich von der traditionellen judäo-christlichen Theologie unterscheidet, glauben die Unwissenden, wir würden auch Satan anbeten. Dass, wenn Gott die Summe alles Guten ist, es auch ein entsprechend negatives Wesen geben muss, das die Verkörperung des Bösen ist. Satan. Wir Wiccaner glauben das nicht.«

»Sie sagen also, es gibt keinen Teufel?«

Finney zögerte kurz und wählte seine Worte sorgfältig.

»Wiccaner glauben, dass die gesamte Natur aus Gegensätzen besteht und dass diese Polarität Teil jedes Menschen ist. Gut und Böse sind im Unterbewusstsein des Menschen eingeschlossen. Wir glauben, dass es die Fähigkeit ist, sich über destruktive Triebe zu erheben, negative Energie in positive Gedanken und Handlungen umzuleiten, die normale Menschen von Vergewaltigern und Massenmördern und anderen Soziopathen unterscheidet.«

»Benutzen Sie Zauberei, um dieses Erheben zu erreichen?«

»Im Wicca-Kult wird Zauberei als religiöse Praktik betrachtet.«

»Gehört zu dieser religiösen Praktik auch das Zerschnippeln von Leichen?«

»Ich habe es Ihnen bereits gesagt. Wiccaner praktizieren keine destruktive oder grausame Magie. Wir tun niemandem weh. Warum stellen Sie mir eine solche Frage?«

Slidell beschrieb Jimmy Klapecs Leiche.

»Glauben Sie, dass *ich* diesen Jungen umgebracht habe?«

Slidell durchbohrte Finney mit seinem Blick.

»Ich habe mit siebzehn ein Grab ausgeraubt. Ich wurde einmal verhaftet, weil ich mich in der Öffentlichkeit erleichterte. Zwei blöde Streiche. Das ist alles.«

Slidells Blick blieb unverändert.

Finney schaute von Slidell zu Charlie und zu mir. »Sie müssen mir glauben.«

»Um ehrlich zu sein, Junge, ich glaube Ihnen kein Wort.«

»Überprüfen Sie es.« Finney war den Tränen nahe. »Finden Sie Donna. Reden Sie mit ihr.«

»Da können Sie Gift drauf nehmen.«

## 20

Wir hatten Glück. Genauer gesagt, Finney hatte es. Da der angebliche Grabraub nach 1999 stattgefunden hatte, war der Vorfall im CMPD-Computer verzeichnet. Mit dem Jahr des Vorfalls und Elmwood als Suchmerkmale hatten wir den Bericht innerhalb weniger Minuten auf dem Bildschirm.

In der Nacht des 3. August drang/en ein unbekannter Verdächtiger/unbekannte Verdächtige unberechtigt in die Gruft 109 im Elmwood Cemetery ein. Der ermittelnde Beamte sprach mit Mr. Allen Burkhead, dem Friedhofsverwalter. Mr. Burkhead gab an, dass er bei seiner Ankunft auf dem Friedhof um 7 Uhr 20 am 4. August festgestellt habe, dass die Gruft 109 aufgebrochen worden war. Mr. Burkhead glaubte nicht, dass die Gruft bereits beschädigt war, als er am 3. August um 18 Uhr seine Arbeitsstätte verließ. Im Inneren der Gruft öffnete/n der Verdächtige/die Verdächtigen einen Sarg und schändete/n die Überreste von Susan Clover Redmon, indem sie den Schädel entfernten. Der Medical Examiner wurde benachrichtigt, weigerte sich aber, den Friedhof zu besuchen oder die Überreste zu untersuchen, um festzustellen, ob auch noch andere Knochen aus dem Sarg entfernt worden waren. Zurzeit des Vorfalls war der Friedhof geschlossen, und es gibt keine Zeugen. Eine Überprüfung der Unterlagen ergab, dass Marshall J. Redmon (verstorben) der Käufer der Gruft war. Ein Angehöriger der Familie Redmon, Thomas Lawrence Redmon, konnte in Springfield, Ohio, ausfindig gemacht werden. Thomas Redmon wurde informiert und wird über die Entwicklungen auf dem Laufenden gehalten. Ich beantrage, dass dieser Fall für weitere Ermittlungen offengehalten wird.

Ich überflog den Rest der Informationen: *Ermittelnder Beamter: Wade J. Hewlett. Adresse des Vorfalls: 600 E. 4th St. Geschädigte: Elmwood Cemetery; Marshall J. Redmon. Diebesgut: Menschlicher Schädel und Unterkiefer.*

Slidell fand heraus, dass Hewlett jetzt in der Eastway Division Dienst tat. Er rief an und wurde weitervermittelt. Sekunden später war Hewlett am Apparat. Slidell schaltete auf Mithören.

»Ja, an den Einbruch im Elmwood kann ich mich noch gut erinnern. Blieb mir irgendwie im Gedächtnis, weil es der einzige Grabraub war, den ich je hatte. Der Fall führte nirgendwohin.«

»Was sagt Ihnen Ihr Bauch?«

»Wahrscheinlich Jugendliche. Ich bekam in dieser Woche auch noch einen Mordfall, Vandalismus hatte also nicht gerade oberste Priorität. Wir hatten keine Spuren, nichts, dem wir nachgehen konnten. Die örtlichen Redmons waren alle tot oder weggezogen. Dem einzigen Verwandten, den wir außerhalb des Staates aufspüren konnten, war die Sache scheißegal. Und so beschloss ich schließlich, einfach abzuwarten und zu sehen, ob der Schädel wieder auftaucht.«

»Ist er?«

»Nein.«

Ich mischte mich dazwischen. »Warum ließ sich der Medical Examiner nicht blicken?«

»Er fragte mich nach meiner Meinung. Ich sagte ihm, dass

nichts anderes in der Gruft oder im Sarg so aussah, als wäre es durcheinandergebracht worden. Er sagte, er werde sich mit dem Familienangehörigen in Ohio in Verbindung setzen.«

»Und?«

»Thomas Redmon sagte, versiegeln Sie die Gruft und rufen Sie an, wenn Sie den Schädel finden.«

»Ein echter Menschenfreund«, sagte Slidell.

»Redmon war noch nie in Charlotte, kannte diesen Zweig der Familie gar nicht, hatte keine Ahnung, wer alles in dieser Gruft lag.«

»Haben Sie die Friedhofsunterlagen zu Susan Redmon überprüft?«, fragte ich.

»Ja. Da war nicht viel. Nur der Name, die Grabparzelle und das Bestattungsdatum. Anscheinend war ihr Sarg der letzte, der reinkam.«

»Wann war das?«

»Neunzehnsiebenundsechzig.«

»Wie viele andere liegen da drin?«

»Insgesamt vier.«

»Keiner der anderen Särge wurde geschändet?«

»Sah nicht so aus. Aber da drin war nichts mehr in gutem Zustand.«

Slidell dankte Hewlett und legte auf. Einige Sekunden lang ließ er die Hand auf dem Hörer liegen. Dann wandte er sich mir zu.

»Was glauben Sie?«

»Ich glaube, dass Finney in Bezug auf Cuervo lügt. Vielleicht auch in Bezug auf Klapec.«

»Wie wär's mit einer Gruftbesichtigung?«

Elmwood ist nicht die älteste Begräbnisstätte in Charlotte. Das ist Settler. Auf dem Settlers Graveyard, der an der Fifth zwischen Poplar und Church liegt, wimmelt es von Helden des Unabhängigkeitskriegs, Unterzeichnern der Unabhängigkeitserklärung von Mecklenburg und der wohlhabenden, politischen Vorkriegselite.

Elmwood ist relativ neu auf der örtlichen Friedhofsszene. Eröffnet wurde er 1853, und die erste Beerdigung fand zwei Jahre später statt, angeblich das Kind eines William Beatty. Die Buchführung war zu der Zeit alles andere als detailliert.

Anfangs gingen die Geschäfte in Elmwood schlecht. Die Verkäufe stiegen in der zweiten Hälfte des Jahrhunderts wegen des Bevölkerungszuwachses nach der Gründung von Textilfabriken. Die letzte Parzelle wurde 1947 verkauft.

Ausgehend von seiner ursprünglichen Konzeption, sowohl den Schnellen wie den Toten zu dienen, ist Elmwood immer noch beliebt bei Joggern und Spaziergängern. Aber seine vier Hektar bieten mehr als nur Azaleen und Schatten. Die Anlage verewigt sowohl in Grabstätten- wie in Landschaftsgestaltung die sich verändernden Einstellungen von Amerikas Neuem Süden.

Wie Gallien war auch der ursprüngliche Friedhof *omnis divisa est in partes tres,* Elmwood für Weiße, Pinewood für Schwarze und Potters Field für diejenigen, denen das Geld für eine eigene Parzelle fehlte. Natürlich nur für Weiße.

Keine Straßen verbanden Elmwood und Pinewood, und letzterer konnte über den Haupteingang des ersteren nicht erreicht werden. Die Sixth Street für die Weißen, die Ninth Street für die Schwarzen. Irgendwann in den Dreißigern wurde ein Zaun errichtet, um sicherzustellen, dass sich die rassisch verschiedenen Leichen und ihre Besucher nie vermischten.

Jawoll, Sir. Nicht nur, dass die Schwarzen an extra für sie vorgesehenen Orten arbeiten, essen, einkaufen und im Bus fahren mussten, ihre Toten mussten auch in verbarrikadierter Erde liegen.

Der Zaun blieb bestehen, auch Jahre nach Abschaffung der Diskriminierung beim Verkauf von Friedhofsparzellen in Charlotte. Erst 1969, nach einer öffentlichen Kampagne unter Führung von Fred Alexander, Charlottes erstem schwarzem Stadtrat, wurde der alte Maschendraht niedergerissen.

Heute kommen alle zusammen in dieselbe Erde.

Bevor wir die Zentrale verließen, rief Slidell die Nummer an, die Hewlett ihm für Thomas Redmon gegeben hatte. Erstaunlicherweise nahm der Mann ab.

»Machen Sie nur«, sagte Redmon. »Aber wenn möglich, tun Sie alles vor Ort.« Redmon wollte nicht unbedingt die Geister der Toten wecken.

Slidell rief auch die Nummer an, die für Allen Burkhead angegeben war. Burkhead war noch immer der Verwalter von Elmwood und bereit, uns zu treffen.

Hewlett. Redmon. Burkhead. Drei von drei. Jetzt ging es wirklich vorwärts.

Burkhead war ein großer, weißhaariger Mann, der auftrat wie ein Fünf-Sterne-General. Er wartete bereits mit einer Brechstange in der einen Hand und einem Regenschirm in der andern, als wir am Tor an der Sixth Street vorfuhren. Es regnete wieder, ein leichtes, aber stetiges Nieseln. Schwere, grau-schwarze Wolken sahen aus, als würden sie sich bei der nächsten Gelegenheit entladen wollen.

Slidell gab Burkhead die wichtigsten Informationen, dann gingen wir durch das Tor. Der Regen trommelte einen sanften Rhythmus auf das Schild meiner Kappe und den Rucksack, den ich auf einer Schulter trug.

Manche Leute betrachten Schweigen als eine Leere, die gefüllt werden muss. Burkhead war einer von ihnen. Vielleicht war er aber auch einfach nur stolz auf sein kleines Königreich. Unterwegs bedachte er uns mit Erläuterungen, die wir kein einziges Mal unterbrachen.

»Elmwood ist eine kulturelle Enzyklopädie. Charlottes Ärmste und Reichste liegen hier, Veteranen der Konföderierten direkt neben afrikanischen Sklaven.«

Nicht in diesem Teil, dachte ich beim Anblick der vom Neoklassizismus inspirierten Obelisken, der mächtigen, oberirdischen Sarkophage, der tempelähnlichen Familiengruften, der sorgfältig behauenen Granit- und Marmorblöcke.

Im Gehen deutete Burkhead mit seiner Brechstange hierhin und dorthin, wie ein Fremdenführer, der in der Nekropolis von Theben Pharaonen identifiziert. »Edward Dilworth Latta, Bauunternehmer. S.S. McNinch, ehemaliger Bürgermeister.«

Mächtige Harthölzer vereinigten sich über uns zu einem Blätterdach, das Laub glänzend, die Stämme dunkel vor Feuchtigkeit. Zypressen, Buchsbaum und blühende Sträucher bildeten eine nasse, weite Ebene. Grabsteine erstreckten sich bis zum Horizont, grau und düster im beharrlichen Regen. Wir kamen an einem Denkmal für Feuerwehrleute vorbei, einer kleinen, steinernen Blockhütte, einem Kriegerdenkmal der Konföderierten. Ich sah die üblichen Grabsymbole: Lämmer und Engel für Kinder, blühende Rosen für junge Erwachsene, das orthodoxe Kreuz für Griechen, Zirkel und Winkelmaß für Freimaurer.

Zwischendurch blieb Burkhead an einem Grabstein stehen, in den die Darstellung eines Elefanten eingemeißelt war. Feierlich las er uns die Inschrift laut vor:

»›Errichtet von den Mitgliedern des John Robinson's Circus im Andenken an John King, getötet in Charlotte, North Carolina, am zweiundzwanzigsten September achtzehnachtzig von dem Elefanten Chief. Möge seine Seele in Frieden ruhen.‹«

»Und?«, brummte Slidell.

»O ja. Das Vieh drückte den armen Mann gegen einen Eisenbahnwaggon. Der Unfall war damals eine ziemliche Sensation.«

Mein Blick wanderte zur Marmorstatue einer Frau einige Gräber entfernt. Angezogen vom Schmerz in ihrer Haltung ging ich darauf zu.

Die Frau kniete, eine Hand stützte ihr Gesicht, die andere hing, einen Rosenstrauch haltend, schlaff herab. Die Detailarbeit in Kleidung und Haaren war herausragend.

Ich las die Inschrift. Mary Norcott London war 1919 gestorben. Sie war vierundzwanzig. Das Denkmal war von ihrem Ehemann, Edwin Thomas Cansler, errichtet worden.

Ich dachte an den Schädel in meinem Labor. Gehörte er wirklich Susan Clover Redmon?

Mary war Edwins Frau gewesen. Sie war so jung gestorben. Was für ein Mensch war Susan gewesen? Was für ein Unglück hatte ihr Leben derart verkürzt? Ihr Glück beendet oder ihr Leid, ihre Hoffnungen oder Ängste?

Hatten trauernde Eltern Susans Sarg voller Liebe ihrem Grab übergeben? Dachten sie an ein Mädchen, das Malbücher mit Buntstiften ausfüllte, das mit seinem brandneuen Schulranzen in den Bus stieg? Hatten sie geweint, voller Kummer darüber, dass das Versprechen ihrer Zukunft nie in Erfüllung gehen würde?

Oder war es ein Ehemann gewesen, der ihren Tod betrauert hatte? Geschwister?

Slidells Stimme riss mich aus meinen Gedanken. »Hey, Doc. Kommen Sie?«

Ich holte die anderen wieder ein.

Weiter im Osten ging die leicht krummlinige Anlage des Friedhofs in ein rechtwinkliges Gitternetz aus Gräbern über. Es regnete jetzt heftiger. Ich hatte mein triefendes Sweatshirt gegen eine MCME-Windjacke getauscht. Schlechte Entscheidung. Das dünne Nylon hielt mich weder warm noch trocken.

Schließlich kamen wir in einen Bereich mit nur wenigen kunstvollen Grabsteinen. Die Bäume waren noch immer alt und stattlich, aber die Anordnung wirkte natürlicher, weniger starr. Ich vermutete, dass wir die Grenze überschritten hatten, die früher von dem Maschendrahtzaun gesichert worden war.

Burkhead setzte seine Führung fort.

»Thomas H. Lomax, A.M.E., Bischof von Zion; Caesar Blake, kaiserlicher Potentat des Uralten Ägyptisch-Arabischen Ordens und Führer der Schwarzen Freimaurer in den Neunzehn-Zwanzigern.«

Das herausragendste Grabmal dieses Teils war ein kleiner, frontgiebeliger Bau aus gelben und roten Ziegeln. Erhabene Ziegel bildeten rautenförmige Muster an den Seitenwänden und der

Rückwand und über der einfachen Holztür den Schriftzug SMITH.

»W.W. Smith, Charlottes erster schwarzer Architekt«, sagte Burkhead. »Ich finde es passend, dass Mr. Smiths Grab seinen markanten Stil der Ziegelverarbeitung reflektiert.«

»Wie viele Gerippe haben Sie hier?«, fragte Slidell.

»Ungefähr fünfzigtausend.« Burkheads Ton gab dem Wort »missbilligend« eine ganz neue Bedeutung.

»Wäre eine klasse Kulisse für einen von diesen Zombie-Filmen.«

Burkhead straffte seine bereits sehr kantigen Schultern und deutete mit der Brechstange. »Der Vandalismus fand dort drüben statt.«

Burkhead führte uns zu einem kleinen Betonwürfel inmitten eines halben Dutzends Gräber, deren Steine alle Redmon als mittleren oder letzten Namen trugen. Der Name krönte auch den Eingang zu der Gruft.

Burkhead gab mir die Brechstange, schloss den Schirm und lehnte ihn an die Gruft. Dann zog er einen Schlüssel hervor und steckte ihn in ein Vorhängeschloss etwa auf Schulterhöhe an der rechten Seite der Tür.

Mir fiel auf, dass das Schloss glänzender und weniger verrostet wirkte als die ins Holz eingelassenen Nägel und Scharnierbänder. Neben dem Schloss waren tiefe Furchen im Türstock zu erkennen.

Nachdem er den Bügel gelöst hatte, steckte Burkhead Schloss samt Schlüssel in die Tasche und stieß die Tür mit einer Hand auf. Mit leichtem Rostgeriesel und einem hollywoodreifen Quietschen schwang sie nach innen.

Gleichzeitig holten wir drei unsere Taschenlampen heraus und schalteten sie ein.

Burkhead ging als erster hinein. Ich folgte. Slidell bildete die Nachhut.

Der Geruch war schwer und organisch, nach Erde, alten Ziegeln, verfaultem Holz und verrottetem Gewebe. Nach Motten und Rattenpisse und Feuchtigkeit und Moder.

Nach Slidells Pastrami-Atem. Die Gruft war so eng, dass wir Ellbogen an Ellbogen stehen mussten.

Unsere Taschenlampen beleuchteten aus den Wänden ragende Simse direkt vor uns und links der Tür. Auf jedem stand ein schlichter Holzsarg. Schlecht, wenn man die Äonen überstehen will. Gut für einen schnellen Sprint von Staub zu Staub. Jeder Sarg sah aus, als wäre er in ein Mahlwerk geraten.

Wortlos faltete Burkhead ein fotokopiertes Dokument auf und trat zu den Simsen gegenüber der Tür. Schatten huschten über die Wände, als sein Blick hin und her sprang zwischen dem Papier in seiner Hand und zuerst dem oberen, dann dem unteren Sarg.

Ich wusste, was er tat.

Die Toten bleiben nicht immer, wo sie sind. Ich leitete einmal eine Exhumierung, bei der Opa drei Parzellen entfernt von der lag, in der er eigentlich hätte begraben sein sollen. Bei einer anderen lag der Verstorbene in einer Parzelle, die zwei Stapel von drei Toten enthielt. Anstatt unten links, wie es in den Unterlagen verzeichnet war, befand sich unser Sarg in der Mitte des rechten Stapels.

Die wichtigste Regel des Exhumierens: Versichere dich, dass du den Richtigen hast.

Da ich wusste, wie ungenau alte Friedhofsunterlagen oft waren, nahm ich an, dass Burkhead Fotos oder kurze Beschreibungen mit erkennbaren Details verglich. Sargstil, dekorative Metallbeschläge, Form der Griffe. Bei dem offensichtlichen Alter der Särge bezweifelte ich, dass er das Glück haben würde, Herstellermarken oder Seriennummern zu finden.

Nachdem Burkhead sich sicher war, meldete er sich wieder zu Wort:

»Diese Verstorbenen sind Mary Eleanor Price Redmon und Jonathan Revelation Redmon. Jonathan starb 1937, Mary 1948.«

Dann ging er zur Seitenwand und wiederholte die Prozedur. Wie zuvor brauchte er mehrere Minuten.

»Der Verstorbene oben ist William Boston Redmon, begraben am 19. Februar 1959.«

Burkhead hielt die freie Hand über den Sarg.

»Das ist der Sarg, der vor sieben Jahren geschändet wurde. Susan Clover Redmon wurde am 24. April 1967 bestattet.«

Wie ihre Verwandten hatte auch Susan die Reise ins Jenseits in einer Holzkiste angetreten. Oberteil und Seitenwände waren eingesackt, und der Großteil des Metalls lag auf einer Sperrholzplatte, die man zwischen Sarg und Sims geschoben hatte.

Auf der linken Seite des Deckels zeigte sich ein längerer Riss. Jemand hatte kleine Holzstreifen darübergenagelt.

»Mr. Redmon weigerte sich, einen neuen Sarg zu kaufen. Wir haben versucht, den Deckel zu reparieren.«

Burkhead wandte sich an mich.

»Werden Sie die Verstorbene hier drinnen untersuchen?«

»Auf Mr. Redmons Wunsch hin. Aber es kann sein, dass ich Proben für eine abschließende Überprüfung in mein Institut mitnehmen muss.«

»Wie Sie wollen. Leider ist der Sargschlüssel im Lauf der Jahre unauffindbar geworden.«

Burkhead trat nun an ein Ende des Simses und bedeutete Slidell, sich ans andere Ende zu stellen.

»Vorsichtig, Detective. Die Überreste haben kein allzu großes Gewicht mehr.«

Zusammen hoben die Männer die Sperrholzplatte vom Sims und stellten sie auf den Boden. Der nun freistehende Sarg füllte die kleine Kammer so aus, dass wir drei gezwungen waren, uns an die Wände zu drücken.

Obwohl ich kaum Platz hatte, mich zu bewegen, öffnete ich meinen Rucksack und zog einen batteriebetriebenen Scheinwerfer, ein Vergrößerungsglas, ein Fallformular, einen Stift und einen Schraubenzieher heraus. Burkhead schaute mir aus dem Schatten der östlichen Ecke zu. Slidell stand an der Tür und hielt sich sein Taschentuch vor den Mund.

Ich setzte mir einen Mundschutz auf, kauerte mich seitlich hin und fing an zu stemmen.

Die Nägel lösten sich problemlos.

## 21

Südstaatler halten keine Totenwache. Wir versammeln uns zu einer letzten Betrachtung. Mir leuchtet das ein. Parfümiert, ohne Blut, aber mit Wachs in den Gefäßen wird eine Leiche sich nicht wieder aufsetzen und strecken. Aber sie ist hergerichtet für eine letzte Inaugenscheinnahme.

Um diesen letzten Blick vor der Ewigkeit zu erleichtern, sind die Sargdeckel zweigeteilt wie Pferdestalltüren. Finney und sein Mädchen hatten sich diese Besonderheit zunutze gemacht und nur die obere Hälfte aufgestemmt.

Für ein nächtliches Schnäppchen war das ganz praktisch. Aber ich brauchte Zugang zum gesamten Skelett.

Aufgrund des Vandalismus und des natürlichen Verfalls war Susans Sargdeckel auf der ganzen Länge eingesackt. Die Erfahrung sagte mir, dass ich ihn Stück für Stück würde abnehmen müssen.

Nachdem ich Burkheads Reparaturstreifen gelöst hatte, kratzte ich mit dem Schraubenzieher den Rost weg, der die Deckelkanten versiegelte. Dann machte ich mich, wie Finney, mit der Brechstange ans Werk.

Burkhead und Slidell halfen mir und legten verfaulendes Holz und rostiges Metall auf den wenigen freien Stellen auf dem Boden ab. Ein Geruch stieg auf, eine Mischung aus Schimmel und Fäulnis. Ich spürte ein Kribbeln auf der Haut, meine Nackenhaare stellten sich auf.

Eine Stunde später war der Sarg offen.

Die Überreste lagen unter einem Häuflein samtener Sargauskleidung, die über und über mit einer weißen, flechtenartigen Substanz bedeckt war.

Nachdem ich Fotos geschossen hatte, zog ich Handschuhe an, weil mir Hewletts Aussage, aus dem Sarg sei nichts entfernt worden außer dem Schädel, nicht ganz geheuer war. Wenn das stimmte, woher stammten dann die Oberschenkelknochen, die ich in dem Kessel gefunden hatte? Ich behielt diese Überlegungen für mich.

Es dauerte nur Minuten, die Samtauskleidung, die den Oberkörper bedeckte, zu entwirren und zu entfernen. Slidell und Burkhead schauten zu und machten hin und wieder eine Bemerkung.

Susan Redmon war, wie es aussah, in einem blauen Seidenkleid begraben worden. Das ausgebleichte Tuch umhüllte ihren Brustkorb und die Armknochen wie vertrocknetes Papier. Haare klebten an dem Kissen, auf dem ihr Kopf geruht hatte, die Augenklappe eines Bestatters und drei Schneidezähne lagen zwischen den langen, schwarzen Strähnen.

So weit zum Kissen. Kein Kopf. Kein Unterkiefer.

Ich schaute Slidell an. Er zeigte mir den hochgereckten Daumen.

Ich steckte erst eine Haarprobe, dann die drei Schneidezähne in Plastiktüten.

»Das sind Zähne?«, fragte Slidell.

Ich nickte.

»Haben Sie zahnärztliche Unterlagen?«, fragte Burkhead.

»Nein. Aber ich kann versuchen, sie in die entsprechenden Zahnhöhlen einzupassen und sie mit den Backenzähnen zu vergleichen, die in Unterkiefer und Schädel noch vorhanden sind.«

Danach setzte ich meine Untersuchung fort.

Susans Kleid war am Oberteil aufgerissen. Durch den Riss konnte ich einen eingesunkenen Brustkorb erkennen, der auf den Brustwirbeln lag. Drei Halswirbel lagen verstreut auf dem Spitzenkragen des Kleids, vier andere zwischen der fleckigen Sargauskleidung und dem Rand des Kissens.

Behutsam hob ich den Bezugsstoff an, bis auch der untere Teil des Körpers bloßlag.

Die Handgelenksenden der Ellen und Speichen ragten aus den Ärmeln. Handknochen lagen verstreut auf den Falten des Kleids und neben der rechten Seite des Brustkorbs.

Das Kleid war knöchellang, der Stoff schmiegte sich an die Beinknochen. Die Fußgelenksenden von Schien- und Wadenbein ragten aus dem Saum, die Fußknochen darunter lagen in annähernd korrekter anatomischer Anordnung da.

»Alles ist braun wie der Greenleaf-Schädel«, sagte Slidell.

»Ja«, erwiderte ich. Das Skelett hatte die Farbe starken Tees angenommen.

»Was sind das für welche?« Slidell deutete auf die verstreuten Handknochen.

»Handwurzel-, Mittelhand- und Fingerknochen, die nicht mehr an Ort und Stelle liegen. Wahrscheinlich ist sie mit auf der Brust oder dem Bauch übereinandergelegten Händen begraben worden.«

Während ich das verrottende Gewebe aufschnitt und anhob, stellte ich mir vor, wie Donna, randvoll mit Adrenalin, in die untere Hälfte des Sargs gegriffen, blindlings herumgetastet, etwas gepackt und herausgerissen hatte.

»Übereinandergelegte Hände sind eine Standardpose. Entweder auf dem Bauch oder der Brust. Oft gibt man den Verstorbenen auch noch etwas in die Hände, das ihnen zu Lebzeiten teuer war.«

Burkhead redete nur um des Redens willen. Weder Slidell noch ich hörten zu. Wir konzentrierten uns auf die spröde Seide, die Susans Beine bedeckte.

Noch zwei Schnitte mit der Schere, dann konnte ich die Überreste von Susans Kleid öffnen.

Zwischen Becken und Knien lag nur eine einsame Kniescheibe.

»Hewlett hat also Mist gebaut«, sagte Slidell.

»Beide Oberschenkelknochen sind verschwunden.« Die Erleichterung in meiner Stimme war unüberhörbar.

»Dieses Arschloch Finney drehe ich durch den Wolf. Und seine perverse Freundin. Sind wir hier fertig?«

»Nein, wir sind hier noch nicht fertig«, blaffte ich.

»Und was kommt jetzt noch?« Slidell war in Gedanken bereits bei der Suche nach Donna Scott.

»Jetzt suche ich nach Übereinstimmungen zwischen diesem Skelett und dem Schädel und den Beinknochen, die wir in dem Kessel gefunden haben.«

»Muss mal telefonieren.« Slidell drehte sich um und verließ die Gruft. Sekunden später drang seine Stimme von draußen herein.

Ich klappte das Oberteil am Riss zurück, nahm das rechte Schlüsselbein zur Hand, bürstete es ab und untersuchte die innere Seite. Die Wachstumskappe war zum Teil verschmolzen, was auf eine junge Erwachsene hindeutete, die zum Todeszeitpunkt mindestens sechzehn Jahre alt war.

Ich nahm nun das linke Schlüsselbein und untersuchte es ebenfalls. Derselbe Zustand.

Ich füllte eben mein Fallformular aus, als Slidell zurückkam.

»Ich habe Rinaldi angerufen wegen einer Anfrage, die ich ans LAPD gestellt habe, bevor wir hierhergefahren sind. Über Donna Scott und ihren Daddy Birch.«

»Ich dachte, Rinaldi befragt Stricher in NoDa.«

»Die Hühnerhabichte sind abgetaucht. Er ist in der Zentrale und will später noch mal hin, wenn sie nach Einbruch der Dunkelheit wieder auftauchen.«

Ich setzte meine Untersuchung fort, indem ich die rechte Hüftseite herausnahm und betrachtete. Die Form war typisch weiblich. Die Schambeinfuge hatte markante horizontale Grate und Furchen, und ein schlanker Knochenkamm war im Prozess der Verschmelzung mit dem oberen Rand der Hüftpfanne.

Ich schrieb die Feststellungen ins Formular und nahm dann die linke Beckenseite zur Hand. Leichenwachs, eine krümelige, seifenartige Substanz, haftete an den Rändern und der Innenfläche der Schambeinfuge. Nach zehn Minuten Putzen zeigten sich Merkmale, die identisch waren mit denen der rechten Hälfte.

Weitere Notizen.

Ich untersuchte eben die Rippenenden, als Slidells Handy die Stille zerriss. Er zog das Gerät von der Hüfte und lief nach draußen. Wie schon zuvor konnte ich nicht verstehen, was er sagte, aber seine Stimme drang durch die offene Tür.

Slidells zweites Gespräch war länger als das erste. Ich legte eben einen Wirbel an seinen Platz zurück, als er wieder in die Gruft kam.

»Das LAPD hat sich bei Rinaldi gemeldet.«

»Das ging schnell«, sagte ich.

»Sind Computer nicht was Tolles?«

Burkhead war völlig bewegungslos. Ich merkte, dass er zuhörte.

»Birch Alexander Scott kaufte im Februar zweitausendeins ein Haus in Long Beach und zog im Sommer dieses Jahres mit seiner Frau Annabelle und seinen Töchter Donna und Tracy dort ein.«

»Das passt zu Finneys Geschichte«, sagte ich.

»Es lief allerdings nicht gerade so, wie der Mann sich das vorgestellt hatte. Zwei Jahre nach dem Umzug starb er an einem massiven Herzinfarkt. Die Frau lebt immer noch in dem Haus.«

»Was ist mit Donna?«

»Klingt so verrückt wie eh und je. Schrieb sich zweitausendzwei an der University of Southern California in die School of Cinematic Arts ein.« Slidell sprach den Kurs für Filmkunst mit viel Hohn in der Stimme aus. »Ging zweitausendvier wieder ab, um Herb Rosenberg, Alter siebenundvierzig, zu heiraten. Schon mal was von ihm gehört?«

Ich schüttelte den Kopf.

»Der Kerl ist irgendein superwichtiger, freischaffender Produzent. Die Ehe hielt zwei Jahre. Donna Scott-Rosenberg lebt jetzt in Santa Monica. Seit Juli arbeitet sie als Rechercheurin für eine TV-Serie.«

»Hat Rinaldi eine Telefonnummer bekommen?«

»Klar.« Slidell wedelte mit seinem Handy und verschwand wieder nach draußen.

»Wer ist Donna Scott?«, fragte Burkhead.

»Sie war möglicherweise an dem Vandalismus beteiligt.«

Ich nahm mir die Röhrenknochen einen nach dem anderen vor und bestimmte ihr Alter.

Als Hals und Schultern schon vor Schmerz kreischten, setzte ich mich schließlich auf die Hacken.

Schlüsselbeine. Beckenknochen. Rippen. Röhrenknochen. Jeder Indikator deutete auf einen Todeszeitpunkt im Alter von fünfzehn bis siebzehn Jahren hin.

Alter. Geschlecht. Robustheit. Erhaltungszustand. Verfärbung.

Cuervos Kessel hatte Teile des Skeletts einer jungen Schwarzen enthalten, die genau in dieser Zeitspanne gestorben war. Einer Schwarzen, der jetzt Kopf, Unterkiefer und Oberschenkelknochen fehlten.

Susan Redmon passte perfekt zu dem Mädchen in dem Kessel.

Es war bereits Nacht, als Slidell und ich Elmwood verließen. Dicke Wolken verhüllten Mond und Sterne und verwandelten Bäume und Grabsteine in dunkle Scherenschnitte vor einem kaum weniger dunklen Hintergrund. Noch immer fiel ein kalter Regen, und Legionen von Fröschen wetteiferten stimmlich mit Armeen von Heuschrecken. Vielleicht waren es auch Grillen. Was auch immer. Der Lärm war beeindruckend.

Burkhead übernahm die Verantwortung für die Sicherung der Überreste und die Versiegelung der Gruft. Ich versprach, Finneys Unterkiefer sowie den Schädel und die Oberschenkelknochen aus dem Kessel zurückzugeben, sobald ich meinen Chef überzeugt hatte, dass es tatsächlich Susan Redmons fehlende Teile waren. Er versprach, alles zu tun, um Cousin Thomas zu überzeugen, Geld für einen neuen Sarg herauszurücken.

Slidell war unruhig und mürrisch. Obwohl er mehrere Nachrichten hinterlassen hatte, hatte Donna Scott-Rosenberg ihn noch nicht zurückgerufen.

Slidell rief noch einmal Rinaldi an, als ich eben meinen Sicherheitsgurt einrasten ließ.

Ich schaute auf die Uhr. Viertel nach neun. Es war ein sehr langer Tag gewesen. Seit dem Truthahn-und-Cheddar-Sandwich auf dem Revier hatte ich nichts mehr gegessen.

Ich lehnte mich zurück, schloss die Augen und massierte mir die Schläfen.

»Die Schlampe hat's anscheinend nicht nötig zurückzurufen. Ich lasse ihr noch Zeit bis morgen früh, dann mache ich Druck. Wir sollten uns auf Klapec konzentrieren. Irgendwas Neues bei dir?«

Rinaldi sagte etwas. Wie Slidell reagierte, nahm ich an, dass er wieder in NoDa war.

»Ach ja? Ist der Kerl glaubwürdig?«

Wieder sagte Rinaldi etwas.

»Und er will reden?«

Slidell hörte zu.

»Dann sehen wir uns um zehn.«

Slidell klappte das Handy zu.

Eine Weile fuhren wir schweigend. Dann: »Sollen wir es für heute gut sein lassen, Doc?«

»Was hatte Rinaldi zu berichten?«, murmelte ich.

»Sein Hühnerhabicht ist bereit, über diesen Rick-Nelson-Stecher zu quatschen.« Slidell hielt kurz inne. »Wissen Sie, was mir an Nelson gefiel? Seine Haare. Der Kerl hatte Haare wie ein Shetlandpony.«

»Was erzählt der Junge?« Ich brachte Slidell wieder zum Thema zurück.

»Beschreibt den Kerl als durchschnittlich in Größe und Statur, konservativer Kleidungsstil, nicht übermäßig gesprächig. Sagte, er hätte diesen Ricky-Boy immer bedient, bis der ihn grün und blau prügelte.«

Ich öffnete die Augen. »Der Mann war gewalttätig?«

»Der Junge behauptet, das Arschloch hätte ihn so richtig fertiggemacht.«

»Wann war das?«

»Im Juni. Als er sich weigerte, ihn weiter zu bedienen, übernahm Klapec.«

»Sonst noch was?«

»Er sagt, er hat Informationen, aber nicht umsonst. Mal ganz was Neues. Rinaldi trifft sich mit ihm um zehn.«

»Wo?«

»Irgend 'ne mexikanische Kaschemme an der North Davidson. Ich werd vorbeifahren, ihm selbst noch ein paar Verkaufsargumente liefern. Soll ich Sie zu Ihrem Auto zurückbringen?«

In diesem Augenblick knurrte mein Magen.

»Nein«, sagte ich. »Sie sollten mir eine Enchilada spendieren.«

An der Ecke 35th und North Davidson gelegen, ist Cabo Fish Taco ein bisschen zu luxuriös für den Begriff Kaschemme. Es ist eher ein Laden, wo sich Surfer aus Baja mit Künstlern aus Albuquerque treffen.

Slidell parkte vor dem alten Landmark Building, das jetzt die Center of the Earth Gallery beherbergt. Im Fenster hing ein Stillleben, das ein Wasserglas mit einen Eigelb auf dem Boden und den beiden Hälften eines Plastikostereis auf dem Rand zeigte.

Als Slidell das Gemälde beim Aussteigen sah, schnaubte er nur und schüttelte den Kopf. Er wollte eben etwas dazu bemerken, als er Rinaldi von der Stelle aus, wo die 35th an den Gleisen endet, auf uns zukommen sah.

Slidell pfiff laut.

Rinaldi hob den Kopf. Er lächelte. Glaube ich. Sicher bin ich mir nicht. In diesem Augenblick geriet die Wirklichkeit aus der Bahn.

Rinaldis Hand wanderte in die Höhe.

Ein Schuss knallte.

Rinaldis Arm erstarrte, halb abgewinkelt. Sein Körper richtete sich auf. Zu sehr.

Ein zweiter Schuss krachte.

Rinaldi wirbelte zur Seite, wie von einer Kette gerissen.

»Runter!« Slidell schubste mich grob auf den Bürgersteig.

Meine Knie krachten auf Beton. Mein Bauch. Meine Brust.

Ein dritter Schuss war zu hören.

Ein Fahrzeug raste auf der Davidson nach Süden.

Mit hämmerndem Herzen schaute ich hoch, ohne den Kopf zu heben.

Mit gezogener Waffe rannte Slidell den Block hinunter.

Rinaldi lag bewegungslos da, die langen, dürren Gliedmaßen unnatürlich verdreht.

## 22

Ich rappelte mich auf und rannte die 35th hoch.

In der Ferne heulten Sirenen. Die eben noch verlassenen Bürgersteige füllten sich mit Schaulustigen. Vor mir bildete sich um Rinaldi herum ein Kreis. Durch Beinpaare hindurch sah ich seine bewegungslose Gestalt und eine dunkle Tentakel, die von unterhalb seiner Brust zur Bordsteinkante quoll.

Gaffer beiseite schiebend, bahnte ich mir einen Weg. Slidell kniete vor ihm, das Gesicht fleckig, beide Hände auf die Brust seines Partners gepresst.

Mein Herz schlug bis zum Hals.

Rinaldis Lider waren blau, sein Gesicht leichenblass. Regendurchtränkte Haare und Hemd. Blut kroch über den Bürgersteig und tropfte von der Bordsteinkante. Viel zu viel Blut.

»Zurück!«, schrie Slidell, die Stimme zitternd vor Wut. »Gebt dem Mann doch ein bisschen Luft!«

Der Kreis weitete sich und zog sich sofort wieder zusammen. Handys klickten, es wurden Fotos vom Blutbad geschossen.

Das entfernte Jaulen wurde lauter. Immer mehr Sirenen kamen dazu. Ich wusste, dass Slidell den Code für »Beamter angeschossen« durchgegeben hatte. Einsatzwagen aus der ganzen Stadt reagierten auf den Notruf.

»Lassen Sie mich das machen«, sagte ich und kniete mich neben Slidell. »Kümmern Sie sich um die Menge.«

Slidell riss den Kopf zu mir herum. Er atmete schwer. »Ja.«

Ich schob meine Hände unter Slidells auf Rinaldis Brust. In Slidells Arm spürte ich ein Zittern.

»Fest! Sie müssen fest drücken.« Eine Ader pochte mitten auf Slidells Stirn. Feuchtigkeit schimmerte auf seinen Haaren.

Ich konnte nicht sprechen, nickte nur.

Slidell schoss in die Höhe und machte einen Satz auf die Gaffer zu, seine Sohlen glitten auf dem Regen und dem Schmierfilm von Rinaldis Blut aus.

»Zurück, verdammt noch mal!« Slidells erhobene Handflächen zeigten eine grässlich tiefrote Färbung.

Ich senkte den Blick, alle Gedanken nur auf ein Ziel gerichtet.

*Blutung stoppen!*

»Macht mir endlich Platz! Sofort!«, bellte Slidell.

*Blutung stoppen!*

Zu viel. Mein Gott, einen solchen Blutverlust konnte niemand überleben.

*Blutung stoppen!*

Sekunden vergingen. Der Regen war jetzt ein langsames, stetiges Nieseln.

Ganz in der Nähe verstummte eine Sirene. Eine zweite. Eine dritte. Lichter blinkten und verwandelten die Straße in einen blitzenden Tümpel aus Rot und Blau.

*Blutung stoppen!*

Türen öffneten sich. Wurden zugeschlagen. Schritte polterten. Stimmen schrien.

*Blutung stoppen!*

Als ich um mich herum Bewegung spürte, hob ich den Kopf, ohne die Hände von Rinaldis Brust zu nehmen.

Inzwischen drängten Uniformierte die Schaulustigen zurück.

Mein Blick kehrte zu meinen Händen zurück, die jetzt glänzend und dunkel waren.

*Blutung stoppen!*

Füße tauchten neben mir auf, ein Paar in Stiefeln, das andere in New-Balance-Laufschuhen. Schlammig. Feucht.

Stiefel kauerte sich hin und redete mit mir. Ich verstand ihn kaum durch das Mantra, das meine Gedanken kontrollierte.

*Blutung stoppen!*

Stiefel legte seine Hände über meine auf das bluttriefende Hemd. Ich schaute ihm in die Augen. Sie waren blau, das Weiß war von roten Äderchen durchzogen.

Stiefel nickte.

Ich erhob mich mit weichen Knien und trat ein wenig zurück.

Ich kannte die Routine. LAK. Luftwege. Atmung. Kreislauf. Betäubt schaute ich zu, wie die Sanitäter die einzelnen Schritte durchführten, seine Luftröhre kontrollierten, ihm eine Sauerstoffmaske aufsetzten, den Puls an seiner Halsschlagader maßen.

Dann schnallten sie Rinaldi auf eine Trage, hoben ihn in den Wagen und knallten die Türen zu.

Ich sah zu, wie der Krankenwagen durch die Charlotter Nacht davonraste.

Slidell und ich überließen den Tatort anderen und fuhren direkt ins Krankenhaus. Unterwegs passierten wir Dutzende von Streifenwagen, die Richtung NoDa rasten. Dutzende andere versperrten die Straße. Die Stadt vibrierte vor Sirenen und blinkenden Lichtern.

Im Warteraum der Notaufnahme stand bereits ein halbes Dutzend Polizisten. Slidell registrierte sie kaum, bellte nur seinen Namen und verlangte Rinaldis Arzt.

Eine Empfangsdame führte uns zu Toiletten, damit wir uns das Blut von Händen und Armen waschen konnten. Vielleicht war es auch eine Krankenschwester. Oder eine Sanitäterin. Als wir zurückkamen, bat sie uns, Platz zu nehmen und zu warten.

Slidell fing an zu toben. Ich führte ihn am Arm zu einer Reihe miteinander verbundener Metallsitze. Seine Muskeln waren so angespannt, dass sie sich hart wie Baumwurzeln anfühlten.

Alle spürten, welcher Stimmung Slidell war, und ließen uns deshalb in Frieden. Jeder Polizist verstand eine solche Reaktion. Ihre Anwesenheit genügte schon.

Slidell und ich ließen uns in die Sitze fallen und begannen unsere Wache, jeder in seine eigenen Gedanken versunken.

Immer wieder hörte ich die Schüsse, sah Rinaldis gespenstisches Gesicht vor mir. Das Blut. Zu viel Blut.

Slidell sprang alle paar Minuten auf und verschwand nach draußen. Wenn er zurückkam, umwaberte ihn Zigarettenrauch wie Regengeruch einen Hund. Ich beneidete ihn fast um die Ablenkung.

Mit der Zeit kamen immer mehr Polizisten. Detectives in Zivilkleidung standen mit Uniformierten in Gruppen zusammen und unterhielten sich mit gedämpften Stimmen und angespannten Gesichtern.

Schließlich erschien ein grimmig dreinschauender Arzt mit blutverschmierter Chirurgenkutte. Ein Fleck auf einem Arm sah aus wie der Umriss von Neuseeland. Woran man in einer solchen Situation nicht alles denkt.

Slidell und ich standen auf, voller Angst und voller Hoffnung. Auf dem Namensschild des Arztes stand *Meloy.*

Meloy sagte uns, dass Rinaldi zwei Schüsse in die Brust und einen in den Unterbauch abbekommen habe. Eine Wunde war ein glatter Durchschuss. Zwei Kugeln steckten noch in seinem Körper.

»Ist er bei Bewusstsein?«, fragte Slidell, sein Gesicht eine steinerne Maske der Entschlossenheit.

»Er ist noch immer im OP«, sagte Meloy.

»Wird er es schaffen?«

»Mr. Rinaldi hat viel Blut verloren. Die Gewebezerstörung ist großflächig.«

Slidell zwang sich zu einem neutralen Tonfall. »Das ist keine Antwort.«

Meloy führte uns in einen Personalaufenthaltsraum und sagte uns, wir könnten bleiben, solange wir wollen.

»Wann kommt er vom Tisch runter?«, fragte Slidell.

»Das kann man unmöglich sagen.«

Meloy versprach noch, uns auf dem Laufenden zu halten, und ging wieder davon.

Rinaldi starb um 23 Uhr 43.

Slidell hörte mit versteinertem Gesicht zu, als Meloy uns die Nachricht überbrachte. Dann drehte er sich um und verließ das Zimmer.

Irgendeine Polizistin brachte mich nach Hause. Ich hätte mich bedanken sollen, tat es aber nicht. Wie Slidell war auch ich zu verstört für Höflichkeiten. Später fand ich ihren Namen heraus und schickte ihr eine Karte. Ich glaube, sie verstand das.

Im Bett weinte ich dann, bis ich nicht mehr weinen konnte. Danach fiel ich in einen traumlosen Schlaf.

Am Sonntagmorgen wachte ich auf und spürte, dass etwas nicht stimmte, wusste aber nicht so recht, was. Als es mir wieder einfiel, weinte ich noch einmal.

Die Schlagzeilen des *Observer* waren riesig, so wie man sie sonst nur für einen Kriegsausbruch oder einen Friedensschluss verwendet. Fette, fünf Zentimeter hohe Buchstaben: POLIZEIBEAMTER ERSCHOSSEN!

Die Berichterstattung in Radio und Fernsehen war ähnlich schrill, die Formulierungen im Höchstmaß spekulativ: Bandenmord. Attentat. Mord aus dem fahrenden Auto heraus. Mord wie eine Hinrichtung.

Auch Asa Finney blieb nicht verschont. Er wurde beschrieben als selbst ernannter Hexer, der wegen des Besitzes des Schädels aus dem Greenleaf-Kessel in Haft saß, und als jemand, der im Zusammenhang mit dem satanistischen Mord an Jimmy Klapec befragt werde.

Allison Stallings' Foto von Finney erschien auf der Titelseite des *Observer,* im Internet und hinter ernst dreinblickenden Reportern in Fernsehnachrichten. Überall wurde mehr als deutlich darauf hingewiesen, dass Rinaldi sowohl den Greenleaf- wie den Klapec-Fall bearbeitet hatte.

Nach meinem frühmorgendlichen Medienüberblick war ich verzweifelt. Und von da an ging es mit dem Tag nur noch bergab.

Katy rief gegen zehn an und sagte, dass es ihr leid tue wegen Rinaldi. Ich dankte ihr und fragte sie nach dem Picknick. Sie meinte, es hätte so viel Spaß gemacht wie ein Furunkel am Hintern. Und jetzt schickte man sie in irgendein Hinterwäldlerkaff in Buncombe County, damit sie dort Dokumente sortierte und beschriftete. Ich sagte ihr, dass ihre augenblickliche Negativhaltung einem ziemlich auf die Nerven gehen könne. Oder etwas ähnlich Unkluges. Sie meinte, ich sei doch die Negative und dass ich alles an ihr kritisiere. Was zum Beispiel? Ihren Musikgeschmack. Ich stritt es ab. Sie verlangte von mir, eine einzige Gruppe zu nennen, die sie mochte. Ich konnte es nicht. So legten wir auf, beide beleidigt und wütend.

Boyce Lingo war bereits mittags auf Sendung, wetterte gegen Dekadenz und Korruption und verlangte, dass die Welt sich nach seinem engstirnigen Bild neu forme. Wie zuvor schon forderte er seine Wähler auf, aktiv gegen das Böse vorzugehen und von ihren Gewählten zu verlangen, dass sie dasselbe täten.

Boyce stellte Asa Finney als Beispiel dar für alles, was falsch sei in der heutigen Gesellschaft. Zu meinem Entsetzen bezeichnete er Finney als Satansjünger und deutete eine Verbindung zum Mord an Rinaldi an.

Eine Google-Recherche über Alison Stallings ergab schließlich, dass sie Geschichten über wahre Verbrechen schrieb, bis jetzt aber nur eine einzige Veröffentlichung aufzuweisen hatte, eine billig produzierte, am Massenmarkt orientierte Enthüllungsgeschichte über einen Mord in Columbus, Georgia. Das Buch war nicht einmal bei Amazon aufgelistet.

Außerdem hatte sie als Fotografin Bilder an den *Columbus Ledger-Inquirer* verkauft und einen großen Treffer bei der *Associated Press* gelandet.

Mein Gott. Die Frau schnüffelte herum, weil sie Ideen für neue Bücher brauchte.

Gegen drei kontrollierte ich meine E-Mails. Eine Nachricht vom OCME in Chapel Hill. Sie enthielt drei Punkte. Der Chef sei sehr besorgt wegen meines Wutausbruchs am Freitagvormittag. Ich müsse mich jedes Kontakts mit den Medien enthalten. Ich würde gleich am Dienstagmorgen von ihm hören.

Ryan rief nicht an.

Charlie rief nicht an.

Birdie kotzte auf den Badvorleger.

Zwischen E-Mails und Anrufen und Kotze und Tränen putzte ich. Aber nicht nach dem Motto, einmal kurz saugen und wischen. Ich machte mich wie eine Rasende über mein Häuschen her, schrubbte die Fliesenfugen im Bad mit einer Zahnbürste, scheuerte den Herd, wechselte die Filter der Klimaanlage, taute den Gefrierschrank ab, warf fast den ganzen Inhalt meines Medizinschränkchens weg.

Die körperliche Anstrengung half mir. Bis ich damit aufhörte.

Um sechs stand ich in meiner funkelnden Küche, und wieder war der Kummer kurz davor, mir meine Fassung zu rauben. Birdie hatte sich auf den Kühlschrank geflüchtet.

»Das reicht nicht, Bird.«

Der Kater betrachtete mich argwöhnisch, offensichtlich war ihm der Staubsauger noch deutlich in Erinnerung.

»Ich sollte was tun, um mich auf andere Gedanken zu bringen.«

Keine Antwort aus den luftigen Höhen des kalten Kastens.

»Chinesisch«, sagte ich. »Ich bestell mir was Chinesisches.«

Bird legte seine Vorderpfoten übereinander und das Kinn darauf.

»Ich weiß, was du denkst«, sagte ich. »Man kann nicht dauernd zu Hause sitzen und aus kleinen, weißen Kartons essen.«

Bird zeigte weder Zustimmung noch Widerspruch.

»Du hast recht. Ich gehe ins Baoding und bestelle alle meine Lieblingsgerichte.«

Genau das tat ich auch.

Und damit war der Tag endgültig im Eimer.

Obwohl Essen im Restaurant zu meinen Lieblingsbeschäftigungen gehört, habe ich dabei immer gern Gesellschaft. Wenn ich alleine bin, esse ich mit Birdie und vor dem Fernseher.

Aber das Baoding ist eine Wochenendtradition im Südosten von Charlotte. An einem Sonntagabend sehe ich dort immer Gesichter, die ich kenne.

Dieser Abend war keine Ausnahme.

Nur leider waren es keine Gesichter, die ich, nun ja, sehen wollte.

Martinis sind eine Spezialität des Baoding, vor allem für die, die auf etwas zum Mitnehmen warten. Nicht sehr chinesisch, aber na ja.

Als ich eintrat, saß Pete an der Bar und redete mit einer Frau rechts von ihm. Beide tranken, wie ich annahm, Apfelmartinis.

Ich wollte eben kehrtmachen.

Zu spät.

»Tempe. Hey. Hier drüben.«

Pete sprang von seinem Hocker und fing mich ab, bevor ich fliehen konnte.

»Du musst Summer kennenlernen.«

»Das ist kein guter –«

Mit einem Strahlen im Gesicht zerrte Pete mich durchs Restaurant. Summer hatte sich umgedreht und schaute jetzt in unsere Richtung.

Es war schlimmer, als ich es mir vorgestellt hatte. Summer war hyperblond, mit Brüsten wie Wasserbälle und viel zu wenig Bluse, um sie unterzubringen. Als Pete uns einander vorstellte, legte sie ihm besitzergreifend die Hand auf den Arm.

Ich gratulierte ihnen zu ihrer Verlobung.

Summer dankte mir. Kühl.

Pete strahlte weiter, ohne etwas von dem Temperatursturz mitzubekommen.

Ich fragte, wie sie mit den Heiratsplänen vorankämen.

Summer zuckte die Achseln, spießte mit einem Plastikstäbchen eine Olive auf.

Zum Glück kam in diesem Augenblick ihre Bestellung.

Summer sprang von ihrem Hocker wie ein Schachtelteufelchen. Sie schnappte sich die Tüte, murmelte »Hat mich gefreut« und eilte, einen Fahne von *Fleur-de-irgendwas* hinter sich herziehend, zur Tür.

»Sie ist nervös«, sagte Pete.

»Offensichtlich«, sagte ich.

»Alles okay mit dir?«, fragte Pete. »Du siehst müde aus.«

»Gestern wurde Rinaldi erschossen.«

Petes Brauen machten diese verwirrende Sache, die sie immer machen.

»Eddie Rinaldi. Slidells Partner.«

»Dieser Polizistenmord, der jetzt durch die Medien geht?«

Ich nickte.

»Du kanntest Rinaldi schon lange?«

»Ja.«

»Du warst dabei?«

»Ja.«

»Scheiße, Tempe, das tut mir wirklich leid.«

»Danke.«

»Du kommst damit zurecht?«

»Ja.« Ich schaffte nur einsilbige Antworten.

Pete nahm meine Hand. »Ich rufe dich an.«

Ich nickte und zwang mich zu einem Grinsen, weil ich Angst hatte, dass Reden den Schmerz, der in meiner Brust noch immer spürbar war, wieder hochkochen lassen würde.

»Das ist meine Tempe. Lässt sich durch nichts unterkriegen.«

Pete küsste mich auf die Wange. Dann war er verschwunden.

Ich stützte mich auf die Lehne von Summers leerem Hocker und schloss die Augen. Hinter mir summten Gespräche. Fröhliche Gäste, die die Gesellschaft anderer genossen.

Meine Nase registrierte Sesamöl, Knoblauch und Sojasauce, Gerüche aus einer glücklichen Zeit, als Pete, Katy und ich Sonntagabende im Baoding verbracht hatten.

Die letzten Tage waren einfach überwältigend gewesen. Rinaldi. Katy. Der Chef. Boyce Lingo. Takeela Freeman. Jimmy Klapec. Susan Redmon. Jetzt Pete und Summer.

Ich spürte ein Zittern in der Brust.

Atmete einmal tief durch.

»Du wartest auf was zum Mitnehmen?« Die Stimme war direkt neben meinem Ohr.

Ich öffnete die Augen. Charlie Hunt beugte sich über mich, sein Gesicht dicht an meinem.

»Darf ich dir ein Perrier ausgeben?«

Was ich jetzt tat, werde ich mein Leben lang bedauern.

»Du darfst mir einen Martini ausgeben«, sagte ich.

## 23

An den Rest dieser Nacht kann ich mich nicht erinnern und auch vom folgenden Montag weiß ich kaum noch etwas. Mit Charlie streiten. Auto fahren. Sachen in einen Einkaufswagen werfen. Mit einem Korkenzieher kämpfen. Ansonsten waren sechsunddreißig Stunden meines Lebens verschwunden.

Am Dienstagmorgen wachte ich alleine in meinem Bett auf. Obwohl die Sonne eben erst über den Horizont gestiegen war, sah ich bereits, dass es ein klarer Tag werden würde. Wind raschelte in den Magnolienblättern vor meinem Fenster und drehte einige um, so dass die blassen Unterseiten neben dem Dunkelgrün der anderen zu sehen waren.

Die Jeans, die ich am Sonntag getragen hatte, lag in einem Haufen an der Sockelleiste. Das T-Shirt und die Unterwäsche hingen an einer Stuhllehne. Ich trug ein Sweatshirt.

Birdie betrachtete mich unter der Kommode hervor.

Unten plärrte der Fernseher.

Ich setzte mich auf und stellte vorsichtig die Füße auf den Boden.

Mein Mund fühlte sich völlig ausgetrocknet an.

Okay. Nicht einmal so schlimm.

Ich stand auf.

Blut schoss in die geweiteten Gefäße meines Gehirns. Meine Augäpfel pochten.

Ich legte mich wieder hin. Das Kissen roch nach *Burberry* und Sex.

O Gott. In diesem Zustand konnte ich mich nicht vor meine Studenten stellen.

Ich taumelte zu meinem Laptop und schickte eine E-Mail an mein Labor und meine Unterrichtsassistentin Alex, in der ich sie bat, den Knochenbestimmungstest zu überwachen und die Studenten dann nach Hause zu schicken.

Als ich die Augen wieder öffnete, war der Kater verschwunden und der Wecker zeigte acht.

Ich zwang mich in eine aufrechte Position und schleppte mich unter die Dusche. Danach zitterten meine Hände beim Kämmen und beim Zähneputzen.

Unten zeigte der Kinokanal *Gesprengte Ketten.* Ich fand die Fernbedienung und schaltete aus, als Steve McQueen eben über einen Stacheldrahtzaun sprang.

Die Küche erzählte die Geschichte in grellsten Bildern. Im Waschbecken lagen die Überreste einer gefrorenen Pizza und die Tüten und Stiele von mehreren Dove Bars. Auf der Anrichte standen zwei leere Weinflaschen. Eine dritte stand halb leer neben einem einzelnen Glas auf dem Tisch.

Ich aß eine Schüssel Cornflakes und spülte zwei Aspirin mit Kaffee hinunter. Danach kotzte ich.

Obwohl ich meine Zähne noch einmal putzte, schmeckte mein Mund grässlich. Ich kippte ein volles Glas Wasser hinunter. Versuchte es mit Schmerztabletten. Nichts half, wie erwartet. Ich wusste, dass nur Zeit und mein Stoffwechsel mir Linderung verschaffen würden.

Ich zerdrückte eben die Pizzaschachtel, als mein Hirn langsam wieder zu arbeiten anfing.

Heute war Dienstag. Seit Sonntag hatte ich mit niemandem mehr gesprochen.

Montag war zwar ein Feiertag gewesen, aber man hatte mich sicher vermisst.

Ich warf den Pappkarton in den Müll und lief zum Telefon.

Ich hob ab und lauschte einer toten Leitung.

Ich folgte dem Kabel bis zur Wand. Der Stecker steckte brav in der Dose. Ich fing an, die Nebenanschlüsse zu überprüfen.

Das Schnurlose im Schlafzimmer lag unter meiner weggeworfenen Jeans. Es war auf Sprechen geschaltet, so dass der Rest der Anlage blockiert war.

Hatte ich es blockiert? Oder Charlie?

Wie lange war die Anlage schon außer Dienst?

Ich schaltetet das Schnurlose aus und dann wieder ein. Ich hörte das Freizeichen. Ich schaltete wieder aus.

Wo war mein Handy? Vom Festnetz aus wählte ich die Nummer.

Nichts.

Nach ausgedehnter Suche fand ich das Handy ganz hinten in einer Schublade im Arbeitszimmer. Es war abgeschaltet.

Unwahrscheinlich, dass Charlie das getan hatte, dachte ich und fragte mich, welche alkoholisierte Laune mich dazu getrieben hatte.

Ich steckte eben das Handy in die Ladestation, als der Hausapparat klingelte.

»Wo zum Teufel haben Sie denn gesteckt?«

Slidells Ton stach wie ein Messer in meinen Schädel.

»Gestern war Feiertag«, sagte ich ausweichend.

»Na, dann Entschuldigung, dass Mörder sich nicht freinehmen.«

Mir war zu übel, als dass mir eine schlagfertige Antwort eingefallen wäre. »Haben Sie Fortschritte gemacht bei der Jagd nach Rinaldis Mörder?«

Slidell strafte mich mit einigen Sekunden Schweigen. Die Hintergrundgeräusche deuteten an, dass er sich auf dem Revier befand.

»Man hat mich von den Ermittlungen ausgeschlossen. Anscheinend bin ich persönlich zu stark beteiligt, um objektiv sein zu können.« Slidell schnaubte. »Persönlich beteiligt. Die reden, als ging's hier um verdammte Firmengewinne.«

Es war vermutlich eine gute Entscheidung. Ich behielt den Gedanken für mich.

»Aber mein Bauch sagt mir, dass das alles miteinander zu tun hat. Wenn ich nur Klapec und den Greenleaf-Keller bearbeite, dann schnappe ich vielleicht auch den Scheißkerl, der Rinaldi auf dem Gewissen hat.«

Slidell hielt inne. Räusperte sich.

»Ich habe mit Isabella Cortez gesprochen.«

»Mit wem?« Der Name sagte mir nichts.

»Takeela Freeman? Die Oma?«

»Ach ja. Was haben Sie erfahren?«

»Nichts. Aber ich habe auch mit Donna Scott-Rosenberg gesprochen. Die Dame erzählte eine fesselnde Geschichte. Schiebt das Ding auf dem Friedhof allein Finney in die Schuhe.«

»Wie überraschend. Was sagt sie zu Susan Redmons Überresten?«

»Sie sagt, als sie mit ihrer Familie nach Kalifornien umzog, fand sie es zu riskant, die Knochen einzupacken. Wollte nicht, dass ihr Vater sie fand. Wollte sie aber auch nicht im Haus lassen. Also gab sie sie einem ihrer Gothic-Kumpels, einem Jungen namens Manuel Escriva.«

Ich schwitzte, und wieder regte sich Übelkeit.

»Escriva war nicht schwer zu finden. Er sitzt gerade wegen Drogenbesitz mit Verkaufsabsicht. Bin gleich gestern ins Zentralgefängnis gefahren.«

In einer Hinsicht sind Slidell und ich uns sehr ähnlich. Auch wenn wir über Rinaldis Tod zutiefst bestürzt waren, würden wir beide es nie zulassen, dass andere unseren Schmerz sahen. Skinny hatte allerdings weitergemacht, während ich zusammengebrochen war. Ich hatte die Ermittlungen einfach sausen lassen, und zum ersten Mal in meinem Leben konnte ich meine akademischen Pflichten nicht erfüllen. Scham brannte auf meinem bereits erhitzten Gesicht.

»Der Kerl ist ein arrogantes, kleines Arschloch. Ich musste zwar ein bisschen schachern, aber Escriva gab schließlich zu, dass er die Knochen für fünfzig Dollar verkauft hat.«

»An wen?«

»An einen Zauberdoktor aus seiner Nachbarschaft.«

»Cuervo«, vermutete ich.

»An genau den.«

»Bis auf den unrechtmäßigen Besitz von menschlichen Überresten ist T-Bird also aus dem Schneider.«

»Ich bin mir da nicht so sicher. Escriva meinte, Cuervo würde einige üble Sachen treiben.«

»Soll heißen?«

»Diese Frage habe ich ihm auch gestellt. Escriva grinst mich so frech an, dass ich ihm am liebsten den Kopf abgerissen hätte. Dann verlangt er etwas, das ich mit dem Gefängnisdirektor unmöglich arrangieren kann. Die Gemüter erhitzen sich ein wenig. Als ich eben gehen will, ruft er mich zurück. Ich drehe mich um. Er grinst immer noch, macht aber jetzt irgendein Voodoo-Symbol mit den Händen. Und sagt: ›Hüte dich vor dem Dämon, Bulle.‹«

»Sie wollen damit sagen, dass Escriva Cuervo der Teufelsanbetung beschuldigte?«

»So habe ich das verstanden.«

»Haben Sie Escriva gefragt, wo Cuervo sein könnte?«

»Er behauptet, seit fünf Jahren keinen Kontakt mehr zu haben.«

»Haben Sie ihn nach Asa Finney gefragt?«

»Er schwört, ihn nicht zu kennen.«

»Was machen Sie jetzt?«

Ich hörte Bewegung, dann klang Slidells Stimme plötzlich gedämpft, als würde er den Hörer mit einer Hand abschirmen. »Ich gehe Rinaldis Notizen durch.«

»Sie haben die noch?« Es überraschte mich, dass das Team, das den Mord untersuchte, die Unterlagen nicht konfisziert hatte.

»Ich habe sie gestern Vormittag fotokopiert.« Slidells Worte wurden wieder klarer, als er die Lippen von der Sprechmuschel löste. »Eine Fahrt nach Raleigh hat mich den Rest des Tages gekostet.«

Wahrscheinlich eine Ausrede. Auch ich hätte mir diese Notizen gestern nicht anschauen können.

»Ich brauche von Ihnen die hundertprozentige Bestätigung, dass Susan Redmon tatsächlich unser Greenleaf-Opfer ist. Wäre echt Scheiße, wenn dieser Schädel nicht zu dem Zeug im Sarg gehört.«

Ich schluckte einen bitteren Geschmack im Mund hinunter. Wenn ich es schon nicht in den Seminarraum schaffte, konnte ich wenigstens das tun.

»Ich fahre jetzt gleich ins Institut. Bitte halten Sie mich auf dem Laufenden.«

Slidell brummte oder rülpste.

Nachdem ich aufgelegt hatte, spritzte ich mir Wasser ins Gesicht und hörte dann die Nachrichten auf meinem Handy ab.

Eine von Katy. Eine von Charlie. Drei von Slidell. Eine von Jennifer Roberts, einer Kollegin am UNCC. Alle sagten so ziemlich dasselbe. Ruf mich an.

Ich versuchte es bei Katy, landete aber auf ihrem Anrufbeantworter. Zu früh? Oder war sie bereits zur Arbeit gegangen? Oder gar nicht mehr in Charlotte, weil sie bereits ins Buncombe County gefahren war? Ich hinterließ ihr so ziemlich dieselbe Nachricht, die sie mir hinterlassen hatte.

Slidell würde ich bald sehen. Ein Gespräch mit Charlie würde einige Vorüberlegungen erfordern. Und Jennifer Roberts anzurufen, würde mich im UNCC auffliegen lassen. Sie musste eben warten.

Bevor ich das Haus verließ, versuchte ich es noch mit einer Schüssel Hühnersuppe mit Nudeln. Auch die kam wieder hoch.

Nachdem ich mir zum dritten Mal die Zähne geputzt hatte, schnappte ich mir Schlüssel und Handtasche und ging zur Tür hinaus.

Und wäre beinahe über eine große Tüte von Dean & DeLuca Delicatessen gestolpert, die auf der Schwelle stand. Ein Zettel war mit einer Büroklammer an einem Tragegriff befestigt.

Tempe,

Ich weiß, dass Du eine schwere Zeit durchmachst. Tut mir leid, falls ich Dich beleidigt habe, aber ich war um Deine Sicherheit besorgt. Bitte nimm das als eine ernst gemeinte Entschuldigung an. Und bitte, iss. Iss.

Ruf mich an, wenn Du Dich wieder in der Lage fühlst, das Telefon einzuschalten.

Charlie

Ich war entsetzt. Großer Gott. Was hatte Charlie zu verhindern versucht?

Ich stellte das Essen auf die Küchentheke, schnappte mir ein Diet Coke und machte mich wieder auf den Weg.

Die Bewegungen des Autos. Die Abgase. Das Cola. Fast wäre mir schon wieder schlecht geworden.

Okay. Ich würde leiden, bis mein Körper zur Normalität zurückkehrte. Ich würde den Preis bezahlen.

Das Gute daran war, dass der endgültige Absturz erst zu Hause passiert war. Ich hatte niemanden verletzt. Ich hatte nichts Blöderes getan, als mit einer alten Flamme aus der Highschool eine Nummer zu schieben.

Leider sollte sich diese letzte Annahme als falsch erweisen.

Erinnern Sie sich noch an meine Bemerkung über Montage im Leichenschauhaus? Für Dienstage nach einem langen Wochenende kann man das ruhig verdoppeln.

Alle drei Pathologen waren anwesend, und die Tafel zeigte acht neue Leichen. Da Rinaldi nicht dabei war, nahm ich an, dass Larabee, Siu oder Hartigan gestern hereingekommen waren, um die Autopsie vorzunehmen. Unter den gegebenen Umständen tippte ich auf meinen Chef.

Wieder plagte mich das schlechte Gewissen. Während ich in einem Fest des Selbstmitleids Gehirnzellen zerstörte, hatten andere ihre Arbeit getan.

Ich ging direkt in den Kühlraum und holte den Schädel und die Beinknochen aus Cuervos Kessel und Finneys Unterkiefer aus ihren Fächern. Da beide Autopsieräume besetzt waren, breitete ich eine Plastikplane auf meinem Schreibtisch aus, legte die Überreste darauf und dazu noch die Zähne, die ich Susan Redmons Sarg entnommen hatte.

Nach zwei Stunden war ich fertig. Jeder Zahn passte. Jedes Detail in Bezug auf Alter, Abstammung und Erhaltungszustand sagte: Übereinstimmung. Die Maße, die ich in der Gruft genommen hatte, waren vereinbar mit denen des Schädels. Fordisc 3.0 war derselben Meinung. Falls nötig, konnte ich noch einen DNS-Abgleich anstellen lassen, aber ich war überzeugt, dass Schädel, Unterkiefer und die Überreste im Sarg von derselben Person stammten.

Hin und wieder sah ich Hawkins oder Mrs. Flowers oder einen der Pathologen an meiner offenen Tür vorbeieilen. Larabee blieb einmal stehen, schaute mich komisch an und ging weiter. Keiner traute sich in mein Büro.

Ich schrieb eben meinen Bericht über Susan Redmon, als Mrs. Flowers anrief, um das Telefonat anzukündigen, vor dem mir graute. Dr. Larke Tyrell, Chef des Leichenbeschauersystems von North Carolina, wollte mich aus Chapel Hill sprechen.

»Könnten Sie vielleicht sagen, dass ich nicht da bin?«, fragte ich.

»Könnte ich.« Knapp.

»Mir geht es heute nicht besonders gut.«

»Sie sehen ein bisschen mitgenommen aus.«

»Könnten Sie vielleicht andeuten, dass ich schon früh gegangen bin?«

»Könnte sein, dass Sie das tun.«

Ich war dankbar und fragte sie deshalb nicht, was sie meinte.

Danach widmete ich mich wieder dem Redmon-Bericht, doch es brachte nichts. Ich konnte mich nicht genug konzentrieren, um aus einzelnen Wörtern bedeutungsvolle Sätze zu basteln. Ich musste mich auf Konkreteres beschränken. Auf Visuelles.

Weil mir nichts Besseres einfiel, ging ich wieder in den Kühlraum und holte Jimmy Klapecs Wirbel und das verstümmelte Gewebe, das ich seiner Brust und dem Unterbauch entnommen hatte, heraus und legte beides neben Susan Redmons Knochen auf den Schreibtisch. Dann zog ich das Schulfoto von Susan Redmon und die Aufnahmen von Jimmy Klapec und T-Bird Cuervo aus der Schublade und legte sie dazu.

Ich starrte eben die traurige, kleine Sammlung an und hoffte auf irgendeine Erleuchtung, als Larabee ohne Anzuklopfen in mein Büro kam. Er ging zum Schreibtisch und beugte sich über mich.

»Sie sehen furchtbar aus.«

»Ich glaube, ich habe eine Erkältung.«

Larabee betrachtete mein Gesicht. »Vielleicht haben Sie was Falsches gegessen.«

»Vielleicht«, sagte ich.

Larabee kannte meine Vorgeschichte. Wusste, dass ich log. Dass ich das schlechte Gewissen und den Selbstekel verbergen wollte. Ich hielt den Blick gesenkt.

Larabee blieb, wie er war, die Hände auf dem Tisch, den Oberkörper leicht über mich gebeugt. Er konnte das sehr gut.

»Was ist das alles?«

Ich erzählte ihm von Susan Redmon.

Larabee nahm das Glas zur Hand und studierte die beiden Hautstücke von Jimmy Klapecs Leiche.

»Slidell ist überzeugt, dass das alles irgendwie zusammengehört.« Ich bewegte die Hand über den Schreibtisch. »Finden Sie heraus, wie, sagte er, und wir finden Rinaldis Mörder.«

»Sie sind nicht überzeugt?«

»Er bearbeitete diese Fälle.«

»Rinaldi war Polizist.«

Wir wussten beide, was er meinte. Verärgerte Drogenbarone. Rachsüchtige Knackis. Unzufriedene Opfer. Die meisten stellen sich nur vor, wie sie vermeintlich offene Rechnungen begleichen könnten. Einige wenige Gefährliche setzen es tatsächlich in die Tat um.

Larabee stellte das Glasgefäß weg und nahm das Foto von T-Bird Cuervo zu Hand.

»Wer ist der Kerl?«

»Thomas Cuervo, ein ekuadorianischer *santero,* der das Haus an der Greenleaf von Kenneth Roseboro gemietet hatte. Nannte sich T-Bird.«

»Das Haus mit den Kesseln und den Knochen im Keller?«

Ich nickte. »Das Problem ist, Cuervo ist verschwunden. Entweder weiß keiner, wo er ist, oder niemand will es uns sagen.«

Larabee betrachtete das Foto sehr lange. Dann: »Ich weiß genau, wo er ist.«

## 24

Larabee führte mich durch den Kühlraum in den Tiefkühler und dort zu einer Rollbahre an der hinteren Wand. Er zog den Reißverschluss des schwarzen Sacks auf und zeigte mir eine eisige Leiche.

»Darf ich Ihnen den Unbekannten Nr. 358-08 vorstellen?«

Ich betrachtete das Gesicht. Es war zwar bleich, verzerrt und mit Abschürfungen übersät, aber es gehörte eindeutig T-Bird Cuervo.

»Wie lange liegt er schon hier?«

Larabee schaute auf das Etikett. »Siebenundzwanzigster August.«

Damit war Cuervo in Bezug auf Klapec und Rinaldi eindeutig aus dem Schneider.

»Warum wusste ich nichts davon, dass seine Leiche bei uns ist?«

»Er kam an dem Tag, als Sie nach Montreal fuhren. Der Fall erforderte kein Anthropologie-Gutachten. Als Sie zurückkamen, hatte ich ihn schon auf Eis gelegt.«

Und ich hatte keinen Grund gehabt, in die Tiefkühlung zu gehen.

»Der arme Kerl hat sich mit einem Lynx angelegt. Knapp südlich der Bland Street Station.«

Larabee meinte die neue Schmalspurstrecke von CATS, dem Charlotte Area Transit System, dem Verkehrsverbund des Großraums Charlotte. Ich weiß, neben *Panthers,* Panthern, und *Bobcats,*

Rotluchsen, ist der *Lynx*, der Luchs, ein bisschen viel Fauna, aber städtische Verkehrplaner sind nicht gerade für ihre Feinsinnigkeit bekannt.

»Cuervo wurde von einem Zug angefahren?«

»Beine und Becken wurden zertrümmert. Er hatte keine Papiere bei sich, und kein Mensch suchte je nach ihm.«

»Haben Sie die Fingerabdrücke durchlaufen lassen?« Meine Zähne klapperten noch nicht, aber sie dachten daran.

»Können vor Lachen. Der Kerl wurde über fünfzehn Meter mitgeschleift. Handflächen und Finger waren nur noch rohes Fleisch.«

»Wie ist es passiert?«

»Der Lokomotivführer glaubte, auf den Gleisen etwas zu sehen, zog die Notbremse und betätigte das Signalhorn, konnte aber nicht stoppen. Anscheinend braucht ein Zug, der achtzig Kilometer pro Stunde fährt, über zweihundert Meter bis zum kompletten Halt.«

»Autsch.« Es überraschte mich, dass Cuervo nicht schlimmer aussah.

»Die Schranken waren geschlossen, alle Licht- und akustischen Signale aktiviert, bevor der Zug in den Bahnhof einfuhr. Und außerdem tutete der Lokführer.«

»Wurde der Fahrer untersucht?« Es wunderte mich, dass ich über diesen Unfall nichts gehört hatte.

»Keine Drogen, kein Alkohol.«

»Cuervo lebte, als der Zug ihn traf?«

»Eindeutig.«

»Und Sie hatten keinen Grund zu zweifeln, dass sein Tod ein Unfall war?«

»Nein. Und sein Alkoholpegel war 0,8. Ist der Kerl legal?«

»Cuervo hatte die amerikanische und die ekuadorianische Staatsbürgerschaft.«

»Irgendwelche Angehörigen hier?«

»Offensichtlich nicht. Er wohnte alleine an der Greenleaf und hatte einen Laden mit dem Namen *La Botánica Buena Salud* in einer Nebenstraße des South Boulevard. Die Einwanderungsbehörde hat keine Hauptadresse von ihm, weder hier noch in Ekuador.«

»Macht es schwierig, Verwandte zu finden.«

Larabee zog den Reißverschluss des Leichensacks wieder zu, und wir traten auf den Korridor.

Zurück in meinem Büro rief ich Slidell an.

»Das gibt's doch nicht.«

Ich konnte ihm nicht widersprechen.

Dreißig Sekunden lang hörte ich von Slidells Ende nur Telefonklingeln.

»Heute Vormittag habe ich mir die Straße ein wenig genauer angesehen, die zu der Stelle führt, wo Klapec gefunden wurde. Sie kommen nie drauf, was sich in diesem Waldstück versteckt.«

»Warum sagen Sie es mir dann nicht?« Obwohl die Tiefkühlung mein Zittern gelindert und den Magen beruhigt hatte, schwitzte ich noch immer, und mein Kopf fing an zu pochen. Ich war nicht in Stimmung für ein Ratespiel.

»Ein Camp. Ich rede jetzt nicht von Camp Sonne zwischen den Pinien, Sie wissen schon, Kanufahren und Wandern und ›Kumbaya‹. Ich rede von Camp Vollmond. Mit Hexen und Zauberern, die ihn anblöken.«

»Wiccaner?«

»Ja. Und nach Angaben der Nachbarn, die über diesen Hokuspokus in ihrem Hinterhof nicht gerade erfreut sind, ging's dort in der Nacht, bevor Klapecs Leiche auftauchte, richtig ab.«

Ich wollte eben fragen, was er damit meinte, aber Slidell redete weiter.

»Trommeln, Tanzen, Singen.«

»Das könnte ohne jeden Bezug zu Klapec sein.«

»Genau. Ein nettes, kleines Grillfest. Ich will Cuervo sehen.«

»Kommen Sie rüber.«

Slidell zögerte kurz. Dann: »Und ich will, dass Sie sich etwas ansehen, was Eddie Rinaldi geschrieben hat.«

Ich hatte kaum aufgelegt, als mein Handy klingelte.

919-Vorwahl.

Larke Tyrell.

Mein angeschlagener Magen zog sich bei dem Gedanken an die bevorstehende Unterhaltung zusammen.

Ich hatte mich gerade um die Aufnahme in das American Board of Forensic Anthropology beworben, als Tyrell zum obersten staatlichen Leichenbeschauer für North Carolina ernannt wurde. Wir lernten uns über eine Arbeit kennen, die ich für das North Carolina Bureau of Investigation übernommen hatte, die Rekonstruktion und Identifikation von zwei Drogendealern, die von Mitgliedern einer Motorradgang ermordet und zerstückelt worden waren.

Ich gehörte zu den ersten beratenden Spezialisten, die Tyrell engagierte, und obwohl unser Verhältnis im Allgemeinen kollegial war, hatten wir im Lauf der Jahre doch unsere Schwierigkeiten gehabt. Und so hatte ich auch erfahren, dass der Chef zynisch und sehr diktatorisch sein konnte.

Ich trank Wasser aus dem Glas neben meinem Ellbogen und klappte das Handy dann vorsichtig auf.

»Dr. Brennan.«

»Tempe. Tut mir leid, dass Sie nicht ganz auf der Höhe sind.« Da Tyrell aus einer Marine-Corps-Familie von der Küste stammte und vor seinem Medizinstudium selbst zwei Dienstzeiten in der Marine verbracht hatte, redete er wie eine militärische Version von Matlock.

»Danke.«

»Ich mache mir Sorgen, Tempe.«

»Ist doch nur eine Erkältung.«

»Wegen ihres Ausbruchs bei Boyce Lingo.«

»Ich würde gern erklären –«

»Mr. Lingo ist wütend.«

»Er ist immer wütend.«

»Können Sie sich vorstellen, welches PR-Desaster Sie da angerichtet haben?« Tyrell liebte rhetorische Fragen. Da ich annahm, dass es sich um eine handelte, sagte ich nichts.

»Das Büro hat einen offiziellen Sprecher, dessen Aufgabe es ist, mit den Medien zu kommunizieren. Ich kann nicht zulassen, dass meine Angestellten ihre persönliche Meinung zu laufenden Fällen zum Besten geben.«

»Lingo schürt Ängste, damit er selbst als Held dastehen kann.«

»Er ist der County Commissioner.«

»Er ist gefährlich.«

»Und Sie meinen, ein Wutanfall vor laufenden Kameras ist der richtige Weg, ihn zu neutralisieren?«

Ich schloss die Lider. Es fühlte sich an, als würde Sandpapier über meine Augäpfel scheuern.

»Sie haben recht. Mein Verhalten ist unentschuldbar.«

»Da stimme ich Ihnen zu. Also erklären Sie mir, warum Sie meinen direkten Befehl ignoriert haben?« Tyrell klang wütender, als ich ihn je gehört hatte.

»Es tut mir leid«, sagte ich. »Ich habe Ihr Vertrauen missbraucht.«

»Warum informieren Sie eine Reporterin, obwohl ich Sie ausdrücklich gebeten habe, jeden Kontakt mit der Presse einzustellen?«

»Was für eine Reporterin?«

Ich hörte Papier rascheln.

»Allison Stallings. Die Frau hatte die Dreistigkeit, in meinem Büro anzurufen, um sich Informationen bestätigen zu lassen, die vertraulich hätten sein sollen. Tempe, Sie wissen doch, dass Daten, die ein Kind betreffen, besonders heikel sind.«

»Was für ein Kind?«

»Anson Tyler. Es übersteigt einfach meine Vorstellungskraft, wie Sie so respektlos gegenüber diesem kleinen, toten Jungen und seiner armen, trauernden Familie haben sein können.«

Der Schweiß fühlte sich kalt auf meinem Gesicht an. Ich konnte mich nicht erinnern, mit Allison Stallings gesprochen zu haben.

Aber Montag war für mich eine Leerstelle. War es möglich, dass ich mich mit ihr in Verbindung gesetzt hatte, weil ich in alkoholisierter Umnachtung gehofft hatte, so den Irrtum aufzuklären, dass Anson Tylers Tod etwas mit Jimmy Klapecs zu tun hatte? Um klarzustellen, dass es keine Verbindung gab zwischen der kopflosen Leiche aus dem Catawba River und der kopflosen Leiche vom Lake Wylie? Oder zu dem Kopf aus dem Kessel, von dem wir jetzt wussten, dass er Susan Redmon gehört hatte?

Oder hatte Stallings mich angerufen? War das der Grund, warum ich mein Handy abgeschaltet und in einer Schublade versteckt hatte?

Tyrell redete noch immer, und seine Stimme klang sehr düster.

»– das ist ein ernsthaftes Fehlverhalten. Die Missachtung meines Befehls. Die Preisgabe vertraulicher Informationen. Dieses Verhalten kann nicht ignoriert werden. Da müssen Schritte unternommen werden.«

Ich fühlte mich zu schwach, um zu diskutieren. Oder klarzustellen, dass Stallings gar keine Reporterin war.

»Ich werde gründlich darüber nachdenken, was für Schritte das sein sollten. Wir sprechen uns bald wieder.«

Mit zitternden Händen legte ich das Handy weg. Trank das Wasser aus. Schleppte mich in den Aufenthaltsraum und füllte das Glas am Wasserhahn wieder auf. Schluckte zwei Aspirin. Kehrte in mein Büro zurück. Nahm den Klapec-Bericht zur Hand. Legte ihn wieder weg, weil ich wegen der Kopfschmerzen nicht klar denken konnte.

Ich saß einfach nur da und tat nichts, als Slidell mit einer fetttriefenden Tüte frittierter Hähnchenteile auftauchte. Normalerweise hätte ich mich sofort darauf gestürzt. An diesem Tag nicht.

»Mann, Sie sehen ja aus wie etwas, das der Hund wieder hochgewürgt hat.«

»Und Sie wie ein Muster männlicher Vitalität.«

Unfreundlich, aber wahr. Slidells Gesicht war grau, dunkle Tränensäcke hingen unter seinen Augen.

Slidell stellte die Tüte auf den Aktenschrank und ließ sich auf den Stuhl vor meinem Schreibtisch fallen. »Vielleicht sollten Sie heimgehen und sich auskurieren.«

»Ist nur ein Bazillus.«

Slidell betrachte mich wie eine Katze einen Spatz. Ich war sicher, dass er den Wein riechen konnte, den meine Haut ausschwitzte.

»Ja«, sagte er. »Diese Bazillen können ganz schön lästig sein. Wo ist Cuervo?«

Ich führte ihn in den Tiefkühlraum. Er stellte dieselben Fragen, die ich Larabee gestellt hatte. Und ich gab ihm die Informationen, die der Leichenbeschauer mir gegeben hatte.

Als wir dann wieder in meinem Büro saßen, war der Geruch des frittierten Geflügels überwältigend. Slidell griff in die Tüte und holte einen Schenkel heraus. Fett tropfte ihm aufs Kinn. Ich musste mich sehr beherrschen, um nicht zu würgen.

»Wollen Sie bestimmt nichts?« Mit vollem Mund.

Ich schüttelte den Kopf. Schluckte. »Wo ist das, was ich lesen soll?«

Slidell wischte sich die Hände an einer Serviette ab, zog Papiere aus einer Tasche und warf sie auf meine Schreibunterlage.

»Eddies Notizen. Das ist Ihre Kopie.«

Ich faltete die Blätter auf und überflog sie.

Die Handschrift war ordentlich und präzise, wie der Mann es gewesen war.

Rinaldi hatte sich Zeit, Ort und Thema jeder Befragung notiert, die er durchgeführt hatte. Anscheinend hatten diejenigen, die er befragt hatte, keine Kontaktinformationen gehabt oder sie zurückgehalten. Die Nachnamen ebenso.

»Er hat nur Vornamen oder Straßennamen«, sagte ich. »Cyrus. Vince. Dagger. Cool Breeze. Und keine Adressen oder Telefonnummern.«

»Wollte wahrscheinlich die Jungs nicht verscheuchen, indem er sie zu sehr bedrängte.« Slidells Kiefermuskeln bewegten sich. Als hätte er plötzlich den Appetit verloren, steckte er die halb gegessene Hühnerbrust wieder in die Tüte und warf sie in meinen Papierkorb. »Dachte wahrscheinlich, wenn nötig, würde er sie schon wieder finden.«

»Er hat eine Art Kurzschrift benutzt.«

»Eddie notierte sich seine Gedanken immer sofort, aber er hatte auch Angst, dass irgendein Wichser von Verteidiger sich auf seine ersten Eindrücke stürzen und vor Gericht auf ihnen herumreiten könnte, falls sie sich später als falsch erweisen sollten. Um ihnen keine Munition zu liefern, hielt er seine Notizen kryptisch, wie er das nannte. Kryptisch. Ich dachte mir, vielleicht werden Sie ja schlau daraus.«

Rinaldi hatte am Samstag einen Hühnerhabicht namens Vince verhört. Ich las den Eintrag.

*JK. 29/9 ZLG mit RN nach* VG. *RN – NAR. CTK. TV. 9/10-11/10? CFT. 10. 500.*

»Vince muss der Informant sein, den Rinaldi erwähnte, als Sie beim Verlassen von Cuervos Laden mit ihm telefonierten. Vielleicht ist er VG. JK könnte Jimmy Klapec sein. RN könnte der Stecher sein, von dem Vince sagte, er sehe aus wie Rick Nelson.«

Slidell nickte.

»Die Ziffern sind wahrscheinlich Daten«, fuhr ich fort. »ZLG ist der Standardcode für ›zuletzt lebend gesehen‹. Vielleicht hat Vince seiner Erinnerung nach am neunundzwanzigsten September Klapec mit diesem Rick-Nelson-Typen zuletzt gesehen.«

»Bis hierher sind wir einer Meinung«, sagte Slidell. »Aber Funderburke entdeckte Klapecs Leiche am neunten Oktober und meldete den Fund am elften. Wenn dieser Vince das wirklich so gesagt hat, wo war Klapec dann von Ende September bis Anfang Oktober, als man ihn umbrachte? Vorausgesetzt natürlich, dass Funderburke und sein Köter nicht völlig bekloppt sind.«

Ich war zu beschäftigt mit weiteren Überlegungen, um darauf zu antworten.

»CFT könnte das Cabo Fish Taco sein«, sagte ich. »Er wollte sich mit Vince dort um zehn treffen. Vielleicht wollte Vince fünfhundert Dollar für die Informationen.«

»TV?«

»Hatte Vince Rick Nelson vielleicht im Fernsehen gesehen?«

»NAR? CTK?«

»Sieht aus wie Flughafenkürzel. Vielleicht sind das Abkürzungen für Städte.«

Ich loggte mich in den Computer ein und öffnete Google.

»CTK ist das Kürzel für Akron, Ohio, NAR ist Nare in Kolumbien«, sagte ich.

»Und was hat das zu bedeuten?«

»Ich weiß es nicht.«

Slidell verschränkte die Finger vor dem Bauch, senkte das Kinn und streckte die Beine aus. Seine Socken waren Halloween-orange.

»Eddie stellte einige Nachforschungen an, während er in der Zentrale darauf wartete, wieder nach NoDa fahren zu können«, sagte er. »Lesen Sie seinen letzten Eintrag.«

RN = BLA = GYE. Greensboro. 9/10. 555-7038. CTK-TV-27/9. VG, Straßenprostitut. 28/9-29/9.

GYE 27/9?

Ich googelte die beiden Drei-Buchstaben-Kürzel.

»BLA ist der Flughafen von Barcelona, Venezuela«, sagte ich etwas ernüchtert. »GYE ist in Guayaquil, Ekuador.«

»Wenn er Städte mit Kürzeln bezeichnet, warum schreibt er dann Greensboro aus?«

Das war eine gute Frage.

»Die siebenstellige Zahl sieht aus wie eine Telefonnummer«, sagte ich lahm.

»Ist sie auch.«

»Wessen?«

Slidells Antwort war ein Schocker.

## 25

»Ich tippe die Nummer ein, und eine Stimme sagt mir, dass ich in Commissioner Lingos Büro gelandet bin.«

»Warum sollte Rinaldi Lingos Nummer haben?«

»Gute Frage.«

Ich las Rinaldis letzten Eintrag noch einmal.

*VG, Straßenprostitut. 28/9-29/9.*

»VG könnte Vince sein. Vielleicht fand Rinaldi den Familiennamen des Jungen heraus und dass er wegen Straßenprostitution verhaftet worden war.«

»Ziemlich genau zu der Zeit von Klapecs Verschwinden, wie wir vermuten.«

»Warum hielt Rinaldi das für notierenswert?«

Slidell zuckte die Achseln. »Kann nicht schaden, sich die Verhaftungsprotokolle für diese Daten anzuschauen. Wenn sonst schon nichts, so erfahren wir so vielleicht Vinces Familiennamen. Der Junge ist übrigens verschwunden. Seit Samstag hat ihn keiner mehr gesehen.«

»Wo wohnt er?«

»Seine Kumpels sind nicht gerade mitteilungsbedürftig, aber sie glauben, dass er meistens auf der Straße übernachtet.«

»Haben Sie vor, Lingo einen Besuch abzustatten?«

»Später. Im Augenblick versuche ich gerade, Eddies Schritte zu rekonstruieren, vielleicht erfahre ich ja so was über diesen Scheißkerl Vince.«

»Ausschließlich in Bezug auf Klapec«, sagte ich.

»Ausschließlich.«

»Was Neues über Asa Finney?«

»Wenn ich nicht gerade einen rauchenden Colt in seiner Unterhose finde, kommt der Kerl wegen Knochenklau vor den Richter, stellt Kaution und ist morgen wieder draußen.«

»Wie schätzen Sie ihn ein?«

»Ohne die Akne könnte er ein ganz toller Hecht sein.«

Ich ignorierte die unfreundliche Bemerkung. Für den Zustand seiner Haut konnte Finney nichts.

»Aber ein Killer?«

»Finney ist ein Hexer. Und das Hexencamp ist in Spuckdistanz zu Klapecs Fundort. Nachbarn berichten von Trommeln und Rasseln in der Nacht, bevor die Leiche des Jungen auftaucht. Einer sagt, er hätte lange nach dem Ende der Party einen Ford Focus wegfahren sehen.«

Ich dachte an das Auto in der Auffahrt in Pineville.

»Finney fährt einen Focus«, sagte ich.

»Man muss kein Genie sein, um die Punkte zu verbinden.« Wieder bewegten sich seine Kiefermuskeln. »Ich glaube, Finneys Hexenfreunde haben auch Eddie umgebracht.«

»Warum?«

»Weil er zu viel herausfand.«

Ich wollte eben etwas antworten, als Slidell sich in seinem Stuhl aufrichtete.

»Rick Nelson.« Ein fleischiger Finger zeigte in meine Richtung. »Bis auf die Akne sieht Finney wie Rick Nelsons Doppelgänger aus. Überlegen Sie mal. Die Haare. Das überhebliche Grinsen. Verdammt.«

»Sie wollen damit sagen, dass Finney der gewalttätige Stecher ist, den Vince beschrieb?«

Slidell stand auf und kam um den Tisch herum. Er blätterte in Rinaldis Aufzeichnungen.

RN. NAR. CTK. TV.

»Eddie sagte, Rick Nelson mit Narben. Aknenarben. O Mann.«

»Vielleicht.« So recht überzeugt war ich noch nicht.

»Was? Das beschreibt doch Finney bis aufs i-Tüpfelchen. Vielleicht bringt uns das genug, um den Wichser wegen Klapec festzuhalten.«

»Ich würde trotzdem dem Akron-Aspekt nachgehen.« Ich bog Slidells Einwand ab. »Rausfinden, ob er einen Flug gebucht oder Verbindungen dorthin hat.«

»Ja, ja.«

Wir verstummten und starrten Rinaldis rätselhaften Code an.

Nach ein paar Sekunden merkte ich eine Veränderung in Slidells Aufmerksamkeit, spürte, wie sein Blick über mein Gesicht kroch. Ich schaute nicht hoch. Wollte die Unterhaltung nicht führen, die jetzt zu drohen schien.

Doch anstatt etwas zu sagen, zog Slidell einen Spiralblock aus seiner Tasche, schrieb etwas auf, riss das Blatt heraus und legte es mir auf den Schreibtisch.

»Meine Freundin fängt sich auch immer diese Bazillen ein. Wenn Sie wollen, rufen Sie sie einfach an.«

Ich hörte Schritte. Dann war es still in meinem Büro.

Wieder brannte die Scham auf meinem Gesicht. Larabee wusste Bescheid. Slidell wusste Bescheid. Wer hatte meine armselige Erkältungsausrede sonst noch alles durchschaut?

Ich las eben Slidells Gekritzel, als der ME den Kopf zu meiner Tür hereinstreckte.

»Kommen Sie, schnell-«. Als er meinen Blick sah, brach er ab. »Was ist?«

»Slidell hat eine Freundin.«

»Unmöglich.«

»Verlene irgendwas mit einem W.« Der Name buchstabierte sich Wryznyk.

»Ich werd verrückt.« Larabee erinnerte sich, warum er gekommen war. »Lingo hat schon wieder Schaum vor dem Mund.«

»O Gott!«

Ich folgte Larabee in den Aufenthaltsraum. Jeder Sender berichtete über den Mordanschlag auf Rinaldi. Im Fernseher lief einer davon.

Lingo schwadronierte vor einem Friedhof. Um ihn herum auf der Straße wurden Polizeiabsperrungen errichtet.

»– nicht mehr heilig? Wenn Verbrecher diejenigen abschlachten, die ihr Leben riskieren, um unsere Stadt sicher zu machen? Diese mutigen Beamten, die unsere Häuser und unsere Kinder vor Schaden bewahren? Ich sage Ihnen, was das ist. Das ist der Anfang des Endes der anständigen Gesellschaft.

Ich stehe hier vor dem Eingang zum Sharon Memorial Park. Detective Rinaldi wird morgen hier begraben. Er war sechsundfünfzig, seit dreißig Jahren Polizist, ein beliebtes Mitglied dieser Gemeinde, ein gottesfürchtiger Mann. Detective Rinaldi ist nicht alleine.«

Lingo las von einer Liste in seiner Hand ab.

»Officer Sean Clark, vierunddreißig. Officer Jeffrey Shelton, fünfunddreißig. Officer John Burnette, fünfundzwanzig. Officer Andy Nobles, sechsundzwanzig.«

Lingo hob den Blick.

»Ich nenne nur einige wenige der Gefallenen.« Sorgenfalten legten sich über das Schweinsgesicht. »Liegt die Schuld ausschließlich bei den Übeltätern?« Ein feierliches Kopfschütteln. »Ich glaube nicht. Die Schuld liegt in einem Rechtssystem, das darauf ausgerichtet ist, die Schuldigen zu schützen. Bei libertären Wissenschaftlern, die die Bemühungen unserer Brüder und Schwestern in Uniform untergraben.«

Meine Eingeweide zogen sich zusammen.

»Viele von Ihnen wurden Zeugen des Angriffs auf meine Person am letzten Freitag. Dr. Temperance Brennan, eine Angestellte *Ihrer* Universität, *Ihres* Leichenbeschauers, Institutionen also, die von *Ihren* Steuergeldern finanziert werden. Dr. Brennan hat das Blutbad gesehen. Sie kennt den Krieg, der in unseren Straßen wütet. Arbeitet sie dafür, dass solche wie Asa Finney verurteilt werden? Solche, die den Pfad der Schlange gewählt haben? Ganz im Gegenteil. Sie entschuldigt diese Kriminellen. Verteidigt ihre heidnischen Praktiken.«

Lingo fixierte die Kamera mit einem Blick umwerfender Ernsthaftigkeit.

»Es ist Zeit für eine Veränderung. Und als Ihr gewählter Vertreter werde ich dafür sorgen, dass diese Veränderung eintritt.«

Es folgte eine Luftaufnahme der Szene, dann ein Schnitt zu einer Moderatorin. Hinter ihrer linken Schulter zeigte eine Karte die Route des Leichenzugs des morgigen Tages.

»Die Zeremonie beginnt um elf Uhr mit einer Messe in St. Ann's Catholic Church. Der Trauerzug bewegt sich dann entlang Park, Woodlawn, Wendover, Providence und Sharon Amity. Diese Straßen werden bis Mitte des Nachmittags für den Verkehr gesperrt bleiben.

Seit Sonntag treffen Mitglieder der Polizeikräfte aus dem ganzen Land ein. Diejenigen, die nicht in der Lange sind, an der Messe oder der Prozession teilzunehmen, werden sich auf dem Friedhof versammeln. Entlang der Route werden Tausende erwartet, die Detective Rinaldi ein letztes Lebewohl sagen wollen. Autofahrern wird geraten –«

Larabee schaltete den Apparat ab.

»Wer wählt eigentlich Verrückte wie Lingo?«

Wir beide kannten die Antwort.

»Haben Sie die Autopsie gemacht?«, fragte ich mit bemüht fester Stimme, doch ohne Augenkontakt.

»Am Montag.«

»Irgendwelche Überraschungen?«

»Ein Durchschuss auf Höhe des zwölften Brustwirbels. Zwei XTPs im Brustkorb. Ich entfernte eine aus dem rechten Lungenflügel, die andere aus dem Herzen.«

Larabee musste mir das Kürzel nicht erklären. *Extreme Terminal Performance.* Maximale mannstoppende Wirkung. Fiese, kleine Kugeln, sogenannte Hohlspitzgeschosse, die sich im Körper verformen, um maximale Organschädigung zu verursachen.

Ich holte mir ein Diet Coke und kehrte in mein Büro zurück. Das Signallämpchen am Telefon blinkte.

Beide Nachrichten stammten von UNCC-Kollegen. Marion Ireland reagierte auf meine Anfrage, ob ich das Abtast-Elektronenmikroskop benutzen könnte. Jennifer Roberts bat mich einfach noch einmal, sie zurückzurufen.

Ich trank noch einen Schluck Coke. Meinem Magen half es auf jeden Fall. Aber die Kopfschmerzen waren noch immer im tiefroten Bereich, und meine Begeisterung für menschliche Interaktion war ziemlich gering.

Meine vom Alkohol lädierte Großhirnrinde bot mir eine Liste von Ausreden an. Die Gewissensjungs konterten jede einzelne.

*Abtast-Elektronenmikroskopie ist jetzt irrelevant.*

*Das hast du am Freitag noch nicht gedacht.*

*Klapec wurde identifiziert. Eine histologische Altersbestimmung ist jetzt überflüssig.*

*Warum die Verschattungen in den Havers-Kanälen?*

Die Rindenjungs hatten keine Hypothese.

*Tun Sie es, Dr. Brennan.*

*Könnte umsonst sein.*

*Das weiß man erst, wenn man es getan hat.*

Letztendlich blieben die Gewissensjungs Sieger.

Nach einem weiteren Schluck Coke wählte ich. Ireland meldete sich nach dem ersten Tuten. Ich fragte sie nach ihrem Wochenende, saß die Antwort aus und erzählte ihr dann von meiner Verwirrung wegen der Unregelmäßigkeiten in den Dünnschnitten, die ich Jimmy Klapecs Oberschenkelknochen entnommen hatte.

»Bei einer Vergrößerung von einhundert sieht alles normal aus. Wenn ich auf vierhundert hochdrehe, erkenne ich merkwürdige Verfärbungen in einigen der Havers-Kanäle. Ich weiß nicht, was das ist.«

»Fungal? Pathologisch? Taphonomisch?«

»Genau das würde ich ja gerne herausfinden.«

»Es wird eine Weile dauern, die Proben zu präparieren. Ich muss jede mit Salpetersäure ätzen, in einen Vakuumtrockner legen und sie dann mit Goldpalladium bestäuben.«

»Ich kann sie jederzeit vorbeibringen.«

»Wenn alles gut geht, sollten sie bis morgen am späten Nachmittag fertig sein.«

Das würde passen. Rinaldis Begräbnis war um elf.

»Ich bin in einer knappen Stunde da.«

Um meinem Hirn keine Zeit für eine zweite Diskussion zu lassen, rief ich sofort Roberts an. Auch sie saß direkt neben dem Telefon.

»Dr. Roberts.«

»Hier Tempe.«

»Vielen Dank für den Rückruf. Tut mir leid, dass ich dich am Wochenende belästigt habe. Hätte mir ja denken können, dass du weg bist.«

»Kein Problem.« Ich war weg, das stimmte. Nur nicht so, wie sie es meinte.

»Ich höre, es geht dir heute nicht gut?«

»Nur eine Erkältung. Geht schon wieder viel besser.«

»Moment mal.«

Ich hörte, wie der Hörer auf die Schreibtischplatte gelegt wurde, Schritte, dann das Schließen einer Tür. Ich stellte mir vor, wie Jennifer durch ihr Büro ging, das nur zwei Türen von meinem entfernt lag. Identische Ausstattung, Schreibtisch, Schrank, Regale, die ihren gefüllt mit Büchern über Animismus, Henotheismus, Totemismus und Dutzender anderer *-ismen,* die ich überhaupt nicht kannte.

»Sorry.« Sie sprach leise. »Da sind Studenten im Gang.«

»Ich glaube, die campieren da, damit sie keine Miete zahlen müssen.«

Sie lachte nervös. »Könntest recht haben.« Ich hörte sie langsam ein- und wieder ausatmen. »Okay. Das ist jetzt ziemlich schwierig.«

O Gott, bitte. Keine persönlichen Probleme. Nicht heute.

»Ich habe im *Observer* gelesen, dass du den Altar untersuchst, der am Montag in der Greenleaf Avenue entdeckt wurde.«

»Ja.« Das überraschte mich.

»Zu den sichergestellten Gegenständen gehörten auch menschliche Knochen.«

»Ja.« Ich hatte keine Ahnung, wohin das führen würde.

»Am letzten Donnerstag wurde am Lake Wylie eine kopflose Leiche gefunden –«

»Jennifer, ich kann nicht über –«

»Bitte. Hör mir einfach zu.«

Ich ließ sie weiterreden.

»Das Opfer wurde identifiziert als ein Teenager namens Jimmy Klapec. Seine Leiche war verunstaltet durch satanistische Symbole. Einige Zeit zuvor, ich weiß das Datum nicht mehr, wurde aus dem Catawba River ein ebenfalls kopfloser Junge gezogen. Ich weiß nicht, ob diese Leiche ähnlich verstümmelt war.«

Offensichtlich hatte sie Boyce Lingos Tirade gehört oder man hatte ihr davon erzählt. Weder bestätigte ich ihre Informationen noch widersprach ich ihnen.

»Die Polizei hat einen jungen Mann namens Asa Finney verhaftet. Man wirft ihm den Besitz menschlicher Überreste vor, und außerdem ist er ein Verdächtiger im Mordfall Klapec.«

»Ja.« All das war in den Medien berichtet worden. Ich erwähnte nicht, dass Slidell Finney außerdem verdächtigte, etwas mit dem Mord an Rinaldi zu tun zu haben.

»Sie haben den Falschen verhaftet«, sagte Roberts.

»Die Polizei führt eine umfassende Ermittlung durch.«

»Asa Finney ist Wiccaner, kein Satanist. Ist dir der enorme Unterschied klar?«

»Ich habe eine rudimentäre Ahnung davon«, sagte ich.

»Die Öffentlichkeit nicht. Asa ist ein selbst ernannter Hexer, das stimmt. Hast du seine Website gesehen?«

Ich gab zu, dass ich sie mir noch nicht angeschaut hatte.

»Besuch sie mal. Lies seine Einträge. Du wirst dort die Gedanken einer sanften Seele finden.«

»Das werde ich tun.«

»Am Lake Wylie gibt es Wiccaner-Camp. Ich weiß zwar die genaue Stelle nicht, aber ich weiß, dass Jimmy Klapecs Leiche am Lake Wylie gefunden wurde. Das wirft kein günstiges Licht auf Asa Finney.«

Ich sagte nichts über die Bücher von Anton LaVey, über die Ähnlichkeit mit Rick Nelson und auch nichts über den Ford Focus, der in der Nacht des Mordes an Klapec in der Gegend gesehen worden war.

»Im heutigen Klima des religiösen Extremismus gibt es Leute, die Glaubensrichtungen verdammen, die sie nicht verstehen. Verantwortungsbewusste, intelligente Christen, die gewisse Menschen lieber tot sehen wollen denn als Anhänger von etwas, das sie als heidnische Praktiken betrachten. Es gibt nur wenige von diesen Fanatikern, aber es gibt sie.«

Im Hintergrund hörte ich eine Stimme. Jennifer bat mich, einen Augenblick zu warten. Ich hörte eine gedämpfte Unterhaltung, konnte aber nichts verstehen.

»Sorry. Wo war ich? Ach ja. County Commissioner Lingo hat Asa Finney zweimal namentlich erwähnt, ihn als Jünger des Teufels hingestellt und als Beispiel für alles, was schlecht ist in der heutigen Welt. Bei der aufgeheizten Atmosphäre nach den Schüssen auf einen Polizisten am Sonntag befürchte ich, dass Asa keine faire Anhörung bekommen wird.«

»Er hat einen ausgezeichneten Rechtsbeistand.« Ich nannte keinen Namen.

»Charles Hunt ist ein Pflichtverteidiger.«

»Charles Hunt ist sehr gut.« Weit mehr als nur in einer Hinsicht. Auch das erwähnte ich nicht.

Jennifer senkte ihre Stimme noch weiter, als hätte sie Angst, dass man sie durch die Tür hören könnte.

»Asa Finney stahl Knochen aus einer Gruft, als er siebzehn war. Es war ein Jungenstreich, dumm und gedankenlos. Das ist sehr weit weg von Mord.«

Woher wusste sie das? Ich fragte sie nicht.

»Die Polizei führt eine gründliche Ermittlung durch«, sagte ich.

»Wirklich? Asa Finney ist ein Einzelgänger. Sie werden niemanden finden, der sich für ihn verbürgt. Wird Asa auf dem Altar von Boyce Lingos Ehrgeiz geopfert werden?«

Ich konnte mir nicht vorstellen, warum Jennifer sich so für Asa Finney interessierte. Erwuchs ihr Eifer aus einer Hingabe an die Prinzipien ihrer Disziplin? Oder steckte etwas Persönlicheres dahinter?

»Mir ist nicht ganz klar, was du eigentlich von mir willst.«

»Neutralisiere Lingos Gift. Gib eine öffentliche Erklärung ab. Du bist forensische Spezialistin. Die Leute werden auf dich hören.«

»Tut mir leid, Jennifer. Das kann ich nicht tun.«

»Dann rede mit Lingo. Versuch, ihn zu überzeugen.«

»Warum machst du dir eigentlich solche Sorgen um Asa Finney?«

»Er ist unschuldig.«

»Woher weißt du das?«

Einen Augenblick lang war Schweigen in der Leitung, dann: »Wir sind Mitglieder desselben Coven.«

»Du bist Wiccanerin?« Ich konnte die Überraschung in meiner Stimme nicht unterdrücken. Ich kannte Jennifer seit acht Jahren und hatte nicht die geringste Ahnung.

»Ja.«

Ich hörte Einatmen, dann Schweigen. Ich wartete.

»Komm heute Abend ins Camp Vollmond. Wir feiern ein Esbat-Ritual. Lern uns kennen. Befass dich mit unserer Philosophie.«

Meine angeschlagenen Hirnzellen schrien nach Schlaf. Ich wollte schon ablehnen.

»Du wirst sehen. Unsere Religion ist eine freudvolle, geboren aus einem Verwandtschaftsgefühl mit der Natur. Wiccaner feiern das Leben, wir nehmen es nicht.«

Die Gewissenjungs schickten eine Stimme durch den Schmerz in meinem Schädel.

*Während Slidell seinen Kummer in Arbeit ertränkte, hast du deinen in Alkohol ertränkt.*

»Wann?«

»Neunzehn Uhr.«

Wenn nicht gerade Horrorverkehr herrschte, konnte ich es zur Universität und dann nach Hause für ein Nickerchen schaffen, bevor ich mich auf den Weg ins Camp Vollmond machte.

Ich griff nach meinem Notizblock.

»Ich brauche eine Wegbeschreibung.«

## 26

Aus dem Nickerchen wurde nichts. Ireland bestand darauf, mir den Präparationsprozess für die Abtast-Elektronenmikroskopie in allen Einzelheiten zu erklären. Dann quälte ich mich eine Stunde lang durch Baustellenverkehr auf der I-85. Zuhause angekommen schaffte ich es gerade noch, Birdie zu füttern und zwei Aspirin einzuwerfen, bevor ich mich wieder auf den Weg machte.

Jennifers Beschreibung schickte mich auf dieselbe Route, die ich am Donnerstag zu Klapecs Fundort genommen hatte. Doch diesmal bog ich knapp dreihundert Meter vor dem Flussufer auf eine schmale, kurvige Straße ein. An einem verlassenen Obststand bog ich links ab und fuhr weiter, bis ich ein handgemaltes hölzernes Schild mit einem Pfeil und der Aufschrift *Vollmond* entdeckte. Von da führte ein Schotterweg weiter.

Die Sonne stand schon tief und verwandelte den Wald in eine Collage aus Grün, Braun und Rot. Während ich abwechselnd durch Licht und Schatten fuhr, stachen tiefrote Pfeile durch das Laubwerk und huschten über meine Windschutzscheibe. Andere Autos sah ich nicht.

Nach weiteren dreihundert Metern sah ich einen Torbogen

aus Gitterwerk, der eine nach rechts abgehende Reifenspur etwa zweieinhalb Meter hoch überspannte. Jennifers Anweisungen folgend, bog ich auf diese Fahrspur ein.

Zehn Meter hinter dem Tor öffnete sich der Wald zu einer Lichtung mit ungefähr zwanzig Metern Durchmesser. Am hinteren Ende standen etwa zwei Dutzend Autos im Halbkreis vor einer grob zusammengezimmerten Holzhütte. Ein weiteres handgemachtes Schild über der Tür verkündete *Vollmond*. Außerdem war etwas darauf, das aussah wie eine paläolithische Muttergottheit – volle Brüste, ausladendes Gesäß; Kopf, Arme und Beine nur angedeutet.

Ich stellte mein Auto neben einem zerbeulten Volvo ab, stieg aus und schaute mich um. Niemand kam zu mir oder rief mich. Die Tür unter der Göttin blieb geschlossen.

Die Luft roch nach Kiefern und feuchter Erde und einem Hauch von Holzrauch. Töne wehten aus dem Wald hinter der Hütte zu mir. Panflöten? Eine Blockflöte? Ich war mir nicht sicher.

Ich ging um die Hütte herum, sah einen Pfad und bewegte mich auf die Musik zu. Die Sonne war untergegangen, der Wald lag in diesem trüben Licht zwischen Dämmerung und tiefer Nacht. Keine Vögel sangen, nur hin und wieder hörte ich eine verschreckte Kreatur durchs Unterholz huschen.

Während ich mich näherte, differenzierte sich die Musik. Ich hörte eine Querflöte, eine Gitarre und eine Frauenstimme, die einen Text sang, den ich nicht verstand.

Bald sah ich Flammen durch die Bäume flackern. Nach zehn Schritten erreichte ich eine zweite Lichtung, die sehr viel kleiner war als die vor der Hütte. Ich blieb am Waldrand stehen und schaute mich nach Jennifer um. Niemand bemerkte mich.

Die Versammlung war größer, als ich erwartet hatte, dreißig Leute vielleicht. Ein paar saßen auf Holzstämmen um die Feuergrube herum. Andere standen in Gruppen zusammen und unterhielten sich.

Die Gitarristin war eine Frau zwischen vierzig und fünfzig mit langen, grauen Haaren und Unmengen von Schmuck. Die Flöte spielte eine Person unbestimmten Geschlechts mit aufgemalten, sich windenden Schlangen auf Wangen und Stirn. Die Sängerin war ein asiatisches Mädchen von knapp zwanzig Jahren.

Hinter den Musikern folgten elf Frauen und ein Mann den Instruktionen einer Frau in einer prächtig bestickten Robe.

»Hebt eure Hände den Himmeln entgegen.«

Vierundzwanzig Arme wanderten in die Höhe.

»Atmet tief ein. Folgt eurem Atem. Spürt ihn in jedem Teil eures Körpers, wie er eure Kehle hinunter wandert, zu eurem Herzen, euren Brüsten, eurem Solarplexus, euren Genitalien, euren Füßen. Ein. Zwei. Drei. Vier Mal.«

Viel Atmen und Armeschwenken folgte.

»Empfangt mit jedem Atemzug den Segen des Universums. Fünf. Sechs. Sieben Mal.«

Wieder wurde geatmet.

»Nehmt hin eine tiefe, innere Ruhe. Seid erfüllt von Frieden.«

Die Stickerei-Frau hob die Hände zum Mund.

»Nun dankt euch selbst. Liebt euch selbst. Küsst eure beiden Hände.«

Die Stickerei-Frau küsste ihre Handflächen. Die anderen machten es ihr nach.

»Küsst eure Knöchel. Eure Finger. Ihr seid Liebe!«

Zum Glück entdeckte ich in diesem Augenblick Jennifer. Sie trug Jeans und ein schwarzes Kapuzenshirt und schob mit einer langen Eisenstange die Scheite im Feuer zurecht. Funken umwirbelten sie wie winzige, rote Sterne in einem Zyklon.

Ich ging am Waldrand entlang und stellte mich neben sie.

»Hey«, sagte ich.

Jennifer hob den Kopf, und im Schein der Flammen leuchtete ihre Haut bernsteinfarben. Ein Lächeln erhellte ihr Gesicht. »Du hast uns gefunden.«

»Die Gruppe ist« – ich wusste nicht so recht, was ich sagen sollte – »größer, als ich erwartet hätte.«

»Eigentlich ist das nur eine kleine Versammlung. Da wir zwischen Feiertagen sind, feiern wir heute Abend nichts Besonderes.«

Offensichtlich machte ich ein verwirrtes Gesicht.

Sie lächelte. »Setzen wir uns doch.«

Ich folgte ihr zu einem der Baumstämme vor dem Feuer.

»Okay. Wicca für Anfänger.«

»Kurzfassung«, sagte ich.

Jennifer nickte. »Wiccaner erkennen die Existenz vieler uralter Götter und Göttinnen an – Pan, Dionysius, Diana. Aber wir betrachten Götter und Göttinnen als Symbole, nicht als lebende Wesen.« Sie machte eine ausholende Bewegung. »In den Bäumen, dem See, den Blumen, dem Wind, in uns gegenseitig. In allen Geschöpfen der Natur. Wir betrachten und behandeln alle Dinge auf der Erde als Aspekte des Göttlichen. Kannst du mir folgen?«

Ich nickte, war mir aber nicht sicher, ob ich es tat.

»Der wiccanische Kalender fußt auf den uralten, keltischen Festtagen, mit den acht allgemein anerkannten Feiertagen. Vier fallen auf die Zeiten der Sonnwenden und der Tagundnachtgleichen, die anderen vier etwa in die Mitte dazwischen. Historische Forschungen zeigen, dass diese Festtage in frühen vorchristlichen Zeiten in ganz Europa und auf den britischen Inseln gefeiert wurden. Viele dieser Feiertage waren so populär, dass die Kirche sie nicht ausrotten konnte, also übernahm sie sie und verband sie mit diversen Heiligen.

Brigantia, oder Imbolc, der Tag, an dem neugeborene Lämmer zu saugen anfangen, wurde zum christlichen Lichtmess, an dem der Reinigung der Heiligen Jungfrau gedacht wird. Gefeiert am zweiten März, markiert er das Ende des Winters und den Beginn des Frühlings. Brigantia ist der Tag der Brigit, der irischen Göttin der Schmiedekunst, der Heilkunst und der Poesie. Die Frühlings-

Tagundnachtgleiche, bereits mitten im Frühling, fällt normalerweise auf die Tage um den zwanzigsten März herum.«

»Zwölf Stunden Dunkelheit und zwölf Stunden Licht«, sagte ich.

Sie nickte. »Die Katholiken machten daraus Mariä Verkündigung. Als Nächstes kommt Beltane, am ersten Mai.«

»Der Tag, an dem man um den Maibaum tanzt.«

»Genau. Ein offensichtliches Fruchtbarkeitssymbol. Die Sommersonnwende, der längste Tag des Jahres, fällt für gewöhnlich in die Zeitspanne um den einundzwanzigsten Juni herum. Für Wiccaner ist die Sommersonnwende der Tag, an dem die Jungfrau den Mutteraspekt der Göttin annimmt.

Lammas, gefeiert am einundzwanzigsten August, kündigt das Kommen des Herbstes und den Beginn der Ernte an. Dann geht es weiter zur Herbst-Tagundnachtgleiche, um den dreiundzwanzigsten September herum.«

»Der Punkt, an dem die Tage kürzer werden als die Nächte.«

»Wieder richtig. Die Herbst-Tagundnachtgleiche war außerdem die Zeit der zweiten Ernte und des Weinmachens. Für Wiccaner ist das die Zeit, da die Mutter sich auf den Greisinnenaspekt der Göttin einstellt.

Samhain fällt auf den letzten Tag im Oktober und wird heute als Halloween gefeiert. In alter Zeit war es der Brauch, an Samhain Tiere zu schlachten und mit dem Räuchern des Fleisches zu beginnen. Im alten keltischen Kalender war es das Ende eines Jahres und der Anfang des nächsten, und die Trennung der Toten von den Lebenden war zu dieser Zeit deshalb besonders problematisch.«

»Deshalb verkleiden wir uns mit gruseligen Kostümen, um die Geister in Schach zu halten?«

»Das ist eine Interpretation. Die Wintersonnwende schließlich fällt ungefähr auf den einundzwanzigsten Dezember. Auch als Yule bekannt, ist das der kürzeste Tag und die längste Nacht des Jahres. Für Wiccaner ist das die Zeit im Jahr, in der der Greisinnenaspekt der Göttin regiert. Viele Religionen haben die Geburt ihrer Götter auf die Zeit um diese Sonnwende gelegt. Jesus, Horus, Dionysius, Helios und Mithras beanspruchen alle Yule als ihren Geburtstag.«

»Klingt einleuchtend. Die Tage fangen an, länger zu werden, und deshalb ist das die Zeit der Wiedergeburt und der Regeneration.«

»Schon wieder richtig. Also, um es kurz zu machen, heute Abend feiern wir nichts Besonderes. Wir kommen nur zusammen um der Gemeinschaft willen und um dem Gott und der Göttin zu huldigen.«

Ich dachte an Slidells Berichte der Nachbarn über das Treiben in der Nacht, bevor Jimmy Klapec gefunden wurde.

»Wie oft kommt ihr zusammen?«

»Normalerweise am zweiten Dienstag jeden Monats.«

Funderburke entdeckte Klapecs Leiche am letzten Dienstag.

»Immer?«

»Für gewöhnlich.« Sie runzelte die Stirn. »Warum fragst du?«

»Was ist mit letztem Montag?«

»Ach ja, natürlich. An diesem Abend gab es ein Vorbereitungstreffen für das Samhain-Fest. Ich habe es vergessen, weil ich nicht dabei war.«

Vielleicht sagte sie die Wahrheit, vielleicht nicht. Ihrem Gesicht war das nicht anzusehen.

»War Asa Finney bei diesem Treffen dabei?«

Sie schaute ins Leere.

»Nein. Er kommt nur zu sehr wenigen.«

»Weißt du, wo er war?«

Sie schüttelte den Kopf.

»Hast du versucht, mit ihm Kontakt aufzunehmen?«

»Ich rief ihn mehrmals an, weil ich wissen wollte, ob er an diesem Abend ins Camp gehen würde.« Sie schaute auf ihre Hände hinunter. »Aber er meldete sich nie.«

Ich sah, wie das Feuer die Züge ihres Gesichts umgestaltete, ihre Nase verlängerte und die Höhlungen unter ihren Augen und Wangen vertiefte.

Sie schaute mir direkt in die Augen.

»Asa ist unfähig, einem anderen menschlichen Wesen etwas anzutun.«

»Er ist ein selbst ernannter Hexer.«

»Und ich eine selbst ernannte Hexe. Das sind wir alle hier.«

Ich sagte nichts.

»Asa hat sich Wicca völlig verschrieben und deshalb auch der Hochachtung vor dem Leben. Ich weiß in meinem Herzen, dass er nie jemandem das Leben nehmen könnte.«

Sie schüttelte frustriert den Kopf.

»Es gibt so viele falsche Auffassungen über uns. Wir haben zu tun mit Satanismus, Vampirismus, Freimaurerei. Einige behaupten ernsthaft, wir treiben Gruppensex und bringen Menschenopfer dar. Das ist alles völliger, auf Unwissenheit beruhender Blödsinn.«

Als sie sich mir wieder zuwandte, war ihr Körper angespannt, und im Dunklen ihrer Augen flackerte der Feuerschein.

»Die Angst vor der Macht der Frauen zieht sich als Subtext durch fast alle heutigen Religionen. Moderne Kirchenlehren sind voll von Geschichten über Sirenen und Hexen und Zauberinnen unter dem Vollmond. Alles männliche Propaganda zur Festigung der eigenen Macht.

Und das ist bitter, weil prähistorische Artefakte darauf hindeuten, dass die Menschen anfangs einer weiblichen Gottheit huldigten, einer Göttin oder Erdmutter. Hast du die Abbildung über der Hüttentür gesehen?«

»Sie ist der Venus von Willendorf nachempfunden«, sagte ich und meinte damit eine paläolithische Statuette, die 1908 in Österreich ausgegraben wurde.

»Natürlich.« Sie lächelte. »Du kennst dich in prähistorischer Archäologie aus. Und du weißt sicher auch, dass die ersten schriftlichen Belege auf eine Anbetung von Göttern und Göttinnen hindeuten. Und dass diese frühen weiblichen Gottheiten schließlich gegenüber patriarchalischen Sturmgöttern wie Baal, Raman und Yahweh den Kürzeren zogen.«

Ihr Blick wanderte über mein Gesicht.

»Wiccaner sind moderne Heiden, die unsere erste Mutter als die Göttin betrachten, die in der Prähistorie angebetet wurde, bevor die männliche Göttermafia daherkam. Wir bemühen uns, den Subtext weiblicher Unterwerfung ins Bewusstsein zu holen und diese Geisteshaltung zu ändern. Wir wollen hier und jetzt eine andere Welt, eine, in der Frauen und Männer gleich sind, in der die Grundannahmen darüber, wer Macht haben sollte und was Wert hat, andere sind.

Aber wir wollen, dass diese Veränderungen friedlich erreicht werden. Wiccaner ehren das Weibliche, vor allem aber betrachten wir unsere Religion als eine persönliche, positive Feier des Lebens. Wir verehren die kreativen Kräfte der Natur, die von einem Gott *und* einer Göttin symbolisiert werden.«

Sie nahm meine Hände in ihre.

»Jetzt will ich dir die anderen vorstellen. Lass uns dir zeigen, wer wir sind, woran wir glauben, was wir tun. Du wirst sehen. Keiner von uns könnte einem anderen das Leben nehmen.«

»Okay«, sagte ich. »Zeig mir Wicca.«

Und so lernte ich Himmelsvogel, Rabe, India und Traumfänger kennen. Ich sah und hörte Tanzen und Trommeln und Singen. Ich aß. Ich hörte zu. Ich stellte Fragen.

Ich erfuhr, dass Wicca die Zahl seiner Gefolgsleute auf über vierhundertausend schätzt, was sie zur zehntgrößten Glaubensgruppierung der Vereinigten Staaten machen würde, hinter den Christen, den Nichtreligiös-Säkularen, den Juden, den Muslimen, den Buddhisten, den Agnostikern, den Atheisten, den Hinduisten und den Unitarischen Universalisten.

Ich erfuhr, dass Wicca kein offizielles Buch besitzt, keine Zentralverwaltung, keinen Führer und auch keinen universell anerkannten Propheten oder Boten.

Ich erfuhr, dass es viele wiccanische Traditionen gibt, jede mit eigenen, deutlich unterschiedlichen Lehren und Praktiken, darunter Gruppierungen wie *Alexandrian, Faery, Gardnerian, Odyssean, Reclaiming, Uniterranism* und viele andere.

Ich erfuhr vom Gesetz der Dreifachen Wiederkehr, dem Glauben, dass sowohl gute wie schlechte Taten auf den Täter zurückfallen, und von den acht wiccanischen Tugenden: Frohsinn, Ehrfurcht, Ehre, Demut, Kraft, Schönheit, Macht und Mitleid.

Trotz der Tarot-Karten, der Zauberschriften, der Kristalle und Liebesamulette spürte ich eine ungekünstelte Überzeugung in allen, die ich kennenlernte.

Ich erkannte, dass wiccanische Glaubenssätze und Praktiken weitgehend unbekannt bleiben, weil die Anhänger sich aus Furcht vor Verfolgung verstecken.

Eine Verfolgung der Art, wie Boyce Lingo sie quasi en gros verkaufte.

Als ich sie um Mitternacht verließ, hatte ich zwar noch meine Zweifel in Bezug auf Asa Finney, war mir aber sicher, dass wir sehr vorsichtig vorgehen mussten, damit unsere Ermittlungen nicht von Vorurteilen beeinträchtigt wurden. Slidell davon zu überzeugen, würde eine harte Nuss werden. Aber das hatte bis morgen Zeit.

Als ich in meine Auffahrt fuhr, huschten die Lichtkegel über einen rechteckigen Gegenstand auf der Treppe zur Hintertür.

*Charlie hat wieder zugeschlagen.* Ich lächelte, stieg aus und ging zur Tür.

Der Gegenstand war ein Pappkarton mit festgesteckten Laschen. Ich balancierte ihn auf einem Knie, sperrte auf und betrat das Haus.

»Bin zu Hause, Bird«, rief ich.

Birdie tauchte auf, als ich eben meine Jacke auszog. Nachdem er ein- oder zweimal meine Knöchel umkreist hatte, sprang er auf die Anrichte.

Und erstarrte in Schreckenspose, den Rücken rund, den Schwanz gesträubt und aufgestellt. Aus seiner Kehle drang ein urtümliches Klacken.

Ich reagierte mit aufgestellten Nackenhaaren und Gänsehaut.

Ich nahm Birdie in den Arm und stellte ihn auf den Boden. Er sprang sofort wieder auf die Anrichte.

Während ich den Kater mit einer Hand zur Seite drückte, löste ich die Laschen des Kartons mit einer Hand und öffnete den Deckel.

Eine tote Mokassinschlange lag umgedreht in dem Karton, der Bauch aufgeschlitzt, die herausquellenden Eingeweide glänzend und rot. Unter dem Unterkiefer war ein umgedrehtes Pentagramm in die blassgelbe Haut geritzt.

## 27

Im Schlaf suchte mich die Mokassinschlange heim, die ich, fest verpackt in einer Mülltüte, zwischen die Ringelblumen neben meiner Hintertür gelegt hatte. Im Traum war sie sehr lebendig, verfolgte mich durch dicht stehende, mit Spanischem Moos behängte Bäume und stieß dabei immer wieder einen gehauchten, zischenden Laut aus. Asa, Asa, Asa.

Je schneller ich rannte, desto näher kam die Schlange meinen Fersen. Ich kletterte auf einen Baum. Sie glitt an mir vorbei den Stamm hoch und grinste mich von oben her an, fast wie die Katze aus *Alice im Wunderland*. Ihre Zunge schnellte mir ins Gesicht. Ich schlug nach ihrem Kopf.

Wieder kam die Zunge auf mich zu. Über der gespaltenen Spitze konnte ich drei rote Sechsen sehen. Und darüber ein winziges, glühendes Kreuz.

Ein Ast verwandelte sich in eine sehnige Tentakel, die sich, ein Mikrofon umklammernd, mir entgegenwand. Das Metall strich mir über die Wange.

Wieder schlug ich aus.

Und traf etwas Festes und Haariges.

Ich wachte auf, weil Birdie mir das Gesicht leckte.

»Sorry, Bird.« Ich wischte mir Speichel von der Wange.

Der Wecker zeigte 7 Uhr 20.

Ich machte eben Kaffee in der Küche, als mein Handy klingelte. Slidell. Ich seufzte kurz und schaltete ein.

»Sie haben ihn heute Morgen rausgelassen.«

Ich brauchte einen Augenblick. »Finney?«

»Nein. Jack the Ripper. Natürlich rede ich von Finney.«

Ich verkniff mir einen Kommentar.

»Der barmherzige Staatsanwalt musste dem Pflichtverteidiger zustimmen, dass wir nicht genügend Beweise haben, um Finney Klapec oder Rinaldi anzuhängen. Und der Knochenraub reicht nicht, um ihn im Knast zu behalten.«

Slidells Hinweis auf Charlie Hunt ließ mich schon wieder zusammenzucken. Okay. Keine Verdrängung mehr. Ich würde Charlie noch an diesem Vormittag anrufen.

»– Dreck am Stecken, und ich werde den kleinen Scheißer nicht einfach so sausen lassen.« Slidells Stimme holte mich zurück. »Irgendwas Neues bei Ihnen?«

Ich erzählte ihm von der Schlange.

»Scheiße. An wen denken Sie?«

»Ich habe letzten Freitag Boyce Lingo öffentlich kritisiert.«

»Der Mann hat viele Fans, aber die scheinen mir nicht der Typ zu sein, der Reptilien aufschlitzt.«

»Da bin ich mir nicht so sicher.«

»Es stand ja in der Zeitung, dass Sie und ich Cuervos Laden an der Greenleaf durchsucht haben.« Slidell hielt kurz inne, schien sich noch andere Möglichkeiten zu überlegen. »Oder vielleicht war's einer von Finneys Voodoo-Kumpels.«

Ich erzählte ihm von Jennifer Roberts und meiner Fahrt zum Camp Vollmond und wartete dann auf seine Tirade. Slidell überraschte mich.

»Wie ist Ihre Einschätzung?«

»Viel Ökofeminismus und schlechte Gedichte.«

»Soll heißen?«

»Die Leute, die ich kennenlernte, waren zwar unkonventionell, wirkten aber durchwegs harmlos.«

»Wie jeder Serienkiller.«

»Glauben Sie, die Mokassinschlange war als Drohung gedacht?«

»Entweder das, oder irgendjemand ist unglücklich darüber, dass Finney verhaftet wurde, und wollte mit 'nem Talisman versuchen, ihn wieder rauszuholen.« Slidell schnaubte laut. »Wäre das nicht ironisch? Kaum machen die den Schlangenzauber, ist der Junge schon wieder draußen. Wie auch immer, nicht lustig ist, dass irgendein Spinner weiß, wo Sie wohnen. Sie müssen auf sich aufpassen.«

Daran hatte ich auch schon gedacht.

»Soll ich Ihr Haus überwachen lassen?«

Ich wollte eben ablehnen, dachte dann aber an Rinaldi. Warum das Risiko eingehen?

»Ja. Danke.«

»Ich lasse jede Stunde mal einen Streifenwagen bei Ihnen vorbeifahren, die Jungs sollen nachschauen, ob alles in Ordnung ist. Vielleicht sollten wir irgendein Notsignal vereinbaren?«

»Eine Laterne im Turm der Old North Church?«

»Hä?«

»Eine, wenn Gefahr von Land her droht?«

Keine Reaktion.

»Wenn's Probleme gibt, lasse ich die Außenbeleuchtung an.«

»Das sollte funktionieren.«

»Wollen Sie die Schlange?«

»Was soll ich mit einer aufgeschlitzten Mokassinschlange anfangen?«

Ich berichtete Slidell von den Feinschnitten, die ich Marion Ireland ins UNCC gebracht hatte.

»Warum ist das wichtig?«

»Muss es nicht sein. Das weiß ich erst, wenn ich die Vergrößerungen habe.«

Einige Augenblicke lang hörte ich nasales Keuchen, dann: »Hab herausgefunden, dass am achtundzwanzigsten September ein Kerl namens Vince Gunther wegen Straßenprostitution verhaftet wurde. Verbrachte die Nacht in der Zelle, bis am nächsten Nachmittag jemand die Kaution für ihn blechte. Ich glaube, Gunther könnte Eddies Hühnerhabicht sein. Ich werde ihn über den Kautionsagent aufspüren.« Slidell machte eine kurze Pause. »Wie's aussieht, finden sie gerade heraus, dass Eddie Geldprobleme hatte.«

»Ach so?«

»Über fünfzigtausend an Kreditkartenschulden.«

»Und?«

»Und nichts. Sie überprüfen das noch.«

»Ihnen gegenüber hatte er nie finanzielle Schwierigkeiten erwähnt?«

»Nein.« Knapp.

»Glauben Sie, dass er in etwas verwickelt war, das ihn das Leben gekostet hat?«

»Dieser Frage wird nachgegangen.« Dann kam eine lange Pause. »Ich glaube es nicht. Nach dem Tod seiner Frau wollte Eddie nichts anderes mehr als nach Hause gehen, seine Eierkopfmusik hören und Kreuzworträtsel machen. Und dieses andere Ding. Das mit den Ziffern.«

»Sudoku?«, riet ich.

»Ja. Genau. Und er kochte, nur für sich. Richtige Mahlzeiten, mit frischer Pasta und Kräutern und so.« Man hörte, dass Slidell das eher unheimlich war.

Es gab mir einen Stich. Obwohl ich Rinaldi fast zwanzig Jahre lang gekannt hatte, wusste ich, abgesehen davon, dass er ursprünglich aus West Virginia kam, verwitwet war und alleine lebte, zwanghaft ordentlich war und klassische Musik, gutes Essen und teure Kleidung mochte, kaum etwas über den Mann. Das würde sich jetzt auch nicht mehr ändern.

»Hatte Eddie Familie?«

»Einen verheirateten Sohn. Tony. Lebt irgendwo in der Nähe von Boston. Schon von Kindesbeinen an.«

»Hatten sie Kontakt?«

»Ja. Aber das war etwas, worüber Eddie nie sprechen wollte.«

Ich fragte nicht, warum Rinaldis Sohn von anderen aufgezogen worden war. »Was sagt Tony?«

»Findet die Scheißkerle, die meinen Vater umgebracht haben.«

Da ich Slidells Verdrießlichkeit als Trauer erkannte, ließ ich die Bemerkung unkommentiert.

»Hören Sie. Eine Sondereinheit der Mordkommission leitet die Ermittlung. Raub und Vergewaltigung helfen bei der Nachbarschaftsbefragung aus, gehen Zeugenhinweisen nach, überprüfen die Akten und solche Sachen. Da das Wetter Scheiße war, war am Samstagabend niemand auf der Straße. Kein Mensch hat irgendwas gesehen. Zumindest ist das die Geschichte, die man mir erzählt. Aber bei den Jungs stehe ich nicht gerade ganz oben im Verteiler.«

Ich konnte das verstehen. Schon unter normalen Umständen war Slidell schwer zu kontrollieren. Bei seiner emotionalen Bindung konnte man nie sagen, was er tun würde, wenn er auch nur einen Hinweis auf eine Spur zu Rinaldis Mörder erhielt.

»Sehen wir uns in der Kirche?«

»Ich werde hinten sitzen.«

Nach dem Telefonat loggte ich mich in meinen Computer ein und kontrollierte meine E-Mails.

Katy hatte geschrieben, um sich wegen unserer Kabbelei zu entschuldigen. Einfacher als telefonieren, nehme ich an.

Ein Mann in Nigeria wollte mich als Partner in einem Plan, zwei Millionen Dollar abzustauben. Ich müsste nichts weiter tun, als ihm meine Kontodaten zu schicken.

Ein Kollege am UNCC hatte eine elektronische Einladung zu einer Halloween-Party geschickt. Weil ich mich an die Sause vom letzten Jahr erinnerte, lehnte ich ab.

Astall@gmail.com. Betreffzeile leer.

O nein.

O ja. Allison Stallings wollte sich auf einen Drink mit mir treffen. Sie hatte noch einige Fragen.

Verdammte Scheiße. Larke Tyrells Wut war berechtigt. Ich hatte während meiner Sauferei am Montag mit ihr gesprochen. Aber hatte *ich* sie angerufen? Auf keinen Fall.

Falls sie mich angerufen hatte, woher hatte sie dann meine privaten Festnetz- und Handynummern? Mrs. Flowers hätte nie persönliche Informationen herausgegeben. Und am UNCC auch niemand. Niemand, der Bescheid wusste. Aber wie hieß diese neue Sekretärin gleich wieder? Natasha? Naomi?

Ich schaute auf die Uhr. 8 Uhr 05. Ich wählte.

Naomi schwor, sie habe meine Nummer keinem Menschen gegeben.

Hatte *ich* es? Ich ging die letzten Wochen durch. Natürlich, Takeela Freeman. Stallings konnte die Nummer von ihr bekommen haben.

Aber warum e-mailte sie dann und rief mich nicht direkt an?

Weil ich vierundzwanzig Stunden lang keinen Anruf entgegengenommen hatte? Weil diejenigen, die es übers Festnetz probierten, die Nachricht erhielten, dass dieser Anschluss außer Betrieb sei?

Ich schärfte mir ein, mit Takeela zu sprechen.

Danach kamen zwei Nachrichten des Entomologen, dem ich die Greenleaf- und Klapec-Insekten geschickt hatte. Jede Mail enthielt einen Anhang. Ich öffnete und las den ersten.

Keine Überraschung. Die Insekten aus dem Unterkeller deuteten darauf hin, dass das Huhn etwa acht Wochen, bevor ich die Probe entnommen hatte, gestorben war. Damit musste die letzte Messe an Cuervos Altar irgendwann Mitte August gelesen worden sein.

Das passte. Cuervo hatte seinen Zusammenstoß mit dem Zug am sechsundzwanzigsten August.

Ich öffnete den Klapec-Bericht. Zusätzlich zu den Namen und der Menge der Spezies enthielt er noch zwei Stellungnahmen, eine bezüglich der postmortalen Umgebung, die andere bezüglich der Zeitspanne seit Eintritt des Todes.

Die erste Stellungnahme war nicht unerwartet.

*Die Proben enthalten keinen Hinweis auf Liegezeit im Wasser.*

Okay. Klapec war am Strand abgelegt, nicht angespült worden. Bei der Autopsie waren Larabee und ich zum selben Schluss gelangt.

Die zweite Stellungnahme war beunruhigender.

*Der Verstorbene wurde in situ am neunten Oktober entdeckt und zwei Tage später gemeldet und geborgen. In der fraglichen Zeitspanne erreichten die Tagestemperaturen maximal dreißig Grad. Die Leiche war locker in Plastik gewickelt. Die Verletzungen waren schwerer Natur. Ausgehend von diesen Faktoren ist die Insektenaktivität ungewöhnlich gering, aber nicht unvereinbar mit dem unteren Ende einer PMI-Spanne, die bei einem Minimum von achtundvierzig Stunden beginnt.*

Ich lehnte mich verwirrt zurück.

Rinaldi hatte sich notiert, dass sein Informant Vince Jimmy Klapec am 28. September zum letzten Mal mit seinem gewalttätigen Stecher Ricky Nelson gesehen hatte. Wenn das stimmte, wo war Klapec dann vom 28. September bis zum 11. Oktober, als seine Leiche auftauchte?

*JK. 28/9 ZLG mit RN nach VG.*

Irrten wir uns in unserer Interpretation von Rinaldis Eintrag? Falls ja, was hatte er dann gemeint?

Ich führte mir noch einmal vor Augen, wie Klapec am Ufer des Lake Wylie gelegen hatte. Die eingeritzten Zeichen auf Brust und Bauch. Der kopflose Hals. Auf dieser Leiche hätte es vor Maden und Eiern eigentlich nur so wimmeln müssen. Warum so wenig Eiablage und Schlüpfungen? Und warum kein tierisches Interesse?

Ich rief mir auch Susan Redmons Schädel in der Dunkelheit von Cuervos Keller noch einmal ins Gedächtnis.

Die beiden Fundorte waren so verschieden und doch so ähnlich im Hinblick auf die makabere Verwendung von menschlichen Überresten. Warum lagen diese beiden Entdeckungen zeitlich so dicht beieinander?

Ich musste Slidell zustimmen. Auch mein Bauch sagte mir, dass die beiden Situationen miteinander zu tun hatten. Aber wie weit reichte dieses Netz der Verbindungen? Und wer knüpfte es?

Finney? Er hatte geleugnet, Cuervo zu kennen, war aber bei der Erwähnung des Namens des *santero* zusammengezuckt. Er fuhr einen Ford Focus. Und er hatte Bücher über Satanismus.

Ich glaube nicht an Zufälle. Zufall ist nichts anderes als ein Mangel an Faktenwissen.

Okay. Zeit für Fakten.

Als ich den Namen Finney googelte, erhielt ich zwei Treffer, einen für einen frühen Siedler der Stadt Hamilton und einen für die Website eines Hexers namens Ursa.

Asa. Ursa. Bingo. Ich versuchte es mit dem Bären.

Auf der oberen linken Seite von Ursas Startseite sprühte ein sich langsam drehendes Pentagramm Funken. Rechts war ein Foto von Asa Finney in einer langen, weißen Kutte, die mit dem Sternbild Ursa Major bestickt war. Der Große Bär.

Eine Schichtpyramide füllte die Mitte des Bildschirms und bot Links zu Themen innerhalb der Site. Zu den Angeboten gehörten: *Ankündigungen, Buchbesprechungen, Feste, Lehrbuch, Magie, Mondphasen, Poesie, Rituale* und *Samhain.*

Ich klickte auf *Poesie.*

Finney bevorzugte Verse über weinende Lilien, Herzen wie Leuchttürme und die Erschaffung von Wirklichkeit durch Liebe.

Ich klickte auf *Samhain.*

Es gab ein Zitat aus Ray Bradburys *Halloween,* eine Anzeige für ein Buch mit dem Titel *Heidnische Mysterien zu Halloween* und eine ausführliche Erläuterung des Feiertags. Finneys Darstellung der Ursprünge von *All Hallow's Eve* stimmte mit der von Jennifer

Roberts überein. Ich erfuhr unter anderem, dass in Schottland zur Praktik des Verkleidens auch der Transvestismus gehörte, dass also Männer Frauenkleider anlegten und anders herum. Ich war einen Augenblick abgelenkt, konnte es mir nicht so recht vorstellen. Wenn Männer Kilts trugen, wie sollte das funktionieren?

Die einzige relevante Information war die, dass zu Samhain oft zwei verschiedene Feiern gehörten, wobei die eine dem eigentlichen Fest vorausging. Okay. Das stützte Roberts Aussage über die außertourliche Versammlung im Camp.

Ich kehrte zur Startseite zurück und klickte auf *Lehrbuch.*

Da war Finney wieder, diesmal in einer Großaufnahme. Der Kerl sah wirklich aus wie Rick Nelson mit Aknenarben.

Unter Finney waren weitere Sublinks aufgelistet: *Medizin und Magie. Jeder Atem ist ein Gebet. Steine sind Individuen wie wir. Aphrodisiaka: Geschenke der Göttin.* Ich nahm an, dass jeder Link zu einer Lektion in wiccanischem Leben führte.

Inzwischen etwas gelangweilt, klickte ich auf *Aphrodisiaka.*

Die Verwendung eines Aphrodisiakums betrifft mehr als eine Person. Das war wirklich mal eine Offenbarung. Aphrodisiaka können Pflanzen oder ganze Gerichte sein. Zu den Pflanzen gehören Ginseng, Knoblauch und Guarana. Okay. Das hatte ich nicht gewusst.

Erotische Gerichte können alles Salzige, Klebrige, Süße, Zähe, Warme oder Kalte sein. Was bleibt dann noch?

Unten auf die Seite hatte Finney eine Haftungsablehnungserklärung gestellt, in der er angab, dass seine Ratschläge nur Informationszwecken dienten, und dem Leser riet, einen Arzt aufzusuchen, bevor er Aphrodisiaka als sexuelle Hilfsmittel benutzte.

Ja klar. Hallo, Doktor. Ich habe Lust auf ein Karamellbonbon. Was halten Sie davon?

Ich wollte mich schon ausloggen, als mein Blick auf ein Kästchen am unteren linken Rand der Seite fiel. Dort präsentierte Finney Links zu Adressen, die, wie ich vermutete, Quellen für seine libidinösen Produkte waren.

Botanica Exotica
Göttliche Botanische Schwestern
Erdelemente
La Botánica Buena Salud
Mystische Stimmungen
Heidnische Tränke

Ich spürte ein Kitzeln in meiner Kehle. *La Botánica Buena Salud.* Cuervos Laden?

Ich hielt den Atem an, als ich den Link anklickte. Dann allerdings erfuhr ich, dass die Site nicht mehr existierte.

War es derselbe Laden? Oder ein Online-Versand mit demselben Namen, der mit dem Laden nichts zu tun hatte?

Hatte ich den Beweis für eine Verbindung zwischen Finney und Cuervo gefunden? Falls ja, warum hatte Finney dann gelogen und behauptet, den *santero* nicht zu kennen?

Hatte Finney Cuervos Laden nur in seine Liste aufgenommen, weil er in Charlotte lag?

Cuervo und Finney. Ein *santero* und ein Hexer. Was war die Verbindung? War Slidells Instinkt in Bezug auf Finney korrekt? Hatte Ursa mit mehr zu tun als nur mit Poesie und Kräutertöpfen? Mit dem Mord an Jimmy Klapec? An Rinaldi?

An Cuervo? War es möglich, dass der Tod des Mannes gar kein Unfall gewesen war?

Jennifer Roberts war fest von Finneys Unschuld überzeugt. Dennoch hatte sie ihn an dem Abend, als Klapec getötet wurde, nicht erreichen können.

In einer Hinsicht hatte Roberts recht. Die Site schien das Werk eines exzentrischen, aber gewaltlosen Menschen zu sein.

Abwesend loggte ich mich aus.

Und starrte unvermittelt auf eine kopflose, von Dutzenden von Schwertern durchbohrte Leiche, die sich langsam in Schwärze auflöste. Ein Punkt erschien und wuchs heran zu einem Alien mit viel zu vielen Zähnen.

Ich starrte das Pop-up gebannt an, als auf der Brust des Wesens ein roter Kreis erschien. Der Körper explodierte, die Einzelteile flogen davon. Wörter schwebten über den Bildschirm. Böse Gilden. Mystische Welten. Fremde Universen. Beutepirsch. Spiele. Lerne raffinierteste Programmiertechniken. Der Titel *Dr. Games.com* blinkte orange und rot und drängte den Betrachter, ihn anzuklicken.

Das Pop-up hatte keine »Schließen«-Option. Ich bewegte den Cursor zu dem X in der oberen rechten Ecke und klickte. Aber das Ding verschwand einfach nicht.

Ein plötzlicher Einfall. Finney entwickelte Spiele. War das Pop-up vielleicht sein eigenes Werk, ein Trick, um Ursas Besucher auf eine andere Site zu locken?

Okay, Dr. Games. Ich spiele mit.

Dr. Games' Startseite enthielt weder Fotos noch Grafiken. Ein schlichter Satz begrüßte Spieler, Hobby- und Profispielentwickler.

Ein Inhaltsverzeichnis bot folgende Optionen: *Bau dir den ultimativen Spiele-PC. Komponenten eines guten Spiels. Tipps für die Spieledesigner-Karriere. Spieledesign-Kurse. Spiele zum freien Download.*

Ich klickte sofort die fünfte Option an.

Und fand mich in einer bedrückenden, neuen Welt wieder.

## 28

Von den sechs aufgelisteten Spielen schaute ich mir nur drei an.

In *Killer Dozen* kontrollierte der Spieler zwölf Kämpfer, die ihre Gegner auf unzählige, grauenhafte Arten verfolgten und vernichteten. Körper wurden in zwei Teile gerissen, Kehlen aufgeschlitzt, Köpfe auf Krummschwerter und Heugabeln gespießt.

In *Reality Crime* war der Spieler ein Polizist, der nach Informationen über den Tod seines Bruders suchte. Verdächtige wurden verprügelt und mit einer großen Auswahl an Waffen erschossen.

In *Gods of Combat* war der Spieler ein Rebellenkrieger, der sich an den Göttern rächen wollte. Details der zugefügten Verletzungen waren von einem abscheulichen Realismus.

Daneben gab es noch *Island of Death, Blood Frenzy* und *Mansion of Mayhem.* Ich schaute nicht einmal hinein.

Stattdessen griff ich zum Telefon und wählte Slidells Nummer. Er klang gereizt, als er antwortete.

Ich berichtete ihm von dem Link auf Finneys Website zu Cuervos Laden und von dem Pop-up zu der Spieleseite. Er sagte, er werde den Besitzer der Dr.-Game-Domain ermitteln und nachprüfen lassen, ob es einen Online-Versand mit dem Namen La Botánica Buena Salud gab, der mit Cuervos Laden nichts zu tun hatte.

Ich erzählte ihm auch, dass ich die Entomologie-Berichte erhalten hatte.

»Fassen Sie kurz zusammen.«

»Cuervo tötete das Huhn irgendwann Mitte bis Ende August.«

»Ich nehme an, das war vor seinem Techtelmechtel mit dem Zug.«

Ich ignorierte das. »Klapec war nie im See und starb wahrscheinlich zwei Tage, bevor wir seine Leiche entdeckten.«

Slidell schwieg einen Augenblick, dachte offensichtlich darüber nach.

»Eine Dame namens April Pinder hat die Kaution für Vince Gunther springen lassen. Frage mich, ob sie weiß, in welcher Branche ihr Freund tätig ist. Wie auch immer, April und ich werden richtig gute Freunde werden.«

»Ich will dabei sein.«

Slidell brummte etwas Unverbindliches und legte auf.

Die Uhr zeigte 9 Uhr 50.

Ich musste mich beeilen.

St. Ann's nennt sich selbst die kleine Pfarrei mit dem großen Herz. Was an diesem Morgen nötig gewesen wäre, war allerdings eine große Gemeinde mit kolossalen Sitz- und Parkkapazitäten.

Auf der Fahrt vom Annex sah ich Hunderte Menschen, die zum Trauermarsch strömten. Stadt- und Staatspolizisten. Feuerwehrmänner. Militärs. Sanitäter. Wie es aussah, war jeder, der eine Uniform trug, anwesend.

Wie vorausgesagt, nahmen auch enorm viele Zivilisten Anteil. An einigen Stellen standen die Leute drei und vier Reihen tief. Einige weinten. Einige umarmten sich oder hielten sich die Hände. Viele hatten kleine, amerikanische Flaggen in der Hand.

Wie Slidell mir geraten hatte, stellte ich mein Auto am YWCA ab und arbeitete mich zur Kirche vor. Eine Formation von Polizisten in Paradeuniform reichte vom Portal über den Parkplatz bis weit in die Park Road hinein.

Die Medien waren in großer Zahl vertreten, vorwiegend lokale Sender, aber CNN und FOX bezeugten das landesweite Interesse. Über der Szenerie kreisten Hubschrauber.

Das Wetter spielte mit. Die Sonne schien aus einem herbstlich sattblauen Himmel, ein perfekter Tag für eine Berichterstattung von einem Friedhof.

Nachdem ich meinen Ausweis gezeigt hatte, wurde ich auf einer Liste abgehakt und in die Kirche gelassen.

Slidell saß in der letzten Reihe an einem Seitengang, die Hände zwischen den Knien gefaltet, das Gesicht wie eine Marmorbüste. Als er mich sah, rutschte er zur Seite, sagte aber nichts.

Ich setzte mich neben ihn.

Und spürte sofort, wie die gewohnten Gefühle auf mich einstürzten.

Das düstere Dröhnen der Orgel. Weihrauch, der sich mit süßem Blumenduft mischte. Sonnenlicht, das durch Buntglas sickerte.

Ich dachte zurück an vergangene Begräbnisse.

Der winzige, weiße Sarg meines Bruders. Der glänzend bronzene meines Vaters. Luftballons über dem Sarg eines kleinen Mädchens, das von Bikern in Montreal erschossen worden war. Schleierkraut auf dem Grabstein einer Freundin, die mit dreiundvierzig an einem Lymphom gestorben war.

Ich atmete tief ein und wieder aus. Konzentrierte mich auf die Musik. Händels *Totenmarsch*? Chopins *Begräbnismarsch*? Ich war mir nicht sicher. Erbaulich wirkte die Musik auf mich nicht.

Ein sehr alter Priester hielt die Messe. Slidells Chefin, Harper Dunning, las die Epistel. Tony Rinaldi erzählte von seinem Vater. Andere von ihrem Kollegen, ihrem Freund, ihrem Gemeindemitglied. Wir standen, saßen, knieten. Sangen *Abide with me* und *Lead, Kindly Light*.

Während der Zeremonie sah ich die ganze Zeit Rinaldi vor mir, seine knochige, kantige Gestalt. In meinem Büro, wie er sich mit seinem Montblanc-Füller penibel Notizen machte. In meinem Labor, wie er Susan Redmons Schädel anstarrte. Auf der 35th, wie ihm das Blut aus seinem perfekten Armani-Sakko quoll.

Am Ende geleitete eine Ehrengarde den Sarg hinaus. Die Trauergemeinde strömte zu Mendelssohns *Auf Flügeln des Gesanges* hinaus.

Slidell brachte uns zum Friedhof, wo sich die Szene unter freiem Himmel wiederholte. Polizisten. Trauernde. Reporter. Würdenträger.

Larabee war anwesend, im schwarzen Anzug. Ich wollte eben zu ihm gehen, als eine Hand meine Schulter berührte. Ich drehte mich um.

Zwei grüne Augen schauten in meine.

Ohne ein Wort zog Charlie mich an sich und drückte mich.

Ich legte ihm die Hände auf die Brust, stieß mich ab und trat einen Schritt zurück. Warum? Verlegenheit wegen seiner öffentlichen Demonstration der Zuneigung? Wegen meiner Sauferei? Wegen unseres Techtelmechtels? Unserer Techtelmechtel?

»Wie ging's die letzten Tage?«, fragte Charlie sanft.

»Gut«, sagte ich und war mir bewusst, dass Slidell nur drei Meter entfernt stand, das sonnenbebrillte Gesicht zwar seiner Chefin zugewandt hatte, aber uns zuhörte, auch wenn er so tat, als würde er es nicht tun.

»Ich habe angerufen«, sagte Charlie.

»Ich hatte verdammt viel zu tun.«

»Ich habe mir Sorgen gemacht.«

»Mir geht's gut. Danke für das Essen.«

»Ich hätte dir lieber selbst was gekocht.«

»Hör zu, ich –«

»Du musst nichts erklären. Nicht mir. Du hast getan, was du tun musstest.«

»Das war nicht ich, Charlie.« Ich wusste nicht so recht, was ich eigentlich meinte.

»Am Donnerstag? Oder am Sonntag?«

Er unterbrach mich, als ich etwas erwidern wollte.

»Sollen wir es noch einmal probieren? Vielleicht an einem Freitag?«

»Da ist noch ein anderer, Charlie. Ein Detective in Montreal. Ich bin mir nicht sicher, ob es vorbei ist.«

Meine Worte überraschten mich selbst. Natürlich war es vorbei. Und ich war darüber hinweg.

»Er ist sehr weit weg«, sagte Charlie.

In vielerlei Hinsicht, dachte ich.

*»Stand by your man«,* sang Charlie leise.

Ich musste lächeln. Auf irgendeiner endlosen Busfahrt zu irgendeinem staatlichen Tennisturnier war dieser Song unaufhörlich gelaufen. Er wurde zu einem Standardwitz unseres Teams.

»Wem gehörte eigentlich die Kassette?«

»Dreg Zogbauer.«

»Wir waren mit jemandem namens Dreg Zogbauer in der Schule?«

Charlie zuckte die Achseln.

»Ich weiß noch gut, wie alle applaudierten, als der Busfahrer den Ghettoblaster konfiszierte.«

»Ich war der, der als Erster klatschte. Es war nicht die Musik meines Stammes.«

Ich hob eine Augenbraue. »Deines Stammes?«

»Yankee-Fans.«

Wieder musste ich lächeln.

»Ich verstehe schon, Tempe. Die Heilung braucht Zeit.«

Gerade du solltest das sehr gut wissen, dachte ich und erinnerte mich an die Fotos seiner ermordeten Frau.

»Tut mir leid«, sagte ich.

»Ich kann warten.« Charlie grinste. Ein trauriges zwar, aber immerhin ein Grinsen. »Ich bin ein sehr geduldiger Mann.«

Und nun umarmte ich ihn.

Er wandte sich zum Gehen.

»Charlie.«

Er drehte sich wieder um.

»Asa Finney wurde heute Morgen freigelassen.«

Er legte die Hand an die Brust. »Wirklich. Kein Grund für Applaus.«

Ich verdrehte die Augen.

»Einfach nur das Eingeständnis, dass ich der beste Anwalt auf diesem Planeten bin.«

»Unter uns, meinst du, dass Finney zu einer Gewalttat fähig ist?«

Charlie trat einen Schritt näher und senkte die Stimme. »Ehrlich gesagt, Tempe, ich weiß es nicht. In einer Hinsicht hat Slidell allerdings recht. Ein komischer Kauz ist der Kerl wirklich.«

»Danke.«

Charlie war kaum zehn Schritte entfernt, als Slidell Dunning verließ und zu mir geschlendert kam.

»Das war ja rührend.«

»Wir waren zusammen auf der Highschool.«

»Freut mich für Sie.«

Ich sagte nichts.

»Dunning ist stinksauer.«

»Warum?«

»Bei uns laufen die Drähte heiß dank empörten Bürgern, die wissen wollen, warum die Polizei die Hexen und Zauberer nicht wegsperrt.«

»O Gott.«

»Ja. Die Anrufer meinen, Er wäre sehr dafür.«

Ich schüttelte nur den Kopf.

»Sie gibt teilweise Ihnen die Schuld.«

»Moment mal. Was?«

»Sie sagt, Sie hätten Lingo aufgestachelt.«

»Ich ihn *aufgestachelt?«*

»Die meisten Anrufer halten Sie für Teufelsbrut.«

Dreißig Minuten später traf der Trauerzug ein, und eine kurze Zeremonie am offenen Grab wurde abgehalten. Salutschüsse wurden abgegeben, der Sarg wurde in die Grube hinabgelassen, und die Menge zerstreute sich langsam.

Der kleine Bagger schaufelte eben Erde auf Rinaldis Sarg, als ich sah, dass Larabee zum Tor auf die Sharon Amity Road hinüberstarrte. Neugierig folgte ich seinem Blick.

Wie Ameisen, die von einem Bonbon angezogen werden, umringten Reporter zwei Männer. Ich sah nicht mehr als die Kronen zweier Köpfe, der eine silberhaarig, der andere mit Bürstenschnitt.

Boyce Lingo und sein Assistent. Die Rinaldis Begräbnis missbrauchten, um eine Botschaft des Hasses und der Intoleranz zu verbreiten.

Weiß glühender Zorn durchfuhr mich.

Ich stieß Slidell mit dem Ellbogen an und machte mich in Lingos Richtung davon, hatte nicht vor, etwas zu sagen, sondern mich nur vor dem Commissioner aufzubauen, als lebendige Mahnung daran, dass er für jedes Wort, das er äußerte, zur Rechenschaft gezogen würde.

Hinter mir hörte ich, wie Slidell sich bemühte, mit mir Schritt zu halten. Und hinter ihm ebenfalls Bewegung, Larabee, wie ich vermutete.

Ich erreichte das Getümmel, zwängte mich hindurch und stellte mich Lingo gegenüber.

»– Finney wurde heute Morgen frei gelassen. Er ist frei, um wieder unter uns zu leben, dem Satan zu huldigen und Luzifer anzubeten und das Böse in diese Welt zu bringen.«

*Still, Brennan.*

»Nun gut, Gesetz ist Gesetz, und der Mann hat seine Rechte. So sollte es auch sein. Das ist unser System. Aber was passiert, wenn das System zerbröckelt? Wenn die Rechte von Kriminellen mehr wert sind als die Rechte gesetzestreuer Bürger wie Sie und ich?«

*Ganz ruhig.*

»Ich sage Ihnen, was passiert. O. J. Simpson spielt in Florida Golf. Robert Blake und Phil Spector feiern Partys in ihren Villen in Hollywood.«

»Wollen Sie damit sagen, dass diese Jurys die falschen Entscheidungen trafen?«, rief ein Reporter. »Dass diese Männer schuldig sind?«

»Ich sage nur, dass unsere Regierung die Fähigkeit verliert, uns vor Kriminellen und Terroristen zu schützen.«

»Warum?«, fragte eine andere Stimme.

»Ich werde Ihnen sagen, warum. Wegen restriktiver Gesetze, die Polizei und Staatsanwaltschaft die Hände binden. Wenn ich in den Staatssenat gewählt werde, dann werde ich alles dafür tun, um diese Gesetze rückgängig zu machen.«

Ich vergaß die Warnung meines Chefs. Vergaß mein Vorhaben, nur als stumme Mahnung dazustehen.

»Das ist kaum der richtige Ort für Wahlkampf, Commissioner.«

Wie schon bei unserer ersten Begegnung drehten sich alle Augen mir zu. Kameras und Mikrofone folgten.

Lingo lächelte wohlwollend. »Wir sehen uns also wieder, Dr. Brennan. Aber ja, was Sie sagen, ist wahr.«

»Asa Finney hat das Recht auf eine Anhörung vor Gericht.«

»Natürlich hat er das.«

Ich konnte es nicht dabei belassen. »Und das Recht zu glauben, woran er glauben will.«

Lingos Gesicht wurde ernst. »Indem sie Satan verehren, ignorieren Asa Finney und seine Gesinnungsgenossen die Güte Jesu und zeigen Verachtung für alles, was unser Retter für uns getan hat.«

Lingo hob in Demut die Hände.

»Aber genug. Sie hat recht. Heute ist der Tag der Trauer um einen guten Beamten, der in Ausübung seiner Pflicht sein Leben hingegeben hat.«

Und damit drehte Lingo sich um und ging davon.

Randvoll mit Adrenalin wollte ich ihm folgen. Bürstenschnitt stellte sich mir in den Weg.

»Ich habe Fragen, die ich dem Commissioner gerne abseits der Mikrofone stellen würde«, sagte ich.

Bürstenschnitt stellte sich breitbeinig hin und schüttelte den Kopf.

»Bitten gehen Sie mir aus dem Weg«, sagte ich mit eisern kontrollierter Stimme.

Bürstenschnitts Gesicht blieb regungslos. »Rufen Sie besser wegen eines Termins an.«

Ich versuchte, mich an ihm vorbeizudrücken. Er streckte den Arm aus und versperrte mir den Weg. Ich machte einen Schritt nach links. Bürstenschnitt tat es mir gleich.

Ich wollte eben etwas sagen, das ich später bereut hätte.

»Moment mal.« Slidell kochte. »Sind Sie diese kleine Dame eben tätlich angegangen?«

Kleine Dame?

Bürstenschnitt verschränkte die Arme und legte den Kopf schief, eine Gangsta-Pose.

»Wie heißen Sie?«, fragte Slidell.

»Wer will das wissen?«

Slidell zeigte ihm seine Marke. »Ich, Arschloch.«

»Glenn Evans.«

»Sind Sie sein Handlanger?« Slidell deutete mit dem Kinn in Lingos Richtung.

»Ich arbeite als Commissioner Lingos persönlicher Assistent.« Die Stimme war schriller, als man bei einem Mann seiner Größe erwarten würde.

»Hervorragend. Dann können Sie mir erklären, warum mein Partner Ihren Chef angerufen hat.«

»Meinen Sie das ernst?«

»Vollkommen.«

»Das ist Belästigung.«

»Verklagen Sie mich.«

»Ich verstehe Ihre Frage zwar nicht so recht. Dennoch werde ich sie beantworten. Jede Kommunikation läuft über mich persönlich, und ein solcher Anruf wurde nie ins Büro von Commissioner Lingo durchgestellt.«

»Sei scheinen sich ja ziemlich sicher zu sein. Müssen Sie da nicht in einem Kalender oder sonst wo nachsehen?« Evans Aggressivität besserte Slidells Laune nicht gerade. »Würde Ihnen das auf dem Revier vielleicht leichter fallen?«

»Sie machen mir keine Angst, Detective.«

Slidell starrte ihn nur stumm an.

Evans zupfte sich mit Daumen und Zeigefinger an der Nase. Stemmte die Hände in die Hüften. Trommelte mit den Fingern auf seinen Gürtel. »Wann soll denn diese angebliche Unterhaltung stattgefunden haben?«

»Kurz bevor Detective Rinaldi erschossen wurde. Wenn Sie wollen, kann ich Ihre Telefonunterlagen beschlagnahmen lassen. Das ist Ihre Entscheidung.«

»Das ist Blödsinn.«

»Jimmy Klapec. Sagt Ihnen dieser Name irgendwas?«

»Wer ist das?«

»Ich stelle die Fragen.« Auf Slidells Stirn pochte eine Ader.

»Der Commissioner begibt sich oft unter die Leute, besucht

Obdachlosenasyle, Suppenküchen, Frauenhäuser, Lebensmittelausgaben und dergleichen. Er trifft sehr viele Menschen.«

Slidell sagte nichts, weil er hoffte, dass Evans sich zum Weiterreden gezwungen fühlen würde. Es funktionierte.

»Der Commissioner könnte diesen Klapec überall getroffen haben.«

»Der Junge war ein Ausreißer, der auf der Straße lebte. Siebzehn Jahre alt. Detective Rinaldi untersuchte den Mord an ihm. Deshalb muss ich mich dafür interessieren, warum Rinaldi Ihren Chef anrief.«

»Moment mal. Reden wir von dem Jungen, der am Lake Wylie gefunden wurde? Ich dachte, das hätte irgendwas mit satanistischen Ritualen zu tun.«

»Wie kommen Sie darauf?«

»Das war doch überall in den Nachrichten.«

Wieder reagierte Slidell mit Schweigen. Ich bezweifelte, dass er Lingo wirklich als Verdächtigen betrachtete, nahm an, dass er Evans nur so bedrängte, weil der seine Muskeln hatte spielen lassen.

»Hören Sie, Mr. Lingo ist Politiker. Er kommt in Kontakt mit sehr vielen Leuten an den unterschiedlichsten Orten. Wenn er irgendeinen zugedröhnten Halbmond-Hinterwäldler getroffen hat, der auf der Straße lebte, und ich sage nicht, dass er das wirklich getan hat, dann heißt das nicht, dass er irgendetwas mit dem Mord an diesem Jungen zu tun hat.«

Während Evans redete, betrachtete ich sein Gesicht. So dicht vor ihm konnte ich sehen, dass sein Gesicht vernarbt war wie das Asa Finneys. Aber hier endete die Ähnlichkeit. Evans Haare waren blond und kurz geschoren. Er hatte eng stehende Augen, hohe, fleischige Wangenknochen und einen spitz zulaufenden Unterkiefer, der in einem markanten Kinn endete.

»Nur so zum Spaß, Mr. Evans, wo war Ihr Chef am neunten Oktober?«

»Der Commissioner sprach auf einer Veranstaltung in Greensboro. Ich war bei ihm. Wenn Sie wollen, kann ich Ihnen eine Kopie des Programms und Kreditkartenquittungen von Hotel und Restaurants geben. Ach ja, und etwa vierhundert Augenzeugenberichte.«

Wieder antwortete Evans sehr schnell, ohne über die Frage lange nachdenken zu müssen. Ich prägte mir diese Beobachtung ein.

Durch die Menge hindurch konnte ich sehen, dass Larabee mit seinem Handy telefonierte. Ich nahm an, dass er versuchte, meinen Ausbruch von eben in günstigstem Licht darzustellen. Aber so wie ich Larke Tyrell kannte, fürchtete ich, dass es vergebens sein würde.

Als ich mich wieder Evans zuwandte, empfing ich interessierte Signale von meinem Unterbewusstsein.

Was?

Die Stimme? Die Akne? Finney? Die Erwähnung von Satanismus?

Es half nichts. Welche Zelle da auch die Brauen gehoben hatte, sie hatte das Interesse schon wieder verloren.

Leider. Eine Synapse in diesem Augenblick hätte vielleicht ein Leben retten können.

## 29

Ich ließ mein Auto stehen und fuhr mit Slidell. Schien allmählich zur Gewohnheit zu werden.

April Pinder wohnte in Dillehay Courts, einer Sozialsiedlung an der North Tryon, nicht weit von einem kleinen Stadtpark entfernt.

Slidell parkte an der 28th Street und las die Adresse, die der Kautionsagent ihm gegeben hatte.

»Muss da drüben sein.«

Er deutete zu mehreren länglichen Kästen, die in einstöckige

Reihenhäuser mit Backsteinfassade unten und billiger Vinylverkleidung oben unterteilt waren.

Wir stiegen aus und gingen schweigend, jeder mit demselben Gedanken. Rinaldi war genau auf der anderen Seite des Eisenbahngleises, das rechts von uns verlief, erschossen worden.

In diesem Teil der Stadt war es schwer zu sagen, welche Seite die bessere war und welche die schlechtere.

Wie den Nachbarn war auch Pinders Häuschen seit der Erbauung Mitte der Siebziger offenbar kaum Aufmerksamkeit zuteil geworden. Die Farbe blätterte ab, und die Klimaanlagen in den Fenstern waren verrostet. Gartenstühle aus Plastik verbesserten das Ambiente auch nicht gerade.

Nach einem zweiten Blick auf die Hausnummer drückte Slidell den Daumen auf die Klingel.

Hunde fingen an zu bellen, von der Tonlage her am glassplitternden Ende des Spektrums.

Slidell blies die Wangen auf und schüttelte den Kopf. Er verkniff sich eine Bemerkung und drückte noch einmal auf die Klingel.

Das Bellen wurde noch hektischer.

»Ich hasse kläffende, kleine Köter.«

Woher hatte ich das nur gewusst?

Slidell wollte eben gegen die Tür hämmern, als von drinnen eine Stimme rief: »Wer ist da?«

»Polizei.«

Ein Schlüssel wurde gedreht, und die Tür schwang nach innen. Eine Frau spähte durch den Spalt, den die Sicherheitskette gestattete, zu uns hoch. Sie kauerte und hielt einen zappelnden Zwergspitz unter einem Arm, während sie einen zweiten, der neben ihr auf dem Boden wütete, am Halsband packte und zu bändigen versuchte. Beiden Hunde zitterten und bellten hektisch.

»April Pinder?«

Die Frau nickte.

»Ich habe heute Morgen angerufen.« Slidell hielt seine Marke so tief, dass Pinder sie sehen konnte.

Der Zwergspitz auf dem Boden pinkelte auf die Fliesen.

»Moment.«

Pinder stand auf und schloss die Tür.

»Wie wär's, wenn Sie die Köter einsperren?« Slidell versuchte erst gar nicht, seinen Abscheu zu verbergen.

»Sie mögen wohl keine Hunde, was?«

»Diese zwei scheinen mir ein wenig nervös zu sein.« Triefend vor Sarkasmus.

Sekunden später saßen Slidell und ich auf einem zu üppig gepolsterten Sofa in einem zu üppig ausgestatteten Wohnzimmer. Pinder saß uns gegenüber auf einem Brentwood-Schaukelstuhl. Aus dem hinteren Teil des Hauses drang hektisches Kratzen und Kläffen zu uns, jetzt allerdings gedämpft durch Wände und Türen.

Während Slidell die Befragung begann, betrachtete ich Pinder. Sie hatte eine blasse Haut, blond gefärbte Haare und merkwürdig asymmetrische Wangenknochen, der linke prägnanter als der rechte. Ohne das zu dick aufgetragene Make-up wären ihre aquamarinblauen Augen bemerkenswert gewesen. Ich schätzte sie auf Mitte zwanzig.

Die Wohnung allerdings deutete eher auf eine über Achtzigjährige hin. Zierdeckchen. Nippes. Schnitzfiguren direkt aus der Zeit der Weltwirtschaftskrise.

Und Fotos. Unmengen davon. Die alle Menschen oder Haustiere zeigten. Anscheinend hatte es eine lange Ahnenreihe geben, die schließlich zu den gegenwärtigen Zwergspitzen führte.

Die Luft war schwer von Gerüchen. Gebratenes Essen? Mottenkugeln? Besudelte Wäsche? Zigarettenrauch?

Ich konzentrierte mich wieder auf Pinder. Sie erzählte eben von ihrem Job in einer Bar am Wilkinson Boulevard. Slidell machte sich Notizen. Oder tat so. Hin und wieder hielt Pinder inne, als würde sie auf die Geräusche der Hunde lauschen. Ich nahm an, dass wir nicht allein im Haus waren.

»Reden wir über Vince Gunther.« Slidell kam zur Sache.

»Er ist mein Geliebter. *War* mein Geliebter. Was hat er getan?«

»Wie kommen Sie drauf, dass er etwas getan haben könnte?«

»Warum wären Sie sonst hier?«

»Wo ist er?«

Pinder zuckte die Achseln. Sie trug eine Bluejeans und ein schwarzes T-Shirt mit der Aufschrift *Cheeky Girls.* Freche Mädchen.

*Cheeky Girls?* Ein Club? Eine Philosophie? Eine Rockband? Katy hatte recht. Allmählich wurde ich alt und verlor den Anschluss. Ich prägte mir ein, den Namen zu recherchieren. Vielleicht konnte ich sie beeindrucken, indem ich ihn beiläufig mal fallen ließ.

»Falsche Antwort.«

»Ich weiß es nicht. Vielleicht in Kalifornien.«

Pinder fing an, den Fransenrand eines Schaukelstuhlkissens zu bearbeiten, wickelte sich einzelne Stränge um den Zeigefinger und löste sie dann wieder.

»Kalifornien?«

»Er redete davon, nach Westen zu gehen, um was für seinen Teint zu tun.«

»Ich will Ihnen etwas erklären, Miss Pinder. Wenn Sie mich veräppeln, dann wird hier die Kacke unverzüglich mit dem Dampfen beginnen.«

»Wir haben uns getrennt.«

»Wann?«

»Vor ein paar Wochen. Drei vielleicht.«

»Warum?«

»Weil Vince ein Spinner ist.«

Krachen und Klirren erweiterte das hündische Konzert, was darauf hindeutete, dass die beiden sich jetzt gegen die Tür warfen.

»Wenn Vince ein Spinner ist, warum haben Sie dann die Kaution für ihn gestellt?«

»Er hat gesagt, er liebt mich. Ich bin eine Idiotin. Ich habe ihm geglaubt.«

Pinder umklammerte die Armlehnen und rief über die Schulter: »Poppy! Peony! Lasst das!«

»Erzählen Sie mir, wie das ablief«, sagte Slidell mit Ärger in der Stimme.

Pinder lehnte sich zurück und seufzte theatralisch.

»Vince hat mich gebeten, fünfhundert Dollar in ein Büro in der Nähe des Gerichtsgebäudes zu bringen. Hat gesagt, er würde es mir zurückzahlen, sobald er draußen ist.« Wieder spielte sie mit den Fransen.

»Er hat Sie über den Tisch gezogen«, vermutete Slidell. »Und dann hat er Sie sitzenlassen.«

Als Pinder den Kopf hob, waren ihren Augen verschleiert und rot vor Wut. »Vince ist eine schwulenfickende Hure.«

Nun gut. Ein verschmähtes Weib.

»Er hätte mich krank machen können.« Ihre Lippen zitterten, und Feuchtigkeit trat ihr in die Augen. »Wer weiß, vielleicht hat er es sogar.«

Tränen quollen ihr aus den Augen, liefen ihr die Wangen hinunter und nahmen jede Menge Mascara mit.

»Meine Oma hat Alzheimer. Sie hat niemanden mehr, nur noch mich. Wer soll sich denn um sie kümmern, wenn ich sterbe?«

Oma war vermutlich oben und schlief. Deshalb achtete Pinder so auf die Geräusche im Haus.

»Klingt nicht so, als würde Vince in die Bresche springen.«

Ich schaute Slidell fragend an.

Er hob beide Schultern. Was denn?

»Sie wissen also wirklich nicht, wohin genau Vince gegangen ist?«, fragte ich.

Pinder schüttelte den Kopf und wischte sich Tränen weg.

Ich versuchte eine andere Schiene. »Wie haben Sie und Vince sich kennengelernt?«

»Er kam in die Bar.«

»Wie lange waren Sie zusammen?«

»Drei Monate.« Gemurmelt. »Ein Jahr vielleicht.«

»Standen Sie sich nahe?«

Sie schnaubte.

»Haben Sie miteinander geredet?«

»Wie meinen Sie das?«

»Hat er sich Ihnen anvertraut?«

»Offensichtlich nicht.« Bitter.

»Erwähnte er je einen Jungen namens Jimmy Klapec?«

Sie schaute überrascht. »Ich kenne Jimmy.«

Slidells Brauen schnellten bis zum Haaransatz.

»Können Sie mir davon erzählen?«, fragte ich.

»Jimmy und Vince sind Freunde, wissen Sie, weil sie doch beide allein sind.« Sie schaute von mir zu Slidell und wieder zurück. »Jimmy ist nett. Schüchtern, wissen Sie? Und irgendwie süß.«

»Jimmy Klapec ist tot«, sagte ich.

Die stark geschminkten Augen wurden weit.

»Er wurde ermordet.«

Noch weiter.

»Wann haben Sie Jimmy Klapec zum letzten Mal gesehen?«, fragte ich.

»Weiß nicht. Im Sommer vielleicht. Ich habe ihn nur ein- oder zweimal gesehen, wenn er mit Vince in die Bar kam.«

Slidell blätterte jetzt Seiten über die Spirale seines Blocks. »Vince wurde am achtundzwanzigsten September verhaftet, Sie haben ihn am neunundzwanzigsten wieder rausgeholt. Hat er was davon gesagt, dass er Klapec um diese Zeit herum gesehen hätte?«

»Irgendwie schon.«

»Irgendwie?« Ungeduldig.

»Als Vince aus dem Knast kam, blieben wir den Abend zu Hause, schauten fern und bestellten Pizza. Der geizige Mistkerl. Wir haben fast nie was anderes gegessen. Das Problem war, Oma hatte mal wieder ihre Albträume, und deshalb war ich die meiste Zeit oben. Vince schaute sich irgendeine Rock-'n'-Roll-Sache an. Einen Augenblick.«

Sie sprang auf und verschwand durch eine Tür. Gleich darauf

hörten wir Krachen und dann: »Poppy! Peony! Ich versohl euch den Hintern!«

Sekunden später kam Pinder zurück und ließ sich wieder in den Lehnstuhl fallen.

»Erzählen Sie weiter«, sagte Slidell.

Pinder schaute ihn verständnislos an.

»Sie kümmern sich um Oma, und Vince schaut irgendwas in der Glotze.«

»Ach ja. Als ich einmal durchs Zimmer gehe, deutet er mit seinem Bier auf den Fernseher und lacht und johlt. Ich frage ihn, was ist so lustig? Er sagt, sieht genauso aus wie er. Ich sage, wer? Er sagt, ein Freund von Jimmy. Ich sage, wo ist Jimmy überhaupt? Er sagt, Jimmy hat sich mit dem Kerl eingelassen und aus dem Staub gemacht. Ich sage, wann? Er sagt, heute am frühen Abend. Dann krümmt das Arschloch sich wieder vor Lachen. Vince ist launisch. Ich war froh, dass er fröhlich war. Und ich dachte mir, wahrscheinlich ist er betrunken.«

»Auf wen deutete er?«

»Irgendeinen Kerl mit Kappe.«

»Hat Vince je von jemandem gesprochen, der aussieht wie Rick Nelson?«, fragte Slidell.

»Wer ist das?«

»Ein Sänger.«

»Säh ihm ähnlich. Der Trottel verglich dauernd Leute mit irgendwelchen Filmstars und so. Einmal sagte er, seine Exfreundin hätte ausgesehen wie Pamela Anderson.« Pinder schnaubte. »In seinen Träumen vielleicht.«

Slidell schaute mich an. Ich schüttelte den Kopf, weil ich keine weiteren Fragen mehr hatte.

Slidell gab Pinder eine Visitenkarte. »Wenn Sie Vince sehen, rufen Sie uns an, okay?«

Pinder zuckte die Achseln.

Als wir dann wieder im Taurus saßen, sagte er: »Nicht gerade die allerhellste Birne im Leuchter.«

Ich fragte: »Haben Sie Rinaldis Notizen dabei?«

Slidell zog die Fotokopien aus einer fettfleckigen Leinentasche auf dem Rücksitz. Während er fuhr, schaute ich mir noch einmal an, was sein Partner geschrieben hatte.

*JK. 29/9 ZLG mit RN nach* VG. *RN –NAR. CTK. TV. 9/10-11/10? CFT. 10. 500.*

»Pinders Geschichte stützt unsere Vermutungen. Laut VG, wahrscheinlich Vince Gunther, wurde JK, wahrscheinlich Jimmy Klapec, mit RN, wahrscheinlich Rick Nelson, zum letzten Mal lebend gesehen, und zwar am neunundzwanzigsten September. RN ist wahrscheinlich der gewalttätige Stecher, den Gunther nicht mehr bedienen wollte.«

»Der Kerl, mit dem Klapec kämpfte«, sagte Slidell.

»Der Kerl, der ihn umbrachte.«

»Und dieser Kerl ist Asa Finney. Rick Nelson mit Aknenarben.«

Ich war noch immer nicht völlig überzeugt.

»Haben Sie CTK überprüft?«, fragte ich.

»Ja. Und NAR. Kein Hinweis darauf, dass Finney oder Klapec in den letzten dreißig Tagen nach Ohio oder Kolumbien geflogen sind.«

Ich schaute mir Rinaldis letzten Eintrag an.

RN = BLA = GYE. Greensboro. 9/10. 555-7038. CTK-TV-27/9. VG, Straßenprostitut. 28/9-29/9.

GYE 27/9?

»Vince Gunther wurde am achtundzwanzigsten September wegen Straßenprostitution verhaftet und verbrachte die Nacht im Gefängnis, bis Pinder am nächsten Tag seine Freilassung organisierte. Okay. Dieser Teil ist klar.«

»Wenn ich diesen kleinen Widerling finde, wird er sich wünschen, dass sein Arsch den Knast nie verlassen hätte.«

Slidell bog scharf nach rechts ab. Ich stützte mich am Armaturenbrett ab und konzentrierte mich dann wieder auf die Notizen.

Boyce Lingos Telefonnummer.

»Glenn Evans behauptet, Rinaldi hätte seinen Chef nie angerufen. Vielleicht hat er es, vielleicht auch nicht. Wichtig ist nur, dass Rinaldi sich Lingos Nummer aufschrieb. Warum?«

»Ich weiß es nicht. Noch nicht. Aber was anderes weiß ich sicher. Ich werde Miss April Pinder beschatten lassen.«

»Glauben Sie, dass sie Gunther vielleicht versteckt?«

»Eine Überwachung kann nie schaden.«

Ich wandte mich wieder den Notizen zu.

»Greensboro. Evans sagte, er und Lingo wären am neunten Oktober in Greensboro gewesen. War es das, was Rinaldi interessierte? Und falls ja, warum?«

Plötzlich erschien eine Linie zwischen zwei Punkten.

## 30

»RN ist gleich BLA ist gleich GYE.« Ich drehte mich aufgeregt im Sitz. »BLA: Boyce Lingos Assistent. GYE: Glenn Evans. Das muss es einfach sein.«

Slidell schaute kurz zu mir, dann wieder auf die Straße.

»Finden Sie Evans zweiten Vornamen heraus«, sagte ich. »Ich wette, dass der mit einem Y beginnt.«

Wir schwiegen, während Slidell auf die I-277 einbog, um die südöstlichen Vorstädte zu umfahren.

Ich versuchte, Kontakt mit meinem Unterbewusstsein aufzunehmen. Warum der unterschwellige Alarm, als Slidell Evans befragte?

Nichts.

»Aber wie passt Lingo da rein? Interessierte sich Eddie für ihn, weil er ihn für verdächtig hielt? Was könnte Lingo für ein Motiv haben?«

»Sex. Drogen. Geld. Eifersucht. Verrat. Neid. Suchen Sie sich was aus. Fast alle Morde lassen sich auf eines dieser Motive zurückführen.«

Wieder herrschte längere Zeit Schweigen, während Slidell darüber nachdachte.

»Was ist dann mit den Kunstwerken auf Klapecs Brust und Bauch?«

Dafür hatte ich keine Erklärung.

»Und noch ein unbedeutendes Detail. Evans sagte, er und Lingo wären in Greensboro gewesen, als Klapec umgebracht wurde.«

Auch dafür nicht.

Es war 16 Uhr 40, als Slidell mich an meinem Mazda absetzte. Der Verkehr war brutal, als ich zum UNCC fuhr. Als ich im optoelektronischen Zentrum ankam, war Ireland bereits gegangen. Wie versprochen, hatte sie mir den Ausdruck ihrer A-EM-Aufnahmen dagelassen.

Weil ich nach Hause wollte, bevor noch ein Geburtstag gefeiert wurde, schnappte ich mir den Umschlag und lief direkt zurück zu meinem Auto.

Ich war auf der Queens Road, als Slidell mich auf dem Handy anrief.

»Glenn Yardley Evans.«

»Wusste ich's doch.«

»Der alte Glenn wird gleich noch eine Begegnung mit mir haben.«

»Ich habe elektronenmikroskopische Vergrößerungen der Knochenproben, die ich Jimmy Klapecs Oberschenkel entnommen hatte.«

»Aha.« Slidell klang alles andere als begeistert.

»Und jetzt?«, fragte ich.

»Jetzt rede ich mit Evans und Sie schauen sich Ihre … na eben das Zeug an, das Sie gerade bekommen haben. Morgen früh tauschen wir uns dann aus.«

Mein Daumen wanderte zu AUFLEGEN.

»Und, Doc.«

Ich wartete.

»Passen Sie auf sich auf.«

Da ich wusste, dass mein Vorratsschrank leer war, fuhr ich zum Harris-Teeter-Supermarkt an der Providence Road und kaufte ein.

Es war dunkel, als ich in Sharon Hall einbog, zu spät für den Sonnenuntergang, zu früh für Mond- oder Sternenlicht. Durch den Torbogen zu fahren war, als würde man in ein schwarzes Loch eintauchen. Die uralten Eichen ragten in den Nachthimmel wie stumme, schwarze Riesen, die den dunklen Zuweg bewachten.

Als ich um das Haupthaus herumfuhr, sah ich überrascht ein rotes und blaues Pulsieren aus der Richtung des Annex.

Ich ließ das Fenster herunter.

Und hörte das vertraute, statische Kauderwelsch.

Meine Kopfhaut zog sich zusammen, und die Hände am Lenkrad wurden feucht. Ich schaltete das Licht aus und rollte so weit vor, dass ich um die Ecke sehen konnte.

Ein CMPD-Streifenwagen stand schräg vor meiner Wohnung, die Türen offen, das Funkgerät knisternd, im Licht der beiden Scheinwerfer zwei Uniformierte und ein Mann.

Obwohl mein Blick durch Büsche und die Ecke der Remise behindert war, sah ich, dass der Mann mit erhobenen Armen dastand, die Hände flach an der Wand des Annex. Während ein Uniformierter ihn durchsuchte, befragte ihn der andere.

Der Mann war groß und schlank und trug eine Lederjacke zu Jeans. Obwohl er mir den Rücken zuwandte, kam er mir irgendwie bekannt vor.

Ich sah, wie der durchsuchende Polizist eine Brieftasche fand und sie öffnete. Der Mann sagte etwas. Der Polizist zog etwas aus der inneren Jackentasche des Mannes.

Ich hielt es nicht mehr aus. Obwohl ich wusste, dass ich zurückbleiben sollte, bog ich um die Kurve und rollte vorwärts.

Die Außenbeleuchtung legte einen Lichtkranz um die Haare des Mannes. Sandfarben. Nicht lang, nicht kurz.

Etwas kribbelte in meiner Brust.

Unmöglich.

Der durchsuchende Polizist gab dem befragenden einen Gegenstand. Worte wurden gewechselt. Die Körpersprache wurde entspannter. Offensichtlich klärte sich hier eine prekäre Situation.

Beide Polizisten traten einen Schritt zurück.

Der Mann ließ die Arme sinken und drehte sich um. Der durchsuchende Polizist gab ihm den Gegenstand zurück. Der Mann steckte ihn wieder in seine Jacke und hob das Kinn. Das Licht fiel auf seine Gesichtszüge.

Das Trio sah zu, wie ich auf meine Einfahrt rollte und ausstieg. Der durchsuchende Polizist sprach mich an.

»Gutes Timing, Ma'am. Wir wurden informiert, dass die brennende Außenbeleuchtung ein Alarmsignal ist. Als wir es sahen, näherten wir uns dem Grundstück und fanden diesen Gentleman hier, der in Ihre Fenster schaute. Er sagte, dass Sie beide sich kennen.«

»Detective Ryan ist ein alter Freund«, sagte ich und starrte in ein Paar arktisch-blauer Augen.

»Dann ist hier alles in Ordnung?«

»Alles in Ordnung.« Ich riss den Blick los und wandte mich den beiden Beamten zu. »Vielen Dank für Ihre Wachsamkeit.«

Die Polizisten fuhren davon. Ich ging zu meinem Auto und fing an, mit unsicheren Händen die Vorräte aus dem Kofferraum zu holen. Ryan half mir wortlos dabei.

In der Küche bot ich Ryan dann eines der Biere an, die Katy im Kühlschrank stehen gelassen hatte. Er nahm es. Ich nahm mir ein Diet Coke.

Trank einen großen Schluck. Stellte die Dose auf die Anrichte. Behutsam. Sprach, ohne mich umzudrehen.

»Wie geht's?«

»Gut. Und dir?«

»Gut.«

»Katy?«

»Auch gut.« Ich sagte ihm nicht, dass sie eine Weile nicht in der Stadt war.

»Freut mich. Sie ist ein klasse Mädchen.«

»Das ist eine Überraschung.« Ich fragte ihn nicht nach seiner Tochter. Gemein, ich weiß, aber der Schmerz lässt einen die Höflichkeit vergessen.

»Ja.« Ich hörte Bewegung, das Kratzen eines Stuhls, wieder Bewegung.

»Du hast dir eine schlechte Zeit ausgesucht, Ryan.«

»Ich bin wegen Rinaldis Begräbnis hier. Er war ein guter Mann.«

Das hatte ich ganz vergessen. Wie viele Jahre war das her? Drei? Vier? Ryan lernte Rinaldi und Slidell kennen, weil er mir in einem Fall half, bei dem es um Schwarzmarkthandel mit gefährdeten Tierarten ging.

»Und um dich zu sehen.«

Tentakeln schlangen sich um mein Herz.

Mein Blick fiel auf das Weinglas vom Montag, das noch immer umgedreht auf dem Holzgestell neben dem Spülbecken stand. Die neu erwachte Bestie regte sich wieder. Wie willkommen das jetzt wäre. Glühend rote Wärme, dann Zuversicht und Selbstvertrauen. Schließlich Vergessen.

Gefolgt von Selbstekel.

Ich schloss die Augen und kämpfte die Gier nieder.

»Wo wohnst du?«

»In einem Sheraton am Flughafen.«

»Wie bist du hierhergekommen?«

»Ein paar Uniformierte haben mich an der Ecke Queens und irgendwas abgesetzt. Von dort bin ich zu Fuß gegangen. Habe die Außenbeleuchtung angemacht und mich ein bisschen umgeschaut.«

»Und wurdest als Spanner verhaftet.«

»So was in der Richtung.«

»Ich hätte dich ins Gefängnis wandern lassen können.«

»Danke für das Leumundszeugnis.«

Ich sagte nichts.

»Wir müssen reden.« Ryans Ton war sanft, doch beharrlich.

*Nein, Cowboy. Das müssen wir nicht.*

»Ich habe Fehler gemacht.«

»Tatsächlich?« Ich konnte kaum sprechen.

»Ja.«

Der Kühlschrank summte. Die Uhr auf dem Kaminsims im Wohnzimmer tickte.

Ich versuchte, mir etwas Ablenkendes einfallen zu lassen oder wenigstens etwas Unbeschwertes und Intelligentes. Es kam aber nichts.

Letztendlich sagte ich nur: »Ist das Bier kalt genug?«

»Genau richtig.«

Ich konnte kaum atmen, als ich die Tüten leerte und die Sachen in meinen Vorratsschrank stellte. Ryan schaute mir schweigend zu, spürte, was für ein Schlag sein plötzliches Auftauchen für mich war. Wusste, dass ich ein echtes Gespräch erst anfangen würde, wenn ich bereit dazu war. Oder eben gar nicht.

Von Anfang an hatte ich mich auf beinahe überwältigende Art zu diesem Mann hingezogen gefühlt, und anfangs widerstand ich noch, doch später gab ich nach. Schon beim ersten Mal war es mehr als nur Sex oder das sichere Rendezvous am Samstagabend. Ryan und ich hatten Stunden miteinander verbracht, Tage, hatten alte Filme angeschaut, vor dem Feuer gekuschelt, gestritten und diskutiert, hatten Händchen gehalten und lange Spaziergänge gemacht.

Obwohl wir nie zusammengewohnt hatten, waren wir uns so nahe gewesen, wie zwei Menschen es nur sein können. Wir hatten geheime Witze ausgetauscht und kindische Spielchen gespielt, die sonst niemand verstand. Noch immer, wenn ich die Augen schloss, hatte ich deutlich vor mir, wie sein Rücken in seine Hüften überging, wie er sich durch die Haare strich, wenn er frustriert war, wie er roch, wenn er frisch aus der Dusche kam, wie unsere Körper miteinander verschmolzen, wenn wir tanzten.

Erinnerte mich nur allzu gut, wie mir der Atem stockte, wenn er mir nur quer durch ein Zimmer zublinzelte. Oder bei einem Ferngespräch eine schlüpfrige Andeutung machte.

Und dann war er eines Tages einfach gegangen.

Jetzt trank Ryan Bier in meiner Küche in Charlotte.

Wie ich mich fühlte?

Feindselig. Neugierig.

Und verdammt verwirrt.

Liebte ich ihn noch immer?

Der Schmerz kann auch die Liebe ermüden. Und einfach war Ryan nie gewesen.

Um ehrlich zu sein, ich auch nicht.

Wollte ich dieses Melodram wieder in meinem Leben haben?

Ich sah mich gezwungen, etwas zu sagen. Was?

Die Spannung im Raum war fast mit Händen greifbar.

Zum Glück klingelte mein Handy. Ich schaute auf die Anruferkennung. Slidell.

Ich murmelte eine Entschuldigung, ging ins Esszimmer und schaltete ein.

»Ja.«

»Habe mit Evans gesprochen.«

»Ja.«

»Wo sind Sie?«

»Zu Hause.«

»Alles okay?«

»Ja.«

»Was? Sind Sie schon wieder krank?«

»Nein. Was haben Sie von Evans erfahren?«

»Na, sind wir heute aber wieder freundlich.«

Ich hatte keine Lust, Slidells verletzte Gefühle zu besänftigen.

»Evans?«

»Er bleibt bei seiner Geschichte. Lingo hatte nichts zu tun mit Jimmy Klapec, war am neunten Oktober nicht in der Stadt.«

»Haben Sie überprüft, ob der Commissioner tatsächlich in Greensboro war?«

»Mann! Daran habe ich überhaupt nicht gedacht.« Kurze Pause. »Ja. Sie waren beide dort, kamen am späten Nachmittag des folgenden Tages nach Charlotte zurück.«

»Zu spät, um Klapec zu töten und abzuladen.«

»Wenn Funderburke sich korrekt erinnert, dass die Leiche am Morgen des Neunten aufgetaucht ist.«

»Die Insektenindizien deuten auf ein PMI von achtundvierzig Stunden hin.«

»Ja ja.« Skeptisch. »Die Käfer.«

Ich war so aus der Fassung gebracht von Ryans plötzlichem Auftauchen, dass ich keinen klaren Gedanken fassen konnte.

»Könnte man nicht in ein paar Stunden von Greensboro zurückfahren, jemanden umbringen, die Leiche abladen und wieder nach Greensboro fahren?«

»Das wäre ein absoluter Weltrekord.«

»Laut Pinder sah Gunther Klapec mit jemandem kämpfen, kurz bevor Gunther verhaftet wurde. Haben Sie gefragt, wo Lingo zu dieser Zeit war?«

Slidell bedachte mich mit einem Augenblick vorwurfsvollen Schweigens.

»Lingo hat den Staatssenat im Auge, also strampelt er sich ab, um genug Kohle aufzutreiben. Zwischen dem achtundzwanzigsten September und dem vierten Oktober waren er und Evans in Asheville, Yadkinville, Raleigh, Wilmington und Fayetteville. Für jeden Ort gibt es Dutzende von Zeugen.«

»Hat Lingo einen polizeilichen Eintrag?«

»Habe ich überprüft. Nicht mal eine Verwarnung wegen öffentlichen Spuckens.« Slidell zog Luft durch die Nase. »Aber bei Evans hab ich so ein mulmiges Gefühl.«

»Was meinen Sie damit?«

»Er verbirgt was.«

Ich wollte eben weiterfragen, als ein Piepsen einen zweiten Anruf ankündigte.

»Ich rufe Sie morgen an.«

Ich senkte das Gerät und schaute auf das Display. O Gott. Charlie Hunt.

Ich zögerte. Was soll's?

»Heute Nachmittag auf dem Friedhof hast du sehr niedergeschlagen ausgesehen.«

»Rinaldi und ich haben viele Jahre lang zusammengearbeitet. Ich werde ihn vermissen.«

»Das tut mir leid.«

»Ich weiß.«

Kurzes Schweigen.

»Das lief heute nicht gut, was?«

»Ist nicht deine Schuld.«

»Das war kein Spruch, Tempe.«

»Ich glaube dir.« Ich musste grinsen. »So was machst du ja nur ganz selten.«

»Ich verstehe wirklich, wie schwer es ist, neu anzufangen. Ich war acht Jahre lang verheiratet. Ich habe meine Frau geliebt. Sie starb im World Trade Center.« Charlie seufzte schwer. »Vielleicht ist es noch schwerer, wenn der andere Mensch noch lebt.«

»Vielleicht.«

»Ich kann mich ja mal herantasten.«

»Ich bin mir sicher, dass du das kannst.«

»Soll ich es versuchen?«

»Der betreffende Mann kam heute aus Montreal.«

Wieder einen Augenblick Schweigen.

»Ich mag Herausforderungen.«

»Deine Chancen stehen nicht gut, Charlie.«

»Mir war schon immer ein schwieriger Drei-Punkte-Wurf lieber als ein einfacher Slam Dunk.«

»Von weit draußen.«

»Das bin ich.«

Nach dem Auflegen stand ich mit dem Handy an der Brust da und dachte an mein Eingeständnis Charlie gegenüber bei der Beerdigung. Ich hatte es verdrängt. Und dann war es plötzlich da.

Und jetzt war *er* da. Wollte reden. Um Fehler einzugestehen.

Was für Fehler? Dass er mit mir etwas angefangen hatte? Dass er mich verlassen hatte? Dass er eine Jacke trug, die für den Tag viel zu warm war?

Die Tür ging auf und Ryan kam herein.

Wir schauten uns an wie über einen Abgrund hinweg.

»Du hast mir gefehlt«, sagte Ryan, breitete die Arme aus und winkte mich zu sich.

Ich stand bewegungslos da, und das Ticken von Grans Uhr war wie ein Metronom für die auf mich einstürzenden Gefühle.

Ryan kam näher.

Und dann war es geschehen.

Ich machte einen Schritt auf ihn zu, schmiegte mich in seine Arme und drückte meine Wange an seine Brust. Ich roch gestärkte Baumwolle, Männerschweiß und das vertraute Rasierwasser von Hugo Boss.

Ryan strich mir über die Haare und zog mich an sich.

Ich schlang die Arme um ihn.

## 31

Ich weiß, was Sie jetzt denken. Schon wieder Bettakrobatik, du kleine Schlampe.

Doch genau das passierte nicht.

Ryan und ich redeten.

Ein Gespräch zwischen alten Freunden. Größtenteils.

Wir sprachen über gemeinsame Freunde, alte Fälle. Über Katy, Boyd. Charlie, unseren gemeinsamen Papagei.

Ryan berichtete Neuigkeiten über einen Mordfall in Montreal, ein Mann, auf den siebenmal geschossen und dessen Landhaus in Brand gesteckt wurde. Teams suchten noch immer nach den Händen und Füßen des Opfers. Falls man sie fand, würden die fehlenden Gliedmaßen in meinem Labor liegen, wenn ich in den Norden zurückkehrte.

Ich erzählte Ryan von T-Bird Cuervos Keller und dem vorzeitigen Tod des *santero* nach einem Zusammenstoß mit einem Zug. Ich ging die Verbindung von Asa Finney über die Knochen im Kessel und die Schändung von Susan Redmons Grab zu Cuervo durch. Von Asa Finney und Donna Scott-Rosenberg zu Manuel Escriva und zu dem Kessel.

Ich beschrieb Finneys Website und seine scheinbar schizoide Persönlichkeit, Ursa und Dr. Games. Ich erwähnte Jennifer Roberts' Überzeugung, dass Finney unschuldig sei, und erzählte meine Eindrücke von den Wiccanern im Camp Vollmond.

Ich berichtete von der Entdeckung von Jimmy Klapec und von dem 666-Symbol und dem umgedrehten Pentagramm, die man in sein Fleisch geritzt hatte. Ich fasste den Bericht des Entomologen kurz zusammen und gestand ihm mein Unbehagen angesichts der nicht vorhandenen Fraßspuren und des sehr geringen Insektenbefalls auf der Leiche.

Ryan stellte genau die Frage, die ich erwartet hatte. Santería, Satanismus und Wicca? Ich hatte keine Erklärung.

Ich beschrieb Boyce Lingo und seine extremistische Spielart der Moralität und gab meinen unglücklichen Wutausbruch vor laufenden Kameras zu. Ryan fragte, was Larke Tyrell von meiner Darbietung halte. Ich schüttelte den Kopf. Er ließ es dabei bewenden.

Ich erklärte ihm, dass Slidell und Rinaldi ermittlungsleitende Detectives sowohl bei dem Cuervo- wie bei dem Klapec-Fall gewesen seien. Ryan machte mitfühlende Geräusche, während ich von dem Anschlag in NoDa berichtete, und noch mehr, während ich Slidells fortdauernde, wenn auch gestutzte Beteiligung an allen drei Ermittlungen erläuterte.

Ryan fragte, ob diejenigen, denen man den Mord an Rinaldi zugeteilt hatte, ihre Ergebnisse mit Slidell besprachen. Ich gab ihm die Informationen, die sie Skinny gegeben hatten und er mir. Dass absolut nichts über die Neun-Millimeter in Erfahrung zu bringen sei, mit der man Rinaldi erschossen hatte. Dass an diesem Abend nur wenige auf der Straße gewesen waren und die Leute in Läden und Restaurants kaum etwas gesehen hatten. Dass Augenzeugen nur darin übereinstimmten, dass das beteiligte Fahrzeug ein weißer Geländewagen gewesen sei. Dass ansonsten die Berichte sehr divergierten. Dass Rinaldi, von den hohen privaten Schulden abgesehen, keine Probleme gehabt hatte. Keine Drogen- oder Alkoholprobleme. Keine wütenden Exgeliebten. Außer dass er Polizist war, keine Verbindungen, die ihn in Gefahr bringen würden. Kein frisch entlassener Gefangener, der vielleicht einen Groll gegen ihn hegte. Keine unerklärlichen finanziellen Transaktionen, Reisen oder Telefonate.

Ryan fragte nach Finney. Ich sagte, er sei Slidells Hauptverdächtiger. Ich zählte die belastenden Indizien auf: Susan Redmons Unterkiefer; die Nervosität, als er nach Cuervo gefragt wurde; der Augenzeugenbericht über einen Ford Focus vom selben Modell, wie Finney eines hatte; die blutige Dr.-Games-Website; die satanistischen Bücher, die ich in seinem Haus in Pineville gefunden hatte.

Ich berichtete Ryan, dass Finney darauf beharrte, er habe Cuervo nicht gekannt und sei in der Nacht des Mordes an Klapec zu Hause gewesen, habe aber keine Anrufe entgegengenommen, weil er gefastet und meditiert habe. Ich berichtete ihm, dass Finney zwischen der Grabschändung vor sechs Jahren und seiner jetzigen Verhaftung nichts mit der Polizei zu tun gehabt hatte. Dass die vom Staatsanwalt nur widerwillig genehmigte Durchsuchung seines Hauses nichts ergeben habe. Dass seine Telefon-, Bank- und Kreditkartenunterlagen nichts Verdächtiges gezeigt hatten.

Ich fügte noch hinzu, dass man bis auf Jennifer Roberts und

die Leute im Camp Vollmond keinen Menschen gefunden hatte, der Asa Finney kannte. Dass sogar seine Wiccaner-Kollegen sich kaum an ihn erinnerten. Dass er nur wenige Versammlungen besuchte, ein privat Praktizierender sei, wie sie es nannte. Dass Finney keinen Arbeitgeber, keine Arbeitskollegen, Freunde oder Angehörige hatte.

Ich erzählte, dass Jimmy Klapec keine Vorstrafen gehabt, aber als Hühnerhabicht ein hochriskantes Leben geführt hatte. Dass die Befragung anderer Hühnerhabichte nur wenig ergeben hatte. Dass bis auf Vince Gunther offensichtlich kein anderer von seiner Existenz oder seinem Verschwinden gewusst hatte. Dass, abgesehen von den Käfern und der postmortalen Verstümmelung, weder die Leiche noch der Fundort irgendwelche Spuren oder andere forensische Indizien aufgewiesen hatten. Dass, bis auf die Sichtung des verdächtigen Ford Focus, eine Befragung der Nachbarschaft keine Zeugen des Mordes oder des Abladens von Klapecs Leiche ergeben hatte.

Ich skizzierte kurz, was Rinaldis Informant Slidell über Klapec und den gewalttätigen Kunden, der Rick Nelson ähnelte, erzählt hatte. Schließlich berichtete ich, was wir in Rinaldis Notizen gefunden hatten. RN, Rick Nelson. VG, der mysteriöserweise unauffindbare Vince Gunther. GYE, vielleicht Glenn Yardley Evans. Boyce Lingos Telefonnummer.

Ryan fragte mich nach meiner Meinung über Lingo und seinen Assistenten. Ich sagte ihm, meiner Ansicht nach stimme da irgendwas nicht. Er schaute mich mit einem seiner typischen Blicke an.

Ich gab zu, dass ich keine Ahnung hatte, was das Motiv sein könnte und dass Lingo und Evans sowohl an dem Tag, als Klapec seinen Streit hatte und verschwand, wie auch an dem Tag, als Klapec getötet und am Lake Wylie abgelegt worden war, nicht in der Stadt waren.

Ryan fragte, ob ich glaubte, dass die Fälle Klapec, Cuervo und Rinaldi miteinander in Verbindung stünden. Ich sagte, ich sei mir nicht sicher. Er fragte, was Slidell denke. Ich wiederholte Slidells Überzeugung, dass Cuervos und Klapecs Fälle miteinander zu tun hätten und dass Asa Finney in beide verwickelt sei.

Aber was ihr gegen Finney habt, sagte Ryan, ist wackelig.

Wir haben nicht mehr, pflichtete ich ihm bei, fügte aber hinzu, dass sich eine weitere Überwachung Finneys durchaus rentiere.

Ryan erkundigte sich nach seiner Hinterhofbegrüßung durch Charlottes Elite. Ich erzählte ihm von der Außenbeleuchtung als Alarmsignal und der aufgeschlitzten Schlange. Er fragte, wer mir das Ding geschickt haben könnte. Ich sagte, such dir einen aus.

Ryan sagte, es sei gut, dass er hier sei, um mich zu beschützen. Ich sagte »mein Held«. Lachte.

Ryans Stimme wurde ernst. Nein, sagte er. Ich meine das wirklich so.

Da ich nicht so recht wusste, was er meinte, sagte ich nichts.

Denn redete Ryan. Über Lily. Ihre Sucht. Ihren Entzug. Seinen vergeblicher Versuch, sich mit ihrer Mutter zu versöhnen.

Ryan sagte, dass er und Lutetia jetzt wieder getrennt lebten. Gab zu, dass er einen Fehler gemacht hatte. Bat mich um Vergebung. Lud mich wieder in sein Leben ein.

Wie diese Worte mich vor ein paar Monaten noch begeistert hätten. Jetzt entfachten sie einen emotionalen Wirbelsturm.

Wie würde meine Schwester Harry es formulieren? Ich habe dieses Pony schon einmal geritten und wurde abgeworfen.

Und dabei beließen wir es um 2 Uhr 45. Angesichts der späten Stunde bot ich ihm die Bettcouch im Arbeitszimmer an. Ryan nahm an. Ich ging mit Birdie in mein Schlafzimmer.

Der Schlaf ließ sich lange Zeit.

Mein Radiowecker zeigte 8 Uhr 14. Lichtpfeile fielen durch die Jalousien auf den Schlafzimmerboden. Das Haus war still. Bird war nirgendwo zu sehen.

Morgengeräusche wehten durch das einen Spalt geöffnete Fenster herein. Vogelgezwitscher. Blättergeraschel. Ein Müllwagen auf der Queens Road, der von Hausnummer zu Hausnummer zockelte.

Ich war genauso nervös wie die paar Stunden zuvor, als ich zu Bett gegangen war.

Ich schlug die Decke zurück, zog mich an, machte eine Katzenwäsche und ging nach unten.

Ryan saß am Küchentisch und las den *Observer.* Birdie saß auf seinem Schoß.

Die Wikingerblauen leuchteten auf, als ich die Pendeltür aufstieß.

»Bonjour, Madame.«

Mein Unterleib reagierte wie erwartet.

»Hey.« Ich ignorierte meine Libido.

Ryan trug Jeans und ein nicht zugeknöpftes, kariertes Flanellhemd. Das T-Shirt darunter zeigte eine fette, grüne Eidechse und die Aufschrift *The Dead Milkmen.*

Komischerweise irritierte mich das Ding.

Was war nur mit *AC/DC* passiert? *Lynyrd Skynyrd? The Grateful Dead?* Katy hatte recht. Ich war wirklich ein Dinosaurier.

Außerdem ärgerte mich, dass Birdie auf Ryans Schoß saß. Konnte der blöde Kater nicht darauf warten, dass ich aufstand und ihm seine Schüssel füllte?

»Du siehst gut aus«, sagte Ryan und musterte das Ergebnis meiner hektischen Toilette.

»Fang gar nicht erst an«, sagte ich. Mit Witzereißen? Vielleicht. »Kaffee?«

»Du weißt, wie man Kaffee macht?«

»Ich schaue immer genau zu, wenn ich bei Starbucks in der Schlange stehe.«

»Ich würde dir ja helfen, aber dann wird der Kater sauer.«

Das Vieh hob nicht einmal den Kopf.

Ich mahlte Bohnen und maß Wasser ab. So ungefähr. Ich peile es eher über den Daumen.

»Bagel?«

Ryan nickte. Ich legte zwei in den Toaster, holte Frischkäse aus dem Kühlschrank. Becher. Servietten. Löffel. Zurück zum Kühlschrank wegen der Sahne. Zurück zur Schublade wegen der Messer. Zurück zum Schrank wegen der Teller.

Ryans Anwesenheit machte mich verdammt nervös.

Weil ich Ablenkung brauchte, schaltete ich den Minifernseher auf der Anrichte an. Er war noch immer auf den Lokalsender eingestellt, den ich gesehen hatte, bevor ich zu Rinaldis Begräbnis aufgebrochen war.

»Und?« Ryan lehnte sich zurück. »Was liegt heute an?«

Ich wollte ihm eben eine schnippische Antwort geben, als die Worte des Nachrichtensprechers in mein Bewusstsein drangen.

»Wir könnten –«

»Pscht.« Ich wedelte mit der Hand.

»Hast du mir eben den Mund verboten?«

»– vor seinem Haus in Pineville. Nachbarn entdeckten die Leiche gegen sieben Uhr heute Morgen. Die Behörden gehen davon aus, dass Finney gestern Abend zwischen zehn Uhr und Mitternacht erschossen wurde.«

»Hat diese Frau mir eben den Mund verboten?«, fragte Ryan die Katze.

Der Bildschirm zeigte nun Finneys kleines, gelbes Haus. Streifenwagen und andere Fahrzeuge säumten den Bordstein. Der Transporter des Leichenbeschauers stand mit geöffneten Hecktüren da. Auf dem Rasen lag bewegungslos eine Gestalt unter einer Plastikplane, daneben eine umgekippte Mülltonne.

»O Gott.« Ich hielt mir die Hand an den Mund.

»Asa Finney war ein selbst ernannter Hexer. Vor einer Woche wurde Jimmy Klapecs kopflose Leiche am Ufer des Lake Wylie gefunden, in den Torso waren satanistische Symbole eingeritzt. Als Verdächtiger im Mordfall Klapec wurde Finney erst kürzlich wieder aus dem Polizeigewahrsam entlassen. Die Behörden suchen weiterhin nach möglichen Verbindungen zwischen den beiden Morden.«

»Das ist der Mann, von dem du gestern Abend gesprochen hast.« Der Sarkasmus war aus Ryans Stimme verschwunden.

Ich nickte.

»Verdammt.«

Ich schnappte mir mein Telefon und wählte Slidells Nummer. Es klingelte viermal. Fünfmal. Sechsmal.

»Slidell.« Gebellt.

»Brennan hier. Was ist passiert?«

»Ich bin ziemlich beschäftigt.«

»Kurze Zusammenfassung.«

»Finney ist tot.«

»Das weiß ich.«

»Er brachte eben den Müll raus, als auf ihn geschossen wurde.« Im Hintergrund hörte ich die üblichen Tatortgeräusche. Knisternde Funkgeräte. Stimmen, die etwas riefen. Andere, die antworteten.

»Aus einem fahrenden Auto heraus?«

»Larabee meint, die Waffe wurde aus relativ kurzer Entfernung abgefeuert. Schuhabdrücke in der Erde bei den Sträuchern. Sieht aus, als hätte ihm jemand aufgelauert.«

Ich hatte Mühe, vernünftig zu sprechen.

»Dieselbe Waffe wie bei Rinaldi?«

»Das hier war eine Fünfundvierziger. Bei Eddie war es eine Neun-Millimeter.«

»Zeugen?«

»Ein Nachbar zwei Häuser weiter sah gestern einen Volkswagen Jetta um den Block fahren. Fand ihn irgendwie verdächtig. Notierte sich das Kennzeichen.«

»Ihr Eindruck?« Ich brauchte ihm nicht zu erklären, was ich meinte.

»Sieht ganz anders aus.«

»Inwiefern?«

»Schlampig. Bei Eddie war es ein präziser Anschlag.«

»Das ist alles?«

»Irgendjemand wollte diesen Kerl wirklich tot sehen. War ihm sechs Kugeln wert.«

Tote Leitung.

Ich knallte das Schnurlose auf den Tisch und ging in der Küche auf und ab. Wie hatte das passieren können? Hatte Slidell einen Unschuldigen in Gefahr gebracht? War Finney schuldig, und irgendjemand wollte ihn unbedingt beseitigen?

Wer?

Derjenige, der Klapec getötet hatte? Rinaldi? Slidell sah keine Verbindung zu Rinaldi.

Was sollte ich Jennifer Roberts sagen?

Als ich den sanften Druck einer Hand auf meiner Schulter spürte, drehte ich mich um. Ryans Augen waren voller Sorge.

»Komm.« Ich ließ mich zum Tisch führen. »Setz dich.«

Ich ließ mich auf den Stuhl fallen.

»Tief durchatmen.«

Ich atmete ein. Wieder aus.

Ryan gab mir einen Becher, setzte sich dann ebenfalls und schaute mich aufmerksam an.

Okay. Polizeikram. Ungefährlich.

Ich berichtete ihm, was ich eben von Slidell erfahren hatte.

»Wurde Finney ausgeraubt? Wurde in das Haus eingebrochen?«

Das hatte ich gar nicht gefragt. Ich griff wieder zum Telefon und rief noch einmal Slidell an. Sechsmaliges Klingeln, dann sprang die Voice Mail an. Ich machte mir nicht erst die Mühe, eine Nachricht zu hinterlassen.

Ich trank einen Schluck Kaffee. »Ich werde das Gefühl nicht los, dass ich schuld an Finneys Tod bin.«

»BS.« Ryan benutzte eines unserer Geheimkürzel. Blödsinn.

Noch einmal griff ich zum Telefon und drückte Wahlwiederholung. Wieder ignorierte Slidell meinen Anruf.

»Scheiße.« Ich knallte das Ding auf den Tisch.

Ryan hob die Augenbrauen, sagte aber nichts.

Ich hob frustriert die Hände. »Warum Finney?«

Da Ryan wusste, dass es eine rhetorische Frage war, sagte er nichts.

»Nichts in dieser Ermittlung ergibt einen Sinn. Cuervo, ein *santero,* wird von einem Zug überfahren. Rinaldi, ein Polizist, wird aus einem fahrenden Auto erschossen. Finney, ein Hexer, wird vor seinem Haus niedergemetzelt.«

Ryan unterbrach mich nicht.

»Klapec, ein Hühnerhabicht, wird von Satanisten ermordet und an einem See abgelegt. Mann, bei dem Fall haben wir nicht einmal eine Todesursache.«

Ich hob meinen Becher, knallte ihn wieder auf den Tisch. Tropfen spritzten hoch und landeten auf der Platte.

»Und jetzt reagiert dieses Arschloch von Detective, mit dem ich arbeite, nicht einmal auf meine Anrufe.«

Wie aufs Stichwort klingelte das Telefon.

Ohne Nachzudenken griff ich danach.

»Wird langsam Zeit.« Mich höflich zu melden, kam mir nicht einmal in den Sinn.

»Tempe, hier ist Larke Tyrell.«

Ich schloss die Augen. In diesem Augenblick konnten meine geschundenen Nerven nicht noch mehr Belastung ertragen.

»Guten Morgen, Larke. Wie geht's?« Okay. Das klang ruhig.

»Nicht gut.«

Meine oberen Zähne gruben sich in meine Unterlippe.

»Sie haben mit den Medien gesprochen, obwohl ich Ihnen den direkten Befehl gegeben habe, es nicht zu tun.«

»Lingo machte Wahlkampf auf Rinaldis Begräbnis.«

»Und wenn der Mann nackt Tai Chi auf dem Rasen des Senats macht.« Auch Tyrell hatte Mühe, die Fassung zu wahren. »Mit Bedauern muss ich Sie davon in Kenntnis setzten, dass dieses Institut Ihre Dienste nicht länger benötigt.«

Mein Gesicht wurde heiß.

»Lingo ist gefährlich«, sagte ich.

»So wie ein aufsässiger Soldat unter meinem Befehl.« Tyrell hielt kurz inne. »Und da ist noch die Sache mit dem Trinken.«

Scham brannte mir heiß auf der Haut.

»Tut mir leid«, sagte Tyrell.

Und zum zweiten Mal in wenigen Minuten lauschte ich einer toten Leitung.

»Tyrell ist sauer?«, vermutete Ryan.

»Ich bin gefeuert«, blaffte ich.

»Der beruhigt sich schon wieder.«

»Andrew Ryan, die Stimme der Vernunft.« Ich sah schwarze Schlieren über die Oberfläche meines inzwischen lauwarmen Kaffees treiben. »Woher willst du denn wissen, was Tyrell tun wird?«

»Ich kenne dich.«

»Tust du das? Tust du das wirklich?« Unvermittelt brach ich innerlich zusammen. »Monate gehen vorüber, und kein Ton. Und plötzlich schneist du wie aus dem Nichts mit deiner traurigen Geschichte hier rein. Ich armer Kerl, war nichts mit Lutetia. Jetzt bin ich ganz allein. Soll ich's noch mal bei der Alten versuchen?«

Ich wusste, dass ich faselte, aber ich konnte nicht anders. Finney war tot. Slidell wich mir aus. Tyrell hatte mich eben gefeuert. Ryan konnte nichts dafür. Aber er war da und bekam deshalb meine ganze Frustration ab.

»Und schau dich nur an.« Ich schlug ihm erregt auf die Brust. »Du bist fast fünfzig. Wer zum Teufel sind die *Dead Milkmen?«*

»Keine Ahnung.«

»Du trägst das T-Shirt einer Gruppe, die du nicht mal kennst?«

»Ich dachte, den Erlös bekommen die Witwen und Waisen verstorbener Molkereiarbeiter.« Ohne auch nur mit der Wimper zu zucken.

Das gab den Ausschlag.

Ich lachte.

»Tut mir leid.« Ich legte Ryan die Hand auf den Arm. »Das hast du nicht verdient. Ich bin in letzter Zeit ein bisschen unzurechnungsfähig.«

»Aber süß«, sagte er.

»Fang erst gar nicht an, Junge.«

Frustriert stand ich auf und goss meinen Kaffee ins Spülbecken. Bei meinem Zustand war Koffein wahrscheinlich keine gute Idee.

Minuten später klingelte das Telefon schon wieder. Ich griff sofort danach.

Slidells Laune hatte sich gebessert. Marginal.

»Der Jetta ist zugelassen auf einen Mark Harvey Sharp im Onslow County. Kein polizeilicher Eintrag. Wir lassen eben dort anrufen. Sollten bald mehr wissen.«

In meinem Unterbewusstsein öffneten einige Zellen schläfrige Augen.

Was?

Keine Antwort von dort unten.

Genau wie auf dem Friedhof.

Ich ignorierte die undeutlichen Signale und sagte Slidell, ich wollte dabei sein, wenn er den Fahrer verhörte.

»Warum?«

»Weil ich es eben will.«

Tote Leitung.

Wieder marschierte ich auf und ab. Sinnloser Aktivismus. Das Geschirr. Katzenstreu.

Ich war mir ziemlich sicher, dass ich von Detective Mistkerl nichts mehr hören würde. Ich irrte mich. Slidell rief wieder an. Die Hintergrundgeräusche deuteten darauf hin, dass er jetzt in seinem Auto saß.

»Wir haben einen Verdächtigen. Sie werden mir nicht glauben, wer diesen Jetta gefahren hat.«

# 32

Zwanzig Minuten später stiegen Ryan und ich im ersten Stock des Law Enforcement Building aus dem Aufzug. Slidell hatte meine Bitte zuerst abgelehnt, dann aber nachgegeben. Wir durften das Verhör des Verhafteten beobachten, aber nicht mehr.

Slidell saß an seinem Schreibtisch. Ryan drückte sein Mitgefühl für den Verlust seines Partners aus. Slidell dankte ihm, dass er extra nach Charlotte gekommen war, um an der Beerdigung teilzunehmen.

»Das war für mich doch selbstverständlich. Ich habe den Mann bewundert. Und ihn gemocht.«

»Solche wie Eddie gibt's nicht mehr.«

»Nein, wirklich nicht. Wäre es andersherum gewesen, hätte Rinaldi an meinem Grab gestanden.«

Slidell hob eine fest geballte Faust. »Brüder in Uniform.«

Ryan berührte Slidells Faust mit der seinen.

Einige Augenblicke lang erinnerten sie sich an die erste Begegnung der drei Detectives.

Dann kamen wir zur Sache.

Slidell rief an, um zu hören, ob der Verhörraum schon fertig war. Mit Slidell an der Spitze gingen wir drei den Gang hinunter.

Dasselbe Spionglasfenster. Derselbe zerkratzte Tisch. Derselbe Stuhl, auf dem zuerst Kenneth Roseboro und später Asa Finney gesessen hatten.

Der Stuhl war nun besetzt von dem Mann, der verdächtigt wurde, Finney umgebracht zu haben.

Der Verdächtige war etwa vierzig mit feuersteingrauen Augen und kurzen, braunen, seitlich schon ergrauten Haaren. Er war klein, aber fit und muskulös. Die Tätowierung auf seinem rechten Unterarm zeigte das Logo des Marine Corps und die Losung *Semper Fi*.

Ich hatte noch immer Mühe zu begreifen, wer dieser Mann tatsächlich war.

James Edward Klapec. Senior.

Jimmy Klapecs Vater war zwanzig Meilen südlich von Charlotte in dem Volkswagen Jetta angehalten worden, den einer von Finneys Nachbarn bemerkt hatte.

Klapecs Blick musterte immer wieder seine Umgebung und senkte sich dann auf seine Hände. Die Finger waren verschränkt, die Haut über seinen Knöcheln so gespannt, dass sie weiß wurde.

Slidell ließ Ryan und mich im Korridor stehen und betrat den Raum. Seine Schritte hallten metallisch aus dem Wandlautsprecher.

Klapec riss den Kopf hoch. Wachsame Augen folgten seinem Befrager durch den Raum.

Slidell warf einen Spiralblock auf den Tisch und setzte sich.

»Dieses Verhör wird aufgenommen. Zu Ihrer Sicherheit und zu unserer.«

Klapec schwieg.

»Mein Beileid zu Ihrem Verlust.«

Klapec nickte knapp.

»Ihre Rechte wurden Ihnen verlesen.« Eher eine Feststellung als eine Frage.

Klapec nickte wieder. Senkte den Blick.

»Ich möchte noch einmal wiederholen, Sie haben das Recht auf einen Anwalt.«

Keine Reaktion.

Slidell räusperte sich. »Nun. Sie sind bereit zu einer Aussage?«

»Ich hab ihn getötet.«

»Sie haben wen getötet, Mr. Klapec?«

»Den satanischen Hurensohn, der meinen Sohn umgebracht hat.«

»Erzählen Sie mir davon.«

Fast eine Minute lang saß Klapec da, ohne etwas zu sagen, und schaute dabei auf seine Hände.

»Sie wissen ja sicher über Jimmy Bescheid.« Stockend.

»Ich urteile weder über Sie noch über Ihren Jungen«, sagte Slidell.

»Andere werden es tun. Die Presse. Die Anwälte. Sie werden Jimmy als Perversen darstellen.« Es war offensichtlich, dass Klapec es vorsichtig anging, seine Worte mit Bedacht wählte. »Ich war nicht einverstanden mit den Entscheidungen, die Jimmy getroffen hat.« Klapec schluckte. »Aber er hatte Besseres verdient als das, was ich ihm gegeben habe.«

»Erzählen Sie mir, was Sie getan haben.«

Klapec schaute Slidell an, dann schnell wieder weg.

»Ich habe den Wichser erschossen, der meinen Jungen umgebracht hat.«

»Ich brauche Details.«

Klapec atmete durch die Nase ein und aus.

»Seit dem Mord an Jimmy fange ich jeden Morgen mit der Online-Ausgabe der Charlotter Zeitung an. Die Polizei kümmert sich nicht um Niemande wie mich oder meine Frau, deshalb haben wir nur die Nachrichten, um herauszufinden, was getan wird, um den Mord an meinem Jungen aufzuklären. Traurig, nicht?«

Slidell ließ eine Hand kreisen, um anzudeuten, dass Klapec weitermachen solle.

»Ich habe gelesen, was dieser Commissioner über Finney gesagt hat.«

»Boyce Lingo?«

»Ja. Genau der. Was dieser Lingo gesagt hat, klang einleuchtend. Dass der Polizei die Hände gefesselt und die Gerichte gelähmt sind. Und dass der gewöhnliche Bürger die Sache selbst in die Hand nehmen muss.«

Ich schaute Ryan an. Ich wusste, was jetzt kam.

»Er hat recht behalten, als Sie diesen mörderischen Hurensohn freigelassen haben. Lingo hat genau den Nagel auf den Kopf getroffen.« Klapec spannte die Kiefermuskeln an, entspannte sie wieder. »Jimmy war ein Homo. Wenn es zum Prozess gekommen wäre, hätten sie ihn schlecht dastehen lassen. Ich wusste, dass Gerechtigkeit für meinen Sohn von mir würde kommen müssen.«

Bei Klapecs Sätzen lief es mir kalt über den Rücken.

»Ich war es Jimmy schuldig. Gott weiß, dass ich mich einen Scheißdreck um ihn gekümmert habe, als er noch am Leben war.«

»Wollen Sie mir genau sagen, was Sie getan haben?«, fragte Slidell.

»Hab mir von meinem Nachbarn das Auto geliehen, bin nach Charlotte gefahren, hab vor seinem Haus gewartet und den elenden Mistkerl von seinem Leiden erlöst.«

»Wie kamen Sie zu Finneys Adresse?«

Klapec schnaubte freudlos. »Hat mich ungefähr zehn Minuten online gekostet.«

»Beschreiben Sie die Waffe.«

»Fünfundvierziger Halbautomatik. Eine Firestar.«

»Wo ist die Waffe jetzt?«

»In einem Müllcontainer hinter einem Wendy's, ungefähr eine Viertelmeile östlich von Finneys Haus.«

Slidell machte sich auf seinem Spiralblock Notizen.

»Was taten Sie, nachdem Sie ihn erschossen hatten?«

»Nachdem ich die Waffe weggeworfen hatte, weiß ich nichts mehr. Bin heute Morgen in einem Motel in Dodge aufgewacht und gleich losgefahren.«

»Wohin wollten Sie, als der Verkehrspolizist Sie anhielt?«

»Nach Hause. Ich wollte in meiner eigenen Küche in Half Moon sitzen, wenn dann die Polizei käme. Falls sie käme. Hatte meine Zweifel, ob sie überhaupt an mich denken würde.«

*Hey!*

Wieder das Flüstern aus dem Unterbewussten.

Ich schloss die Augen und versuchte, Kontakt damit aufzunehmen.

Keine Chance. Das Unterbewusstsein hatte zwar Alarm geschlagen, ignorierte aber jetzt meinen Anruf.

Slidell fragte nach Gunther. Klapec sagte, er habe diesen Namen nie gehört.

Slidell nahm sich einen Augenblick Zeit, um seine Notizen zu konsultieren. Oder tat zumindest so.

Dann schlug er unvermittelt eine andere Richtung ein.

»Warum sind Sie mit dem Auto Ihres Nachbarn gefahren?«

»Eva braucht das unsere, um damit zur Arbeit zu fahren.«

»Das wäre Mrs. Klapec.«

Klapec nickte.

»Was können Sie mir über den Tod von Detective Rinaldi sagen?«

Klapecs Knöchel wurden noch ein wenig bleicher. »Das ist der Polizist, der hier in der Stadt getötet wurde?«

»Wo waren Sie gegen zehn am Samstagabend?«

Klapec schaute Slidell frech ins Gesicht. »Ich bin völlig ehrlich zu Ihnen. Ich habe Finney getötet, weil das mörderische Arschloch getötet werden musste. Versuchen Sie nicht, mir noch was anderes anzuhängen.«

»Beantworten Sie die Frage, Mr. Klapec.«

Klapec überlegte. Dann: »Da habe ich eben ein Treffen in der South Gum Branch Baptist Church verlassen. Meine Frau kann das bestätigen.«

»Was für ein Treffen?«

Klapec ließ das Kinn sinken. Ich sah seine Kopfhaut rosa durch die kurz geschnittenen Haare schimmern. »Ich besuche eine Gruppentherapie für Aggressionsbewältigung.«

»Wo ist diese Kirche?«

»Gute zweihundert Meilen von hier entfernt.«

»Das beantwortet meine Frage nicht.«

»Am Highway zwei achtundfünfzig, ungefähr auf halber Strecke zwischen Jacksonville und Half Moon.«

*Hey!*

Was? Highway 258? Damit wäre die Kirche in der Nähe des Camp Lejeune. Ich war vor vier Jahren auf der Basis des Marine

Corps gewesen und hatte dort unter einem Haus eine tote Frau ausgegraben.

Nichts klickte.

»Einen Augenblick, bitte.« Slidells Stimme holte mich zurück. Er verließ eben Klapec und kam zu uns in den Korridor.

Mit einem Nicken zum Fenster fragte Slidell: »Eindrücke?«

»Scheint ziemlich klar im Kopf zu sein.« Ryan.

»Die arme Sau hat eben den Mann erschossen, der seinen Jungen umgebracht hat.«

»Vielleicht«, sagte ich.

Slidell schaute mich an, dann wieder Ryan.

»Glauben Sie, er sagt die Wahrheit?«

»Klingt aufrichtig«, sagte Ryan. »Könnte aber auch geistesgestört sein.«

»Oder er spielt für irgendjemanden den Sündenbock.«

»Hat man seine Hände auf Schmauchspuren überprüft?«

»Ja. Er hatte eine Waffe abgefeuert. Der Trottel ist entweder zu blöd, sich die Hände zu schrubben, oder so gerissen, dass er extra geschossen hat, damit seine Geschichte wasserdicht ist.«

»Bestimmt lassen Sie den Müllcontainer bei diesem Wendy's durchsuchen.«

»Da können Sie Gift drauf nehmen. Und die von jedem Motel auf dieser Strecke.«

Slidell wandte sich mir zu. »Was ist mit Ihnen? Haben Sie auf Ihren Firlefanzfotos irgendwas gefunden, das uns helfen kann, diese ganze Sache abzuschließen?«

Im ersten Augenblick wusste ich nicht, was er meinte. Dann schlug ich mir beinahe mit der Hand vor die Stirn.

Die A-EM-Aufnahmen der Knochenproben aus Jimmy Klapecs Oberschenkelknochen. Marion Irelands Umschlag lag noch in meinem Auto. Ryans Auftauchen hatte mir das völlig vom Schirm gewischt.

»Ich bin noch nicht ganz fertig.« Ich schaute zu Klapec, um den direkten Blickkontakt mit Slidell zu vermeiden.

»Aha.«

»Ich mache mich dran, sobald ich von hier weg bin.«

»Wir wär's dann mit sofort? Das Leben dieses Kerls ist im Eimer. Das Einzige, was wir noch für ihn tun können, ist ihm zu versichern, dass er den richtigen Hexer erwischt hat.«

Und damit kehrte Slidell zu seinem Verdächtigen zurück.

## 33

Ryan und ich hielten bei einem Starbucks und fuhren dann zum Annex. Ich holte den Umschlag aus dem Auto und breitete die Fotos auf dem Küchentisch aus. Ryan setzte sich neben mich und trank seinen Kaffee auf eine Art, die mir auf die Nerven ging.

Während ich die A-EM-Aufnahmen betrachtete, erklärte ich ihm, was ich da tat.

»Als Jimmy Klapecs Leiche noch nicht identifiziert war, entnahm ich seinem Oberschenkelknochen Proben und machte Dünnschnitte für eine mikroskopische Untersuchung.«

»Warum?«, fragte Ryan.

»Um eine größere Genauigkeit bei der Altersbestimmung zum Todeszeitpunkt zu ermöglichen.«

»Dann wurde der Junge anhand der Fingerabdrücke identifiziert, und das da wurde unwichtig.«

»Ja.«

Ryan schlürfte seinen Kaffee.

»Aber als ich mir die Dünnschnitte genauer ansah, fiel mir auf, dass mit den Havers-Kanälen etwas nicht stimmte.«

»Verständlich bitte.« Ryan hob den Zeigefinger.

»Havers-Kanäle sind winzige Röhren, die der Länge nach durch kompakte Knochen verlaufen.«

»Wie winzig?« Schlürf.

»Wirklich winzig. Muss du mit deinem Kaffee diese Geräusche machen?«

»Er ist heiß.«

»Puste. Oder warte.«

»Wofür sind diese Kanäle da?«

»Da gehen Sachen durch.«

»Was für Sachen?«

»Blutgefäße, Nervenzellen, Lymphgefäße. Das ist nicht wichtig. Wichtig ist, oder könnte sein, dass einige dieser Kanäle an ihren Rändern ein ungewöhnliches Muster zeigen.«

»Was für ein Muster?«

»Komische, dunkle Linien.«

»Du bist wirklich heiß, wenn du Fachchinesisch sprichst.«

Ich hätte die Augen verdreht, aber sie klebten förmlich auf Irelands Fotos.

Sekunden vergingen.

Schlürf.

»Könntest du dir beim nächsten Mal ein kaltes Getränk aussuchen?«

»Jetzt ist er trinkbar. Also, was haben diese mysteriösen, dunklen Linien zu bedeuten?«

»Mit dem Lichtmikroskop in meinem Labor konnte ich die Vergrößerung nur bis auf vierhundert hochdrehen. Das reicht nicht, um wirklich auch die kleinsten Details zu sehen.«

»Auftritt Irelands großer Gorilla.«

»Mhm.«

»Wir sehen hier also die Aufnahmen der Abtast-Elektronenmikroskop-Analyse.« Kein Schlürfen mehr.

»Mhm.«

Ich suchte ein Foto aus und studierte es. Ein weißer Streifen am unteren Rand lieferte die folgenden Informationen:

Mag = 1.00 KX 20μm EHT = 4.00kV Signal A=SF2 Dat: 16 Okt

|--| WD = 6mm Foto Nr = 18

»Was ist das?« Ryans Gesicht war direkt neben meinem.

»Femoralsektion 1C in tausendfacher Vergrößerung.«

»Sieht aus wie ein Mondkrater mit gefrorenen Wellen außenrum.« Ryan deutete auf einen gezackten Riss, der vom Zentrum des Kraters ausging. »Ist das eine deiner komischen Linien?«

Ohne zu antworten, nahm ich mir ein anderes Foto vor. Die Femoralsektion 2D zeigte zwei Risse, die ihren Ursprung im Havers-System hatten.

So studierte ich jedes Foto eins nach dem anderen.

Zwölf der zwanzig Aufnahmen zeigten Mikrofrakturen.

»Das ist kein Artefakt«, sagte ich. »Die Risse sind echt.«

»Was hat die verursacht?«

»Ich weiß es nicht.«

»Was bedeuten sie?«

»Ich weiß es nicht.«

»Mittagessen?«, fragte Ryan.

»Aber ich habe vor, es herauszufinden.«

In Gedanken ging ich bereits mehrere Möglichkeiten durch. Kein Hinweis auf Pilzbefall. Ein Krankheitsprozess schien unwahrscheinlich. Verletzungen ebenfalls, sogar wiederholte Verletzungen des Oberschenkels.

Ich schaute mir jedes Bild noch einmal an.

Die Risse schienen tief im Inneren der Kanäle ihren Ursprung zu nehmen und nach außen abzustrahlen. Was konnte eine Belastung so tief und so weit verbreitet im Knochen verteilen, um ein solches Phänomen zu verursachen?

Druck?

Ryan stellte ein Sandwich vor mich hin. Schinken? Putenbrust? Ich biss ab, kaute, schluckte. Ich war viel zu konzentriert, um etwas zu schmecken.

Gefäßdruck? Lymphdruck?

Irgendwo in derselben Zeitzone klingelte ein Telefon.

»Soll ich drangehen?«, fragte Ryan von weit weg.

»Ja ja.«

Ich hörte Ryans Stimme. Bekam aber nicht mit, was er sagte.

Druck aufgrund von Ausdehnung?

Ausdehnung von was?

Ryan sagte etwas. Ich hob den Kopf. Er stand neben mir, die rechte Hand über dem Mundstück des Schnurlosen.

»Was kann sich ausdehnen und tief im Knochengewebe Druck verursachen?«

»Mark?«

»Ich rede vom Inneren des kompakten Knochens, nicht der Markhöhle.«

»Ich weiß es nicht. Wasser. Willst du den Anruf annehmen? Die Dame klingt ziemlich beharrlich.«

»Wer ist es?«

»Eine Frau namens Stallings.«

Wut blitzte von Nervenende zu Nervenende.

Meine erste Reaktion war, Ryan zu sagen, er solle auflegen.

Dann überlegte ich es mir anders.

»Gib sie mir«, sagte ich und streckte die Hand nach dem Gerät aus.

Ryan strich mir über den Kopf und verließ die Küche.

»Ja.« Barsch.

»Allison Stallings.«

»Ich weiß, wer Sie sind. Was ich nicht weiß, ist, woher Sie die Dreistigkeit nehmen, mich zu Hause anzurufen.«

»Ich dachte mir, dass wir vielleicht reden könnten.«

»Falsch gedacht.« Meine Stimme hätte Erbsen schockgefrieren können.

»Ich versuche nicht, Ihre Ermittlungen zu beeinträchtigen, Dr. Brennan. Wirklich nicht. Ich schreibe Bücher über echte Kriminalfälle, und ich suche nach Material für mein nächstes Projekt. Eine böse Absicht steckt da wirklich nicht dahinter.«

»Woher bekommen Sie Ihre Informationen über meine Tatorte?«

»*Ihre* Tatorte?«

Ich war zu wütend, um darauf zu reagieren.

»Hören Sie, ich habe einen Polizeifunk-Scanner. Als ich einen Anruf bezüglich eines satanistischen Altars hörte, wurde ich hellhörig. Im Augenblick sind die Leute ganz verrückt nach Voodoo und Hexen. Dann wurde die Leiche am Lake Wylie an Land gespült, und ich dachte, die Geschichte könnte interessant werden.«

»Sie sind ein Paparazzo. Sie verkaufen Bilder, die persönliche Tragödien ausbeuten.«

»Meine Bücher bringen nicht viel Geld ein. Hin und wieder verkaufe ich ein Foto. Die Honorare bringen das Brot auf den Tisch.«

»Verstümmelte Kinder verkaufen sich immer gut. Wirklich schade, dass Sie keine Nahaufnahme von Klapec bekommen haben.«

»Also kommen Sie, das können Sie mir wirklich nicht vorwerfen. Diese Geschichte hat alle Zutaten. Satanistische Rituale. Männliche Prostitution. Ein fundamentalistischer Südstaaten-Politiker. Und jetzt ein ermordeter Hexer.«

»Was wollen Sie?« Durch zusammengebissene Zähne.

»Ich bin weder Polizist noch Wissenschaftler. Um meine Arbeit präzise erledigen zu können, muss ich mich an die halten, die tatsächlich mit den Ermittlungen zu tun haben.«

»Nein.«

»Ich weiß, Sie haben mich bei unserer letzten Unterhaltung abgewiesen, aber ich hatte gehofft, ich könnte Sie überreden, Ihre Meinung zu ändern.«

Hatte ich das wirklich getan?

»Was habe ich gesagt?«

»Soll das ein Test sein?« Kichernd.

»Nein.« Eindeutig nicht lachend.

Sie zögerte, vielleicht weil sie verwirrt war, vielleicht weil sie nach dem besten Dreh suchte.

»Als ich Sie um Hilfe bat, sagten Sie Nein und legten auf. Dann riefen Sie zurück und stauchten mich zusammen, weil ich bei Ihren Tatorten auftauchte. Um ehrlich zu sein, ich hielt das für eine ziemliche Überreaktion. Als ich Sie eine Stunde später noch mal anrief, um zu sehen, ob Sie sich beruhigt hätten, nahmen Sie gar nicht mehr ab.«

»Haben Sie den Chief Medical Examiner in Chapel Hill angerufen?«

»Ja.« Vorsichtig. »Dr. Tyrell war alles andere als kooperativ.«

»Was haben Sie ihm in Bezug auf unser Gespräch gesagt?«

Wieder zögerte sie und überlegte sich genau, was sie sagte.

»Kann sein, dass ich angedeutet habe, Sie würden sich kooperativ zeigen.«

Diese kleine Schlange hatte Tyrell angelogen.

»Woher haben Sie diese Nummer?« Ich drückte das Gerät so fest, dass es leise knackte.

»Takeela Freeman.«

»Sie haben sie auch ausgetrickst.«

Stallings gab es weder zu, noch leugnete sie es.

»Haben Sie Takeela gegenüber *angedeutet*, ich wollte, dass sie Ihnen hilft?«

»Die Kleine ist nicht gerade die hellste Kerze am Baum.«

Wut ließ meine Stimme hoch und gepresst klingen.

»Rufen Sie mich nie wieder an.«

Als ich mich umdrehte, starrte Ryan mich durch die einen Spalt geöffnete Pendeltür an.

»Ich habe Lärm gehört.«

Das Schnurlose lag auf seinem gewölbten Rücken und wackelte wie eine umgekippte Schildkröte. Unbewusst knallte ich das Ding noch einmal auf den Tisch.

»Du bist streng mit deinen Geräten«, sagte Ryan.

Ich schwieg.

Ryans Mundwinkel bogen sich nach oben. »Aber Balsam für die Augen.«

»Mein Gott, Ryan. Kannst du an nichts anderes denken?«

»Ich gebe mir größte Mühe.« Ryan zog die Schultern hoch und verkroch sich.

Ich saß einen Augenblick nur da und überlegte. Tyrell anrufen? Ihm erklären, dass Stallings gelogen hatte, was unsere Unterhaltung anging?

Nicht jetzt. So geladen ich auch sein mochte, jetzt verdiente Jimmy Klapec meine Aufmerksamkeit. Und sein Vater.

Und Asa Finney.

Zehn Minuten lang beugte ich mich über die A-EM-Aufnahmen.

Und hatte danach noch immer nichts in der Hand.

Frustriert beschloss ich, einen Trick zu probieren, der manchmal funktionierte. Wenn du nicht weiterkommst, fang noch einmal ganz von vorne an.

Ich öffnete meine Tasche und zog die gesamte Akte über Jimmy Klapec heraus.

Zuerst schaute ich mir die Tatortfotos noch einmal an. Die Leiche war genau so, wie ich sie in Erinnerung hatte, das Fleisch gespenstisch bleich, die Schultern zur Erde, der Hintern zum Himmel.

Ich betrachtete die Nahaufnahmen des Anus, des Halsstumpfes, der eingeritzten Zeichen auf Brust und Bauch. Nichts außer Fliegeneiern.

Dann nahm ich mir die Autopsiefotos vor. Y-Schnitt. Organe. Leere Brusthöhle. Merkwürdig gestreifter Bluterguss auf dem Rücken.

Wieder fiel mir das atypische Verwesungsmuster auf, mit mehr aerober Zersetzung als anaerober Fäulnis. Als hätte sich die Leiche von außen nach innen und nicht von innen nach außen zersetzt.

Ich breitete die Knochenfotos aus und untersuchte noch einmal die Schnittspuren am vierten Halswirbel. Vertiefungen mit konkaver Krümmung und identischem Radius, die von der Bruchstelle weg und nicht um sie herum verliefen.

Der fünfte Wirbel zeigte einen einzelnen Fehlstart. Ich schaute in meine Notizen: 2,3 Millimeter.

Die Schnittoberflächen beider Halsknochen wirkten wie poliert, an Eintritts- und Austrittsstellen waren keine Absplitterungen zu sehen.

Ich lehnte mich zurück. Die ganze Prozedur hatte mir in Bezug auf die Havers-Kanäle keine neuen Erkenntnisse gebracht.

Entmutigt stand ich auf und ging in der Küche hin und her.

Warum rief Slidell nicht an? Hatte die weitere Befragung von Klapec senior seine Geschichte bestätigt oder widerlegt? Hatte man die Waffe in dem Müllcontainer gefunden? Hatte man mit Mrs. Klapec gesprochen?

Jimmys Mutter tat mir wirklich leid. Zuerst ihr Sohn, jetzt ihr Ehemann. Die Zukunft sah für Mrs. Klapec alles andere als rosig aus.

Ich ging weiter auf und ab. Warum auch nicht? Sonst funktionierte ja nichts.

Ryan wählte genau diesen Augenblick, um zu prüfen, woher der Wind wehte.

»Alles klar?«, fragte er in sicherer Entfernung vom Esszimmer aus.

»Ja.«

»Bitte um Erlaubnis, an Bord kommen zu dürfen.«

»Erlaubnis gewährt.«

Ryan kam in die Küche, gefolgt von Birdie.

»Hast du das Rätsel gelöst?«

»Nein.«

»Schokolade.« Ryan drehte sich zu Birdie um und wiederholte das Wort überdeutlich. »Schokolade.«

Die Katze hob eine skeptische Braue. Falls man das von Katzen überhaupt sagen kann.

Ryan wandte sich wieder mir zu und tippte sich an die Schläfe. »Hirnnahrung.«

»Kann sein, dass im Eisfach noch ein Dove Bar ist.«

»Was ist ein Dove Bar?«

»Nur das beste Eis am Stiel auf dem Planeten.« Dann fiel es mir wieder ein. »Ach ja. In Kanada kriegt man das nicht.«

»Zugegeben, wir haben einige Löcher in unserer Kultur.« Ryan stöberte im Eisfach.

Ich erinnerte mich an die Sauerei im Spülbecken am Dienstag, dem Morgen danach. Vielleicht alle, dachte ich.

»Ja!« Ryan knallte die Tür zu, drehte sich um und hielt zwei Tüten in die Höhe. »Zwei gefrorene Köstlichkeiten.«

Ich nahm eine Tüte und riss sie auf.

Frost rieselte auf meine Hand.

Ich starrte sie an und dachte an Ryans beiläufige Antwort.

Wasser.

Ausdehnung.

Rissbildung.

*Pling.*

Ich flog zum Telefon.

## 34

Diesmal nahm Slidell meinen Anruf entgegen. Junge, Junge. Inzwischen schaffte ich einen Durchschnitt von zwei von vier.

»Klapec war eingefroren.«

»Wovon reden Sie?«

»Ich weiß auch nicht, wie ich so schwer von Begriff sein konnte. Das erklärt alles. Der komische Verwesungszustand. Das Fehlen von Tierfraß. Der geringe Insektenbefall. Die Risse im Havers-System.«

»Wow.«

Ryan hörte zu und aß dabei sein Eis.

»Natürlich verweste Klapec von außen nach innen. Das Muster passt, wenn er gefroren war. Das Äußere erwärmte sich schneller als der Kern.«

»Was ist dieses Hafer-Ding?«

»Havers. Bei der tausendfachen Vergrößerung des Abtast-Elektronenmikroskops konnte ich Risse in den winzigen Röhren in Klapecs Knochen erkennen. Ich kam nur einfach nicht darauf, was sie verursacht hatte.«

»Aber jetzt wissen Sie es.«

»Was passiert, wenn Wasser abkühlt?«

»Dann steigt man aus der Dusche.«

Ich ignorierte das.

»Die meisten Flüssigkeiten ziehen sich zusammen. Wasser macht das ebenso, bis es eine Temperatur von etwa vier Grad Celsius erreicht. Danach dehnt es sich aus. Gefroren hat es sich um etwa neun Prozent ausgedehnt.«

»Und warum ist das wichtig?«

»Die winzigen Risse in Klapecs Knochen wurden von Eiskristallen verursacht, die sich tief in den Havers-Kanälen gebildet hatten.«

»Sie wollen damit sagen, Klapec war Tiefkühlware, als er abgeladen wurde.«

»Der Mörder muss seine Leiche in einer Tiefkühltruhe aufbewahrt haben.«

Slidell begriff sofort, was das bedeutete.

»Das heißt, Klapec konnte gestorben sein, lange bevor Funderburke ihn am Lake Wylie entdeckte.«

»Vielleicht im September, als Gunther ihn mit Rick Nelson streiten sah. Wo war Finney zu dieser Zeit?«

»Allein zu Hause. Und Lingo kurvte quer durch den Staat.«

»Hatte Finney eine Tiefkühltruhe in seinem Haus?«

»Sie können Ihren Hintern drauf wetten, dass ich das herausfinden werde.«

»Das bestätigt weder Lingo noch Finney als unseren Kandidaten.«

»Aber es dehnt das Zeitfenster für den Todeszeitpunkt aus. Das ist doch schon was.«

Ich hörte ein rasselndes Einatmen, dann eine Art Knurren.

»Ich hoffe, das war ein Gähnen.«

»Ich hab gestern Nacht kein Auge zugemacht. Werd mich jetzt für ein paar Stunden aufs Ohr hauen. Sind Sie später im Labor?«

»Tyrell hat mich gefeuert.«

»Ist nicht wahr.«

Ich erzählte ihm von Allison Stallings' Anruf.

»Das sollte die Wogen glätten.«

»Vielleicht. Tyrell ist auch sauer wegen meines Streits mit Lingo vor laufenden Kameras. Im Augenblick halte ich mich besser bedeckt.«

»Ich wusste, dass diese opportunistische Schlampe Schwierigkeiten machen würde. Wie auch immer, gute Arbeit, Doc.«

Ich schaltete ab und, richtig geraten, ging wieder auf und ab. Ich war frustriert wegen der Ermittlung, hatte ein schlechtes Gewissen wegen Finneys Tod und war wegen der Anwesenheit meines unerwarteten Hausgastes völlig aus der Fassung.

Ich kontrollierte eben Behältnisse im Kühlschrank nach ungewollten Lebensformen, als dieser Hausgast in Laufschuhen, Shorts und dem T-Shirt mit der grünen Eidechse auftauchte.

»Gehst du joggen?«

Idiot. Natürlich ging er joggen.

»Freut mich, dass du deine Sportsachen gefunden hast.«

»Freut mich, dass ich sie hiergelassen habe.«

Ein Augenblick verlegenen Schweigens entstand.

»Wann fliegst du nach Montreal zurück?«

»So wie's aussieht am Sonntag.«

»Gehst du wieder ins Sheraton?«

»Könnte ich.« Trauriges Gesicht.

Ich zögerte. Warum eigentlich nicht? Für einen alten Freund.

»Du kannst gerne hierbleiben.«

Ein großes Ryan-Lächeln. »Ich kann kochen.«

Ich lächelte auch. »Ich mag das an einem« – ich wollte schon Mann sagen – »Freund.«

Ryan fragte, ob ich mit ihm joggen gehen wollte. Ich lehnte ab.

Durchs Küchenfenster sah ich ihn in einen lockeren, entspannten Trott fallen, die sehnigen Beine schienen sich kaum anstrengen zu müssen.

Ich dachte daran, wie diese Beine mit meinen verschlungen waren.

In meinem Bauch kribbelte es.

O Mann.

Ich musste etwas tun. Aber was? Ich wollte Tyrell nicht noch mehr verärgern, indem ich ins MCME ging. Und Slidell schlief.

Ich probierte es mit den Laborübungen meiner Forensikklasse an der Uni.

Konnte mich nicht konzentrieren.

Ich versuchte, meine nächste Vorlesung zu entwerfen.

Funktionierte auch nicht.

Katy anrufen?

Das war ein Anruf, den ich schon seit Längerem vor mir herschob.

Ich wählte. Anrufbeantworter. Hatte sie ihr Handy nicht ins Buncombe County mitgenommen? Funktionierte es in den Bergen vielleicht nicht? War sie immer noch sauer?

Ich suchte mir eben Stücke für die Handwäsche zusammen, als ich Ryan die Einfahrt hochkommen sah, das T-Shirt an die Brust geklebt, das Gesicht gerötet vor Anstrengung. Er telefonierte mit seinem Handy. Ich sah, dass er aufgeregt war.

Ryan bog um die Ecke des Annex, so dass ich ihn nicht mehr sehen konnte.

Ohne Nachzudenken, ging ich zur Hintertür.

»Ich weiß, Liebling.«

Ryan sprach Englisch, nicht Französisch. Lutetia?

In meiner Brust wuchs Eis.

»So muss es auch sein.«

Mit angehaltenem Atem drückte ich das Ohr an die Tür.

Pause.

»Nein.«

Noch eine längere Pause. Dann drehte sich der Knauf.

Ich sprang zurück und nahm die Wäsche in die Arme.

Ryan kam durch die Tür. Schaute mich an. Wedelte verärgert mit der freien Hand.

»Auf gar keinen Fall«, sagte er ins Telefon.

»Lily«, formte er, an mich gerichtet, mit den Lippen.

»Wir reden später.«

Ryan klappte das Handy zu und klemmte es sich wieder an den Bund seiner Shorts.

»Probleme?«, fragte ich so beiläufig, wie's ging.

»Lily will nach Banff. Nach den Bewährungsauflagen darf sie Quebec nicht verlassen.«

»Tut mir leid.«

»Kannst *du* ja nichts dafür.« Er lächelte, als er die BHs und Slips in meinen Armen sah. »Flohmarkt?«

»Hab ich noch nicht nötig.«

»Aber nicht den Leopardenslip. Der war mir immer der liebste.«

Ich wurde rot.

»Was dagegen, wenn ich dein Bad benutze?«

»Bitte. Brauchst du was?«

Ryan zog seine lasziven Brauen hoch.

Kribbeln im Bauch.

Ich schaute auf die Uhr. Halb drei. O Gott. Was sollten wir den ganzen Nachmittag tun?

Mein Streit mit Katy fiel mir wieder ein, und ich hatte eine Idee. Es würde nur wenig Konzentration erfordern und meine rastlose Energie vielleicht ein wenig in geordnete Bahnen lenken. Außerdem wäre es neutrales Fahrwasser für mich und meinen Hausgast.

Ich deutete auf Ryans T-Shirt. »Weißt du inzwischen, wer die *Dead Milkmen* sind?«

Ryan schüttelte den Kopf.

»Meine Tochter wirft mir abgrundtiefe Ignoranz vor, was die heutige Rockmusik angeht.«

»Stimmt das?«

»*Abgrundtief* ist ein bisschen stark.«

»Kinder können brutal sein.«

»Tyrell hat mich gefeuert«, sagte ich. »Und Slidell hält seinen Schönheitsschlaf.«

»Und den willst du auf keinen Fall stören.«

»Auf gar keinen Fall. Wenn du geduscht hast, können wir uns ja an den Computer setzten und deine *Milkmen* nachschauen.«

Ich machte Popcorn, um eine festliche Atmosphäre zu erzeugen.

Ryan und ich erfuhren, dass die *Dead Milkmen* eine satirische Punkband waren, deren erstes offizielles Album, *Big Lizard in My Backyard,* 1985 veröffentlicht worden war.

»Dein Shirt sollte inzwischen ein Klassiker sein«, sagte ich.

»Könnte bei der *Antiques Roadshow* ein Vermögen verdienen.«

Ich hatte plötzlich ein Bild von April Pinder vor mir.

»Kennst du die *Cheeky Girls?«,* fragte ich.

»Nein. Aber freche Mädchen lerne ich immer gern kennen«, sagte Ryan mit übertriebenem Zwinkern.

Ich verdrehte rekordverdächtig die Augen.

Wir fanden heraus, dass die *Cheeky Girls* in Rumänien geborene Zwillinge waren, Gabriela und Monica Irimia. Ihre erste Single, *The Cheeky Song (Touch My Bum)*, war fünf Wochen lang unter den ersten Fünf der britischen Hitparade. In einer Umfrage von Channel 4 wurde sie zur schlechtesten Pop-Platte aller Zeiten gekürt.

»Ich muss mir unbedingt den Text dieses Songs anschauen«, sagte Ryan, als er den Titel las.

Ich fand eine Site mit Texten von Rock-'n'-Roll-Songs und zog den Cursor nach unten bis zu dem Eintrag über die *Cheeky Girls.*

*»Cheap Trick!«,* rief Ryan.

»Was habe ich denn getan, dass du mir billige Tricks vorwirfst?«

*»I want you to want me«,* sang Ryan. Schlecht.

Ryan deutete auf die Gruppe direkt über *Cheeky Girls. Cheap Trick.*

»Ich liebe diese Jungs«, sagte Ryan.

Ich schaute ihn nur verständnislos an.

»Vielleicht ist *abgrundtief* sogar noch großzügig«, sagte Ryan.

Ich klickte die Site von *Cheap Trick* an.

Und spürte, wie mir das Adrenalin durch den Körper schoss.

*»Cheap Trick* ist schon seit den Siebzigern eine Institution. *›Dream Police‹, ›The House is Rockin‹.* Kennst du *Comedy Central's Colbert Report? Cheap Trick* schrieben und spielten den Titelsong. Und auch den für *That '70s Show.«*

Ich hörte kaum, was Ryan sagte. In meinem Kopf explodierten Synapsen wie ein Feuerwerk.

Rinaldis Anruf bei Slidell, um ihm von seinem Informanten zu berichten.

Rinaldis kryptische Notizen. RN. CTK.

Glenn Evans an der Seite seines Chefs auf den Stufen des Gerichtsgebäudes.

*»Going to a party«,* sang Ryan.

Meine ganze Aufmerksamkeit war auf einen Mann gerichtet, der eine schwarz-weiß karierte Gitarre in der Hand hielt, die aussah wie ein totes Tier am Straßenrand. Die Bildunterschrift identifizierte ihn als Rick Nielsen, den Lead-Gitarristen.

Ryan missverstand mein Interesse. »Das ist eine achtundsiebziger Hammer Explorer Checkerboard. Gigantisch.«

Normalerweise hätte mich Ryans Gitarrenwissen verwundert. In diesem Augenblick nicht.

Ich starrte Nielsen ungläubig an. Hohe, breite Wangenknochen. Eng stehende Augen. Scharfer, kantiger Unterkiefer. Markantes Kinn. Baseballkappe.

Laut Slidell hatte Vince Gunther Klapecs gewalttätigen Stecher als Rick Nelson mit einer Baseballkappe beschrieben.

Hatte Rinaldi vielleicht in Wahrheit Rick Nielsen gesagt? Nielsens Ähnlichkeit mit Glenn Evans war verblüffend. Hatte Slidell den Namen falsch verstanden? Jemand in Gunthers Alter würde eher eine noch aktive Band wie *Cheap Trick* kennen als ein totes Idol aus den Sechzigern.

»Rick Nielsen«, sagte ich und deutete auf den Monitor. »Trägt der oft eine Kappe?«

»Immer«, sagte Ryan. »Wieso?«

Ich erzählte ihm, was ich dachte.

»Könnte ziemlich wichtig sein.«

»Bevor ich Slidell belästige, muss ich erst sicher sein.«

Ryan und ich surften durch Dutzende von Bildern. Aufnahmen von Konzerten. Plattenhüllen. PR-Fotos.

Eine Stunde später lehnte ich mich beeindruckt, aber skeptisch zurück. Glenn Evans sah unbestreitbar aus wie Rick Nielsen. Aber war das vielleicht nur Zufall?

Nein, sagte ich mir. Das konnte einfach nicht sein.

Ich wählte.

Erstaunlicherweise hob Slidell ab.

»Was?« Gebellt.

Ich berichtete ihm von der Ähnlichkeit zwischen Rick Nielsen und Glenn Evans.

»Kann es sein, dass Sie Rinaldi falsch verstanden haben?«, fragte ich.

Slidell machte eines seiner *hrlf*-Geräusche. Ich stellte mir vor, wie er in Unterwäsche auf der Bettkante saß und versuchte, wach zu werden. Keine sehr hübsche Vorstellung.

»Vielleicht war Klapecs gewalttätiger Stecher tatsächlich Glenn Evans.« Wieder feuerte eine Synapse. »O Mann. Vielleicht ist CTK gar kein Flughafenkürzel. Vielleicht war das Rinaldis Abkürzung für *Cheap Trick*.«

Slidell sagte etwas. Ich schnitt ihm das Wort ab.

»Vielleicht hatte Rinaldi Lingos Telefonnummer, weil er hinter Evans her war.«

Slidell dachte darüber nach.

»Evans hat ein Alibi für den Tag, als Klapecs Leiche abgelegt wurde. Und für den Tag, als Klapec mit jemandem stritt und verschwand.«

Darauf fiel mir nichts ein.

»Ich habe Evans und Lingo überprüft. Beide sind sauber wie der Arsch eines Vikars. Keine Drogen, keine Nutten, keine kleinen Mädchen. Außerdem, wo ist das Motiv?«

Ich redete, ohne von meinen eigenen Argumenten so recht überzeugt zu sein.

»Vielleicht ist Evans ein heimlicher Schwuler. Vielleicht sprach er Klapec an, die Sache lief aus dem Ruder, und am Ende ist Klapec tot.«

»Und das Mephistopheles-Motiv?«

Ich war zu aufgeregt, um von Slidells Verweis auf den *Faust* überrascht zu sein.

»Vielleicht ist Evans in irgendeiner Sekte.«

»Und vielleicht rennt er mit nacktem Arsch bei Vollmond durch Getreidekreise. Überlegen Sie doch mal. Evans arbeitet für Lingo, einen machthungrigen kamerageilen Bibel-Schwinger. Man könnte Stadien füllen mit den Leuten, die den Kerl hassen. Wenn Lingos Assistent mit Satan turtelt, dürfte das wohl kaum geheim bleiben.«

Auch darauf wusste ich nichts zu sagen.

»Aber da Sie mich ja nicht schlafen lassen, fahre ich jetzt wieder in die Zentrale.«

## 35

»Was hat er gesagt?« Ryan saß noch am Computer. Aus den Lautsprechern plärrte Punk. Oder war es Heavy Metal?

»Er war nicht überzeugt. Mein Gott. Kannst du das leiser drehen?«

»Was würdest du gern hören?«

»Die Musik ist okay. Aber dreh die Lautstärke um ein paar Millionen Dezibel herunter.«

»Ernsthaft. Was magst du gern?«

»Dann machst du dich über mich lustig.«

»Das werde ich nicht. Außer du sagst ABBA. Na komm. Such dir eine von deinen CDs aus. Du hast doch CDs?«

»Natürlich habe ich CDs.« Sogar zwei von ABBA. Aber das verriet ich ihm nicht.

»Such eine aus.«

»Okay, damit du endlich Ruhe gibst.«

Ich fuhr mit dem Finger am Musikregal entlang, traf eine Entscheidung und gab Ryan die Scheibe.

»Ja. Ein Kanadier.«

»Das wusste ich gar nicht.«

Missbilligender Blick. »Neil Young bügelt den nationalen Makel, keine Dove Bars im Kühlregal zu haben, wieder aus.«

Ryan schob die CD in den PC.

Zuerst kam akustische Gitarre, dann der nasale Tenor.

Eine Synapsenreise auf der Straße der Erinnerung. Pete in seiner weißen Marineuniform. In Jeans, mit Katy beim Krocketspiel im Hinterhof. In einem karierten Flanellpyjama vor dem Fernseher.

Das war Petes Lieblings-CD gewesen.

*Somewhere on a desert highway …*

Ich betrachtete das Cover. Eine Vogelscheuche vor einem orangefarbenen und roten Sonnenuntergang.

Oder war es ein indianischer Tänzer in einem Fransenhemd?

Ein Hexer?

Und da war er schon wieder. Der Nieser aus dem Unterbewusstsein, der einfach nicht kommen wollte.

Hexer? Pete?

*She rides a Harley Davidson …*

Ich drehte das Etui um und schaute mir den Titel an. *Harvest Moon.*

Der Nieser explodierte in meinem Gehirn.

»Verdammt!«

Ryan riss den Kopf hoch. »Was ist denn?«

»Etwas, das mich an Evans schon die ganze Zeit gestört hat, mir aber erst jetzt bewusst geworden ist.«

Und wieder griff ich zum Telefon und wählte.

Und wieder ging Slidell dran.

Ich deutete auf den Computer. Ryan drehte die Lautstärke herunter.

»Klapec lebt in Onslow County, nicht? In Half Moon?«

»Und?«

»Ist mir gerade erst wieder eingefallen. Kann gar nicht glauben, dass ich das bis jetzt übersehen habe. Ich war schon in Onslow County, kenne die Stadt. Konnte mich einfach nicht erinnern, dass ich mich daran erinnere.«

Ich war so aufgeregt, dass ich schwafelte.

Ryan spielte mir pantomimisch Einatmen vor.

Ich atmete durch. Fing noch einmal von vorne an.

»Als Sie Evans bei Rinaldis Begräbnis befragten, nannte er Jimmy Klapec einen Halbmond-Hinterwäldler. Ich dachte, das wäre nur irgendwie abwertend gemeint, aber mein Unterbewusstsein ist darauf angesprungen.«

»Ihr was?«

»Evans meinte es wörtlich. Halbmond. Aus Half Moon stammend. Das ist eine Stadt am Highway zwei achtundfünfzig, nördlich von Camp Lejeune und Jacksonville. Die Klapecs leben dort.

Wenn Evans Jimmy Klapec nie getroffen hat, woher konnte er dann wissen, dass das die Heimatstadt des Jungen ist?«

»Dieser verlogene Drecksack.«

Einige Sekunden lang hörte ich nur Slidells Atmung. Dann ließ er seine Zunge schnalzen.

»Damit kriege ich aber immer noch keinen Haftbefehl.«

»Woher wissen Sie das?«

»Hab's schon versucht. Wurde aber abgewiesen. Der Staatsanwalt meint, das sind alles keine Beweise. Außerdem habe Evans ein Alibi. Er sagte es zwar nicht, aber Tatsache ist, dass der Kerl für eine öffentliche Person arbeitet. Der Staatsanwalt will ohne einen rauchenden Colt nicht im Hornissennest stochern.«

Slidell hatte recht. Der Hinweis auf Half Moon. Die Ähnlichkeit mit Rick Nielsen. Lingos Nummer in Rinaldis Notizen. Das war alles spekulativ. Bis jetzt hatten wir nichts gefunden, das auf Motiv oder Möglichkeit hinwies. Und Evans hatte Zeugen, die an den fraglichen Tagen im September und Oktober sein Alibi bestätigten.

Ich überlegte einen Augenblick.

»Haben Sie Evans' Fahrzeug schon untersucht?«

»Ich warte deswegen auf einen Anruf. Übrigens, Klapec wurde offiziell angeklagt. Die Waffe wurde gefunden. Der Motelmanager bestätigt Klapecs Geschichte, und die Überwachungskameras zeigen ihn beim Einchecken um zwölf Uhr siebenundzwanzig an diesem Tag. Außerdem ist das Geständnis sauber. Sieht aus, als wurde der erbärmliche Scheißer die Wahrheit sagen.«

Ryan surfte noch immer auf der *Cheap-Trick*-Website, die Lautstärke allerdings leise gestellt. Als er mein Gesicht sah, griff er nach meiner Hand.

»In der Klemme?«

»Ich sehe immer wieder Klapec in diesem Verhörzimmer vor mir. Zuerst verlor er seinen Sohn. Und jetzt hat er wahrscheinlich einen Unschuldigen umgebracht.«

»Glaubst du wirklich, dass Lingos Assistent dein Kerl ist?«

Ich hob frustriert die Hände und fasste die Indizien kurz zusammen, die Slidell und ich eben besprochen hatten. »Und Evans hat ein Alibi.«

»Dann nehmen wir es auseinander.«

»Laut dem Mann, der sie fand, wurde Klapecs Leiche am Morgen des neunten Oktober abgelegt. Evans war in Greensboro.«

»Lassen wir das für den Augenblick so sein. Du hast gesagt, Klapec könnte früher getötet und dann in eine Kühltruhe gesteckt worden sein.«

»Ja.«

»Wie lange?«

»Ich weiß es nicht.« Ich sagte das in letzter Zeit ziemlich häufig. »Aber Klapec wurde am neunundzwanzigsten September zum letzten Mal lebend gesehen.«

»Von wem?«

»Vince Gunther.«

»Der Hühnerhabichtkollege?«

Ich nickte.

»Ist Gunther glaubwürdig?«

»Rinaldi dachte es offensichtlich. Seine Notizen deuten darauf hin, dass er bereit war, dem Jungen fünfhundert Dollar für Informationen über Klapecs Mörder zu zahlen.«

»Wie war Slidells Einschätzung?«

»Wir haben Gunther nie selbst befragt.«

»Stimmt. Gunther ist verschwunden. Noch immer nichts Neues über seinen Aufenthaltsort?«

Ich schüttelte den Kopf. »Aber wir haben April Pinder befragt, Gunthers frühere Freundin. Ihre Geschichte bestätigt, was wir über den Streit zwischen Klapec und diesem Rick-Nielsen/Nelson-Typen und Klapecs anschließendem Verschwinden vermuteten. Sie bestätigt auch, dass Klapec am neunundzwanzigsten September zum letzten Mal lebend gesehen wurde.«

»Was ist mit Pinder? Ist sie verlässlich?«

Ich wackelte mit den Fingern. Vielleicht ja, vielleicht nein.

»Könnte es sein, dass sie Gunther deckt?«

»Kaum. Sie ist stocksauer. Nachdem sie Gunthers Kaution bezahlt hatte, ließ er sie sitzen.«

Ich sah in Ryans Augen, dass sein Gehirn arbeitete.

»Wie genau bestätigt Pinders Geschichte die von Gunther?«

Ich berichtete, was Pinder mir über Gunther erzählt hatte. Dass er am Abend nach seiner Entlassung aus dem Gefängnis ferngesehen habe. Dass er ihr gesagt hatte, er habe Klapec und Rick Nelson/Nielsen an diesem Tag streiten sehen.

»Und zu dieser Zeit war Evans ebenfalls nicht in der Stadt?«

»Auf einer Wahlkampftour durch den ganzen Staat.«

»Ist er sich sicher, was seine Termine angeht?«

»Sehr.«

»Ist es Pinder?«

»Sah so aus. Aber wer weiß. Sie ist nicht die Hellste.«

»Aber, Butterblümchen. Wir haben hier ein Mittel zur Überprüfung zur Verfügung.«

»Haben wir?« Ich ignorierte die florale Anspielung.

Ryan tippte ein wenig. Schaute hoch. Tippte wieder.

Der Kasten listete alle Auftritte von *Cheap Trick* auf, live auf der Bühne, im Fernsehen und im Radio, und lieferte Links zu neueren und älteren Interviews.

Ich las die Zeile, auf die Ryan deutete.

Ich brauchte einen Augenblick, bis ich die Bedeutung begriff.

Als ich es tat, atmete ich einmal tief durch.

»*Cheap Trick* war am siebenundzwanzigsten und achtundzwanzigsten September auf HBO zu sehen, in einem Zweiteiler über Rockstars der Siebziger und Achtziger«, sagte Ryan.

»Also hat Pinder sich in Bezug auf das Datum geirrt. *Cheap Trick* war am Neunundzwanzigsten gar nicht im Fernsehen.« Ich dachte laut. »Gunther war am Achtundzwanzigsten im Gefängnis. An diesem Abend konnte er nicht bei ihr zu Hause ferngesehen haben. Es musste der *Siebenundzwanzigste* gewesen sein, der Tag, *bevor* Gunther einfuhr, nicht der Tag, an dem er herauskam.«

»Hat Evans ein Alibi für den Siebenundzwanzigsten?«, fragte Ryan.

»O Mann.«

Ich war so aufgeregt, dass ich Slidells Nummer zweimal wählen musste. Egal. Ich landete bei seiner Voice Mail.

»Wir haben ihn«, sprach ich darauf. »Klapec wurde am siebenundzwanzigsten, nicht am neunundzwanzigsten September zum letzten Mal lebend gesehen. Überprüfen Sie Evans' Aufenthaltsort für diesen Tag. Rufen Sie mich an.«

Ich schaltete ab.

»Gut gemacht«, sagte ich zu Ryan und klatschte ihn ab.

Sein Grinsen war so breit wie der Rio Grande.

Sekunden schleppten sich dahin. Stunden. Äonen.

Ich kaute an der Nagelhaut meines Daumens. Stand auf und ging hin und her. Setzte mich. Kaute wieder.

Das Telefon klingelte noch immer nicht.

»Wo zum Teufel steckt er nur?«

Ryan zuckte die Achseln. Aß eine Handvoll Popcorn. Surfte weiter.

»Brösel nicht in meine Tastatur.«

»Jawoll, Ma'am.«

»Und klecker nicht mit der Butter.«

Ich schaute auf die Uhr. Zwanzig Minuten waren vergangen, seit ich meine Nachricht hinterlassen hatte.

»Vielleicht sollte ich Slidell diese Seite faxen. Kannst du sie ausdrucken?«

Zwecklos. Aber wenigstens etwas zu tun.

Ryan kehrte zu der *Cheap-Trick*-Website zurück, druckte die entsprechende Seite aus und gab sie mir. Das Blatt ließ mich an Rinaldis Notizen denken. Noch etwas zu tun.

Ich holte die Papiere aus meiner Aktentasche. Kehrte ins Arbeitszimmer zurück.

»Schau dir das an«, sagte ich. »Jetzt ergibt alles einen Sinn.«

Ryan setzte sich neben mich auf die Couch.

JK. 29/9. ZLG mit RN nach VG. RN –NAR. CTK. TV. 9/10-11/10? CFT. 10. 500.

»Laut Vince Gunther wurde Jimmy Klapec zusammen mit Rick Nielsen am neunundzwanzigsten September zum letzten Mal lebend gesehen. Rick Nielsen mit Aknenarben. Gunther bemerkte die Ähnlichkeit, als er *Cheap Trick,* CTK im TV sah. Neunter bis elfter Oktober ist die Zeitspanne, in der Klapec gefunden wurde. Rinaldi traf sich mit Gunther im CFT, Cabo Fish Taco um zehn, mit fünfhundert Dollar.«

Schweigend lasen Ryan und ich Rinaldis letzte Codezeilen.

RN = BLA = GYE. Greensboro. 9/10. 555-7038. CTK-TV-27/9. VG, Straßenprostitut. 28/9-29/9.

GYE 27/9?

»Rick Nielsen ist gleich Boyce Lingos Assistent ist gleich Glenn Yardley Evans. Rinaldi rief in Lingos Büro an, und Evans sagte ihm, dass er und sein Boss am neunten Oktober, als Klapecs Leiche gefunden wurde, in Greensboro waren.

Rinaldi musste gewusst haben, dass mit den Septemberdaten etwas nicht stimmte. *Cheap Trick* waren am siebenundzwanzigsten und achtundzwanzigsten September im Fernsehen. Vince Gunther war am achtundzwanzigsten wegen Straßenprostitution im Gefängnis, Rinaldi wusste deshalb, dass er an diesem Tag Nielsen, und damit auch Klapec, gar nicht gesehen haben konnte.«

»Pinder irrte sich also in Bezug auf das Datum. Sie hatten ihre Pizza-Party am Tag bevor, nicht am Tag nachdem sie Gunther wieder rausgeholt hatte.«

»Ein Tag, für den Evans vielleicht kein Alibi hat.«

»Mein Gott, Ryan. Irgendwie hatte Rinaldi das alles herausgefunden. Evans hat bemerkt, dass er Bescheid wusste.«

Meine Finger waren so fest geballt, dass die Nägel Halbmonde in die Handflächen drückten.

»Evans hat ihn umgebracht.«

Das Telefon klingelte.

Ich machte einen Satz darauf zu.

Slidell war so aufgedreht wie ich. »Evans war am Siebenundzwanzigsten in Charlotte.«

Ich wollte etwas sagen. Er schnitt mir das Wort ab.

»Er fährt einen weißen Chevy Tahoe.«

»Heilige Scheiße.«

»Der Richter hat endlich unterschrieben. Wir gehen rein.«

»Ich will dabei sein.«

»Woher wusste ich, dass Sie das sagen werden?«

Ich wartete.

»Nur Sie.«

»Wann?«

»Sofort.«

## 36

»Wo ist Ihr Auto?«

Gummi quietschte, als wir aus der Einfahrt von Sharon Hall scharf rechts auf die Straße einbogen.

»Ryan hat es, um seine Sachen aus seinem Hotel zu holen.«

Ich erwartete eine anzügliche Bemerkung über mein Sexualleben. Slidell machte keine.

»Sagen Sie ihm, das ist nichts Persönliches. Der Staatsanwalt will, dass diese Sache so behandelt wird, als würde die ganze Welt zusehen.«

Obwohl Ryans Erfahrung bei der Durchsuchung von Evans' Wohnung ein Vorteil gewesen wäre, konnte ich gegen dieses Argument nichts einwenden. Bei Lingos Position würden tatsächlich sehr viele Augen zusehen. Möglicherweise dank CNN und FOX.

»Ist Evans zu Hause?«

Slidell schüttelte den Kopf. »Er hat eine Wohnung in einer umgebauten Remise gemietet, auf einem Grundstück, das einer Frau namens Gracie-Lee Widget gehört. Was ist denn das für ein Name?«

Ich bedeutete Slidell, er solle weiterreden.

»Gracie-Lee sagt, dass Evans am Donnerstagabend arbeitet und erst gegen neun nach Hause kommt. Sie ist zwar nicht gerade begeistert, sagte aber, wenn ich ihr einen Durchsuchungsbeschluss zeige, dann lässt sie uns in seine Bude.«

Evans wohnte in Plaza-Midwood, einem Viertel mit gewundenen Straßen, großen Bäumen und bescheidenen Bungalows aus der Jahrhundertwende. Ich war schon oft dort gewesen. Auf halbem Weg zwischen den Wohnbezirken am Stadtrand und dem UNCC gelegen, ist die Gegend sehr beliebt bei unterbezahltem Uni-Personal.

Slidell bog nach rechts in die Shamrock ab, dann noch einmal in eine kurze Sackgasse und parkte schließlich vor einem typischen Lowcountry-Haus mit steilem Dach, braunen Stuckwänden und grünen Fensterläden. Auf der langen Vorderterrasse standen Schaukelstühle, Farne hingen aus Blumenampeln, doch alles sah aus, als hätte es seine Blütezeit schon längst hinter sich.

Wir stiegen aus und gingen die Stufen hoch. Slidell drückte auf die Klingel.

Es dauerte ungefähr eine Dekade, bis die Tür aufging. Als sie es dann tat, verstand ich, warum.

Gracie-Lee Widgets Haare umrahmten strähnig weiß ein von tausend Runzeln durchzogenes Gesicht. Eingefallene Lippen ließen zahnlose Kiefer vermuten. Aber das Alter war nicht das auffälligste an dieser Frau.

Gracie-Lee hatte einen Arm. Sonst nichts. Keine anderen Gliedmaßen. An ihre linke Schulter war eine komplizierte Vorrichtung geschnallt, die in zwei einander gegenüberstehenden Haken endete, und sie saß in einem Motorrollstuhl, der aussah wie etwas aus *Star Wars*. Eine karierte Decke lag auf ihrem Schoß und auf Stümpfen, die offensichtlich in der Mitte der Oberschenkel endeten.

Gracie-Lee schaute missmutig zu uns hoch, offensichtlich war sie nicht erfreut über unseren Besuch.

»Detective Slidell.« Slidell zeigte ihr seine Marke. »Wir haben miteinander telefoniert.«

»Daran brauchen Sie mich nicht zu erinnern.«

Gracie-Lee schnappte sich die Marke. Hielt sie sich dicht vors Gesicht. Machte ein Geräusch wie *tscht.* Gab sie zurück.

Slidell zog den Durchsuchungsbeschluss aus der Tasche. Gracie-Lee wedelte ihn weg wie Fliegen von einem Kuchen.

»Mr. Evans ist nicht hier.«

»Das ist kein Problem.«

»Es ist nicht richtig, die Wohnung eines Mannes zu durchwühlen.«

Slidell hob die Hand. »Wir werden sehr vorsichtig sein.«

Gracie-Lee rührte sich nicht.

»Ma'am?«

»Tscht.« Der Doppelhaken hob sich und ließ einen Schlüssel in Slidells Hand fallen.

»Machen Sie ja nichts kaputt von den Sachen dieses netten, jungen Mannes.«

Damit drückte Gracie-Lee auf einen Knopf auf ihrer Lehne. Der Stuhl drehte sich, die Tür fiel zu.

Slidell schüttelte den Kopf, als wir die Stufen wieder hinunterstiegen. »Bin froh, dass ich mir das nicht jedes Jahr zu Thanksgiving ansehen muss.«

»Sie ist alt.«

»Sie ist gemein wie eine Schlange.«

Die Remise war ein einstöckiger Holzbau hinter einem Rasenstück am Ende der Kieseinfahrt. Unten eine Doppelgarage, oben die Wohnung. Ins Obergeschoss kam man über eine hölzerne Außentreppe.

Uralte Myrten wuchsen dicht am hinteren Rand des Grundstücks. Obwohl die Dämmerung bereits hereinbrach, konnte ich durch das Laubwerk hindurch etwas sehen, das aussah wie eine weite, leicht hügelige Rasenfläche.

»Na, ist das nicht reizend? Evans wohnt am Arschende von Charlottes Country Club.«

Slidells Stimme triefte vor Verachtung. Für Golf? Weil sich das Anwesen auf der falschen Seite des Platzes befand? Für diejenigen, die so reich waren, dass sie sich die Clubmitgliedschaft leisten konnten?

Ich sagte nichts.

Wir kamen an einem Koi-Teich vorbei, der grün vor Algen war. Einem gemauertem Pflanzgefäß, das vor totem Laub überquoll. Einem Vogelbad, das zerbrochen auf der Erde lag.

Im Gehen hob Slidell die Hand zu seiner Waffe. Sein Blick suchte die Umgebung ab. Die Spannung in seinen Halsmuskeln deutete auf konzentriertes Lauschen hin.

An der Remise machte Slidell eine Geste mit nach unten gedrehter Handfläche. Da ich auf seine Körpersprache achtete, erstarrte ich sofort.

Durch ein schmutziges Fenster konnte ich sehen, dass die Garage nur Gartengerät enthielt, eine Holzleiter und eine Garnitur schmiedeeiserner Gartenmöbel. In der Rückwand war eine Tür zu erkennen, vermutlich zu einer kleinen Werkstatt oder einem Vorratsraum.

»Kein Chevy Tahoe«, murmelte Slidell, mehr zu sich als zu mir.

»Wo ist die Spurensicherung?«

»Unterwegs.«

Typisch Slidell. Gab sich selbst die Zeit für einen ungestörten Blick auf die Szene.

Slidell ging zur Treppe, aber offensichtlich sah er etwas, das ihm nicht gefiel. Er kauerte sich hin und untersuchte die erste Stufe. Dann richtete er sich wieder auf und hob den Fuß bis auf die zweite Stufe.

Ich schaute nach unten. Über die erste Stufe war ein Draht gespannt. Ich nickte zum Zeichen, dass ich die Falle entdeckt hatte.

Oben auf dem Treppenabsatz winkte Slidell mich mit einer weiteren Handbewegung hinter sich. Dann klopfte er an die Tür. »Glenn Evans?«

Irgendwo in weiter Ferne pfiff ein Zug.

»Polizei von Charlotte-Mecklenburg. Ich habe einen richterlichen Beschluss zur Durchsuchung Ihrer Wohnung.«

Keine Antwort.

Slidell zog seine Waffe und lehnte sich dicht neben die Tür. Nach einem schnellen Blick nach rechts und links klopfte er noch einmal.

»Ich habe einen Schlüssel, Mr. Evans. Ich komme jetzt rein.«

Die Tür ging leicht auf.

Sämtliche Jalousien waren heruntergelassen. Eine Bodendiele quietschte, ansonsten war es im Inneren totenstill.

Slidell legte einen Wandschalter um.

Die Küche war europäisch modern. Schwarz-weißer Fliesenboden. Glänzend schwarze Schränke mit viel Glas. Geräte und Armaturen aus Edelstahl.

Keine Kühltruhe, die groß genug für eine Leiche wäre.

»Bleiben Sie hier.« Barsch.

Die Glock in beiden Händen neben seiner Nase, ging Slidell zu einer offenen Tür gegenüber dem Eingang und drückte sich dort mit dem Rücken an die Wand. Ich huschte neben ihn.

Slidell drehte sich zu mir um und schaute mich böse an. Ich hob besänftigend die Hände. Ich würde bleiben, wo ich war.

Slidell verschwand durch die Tür.

Ich spähte um den Türstock herum. Dunkelheit.

Ich zog den Kopf zurück und wartete. Es war so still, dass ich den Atem in meiner Kehle hören konnte.

Schließlich ging ein zweites Licht an.

»Alles klar«, sagte Slidell.

Ich trat aus der Küche in eine kurze Diele. Türen gingen links, rechts und direkt vor uns ab. Hinter letzterer knallte Slidell mit Schubladen. Ich ging zu ihm.

»Echter Palast, was?« Slidell klang wieder ziemlich verächtlich. »Wohnzimmer, Schlafzimmer, Küche, Bad. Schätze, dass Lingo seine Leute nicht gerade fürstlich bezahlt.«

Ich schaute mich um.

Das Zimmer setzte einen neuen Maßstab für Understatement. Beigefarbene Wände, Möbel, Vorhänge und Teppich. Weiße Decke, weiße Tür- und Fensterstöcke. Keine komischen Servierwägelchen oder Kissen. Keine Schnappschüsse von Hunden oder Freunden in geschmacklosen Party-Hütchen.

Hinter der Couch stand eine Bodenlampe aus Messing. Ein Flachbildschirm-Fernseher stand auf dem obersten Brett eines in die Wand eingelassenen Regals. Links der Nische befand sich eine Reihe eingebauter Schubladen. Die durchsuchte Slidell eben. Rechts war eine Vitrine.

Die Regalbretter unter dem Fernseher enthielten Unmengen von DVDs. Ich zog Latexhandschuhe über, ging zu dem Regal und schaute mir die Titel an.

*Matrix. Gladiator. Der Patriot. Starship Troopers.* Ein Trio von Filmen, die alle mit Bourne zu tun hatten.

»Evans mag Action«, sagte ich.

Slidell knallte eine Schublade zu und riss eine andere auf. Wühlte mit behandschuhten Fingern darin.

Ich öffnete die Vitrine. Schnaps.

»Antialkoholiker ist er nicht.« Ich las die Etiketten. Johnny Walker Blue Label Scotch Whiskey. Evan Williams dreiundzwanzig Jahre alter Bourbon. Belvedere Wodka. »Der Kerl gibt einiges für das harte Zeug aus.«

Ich schaute mich um. Slidell war bei der untersten Schublade. Da ich sonst nichts Interessantes mehr sah, ging ich ins Bad.

Ziemlich sauber. Podestwaschbecken mit Unterschrank. Duschvorhang aus schwarzem Vinyl. Schwarz-weiße Fliesen.

Auf dem Spülkasten standen ein Schweinsborstenpinsel, ein Bic-Rasierer, eine Dose Rasiergel und eine elektrische Zahnbürste in der Ladestation.

Das Medizinschränkchen enthielt das Übliche. Zahnseide. Zahnpasta. Aspirin. Nasenspray. Pflaster. Eine Tube Schuppenshampoo stand auf dem Wannenrand. Seife hing an einer Kordel vom Duschkopf.

Slidell marschierte durch die Diele. Ich folgte ihm ins Schlafzimmer.

Hier hatte Evans ein bisschen mehr Flair gezeigt. Die Wände waren rot, und ein Läufer aus Zebra-Kunstfell lag auf dem beigen Teppichboden. Schwarzer Satin bedeckte die Matratze, ein Wandbehang mit Leopardenfellmuster diente als Kopfbrett. Der Rest des Raums wurde ausgefüllt von zwei Nachtkästchen und einem Metallwagen mit einem weiteren Flachbildschirm.

»Die Kröte hätte sachlich bleiben sollen.«

Dieses eine Mal war Skinnys Geschmackskommentar korrekt.

Slidell schob eine Wandschranktür zur Seite und durchsuchte die Kleidung. Ich öffnete eine Schublade in dem Nachtkästchen vor mir.

»Schauen Sie sich das mal an«, sagte ich.

Slidell kam zu mir. Ich deutete auf ein kleines, blaues Päckchen mit einem Cowgirl mit Löwenmähne auf dem Etikett.

»Rough Rider Noppenkondome«, las Slidell. »Unser Knabe ist also ein Hengst.«

»Oder will einer sein. Fehlen welche?«

Slidell zählte. Nickte. Kehrte zum Wandschrank zurück.

Sekunden später hörte ich: »Aber hallo.«

Ich drehte mich um.

»Schauen Sie mal, was unser Hengst zwischen seinen Schuhen versteckt.«

Slidell hielt einen Schuhkarton in die Höhe. Darin befanden sich ungefähr ein Dutzend DVDs. Er las mir ein paar Titel vor.

*»Spritzende College-Boys. Schwuler Rudelfick. Springende schwarze Hengste.«*

Slidell hob langsam den Blick zu mir. Ein Grinsen zog einen Mundwinkel hoch.

»Also spielt Evans für das andere Team. Ich schätze, damit haben wir ein Motiv.«

Slidell warf den Karton aufs Bett und hakte die Daumen in seinen Gürtel. »In der Küche ist kein Platz. Als wo könnte der Mistkerl eine Kühltruhe hinstellen?«

»In der Garage gibt's noch eine innere Tür.«

»Aber klar.« Slidell schaute auf die Uhr. »Lassen Sie uns mal einen Blick riskieren.«

Slidell polterte die Treppe hinunter. Ich folgte in etwas ungefährlicherem Tempo.

Draußen war es dunkel, die Myrten bildeten eine zerklüftete Barriere zwischen Widgets Garten und dem Golfplatz dahinter. Aus dem düsteren Bunker des Haupthauses drang kein Licht.

Die Garage war unverschlossen. Slidell ging direkt zu der inneren Tür und probierte Gracie-Lees Schlüssel. Er passte nicht.

Slidell drehte den Knauf nach rechts und nach links. Warf sich mit der Schulter gegen die Tür. Sie hielt.

Slidell hob den Fuß und trat fest zu. Noch immer hielt das Schloss. Er trat noch ein paar Mal dagegen. Der Türstock gab nach und splitterte. Ein letzter, fester Stoß, und die Tür flog auf.

Slidell fand den Lichtschalter. Der Mann kannte sich wirklich aus mit Beleuchtung.

Mit lautem Sirren sprang eine Neonröhre an.

Der Raum war etwa zweieinhalb mal drei Meter groß. Links stand ein altes Sideboard oder eine Badezimmerkommode, die mit einer von einem Seil zusammengehaltenen Steppdecke umwickelt war. Rechts befanden sich Regale.

An der Wand direkt vor uns hing ein Brett mit Metallhaken. An jedem Haken hing ein Werkzeug. Hammer, Schraubenzieher, ein Schraubenschlüssel, eine Zimmermannssäge.

Mein Herz klopfte bis zum Hals.

Unmöglich. Klapec war nicht mit einer Handsäge geköpft worden.

Ich schaute mir den Regalinhalt an.

Die Neonröhre an der Decke summte und flackerte.

Ich entdeckte ihn auf dem zweiten Brett von oben. Ein Karton mit der Aufschrift »6,5-Zoll-Motorsäge« auf der Seite.

Neben mir zerrte Slidell an dem Seil um das eingewickelte Möbelstück. Ich streckte die Hand aus und fasste ihn am Arm. Er drehte sich um.

Wortlos nickte ich zu dem Karton. Slidell griff nach oben, zerrte ihn herunter, stellte ihn auf den Boden und riss die Laschen auf. Drinnen war eine alte McGraw-Edison-Kreissäge.

Unsere Blicke trafen sich.

»Ja«, war alles, was ich sagte.

Slidell nahm eine Heckenschere von dem Werkzeugbrett und schnitt das Seil mit vier schnellen Schnitten durch. Zusammen packten wir die Steppdecke und zogen.

Das Objekt darunter war kein eigentliches Möbelstück. Es war eine Frigidaire-Kühltruhe, standardweiß, mit einem Fassungsvermögen von gut zweihundert Litern.

»Hurensohn.« Slidell war so neugierig auf den Inhalt, dass er mich mit dem Ellbogen beiseitestieß.

»Sollte die Spurensicherung denn nicht ein paar Fotos schießen, bevor wir das Ding aufmachen?«

»Ja«, sagte Slidell, öffnete das Schloss und stemmte den Deckel mit beiden Händen auf.

Durch das Zischen gefrorener Luft und dem Summen der Neonröhre hörte ich einen gedämpften Knall.

»Was war das?«, fragte ich.

Slidell ignorierte meine Frage. »Sieht nicht so aus, als hätte Evans das Geld für ein Modell mit Selbstabtau-Funktion ausgeben wollen.«

Auch wenn die Bemerkung eher schnippisch war, war Slidells

Ton steinern. Und er hatte recht. Das Innere der Kühltruhe war völlig mit Eis- und Schneekristallen überzogen.

Oben links befand sich ein rechteckiger Drahtkorb voller Plastikbeutel. Ich kratzte an einigen, um die Etiketten lesen zu können. Tiefkühlgemüse aus dem Supermarkt. Hackfleisch. Etwas, das aussah wie ein Schweinebraten.

Ich dachte an den Abdruck auf Klapecs Rücken. Der Korb?

Nein. Das Muster bestand aus parallelen Linien. Der Korb bestand aus Edelstahlstäben in Gitteranordnung.

Ich behielt die Beobachtung für mich. Stattdessen starrte ich gebannt auf ein anderes, in Plastik gewickeltes Objekt in einer Ecke ganz unten in der Kühltruhe.

Annähernd rund. Ein Schinken? Zu groß. Ein kleiner Truthahn?

Ich griff in die Truhe und holte das gefrorene Ding heraus. Das Plastik war überraschenderweise frostfrei. Was stimmte hier nicht?

Der Gegenstand war schwer, vier oder fünf Kilo vielleicht. Während ich ihn auf dem Truhenrand balancierte, holten mich meine eigenen Worte von früher wieder ein. Was hatte ich Slidell über das Gewicht eines menschlichen Kopfs gesagt? Ungefähr so viel wie ein kleiner Truthahn.

Mit zitternden Händen drückte ich das transparente Plastik gegen den Inhalt. Details wurden sichtbar, trüb und unscharf wie Gegenstände auf dem Grund eines Teichs.

Ein Ohr mit geronnenem Blut in den zarten Bögen und Falten. Der Umriss eines Unterkiefers, purpurblaue Lippen. Eine Nase, flachgedrückt an einer bleichen Wange. Ein halb geöffnetes Auge.

Plötzlich brauchte ich frische Luft.

Ich rammte Slidell Klapecs Kopf in die Arme und stürzte nach draußen.

An einem Daumennagel kauend, ging ich auf und ab und wartete, dass Slidell ebenfalls herauskam. Wartete auf den Transporter der Spurensicherung.

Sekunden schleppten sich dahin. Vielleicht waren es auch Minuten.

Ich hörte das gedämpfte Geräusch von Slidells Handy.

Mein Blick wanderte zu den Myrten und der Andeutung des Golfplatzes dahinter. Ich ging zu der Hecke, weil ich einen friedvollen Ausblick zur Beruhigung meiner Nerven brauchte.

Und stolperte über etwas, das im Schatten lag.

Etwas mit Masse und Gewicht. Totem Gewicht.

Mit hämmernden Herzen richtete ich mich auf die Knie auf und drehte mich um.

Glenn Evans lag mit dem Gesicht nach oben auf dem Rasen, die Augen leer, mitten in der Stirn ein Loch, aus dem Blut quoll.

## 37

Slidell kam aus der Garage gerannt, den Kopf nach links und nach rechts drehend, die Waffe in beiden Händen neben der Nase.

Als ich seinen alarmierten Blick sah, begriff ich, dass ich aufgeschrien haben musste.

Slidell kam zu mir und schaute auf die Leiche hinab.

»Was zum Teufel?«

Das Herz noch immer rasend, rappelte ich mich hoch und wich zu den Myrten zurück.

Slidell starrte Evans sehr lange an. Dann sprach er, ohne hochzusehen.

»Pinder besitzt einen weißen Dodge Durango. Vor einer Stunde tauchte das Fahrzeug vor ihrem Haus auf. Gunther saß am Steuer.«

Ich bemühte mich, Slidells Sätze und Evans Tod in einen vernünftigen Zusammenhang zu bringen.

»Noch was.« Slidells Augen wanderten hoch und bohrten sich in meine. Im gelben Licht aus den Remisenfenstern sahen sie eingesunken und alt aus. »Evans und Lingo waren in der ganzen

Woche, in der Klapec verschwand, nicht in der Stadt. Auch am Siebenundzwanzigsten nicht.«

Einen Augenblick wussten wir beide nicht, was wir sagen sollten. Wir standen einfach nur da.

Hatten wir uns das alles völlig falsch zusammengereimt? Und Rinaldi ebenso?

In der Stille hörte ich hinter mir einen Ast brechen. Slidells Glock schnellte in die Höhe und zielte in meine Richtung.

Ich drehte mich eben um, als ein Pistolenlauf meine Schädelbasis küsste.

Eine Männerstimme sagte: »Sie machen jetzt mit, oder Sie sterben beide.«

Adrenalin schoss in jede Zelle meines Körpers.

»Waffe weg.« Geknurrt.

Ich sah ein Funkeln, als Slidells Augen zur Seite schnellten.

»Tun Sie das nicht, Detective.«

Am Rand meines Gesichtsfelds sah ich, wie ein Finger sich zum Sicherheitshebel bewegte. Ich roch Waffenöl und altes Schießpulver.

»Verstärkung ist unterwegs«, sagte Slidell.

»Dann werden wir uns beeilen müssen, nicht?« Die Worte kamen schnell wie aus einer Maschinenpistole.

»Das wird nicht funktionieren, Vince.«

Die Mündung glitt nach vorne zum weichen Fleisch unter meinem Unterkiefer.

»Was nicht funktionieren wird, ist, dass ich ins Gefängnis gehe.«

»Gefängnis ist besser als tot sein.«

»Nicht für Jungs wie mich.«

Ich spürte, wie sich das Korn tief in meine Halsschlagader bohrte, spürte, wie mein Blut gegen den Stahl pochte.

»Die Pistole. Sofort.« Stakkato.

»Wir sollten jetzt alle ruhig bleiben.« Slidell hielt die Waffe auf Armeslänge ausgestreckt und warf sie dann in Gunthers Richtung.

»Aufheben!«, befahl Gunther und stieß mich in den Rücken.

Als ich mich bückte, bückte er sich mit mir. Ich roch teures Rasierwasser und schalen Körperschweiß.

Mit zitternden Fingern hob ich die Glock auf und gab sie ihm über meine Schulter. Gunther nahm sie und riss mich am Kragen meiner Jacke hoch.

»Die Handschellen.«

Slidell zog die Handschellen vom Gürtel und warf sie in seine Richtung. Wieder war ich gezwungen, sie aufzuheben.

»Handy.«

Slidell warf ihm das Gerät zu. Gunther kickte es in die Myrten.

»Kommen Sie mit den Händen über dem Kopf auf mich zu.«

Ganz langsam hob Slidell die Arme, verschränkte die Finger und legte sich die Hände auf den Kopf. Dann kam er zentimeterweise auf uns zu.

»Schneller.«

Slidell blieb stehen. Ich sah Wut in seinen Augen. Und noch etwas anderes. Angst.

»Treib keine Spielchen mit mir, Fettsack.« Gunther klang gefährlich nervös.

»Sie haben keine Chance«, sagte Slidell.

»Ach ja?«

Hinter mir hörte ich das Rascheln von Stoff.

Slidells Augen wurden rund.

In meinem Hirn explodierten Lichter.

Dann war da nichts mehr außer Schwärze.

Zuerst wurde mir der Schmerz bewusst: ein Pochen in meinem Schädel. Brennen an den Handgelenken. Ein Stechen in den Schultern.

Die Geräusche: das Surren eines Motors. Das Murmeln von Rädern auf Asphalt. Leises Schlagen und Klappern von Sachen, die um mich herum durcheinandergeworfen wurden.

Schaukeln und Schwanken sagten mir, dass ich mich in einem fahrenden Auto befand.

Ich versuchte, mich aufzusetzen, merkte, dass mir die Hände auf den Rücken gefesselt waren.

Ich öffnete die Augen. Dunkelheit.

Ein neues Gefühl. Übelkeit. Ich schloss die Augen wieder. Schluckte.

Die Erinnerung kam zurück. Evans. Gunther. Slidells schockierter Blick.

Schlussfolgerung. Gunther hatte mich bewusstlos geschlagen und in den Kofferraum eines Autos geworfen.

O Gott. Wohin brachte er mich?

Ein plötzlicher, entsetzlicher Gedanke. War Slidell tot?

Ich lauschte nach Hinweisen. Mein geschundenes Hirn konnte nicht interpretieren, was meine Ohren ihm schickten.

Ich atmete durch den Mund, lag still da und zählte die Links- und Rechtskurven.

Schließlich hielt das Auto an. Türen gingen auf. Ich hörte Männerstimmen. Dann Stille.

Wieder zählte ich, verzweifelt um Orientierung ringend. Sechzig Sekunden. Hundertzwanzig. Hundertachtzig.

Der Kofferraumdeckel sprang auf, und ich wurde in die Höhe gezerrt. Bäume huschten vor meinen Augen vorbei. Ziegel. Säulen.

Mein Magen protestierte. Ich schmeckte Galle und spürte ein Zittern unter der Zunge.

Ein vertrautes Hintertreppchen.

Angst durchzuckte mich. Wir waren am Annex. Warum?

Gunther zog mich aus dem Auto und stieß mich, die Mündung seiner Waffe an meiner Schädelbasis, auf das Treppchen zu.

Ich stolperte vorwärts, versuchte zu verstehen. Suchte verzweifelt nach Details, an die ich mich erinnern, die ich berichten, die ich rekonstruieren konnte.

Hintertür offen. Küchenfenster, die Lichtrechtecke auf den

Rasen warfen. Die Handtasche durchwühlt, der Inhalt verstreut wie vom Wind verwehte Blätter auf dem Gras.

Gunther schubste mich die Stufen hoch. Auf zitternden Beinen betrat ich mein Haus.

Von irgendwo im Haus hörte ich verzweifeltes Klappern und Kratzen. Birdie? Zu laut. Was dann? Ich hatte keine Ahnung. Das Blut hämmerte laut in meinem Schädel.

Gunther blieb stehen und leckte sich die Lippen. Zum ersten Mal sah ich sein Gesicht. Er sah aus wie irgendjemands älterer Bruder, der eines Tennislehrers, eines Predigers in der Kirche. Seine Augen waren grün, huschten aber hektisch hin und her. Die Haare waren haselnussbraun und ordentlich seitlich gescheitelt. Mit einer Sache hatte er recht. Auch wenn er nur bisexuell sein mochte, wäre er mit seinem femininen Aussehen im Gefängnis eine mehr als begehrte Beute.

Mit fast unmerklichen Bewegungen drückte ich den Rücken an die Wand neben dem Türstock und stellte mich auf die Zehen. Etwas klickte, und das Licht, das durch die Tür kam, änderte sich leicht.

Wo war Bird? Ich lauschte nach dem Bimmeln des Glöckchens an seinem Halsband. Nichts.

Mit einem kräftigen Schubs stieß Gunther mich durch die Pendeltür ins Wohnzimmer, dann in die Diele.

Zuerst sah ich nur Slidells Rücken. Er stand vorgebeugt da und zerrte an Handschellen, die ihn an den Endpfosten des Treppengeländers fesselten.

»Locker bleiben, Detective.« Erregt und angespannt.

Slidell drehte sich um, so gut er konnte.

»Du bist erledigt, du schwanzloser Scheißer.« Slidells Stimme war abgehackt vor Anstrengung und Wut.

»Warum sollte ich mir dann wegen zwei weiteren Leichen noch Gedanken machen?«

Gunther schob mich in Slidells Blickfeld, rammte mir die Waffe in die Luftröhre und drückte mein Kinn hoch.

Slidell riss an den Handschellen, und Wut strahlte von ihm ab wie Hitze.

Gunther drückte mir den Lauf so tief in den Hals, dass ich vor Schmerz aufschrie.

Slidell ballte die Fäuste. »Wenn du ihr was tust, bringe ich dich eigenhändig um.«

»Sehe nicht, wie Sie das schaffen sollten. Umdrehen.«

Slidell rührte sich nicht.

»Bewegung. Sofort. Oder deine Kumpel kratzen dein Hirn mit einem Schwamm von den Wänden.« Die Ruhe war verschwunden, Gunther klang jetzt wieder fast psychotisch überdreht. War der Mann auf Speed oder einer anderen Droge?

Die Augen vor Hass funkelnd, setzte Slidell zu einer langsamen Drehung an.

Gunther machte einen Satz nach vorn und schlug Slidell die Waffe mit einer schnellen Bewegung an die Schläfe. Sie traf ihn mit einem grässlichen Krachen.

Slidell sackte zusammen und lag bewegungslos da, die gefesselten Hände himmelwärts gerichtet wie in einem Gebet.

Nun bewegte Gunther sich sehr schnell. So schnell, dass ich nicht reagieren konnte.

Er stieß mich zur Treppe, drückte mir das Gesicht nach unten, zog einen Schlüssel hervor und befreite Slidells linke Hand. Er zog die Kette über eine der Geländerstangen und legte mir die freie Schelle ums rechte Handgelenk. Ich hörte Bewegung und spürte Druck auf meinen Armen. Sekunden später löste sich der Strick um meine Hände.

Adrenalin schoss mir durch den Körper, als ich endlich begriff. Ich war mit den Handschellen an Slidell gefesselt. Gunther hatte vor, uns beide zu töten.

*Zeit schinden, Brennan.*

Ich stemmte mich auf die Knie hoch und wandte das Gesicht meinem Gegner zu.

»Sie haben bereits einen Jungen, einen Polizisten und einen

Ihrer Exkunden umgebracht, oder? Warum dann noch mehr Morde?«

»Leck mich.« Gunthers Blick zuckte durch die Diele.

»Er hat recht, wissen Sie.« Ich schluckte die Übelkeit hinunter. »Sie jagen Sie und machen Sie fertig. Sie können sich nirgendwo mehr verstecken.«

»Die Bullen wissen doch gar nicht, dass ich existiere. Ihr Kumpel hier ist unter dem Druck zusammengebrochen. Hat Evans ermordet, dann Sie und schließlich sich selbst.«

»Warum sollte er das tun?«

»Aus Verzweiflung über den Tod seines Partners. Weil er zugelassen hat, dass der arme Asa Finney erschossen wurde. Weil er Sie umgebracht hat.«

»Das glaubt doch kein Mensch. Das ist absurd.«

»Er hat Ihnen Vorwürfe gemacht, weil Sie ihn dazu brachten, den falschen Mann zu verhaften. Weil Sie Lingo dazu verleiteten, Unruhe zu stiften.«

Slidell stöhnte. Ich schaute ihn an. Im Dämmerlicht erkannte ich eine hässliche Schwellung an seiner Schläfe.

»Ich weiß, was Sie denken. Aber ich schaue fern.«

Ich sah wieder zu Gunther hinüber.

»Die Schwellung wird bei der Autopsie nicht gut aussehen. Aber ich habe daran gedacht.« Gunther fuhr sich mit der Hand durch die Haare. »Ich habe an alles gedacht. Genau dort wird die hübsche Kugel seinen Schädel treffen.«

*Er fantasiert. Halte ihn am Reden.*

»Sie haben Rinaldi mit falschen Informationen gefüttert«, sagte ich. »Das scheint Ihnen aber ziemlich misslungen zu sein, weil Sie ihn erschießen mussten.«

»Der Mann war ein Trottel.«

»Er war schlau genug, um herauszufinden, dass Sie Klapec umgebracht hatten.«

»Jimmy machte einen großen Fehler. Er drängte sich in mein Geschäft. Ich musste ihm den Kopf waschen. Und das geriet dann außer Kontrolle.« Gunther leckte sich die Lippen. »Ich wollte Jimmy nicht umbringen. Ist einfach so passiert.«

»Und Rinaldi?«

»Der Trottel machte den Fehler, mir Klapec anzuhängen.«

»Sie eliminierten also die Konkurrenz und lenkten den Verdacht dann auf Ihren untreuen Kunden.«

Ich sah Gunthers Finger am Abzug zucken. »Brillant, was?«

»Warum Klapec köpfen?«

Gunther lachte schnaubend auf. »Damit er in die Billig-Kühltruhe dieser alten Schachtel passte.«

Ein Schauer lief mir über den Rücken. Der Mann empfand absolut keine Reue.

*Zeit schinden.*

»Warum ihm die Zeichen einritzen?«

»Als diese Geschichte mit dem Kessel bekannt wurde, sagte ich zu mir: ›Vince, Junge, der Teufel kümmert sich um dich. Du hast eine gefrorene, kopflose Leiche, die du loswerden musst, und der alte Luzifer liefert dir die perfekte Tarnung.‹«

Wieder war es, als wäre ein Schalter umgelegt worden. Ganz unvermittelt klang Gunther wieder ruhig und selbstsicher, fast amüsiert.

»Sie haben Klapecs Kopf erst heute Abend in Evans' Kühltruhe gelegt, um die Schlinge um seinen Hals noch fester zu ziehen.«

Gunther klickte mit den Zähnen und legte den Kopf schief.

»Vergessen Sie die Säge nicht. War doch ein nettes Extra.«

»Sie haben einen Fehler gemacht. Sie haben Evans mit Ihrer eigenen Waffe erschossen.«

»Bitte. Seien Sie doch nicht blöd. Jeder Bulle hat eine Knarre in Reserve. Nachdem Slidell seine Achtunddreißiger für Evans benutzte, kam er hierher und erschoss Sie. Die Kugeln werden übereinstimmen. Und dann, da er ja von der alten Schule ist, richtete er sich mit seiner eigenen Waffe.«

»Kein Mensch wird ein derart absurdes Szenario glauben. Die Detectives vom Morddezernat wissen, dass Sie in der Stadt sind und Zugang zu einem weißen Durango haben. Die haben Sie innerhalb weniger Stunden.«

Gunthers Gesicht verkrampfte sich, die Augen wurden hart und fingen an zu zucken. »Ich weiß, was Sie hier probieren, Lady. Sie denken, Sie können Zeit schinden. Sie denken, Sie sind schlau. Aber bei mir funktioniert das nicht.«

Gunther nahm die Achtunddreißiger in die linke Hand und zog Slidells Glock aus dem Hosenbund. Das *Klink-Klink* des Schlittens hallte ohrenbetäubend durch die Diele.

Ohne auf den Schmerz in meinem Handgelenk zu achten, schwang ich mich um den Endpfosten herum und legte mich über Slidell, so weit die Handschellen es erlaubten.

Ich hörte wütende Schritte, dann packte eine Hand meine Haare und riss mir den Kopf hoch. In meinem Nacken knackten Wirbel.

Ohne meine Haare loszulassen, stieß Gunther mir einen Ellbogen ins Gesicht. Mein Kopf prallte ans Geländer.

Der Raum verengte und weitete sich wieder. Ich spürte, wie mir Wärme aus der Nase tropfte.

»Nein!«, schrie ich und versuchte, auf alle viere zu kommen.

Durch ein Gewirr von Haaren sah ich, wie Gunther sich über Slidell beugte.

Ich streckte die Hand aus, Tränen liefen mir über die Wangen.

Gunther drückte die Glock an Slidells Schläfe.

Der Augenblick erstarrte zu einem tödlichen Schnappschuss.

Ich konnte den Anblick von Slidells Tod nicht ertragen und kniff die Augen zusammen.

Dann explodierte die Welt.

# 38

Nachdem er abgedrückt hatte, legte Ryan die Waffe auf den Kaminsims, schloss die Handschellen auf, kontrollierte Slidells Puls und wählte 911. Von überall in Charlotte rasten Streifenwagen mit heulenden Sirenen heran. Zwei Krankenwagen ebenfalls und später der Transporter der Leichenhalle.

Um 22 Uhr 47 wurde Vince Gunther für tot erklärt.

Slidell und ich wurden ins Carolinas Medical Center transportiert, obwohl wir beide laut protestierten. Ich hatte nur eine geringfügige Gehirnerschütterung, Slidell allerdings eine schwere, und seine Schädelhaut musste mit mehreren Stichen genäht werden. Unsere Aussagen machten wir vom Krankenhausbett aus.

Ryan blieb im Annex, um Fragen zu beantworten. Die Details erfuhr ich tags darauf am späten Vormittag.

Als Ryan zum Annex zurückgekehrt war, hatte er die Außenbeleuchtung brennen sehen. Er schlich sich zum Haus, sah meine Handtasche auf dem Gras liegen, wohin Gunther sie geworfen hatte, nachdem er die Schlüssel herausgeholt hatte. Da er Probleme ahnte, benutzte er seinen eigenen Schlüssel, trat leise ein, sah, was in der Diele los war und tötete Gunther mit einem einzigen Schuss in den Kopf. Zum Glück hatte Ryans Kugel Gunther seitwärts geworfen, und seine Todeszuckungen hatten nicht dazu geführt, dass sich sein Finger um den Abzug schloss.

Im Büro des Medical Examiner trat nun langsam Gunthers wahre Identität zutage. Fingerabdrücke zeigten, dass er ein siebenundzwanzigjähriger Betrüger mit mehreren Falschnamen war. Unter seinem richtigen Namen, Vern Ziegler, hatte er eine Wohnung am Harris Boulevard gemietet und Vorlesungen am UNCC besucht. Männliche Prostitution war nur eine von mehreren Einnahmequellen gewesen.

Charlie Hunt besuchte mich früh am nächsten Morgen. Er hielt meine Hand und sah ernsthaft besorgt aus.

Katy rief an. Sie ordnete noch immer Dokumente im Buncombe County, würde aber übers Wochenende nach Charlotte zurückkehren. Sie fand das Projekt, was für eine Überraschung, langweilig. Der Vorteil daran war allerdings, dass sie sich ein weiterführendes Studium überlegte, vielleicht Jura.

Pete rief ebenfalls an. Er war erleichtert, als er hörte, dass ich keine bleibenden Schäden davontragen würde, und freute sich über Katys Studienpläne. Während wir redeten, war Summer unterwegs und suchte Geschirr aus.

Um zehn Uhr wurde ich entlassen. Slidell musste länger bleiben, was ihn ärgerte. Bevor ich das Krankenhaus verließ, besuchte ich ihn zusammen mit Ryan. Er hatte bereits mit Angehörigen der Rinaldi-Sondereinheit gesprochen. Ryan war ernst und still. Zusammen setzten wir das Puzzle zusammen.

Meine wilde Vermutung war von Anfang an richtig gewesen. Evans war ein heimlicher Schwuler, der NoDa durchstreifte, eine Baseballkappe tief ins Gesicht gezogen, um seine Identität zu verschleiern. Normalerweise suchte er sich Gunther aus. Eines Abends entdeckte er Klapec und bekam Lust auf frisches Fleisch. Da er mit seinen Diensten zufrieden war, wechselte er den Lieferanten. Gunther war stinksauer und stellte Klapec, seinen früheren Freund, zur Rede. Klapec beharrte auf seinem Recht auf freie Gewerbeausübung, es kam zu einem Handgemenge, und Gunther tötete ihn.

Ich erinnerte mich an Gunthers Worte im Gang.

»Für einen Kerl, der stolz darauf war, immer jeden Aspekt zu bedenken, hatte er sich zu wenige Gedanken über einen Ausweg gemacht. Er wollte nicht, dass die Leiche gefunden wurde, aber er hatte keine Ahnung, was er damit tun sollte.«

Um Zeit zu schinden, stopfte Gunther Klapec in die Kühltruhe von Pinders Großmutter. Als er von Cuervos Altar und den Kesseln las, hielt er sein Problem für gelöst. Da er nichts über Santería, Wicca oder Teufelsanbetung wusste, beschloss er, dem Mord einen satanistischen Anstrich zu geben. Nachdem er die Symbole in

Klapecs Fleisch geritzt hatte, legte er die noch gefrorene Leiche am Lake Wylie ab.

»Gunther wusste um die Gefahr, dass Pinder oder einer seiner Hühnerhabichtkollegen ihn mit Klapec in Verbindung bringen konnte, deshalb fing er an, Rinaldi mit falschen Informationen zu füttern«, sagte Slidell.

»Glauben Sie, Gunther wusste, dass Evans Lingos rechte Hand war?«, fragte ich.

»Der Kerl war nicht dumm, hatte aber eindeutig ein paar Schrauben locker«, sagte Slidell. »In seiner Wohnung wurde Tegretol gefunden. Unmengen davon.«

»Das ist ein Medikament gegen bipolare Störung.« Ryan.

Slidell verdrehte die Augen. »Wie gesagt, der Kerl hatte einen Knall.«

Ich überlegte, entschied mich dann aber gegen den Versuch, Slidell zu erklären, was manische Depression bedeutete.

»Er hatte aufgehört, seine Tabletten zu nehmen?«, vermutete ich.

»Schlau, was? Der Doc meinte, er war vermutlich in einer akuten manischen Phase, wie man das nennt.«

Da Slidell kein großes Interesse an Gunthers Geisteszustand hatte, wechselte er wieder zu Evans. »Vielleicht erfuhr Gunther Evans' Namen von Rinaldi. Oder er sah ihn zusammen mit Lingo im Fernsehen.«

»Lingos Tiraden passten perfekt zu Gunthers Täuschungsmanöver«, sagte ich.

»Und machten aus Asa Finney den perfekten Sündenbock für Klapec«, fügte Ryan hinzu.

»Aber der größte Irrsinn ist doch folgender«, sagte Slidell. »Gunther kannte Finney überhaupt nicht und wusste nicht, dass er von Klapecs Vater erschossen worden war. Wenn er das gehört hätte, hätte er sich gar nicht erst die Mühe gemacht, Evans den Mord anzuhängen, außer er wollte ihn sowieso fertigmachen.«

Slidell schüttelte den Kopf.

»Bei Finney lag ich völlig falsch. Der Kerl wollte einfach ein paar Kröten verdienen und ansonsten in Frieden gelassen werden. Sein Geld kam von Dr.Games.com und anderen Sites, mit denen er Anzeigen zu Spielern schaufelte. Und der Ford Focus, der in der Nähe des Hexencamps gesehen wurde, gehörte dem Cousin eines Nachbarn.«

»Fand die Spurensicherung irgendwas in Omas Kühltruhe oder Keller?«

»Genug Blut für eine Transfusion. Der DNS-Abgleich wird zeigen, dass es von Klapec stammt.«

»Ich vermute, ein bisschen was davon könnte von Señor Schlange stammen«, sagte Ryan.

»Hat Gunther mir die Mokassinschlange auf die Schwelle gelegt?«

Slidell nickte. »Wahrscheinlich gedacht als weitere satanistische Irreführung. Oder vielleicht dachte Gunther auch, er könnte Sie damit von dem Fall abbringen.«

Ich schaute ihn nur an.

»Ja, ja«, sagte Slidell. »Vielleicht war der Kerl doch nicht so schlau.«

»Warum kam Evans gestern Abend eigentlich früher nach Hause?«, fragte ich.

»Seine Vermieterin rief ihn an. Hab doch gesagt, dass die alte Schachtel Probleme macht.«

»Warum stellte Evans sein Auto oben an der Straße ab und fuhr nicht einfach in die Einfahrt?«

»Wahrscheinlich befürchtete er, dass der Durchsuchungsbeschluss sein Fahrzeug mit einschloss. Offensichtlich überraschte er Gunther, als er sich vom Golfplatz her auf das Grundstück schlich.«

»Der dort war, um die Säge und Klapecs Kopf in der Garage zu platzieren.«

Slidell nickte wieder.

»Als Gunther erfuhr, dass wir Pinder befragt hatten, fand er es an der Zeit, die Ware aus Omas Keller zu schaffen. Nachdem er Evans umgebracht hatte, sah er uns beide dort in der Garage. Die Sache geriet außer Kontrolle, und Gunther konnte nicht mehr klar denken. Erst zu dem Zeitpunkt kam ihm dieser Mord-Selbstmord-Plan.«

Weitere Details kamen im Verlauf des Tages heraus.

Mit sechs Jahren war Pinder bei einem Unfall mit dem Kopf gegen eine Stoßstange geprallt. Die Verletzung führte dazu, dass sie gewisse Informationen nicht mehr korrekt einordnen konnte. Zeit war ein Bereich, der ihr Schwierigkeiten bereitete. Pinder hatte sich bei den Daten geirrt, den Tag, als Gunther aus dem Gefängnis kam, mit dem Tag verwechselt, bevor er verhaftet wurde.

Wie sich zeigte, hatte Gunther/Ziegler einige Vorstrafen. Mit einer langen Liste von Falschnamen inszenierte er im Lauf der Jahre eine ganze Reihe von Betrügereien, meistens indem er ältere oder behinderte Frauen ausnahm. Auch ging er Todesanzeigen durch und lieferte den Hinterbliebenen dann Päckchen, die nur gegen Barzahlung ausgehändigt wurden. Er verhökerte Süßigkeiten, Kerzen und Popcorn für vorgeschobene Wohltätigkeitsaktionen. Verkaufte Lotterielose mit »Gewinngarantie« und gefälschte Wettscheine. Alles Kleingaunereien. Nichts Gewalttätiges. Sein jungenhaft gutes Aussehen hatte ihm dabei mit Sicherheit gute Dienste geleistet. Erst als er im August seine Medikamente absetzte, zeigte er erste Ausbrüche gewalttätigen Verhaltens.

Über Nacht war das Wetter kalt und regnerisch geworden. Für den Rest des Tages und den nächsten verkrochen Ryan und ich uns im Annex. Ryan war niedergeschlagen und still. Ich bedrängte ihn nicht. Jemanden zu erschießen, ist für einen Polizisten nie einfach.

Katy kam am Samstagvormittag zu Besuch. Von den *Cheeky Girls* hatte sie noch nie gehört. Wir alle lachten. Sie redete wieder über ein Jurastudium. Es war gut.

Allison Stallings rief kurz nach Mittag an. Ich nahm nicht ab, hörte aber die Nachricht mit, die sie mir hinterließ. Sie hatte beschlossen, über einen Serienmord in Raleigh zu schreiben, entschuldigte sich, falls ihre Lüge mir Schwierigkeiten bereitet haben sollte, und versprach, die Sache mit Tyrell zu bereinigen.

Slidell kam gegen vier vorbei. Bei ihm war eine sehr große Frau, die annähernd so viel wiegen musste wie er. Sie hatte karamellfarbene Haut und schwarze Haare, die sie zu einem dicken Zopf geflochten hatte. An ihrer Haltung und ihrem Auftreten erkannte ich, dass sie ebenfalls Polizistin war.

Bevor Slidell etwas sagen konnte, streckte die Frau die Hand aus. »Theresa Madrid. Die brillante, neue Partnerin dieses außerordentlich glücklichen Detectives.«

Madrids Griff hätte Kokosnüsse knacken können.

»Der Chef denkt, ich müsste meine kulturelle Sensibilität schärfen«, sagte Slidell aus einem Mundwinkel heraus.

Madrid klopfte Slidell auf den Rücken. »Der arme Skinny hat das außerordentliche Glück, eine Doppel-L gezogen zu haben.«

Anscheinend machten Ryan und ich verständnislose Gesichter.

»Lesbische Latina.«

»Sie ist Mexikanerin.« Slidells Lippen kräuselten sich.

»Dominikanerin. Skinny glaubt, jeder, der Spanisch spricht, muss Mexikaner sein.«

»Erstaunlich«, sagte Slidell. »Dass all diese unglaublich reichen und unterschiedlichen Kulturen immer dieselben Frauenschläger-Hemden und denselben Plastikjesus-Gartenkitsch hervorbringen.«

Madrids Lachen kam tief aus ihrem Bauch. »Nicht so erstaunlich wie der Schnurrbart deiner Freundin.«

Slidell fügte noch ein weiteres Puzzlestück hinzu. Es kam von Rinaldis Sohn Tony. Dessen jüngstes Kind hatte das Cohen-Syndrom. Rinaldi hatte alles, was er besaß, für die Behandlung seines Enkels und seine Ausbildung in Spezialschulen ausgegeben. Und für das, was sonst noch anfiel.

Als sie gegangen waren, fanden Ryan und ich übereinstimmend, dass Slidell und Madrid gut miteinander auskommen würden.

Ryan kochte. Hühnerfrikassee mit Pilzen und Artischocken.

Ich arbeitete an einer Vorlesung.

Es hatte so viele Tote gegeben. Cuervo. Klapec. Rinaldi. Finney. Evans. Gunther.

Wie der arme, kleine Anson Tyler war T-Bird Cuervo zwar eines gewaltsamen Todes gestorben, aber als Folge eines Unfalls. Ein Mann alleine im Dunkeln auf einem Eisenbahngleis. Vielleicht betrunken. Vielleicht naiv gegenüber der Hochgeschwindigkeitstechnik, die diese Stadt erst vor Kurzem erreicht hatte. Cuervo war ein harmloser *santero* gewesen. Abgesehen vom Verkauf von einigen Tüten Marihuana hatte er nichts Illegales getan, vielleicht den Weg geebnet für Außenseiter, die wegen sprachlicher und kultureller Unterschiede ausgegrenzt wurden.

Jimmy Klapec war von einem ignoranten und intoleranten Vater auf die Straße getrieben worden. Wie Eddie Rinaldi und Glenn Evans war er gestorben, weil ein Mann seine Medikamente nicht mehr genommen und den Bezug zur Realität verloren hatte.

Vince Gunthers/Vern Zieglers Leben endete … warum? Weil sein eigenes Hirn ihn im Stich gelassen hatte? Weil er von Natur aus böse war? Weder Ryan noch ich hatten auf diese Fragen eine Antwort.

Und Finneys Tod war der bestürzendste von allen.

»Klapec senior erschoss Finney, weil sein schlechtes Gewissen ihn quälte«, sagte Ryan.

»Nein«, sagte ich. »Er war von Angst getrieben.«

»Das verstehe ich nicht.«

»Die Amerikaner sind eine Nation voller Angst geworden.«

»Angst wovor?«

»Ein Schießwütiger, der in einer Schulkantine Amok läuft. Ein gekidnapptes Flugzeug, das in einen Wolkenkratzer fliegt. Eine Bombe in einem Zug oder einem Mietwagen. Eine Postlieferung mit Anthrax darin. Die Macht zu töten existiert da draußen für jeden, der bereit ist, sie zu benutzen. Dazu braucht man nicht mehr als Zugang zum Internet oder einen freundlichen Waffenladen.«

Ryan ließ mich weiterreden.

»Wir haben Angst vor Terroristen, Heckenschützen, Epidemien. Und das Schlimmste ist, wir haben den Glauben an die Fähigkeit des Staates verloren, uns zu schützen. Wir fühlen uns machtlos, und das erzeugt eine beständige Angst, bringt uns dazu, Dinge zu fürchten, die wir nicht verstehen.«

»Wie Wicca.«

»Wicca, Santería, Voodoo, Satanismus. Sie sind exotisch, unbekannt. Wir werfen alle zusammen in einen Topf und reduzieren sie auf Klischees und vernageln aus Furcht unsere Türen.«

»Finney war ein Hexer. Lingos Tiraden bedienten sich genau dieser Angst.«

»Das und die Tatsache, dass die Leute auch aus anderen Gründen das Vertrauen in das System verloren haben. Klapec war ein trauriges Beispiel. Die Überzeugung wird immer stärker, dass zu oft die Schuldigen davonkommen.«

»Das O.J.-Syndrom.«

Ich nickte. »Ein Holzkopf wie Lingo bringt die Öffentlichkeit zum Schäumen, und irgendein vermeintlich wachsamer Bürger ernennt sich selbst zu Richter und Henker.«

»Und ein Unschuldiger stirbt. Immerhin dürfte Finneys Tod das Ende von Lingos Karriere bedeuten.«

»Wie ironisch«, sagte ich. »Der Hexer und der *santero* waren harmlos. Der Collegejunge und der Assistent des Commissioners führten ein dunkles Doppelleben.«

»Nichts ist je so, wie es scheint.«

Birdie und ich schliefen oben.

Ryan schlief auf der Couch.

# 39

Am Sonntag stand ich früh auf und fuhr Ryan zum Charlotte-Douglas International. Vor dem Terminal umarmten wir uns. Verabschiedeten uns. Sprachen nicht von der Zukunft.

Um elf zog ich einen dunkelblauen Blazer und eine graue Hose an. Allen Burkhead wartete am Eingang des Elmwood Cemetery auf mich. Er hatte einen Schlüssel in der Hand. Ich trug eine schwarze Leinentasche.

Der neue Sarg stand bereits an seinem Platz in der Gruft. Schimmernde Bronze, eine stattliche Wiege für einen sehr langen Schlaf.

Burkhead schloss den Sarg auf. Ich holte Susan Redmons Schädel aus der Tasche und legte ihn behutsam ans obere Ende des Skeletts. Dann platzierte ich die Beinknochen. Zuletzt steckte ich einen kleinen Plastiksack unter das weiße Samtkissen. Der Präzipitin-Test hatte gezeigt, dass das Gehirn menschlich war. Vielleicht war es Susans, vielleicht nicht. Ich glaubte nicht, dass sie etwas dagegen hätte, die Ewigkeit mit einer anderen unbehausten Seele zu verbringen.

Als wir dann zwischen den Grabsteinen hindurch zurückgingen, erzählte mir Burkhead, dass er ein wenig in den Archiven recherchiert hatte. Susan Redmon war im Kindbett gestorben. Das Kind überlebte, ein gesunder Junge. Was mit ihm passiert sei, fragte ich. Keine Ahnung, sagte Burkhead.

Ich empfand Traurigkeit. Dann Hoffnung.

Im Sterben hatte Susan einem anderen Wesen das Leben geschenkt.

Mein nächster Stopp war das Carolinas Medical Center. Nicht die Notaufnahme, sondern die Entbindungsstation. Diesmal war meine Tüte pink, und darin befanden sich ein großer, flauschiger Bär und drei winzige Strampelhöschen.

Das Baby hatte eine Haut wie Milchkaffee, ein runzliges Gesicht und wirre Haare wie Don King. Takeela hat das Mädchen Isabella nach ihrer Großmutter mütterlicherseits getauft.

Takeela blieb kühl und distanziert. Doch als sie ihre Tochter anschaute, wusste ich, warum sie angerufen und mein Angebot angenommen hatte. Als sie ihr kleines Mädchen sah, hatte sie beschlossen, sich Hilfe zu holen. Um Isabella eine Chance zu geben.

Auf der Fahrt nach Hause dachte ich über Tod und Geburt nach.

Manche Dinge enden und andere beginnen.

Susan Redmon war gestorben, hatte aber einen Sohn, der lebte.

Rinaldi war nicht mehr, aber Slidell stand am Anfang einer neuen Partnerschaft.

Cuervo war tot, aber Takeela hatte ein Baby.

Die Sache mit Pete schien endgültig abgeschlossen. Würde ich mich auf einen Neuanfang einlassen? Mit Charlie? Mit Ryan? Mit jemand Neuem?

Konnten Ryan und ich noch einmal ganz von vorne anfangen?

Konnte Amerika einen neuen Anfang finden? Konnten wir zurückkehren zu einer Zeit, als wir uns alle sicher fühlten? Beschützt? Als wir uns unserer Werte und Ziele noch sicher waren? Als wir tolerant waren gegenüber Bräuchen und Glaubenssystemen, die wir nicht verstanden?

Charlie?

Ryan?

Ein Märchenprinz?

Wie würde meine Schwester Harry es formulieren?

Man weiß nie, welcher Hund zum Jagen taugt.

Gewidmet

Police Officer Sean Clark
*22. November 1972 – 1. April 2007*

und

Police Officer Jeff Shelton
*9. September 1971 – 1. April 2007*

Und all jenen, die bei Ausübung ihrer Pflicht, die Bürger von Charlotte-Mecklenburg zu schützen, ums Leben kamen.

Sergant Anthony Scott Futrell 17. Juli 2002
Police Officer John Thomas Burnette 5. Oktober 1993
Police Officer Anthony A. Nobles 5. Oktober 1993
Patrol Officer Eugene A. Griffin 22. November 1991
Police Officer Milus Terry Lyles 6. August 1990
Police Officer Robert Louis Smith 15. Januar 1987
Patrol Officer Timothy Wayne Whittington 16. Juli 1985
Patrol Officer Ernest Coleman 1. Juli 1982
Patrol Officer Edmond N. Cannon 23. November 1981
Officer Ronnie E. McGraw 18. Oktober 1970
Sergeant Lewis Edward Robinson Sr. 4. Mai 1970
Police Officer Johnny Reed Adams 21. Mai 1960
Detective Charlie Herbert Parker 12. April 1941
Officer Rufus L. Biggers 12. Februar 1937
Officer Charles P. Nichols 17. April 1936

Patrol Officer Benjamin H. Frye 9. Juni 1930
Detective Thomas H. Jenkins 21. Oktober 1929
Officer William Rogers 30. August 1929
Detective Harvey Edgar Correll 22. Januar 1929
Patrol Officer Robert M. Reid 1. Januar 1927
Rural Police Officer John Franklin Fesperman 16. Februar 1924
Officer John Robert Estridge 29. März 1913
Rural Police Officer Sampson S. Cole 1. Januar 1905
Officer James H. Brown 2. August 1904
Patrol Officer James Moran 4. April 1892

## Danksagungen

Mein Dank geht an Dr. Richard L. Jantz, den statistischen Guru hinter Fordisc 3.0; an Dr. M. Lee Goff, einen ausgezeichneten Insektenspezialisten (sein wirklicher Name lautet Madison), an Dr. Peter Dean, einen Coroner der Extraklasse; und an Dr. William C. Rodriguez, einen der klügsten forensischen Anthropologen, die wir haben. Dr. Leslie Eisenberg, Dr. Norm Sauer und Dr. Elizabeth Murray lieferten mir wertvolle Informationen zu Detailfragen der Knochenkunde.

Sergeant Darrell Price, Sergeant Harold (Chuck) Hanson und Detective Christopher Dozier vom Charlotte-Mecklenburg Police Department beantworteten meine Polizeifragen. Mike Warns half mir mit Wissen und Meinungen zu vielen Dingen. Was er nicht wusste, fand er heraus.

Dr. Wayne A. Walcott, Senior Associate Provost, UNC-Charlotte, lieferte mir Informationen über die Verfügbarkeit von Abtast-Elektronenmikroskopen auf dem Campus. Das UNCC hat fünf. Wer hätte das gewusst?

Die fortdauernde Unterstützung durch Chancellor Philip L. Dubois von der University of North Carolina-Charlotte weiß ich sehr zu schätzen.

Meiner Familie bin ich dankbar für ihre Geduld und ihr Verständnis, vor allem wenn ich schlecht gelaunt bin. Oder unterwegs. Ein ganz spezieller Dank muss an meine Tochter Kerry gehen, die sich die Zeit nahm, über mein Buch zu sprechen, während sie ihr eigenes schrieb. (Ja! Ihr erster Roman: *Braut auf Probe,* im Handel ab nächstem Jahr!) Ein extra Dankeschön auch an Paul Reichs, weil er das Manuskript las und mir seine Meinung dazu sagte.

Tief empfundener Dank an meine unglaubliche Agentin Jennifer Rudolph Walsh, an meine brillanten Lektorinnen Nan Graham und Susan Sandon und an meine großartige Verlegerin Susan Moldow. Dank an Kevin Hanson und Amy Cormier in Kanada. Auch möchte ich all jene nicht unerwähnt lassen, die für mich so schwer gearbeitet haben, vor allem: Katherine Monaghan, Lauretta Charlton, Anne deVries, Anna Simpson, Claudia Ballard, Jessica Almon, Tracy Fisher und Michelle Feehan.

Falls in dem Buch Fehler vorkommen, gehen die allein auf mein Konto. Falls ich vergessen habe, jemandem zu danken, entschuldige ich mich dafür.